"回忆，悲伤与荆棘"续作

Empire Of Grass:
草原帝国

The Last King of Osten Ard

最后的君王（卷二）上

Tad Williams

Of a soldier. When the worms were Mature,
they took wing. Their drone was ominous.
their shells hard. Anyone could tell they had hatched from an unsatisfied anger.
They flew swiftly toward the North. They hid the sky like a curtain.
When the wife of the soldier saw them,
she turned pale, her breath failed her.
She knew he was dead. In battle, his corpse lost in the desert.

[美] 泰德·威廉姆斯/著

董宇虹/译

重庆出版集团 重庆出版社

EMPIRE OF GRASS: Book 2 of the Last King of Osten Ard
Copyright © 2020 By Tad Williams.
Maps by Isaac Stewart.
This edition arranged with The DAW Books, Inc. through Andrew Nurberg Associates International Limited.
Simplified Chinese Translation Copyright © 2023 by Chongqing Publishing House Co., Ltd.
All Rights Reserved.

版贸核渝字(2019)第199号

图书在版编目(CIP)数据

最后的君王. 卷二, 草原帝国 /(美)泰德·威廉姆斯著; 董宇虹译. —重庆: 重庆出版社, 2023.8
书名原文: Empire of Grass
ISBN 978-7-229-15922-1

Ⅰ.①最… Ⅱ.①泰… ②董… Ⅲ.①长篇小说—美国—现代 Ⅳ.①I712.45

中国版本图书馆CIP数据核字(2021)第140267号

最后的君王(卷二)草原帝国
ZUIHOU DE JUNWANG(JUANER)CAOYUAN DIGUO
[美]泰德·威廉姆斯 著 董宇虹 译

联合统筹: 重庆史诗图书信息咨询有限公司
责任编辑: 邹 禾 唐弋淄 陈 垦
装帧设计: 谢颖设计工作室
封面图案: 肖雅文
责任校对: 李春燕
排版设计: 池胜祥

重庆出版集团 出版
重庆出版社

重庆市南岸区南滨路162号1幢 邮政编码: 400061 http://www.cqph.com
重庆出版社艺术设计有限公司 制版
重庆市鹏程印务有限公司 印刷
重庆出版集团图书发行有限公司 发行
E-MAIL:fxchu@cqph.com 邮购电话: 023-61520646
全国新华书店经销

开本: 890mm×1230mm 1/32 印张: 27.25 字数: 700千
2023年8月第1版 2023年8月第1次印刷
ISBN 978-7-229-15922-1

定价: 138.00元(全两册)

如有印装质量问题, 请向本集团图书发行有限公司调换: 023-61520678

版权所有 侵权必究

赠　言

如果你想看完整版的赠言，在《巫木王冠》里有。

如果此时那本书不在你的手边，那么，我来概括一下吧：

这一整个故事，或者说是系列，或者三部曲——随你喜欢——都要献给我的编辑兼朋友贝琪·沃尔海姆和希拉·吉尔伯特，以及我的妻子兼挚友黛博拉·贝乐。没有了他们，我的人生将有天壤之别，并且少去许多幸福。

致　　谢

要想列出那些对我产生重要影响、敦促我回归奥斯坦亚德的人，名单会很长。假如我漏掉了任何人，我先在这里道歉。

亚娃·冯·罗尼森、荣·海德、安吉拉·维塞尔、杰里米·艾尔曼、辛迪·斯夸尔斯琳达·冯·德·帕尔都为这本书的初期草稿提供了必不可少的建议、更正，偶尔地，要是我错得太离谱，他们还会对我敲打、敲打。

安吉拉·维塞尔和辛迪·严为其他奥斯坦亚德的相关项目贡献了海量的创意和工作。

亚娃和荣为《巫木王冠》撰写的概要，我只改了一点点。亚娃、荣和安吉拉·维塞尔一起编写了这本书最后的附录，里面充满值得细细品味的好情报。

当然了，亚娃和荣从一开始就是该系列作品的教父教母，因为，从很多方面来说，他俩，以及前面提过的其他人，比我更了解奥斯坦亚德。说真的，我离开了三十年才回来，你能指望什么？

噢，事实上，这次值得我感谢的人仍然是那么多，因为著书立说并非易事啊！

莉莎·特维特是一位社交媒体的战士，确保 tadwilliams.com 继续在互联网上充当欢闹以及泰德相关资讯的堡垒。当我在黑暗的夜里消沉地怀疑有没有人关心我在做什么的时候，是"泰德·威廉姆斯留言板"上的众多朋友助我鼓起勇气。

奥拉夫·吉斯对网站贡献良多，而且还以其他各种方式帮助我和

Empire of Grass

我的工作，我永远感谢他的善良。

玛丽露·凯普斯－普拉特一如既往地出色完成《草原帝国》的编辑工作，并且时不时送来令我十分受用的鼓励。

迈克尔·维兰又画了一幅漂亮的封面。虽然这是他一贯的水准，但是别误会，我不会把这视为理所当然的事，绝对不会。

艾萨克·斯图尔特在一流的神秘地理学家荣·海德的许多反馈意见的帮助下，再次绘出了华丽的地图，并且在其他方面也贡献良多。

约书亚·斯塔尔始终如一地运用他惯常的技巧和善良的天性处理汇总、集合的事务。

我的代理马特·比尔勒照顾我和我的工作，并且给我各种提醒，比如说，对待那些粗心大意的评论者们，不论他们多该骂，都不能骂。

我的海外出版商们，尤其是德国克莱特－柯塔出版社的史蒂芬·阿斯坎妮和英国霍德与斯托顿出版社的奥利弗·约翰逊，跟以往一样给予我大力的支持。

还有，正如在赠言中不厌其烦地说过地，如果没有我的编辑兼出版人希拉·吉尔伯特和贝琪·沃尔海姆，以及陪我一起做坏事、过日子的作家兼搭档兼伙伴黛博拉·贝乐，这一切都远远不会成为现实。

感谢你们，你们都是英雄。

前情提要

三十多年前,风暴之王在奥斯坦·亚德全境掀起一场致命的魔法战争,差点灭绝凡人,但最终落败。当年的西蒙国王和米蕊茉王后还是半大孩子,如今已高踞于至高王座之上,统治所有凡人国家,但他们跟昔日的盟友、不朽者希瑟一族失去了联系。后来,战后第一位希瑟信使坦娜哈雅奉命前往至高王室所在的古老城堡海霍特,却在途中遭遇埋伏。

国王与王后的顾问兼好友提阿摩与妻子缇丽娅联手,想方设法救下坦娜哈雅的性命。彼时,米蕊茉王后和西蒙国王并不在城堡,他们正率领王室使团前往北方,顺道拜访邻国赫尼斯第及其国王休。休的新情人是神秘的泰勒丝夫人,此二人的行径令西蒙和米蕊茉深感忧虑。王太后茵娜温亦对至高王室的首相艾欧莱尔伯爵发出警告,说休国王与泰勒丝恢复了对陌厉伽的崇拜——那是位古老、黑暗、嗜血的赫尼斯第女神。

其时,西蒙与米蕊茉的孙子莫根纳王子只有十七岁,正随王室队伍一同出行,整天只顾跟几个骑士朋友艾斯崔恩、欧维里斯和老波尔图一起花天酒地、招蜂引蝶。莫根纳的父亲约翰·约书亚王子是西蒙与米蕊茉的独子,早年因怪病辞世,留下守寡的王妃艾黛拉、失去父爱的莫根纳和妹妹莉莉娅,以及哀恸至今的父王与母后。

王室顾问提阿摩既要照顾中毒的希瑟信使,还要收集图书,以充实已故的约翰·约书亚王子的纪念图书馆。他的助手厄坦修士整理已故王子的遗物时,发现了一本危险的禁书《异界密语专著》。提阿摩得知此事，心中充满不祥的预感，因为该书原本的主人是巫师派拉兹，其人已死，但活着时曾是风暴之王伊奈那岐毁灭凡人的帮凶，幸而最终被击败。

西蒙与米蕊茉的和平统治受到越来越多的威胁。在冰天雪地的北方，风暴之矛山下洞中之城奈琦迦，不老不死的北鬼女王乌荼库从持续数年的魔法沉眠中苏醒。她命心腹仆从、咒歌大师阿肯比召唤匠工会大司匠维叶岐前来觐见，宣布要对凡人领地再度发起进攻。当年北鬼企图摧毁海霍特与凡人国度，失败后，风暴之王麾下的重要仆从本应神魂俱灭，但女王主持了一场诡异的仪式，复活了其中一人，她的名字叫鸥穆。

在瑞摩加首府艾弗沙，西蒙国王、米蕊茉王后与昔日盟友施拉迪格及其夫人爱尔瓦、亲爱的坎努克族好友宾拿比克及其夫人苟丝琪再度相逢，同时见到了矮怪①夫妇的女儿齐娜及其未婚夫小史那那克。

王室使团赶到艾弗沙时，正值艾奎纳公爵最后的弥留之日。公爵不久便撒手人寰，他给西蒙和米蕊茉留下的最后遗愿，是要他们重新寻找二十年前神秘失踪的约书亚王子，以及他生下的龙凤胎——戴菈与戴奥诺斯。约书亚王子是米蕊茉的叔叔、西蒙的良师益友，约翰·约书亚便得名于他。后来，宾拿比克的学徒小史那那克结识了莫根纳王子，他预言，自己对莫根纳的重要程度，就像当年宾拿比克对莫根纳的国王祖父西蒙一样至关重要。

王室使团南归途中，在瑞摩加南方一座城堡借宿。西蒙发现自己很多天没做梦了，询问宾拿比克后，后者帮他做了个护身符。戴上护身符当晚，西蒙梦见了死去的儿子，还听到女孩莱乐思的声音。三十多年前，这位女孩也曾在梦里对他说过话，但她已经死了。莱乐思告诉他："孩子们要回来了。"西蒙在梦中下床走动，惊醒了整个屋子

---

① 矮怪是对坎努克族的别称。

前情提要

里的人。米蕊茉将护身符踩烂,就这样,西蒙再次失去了做梦的能力。

在更遥远的北方,北鬼贵族维叶岐与凡人小妾桃灼葭生下的混血女儿奈泽露成了一名殉生武士,被选进战士小队"女王之爪",奉命取回哈卡崔的遗骨——哈卡崔是落败的风暴之王伊奈那岐的哥哥。奈泽露等人在队长玛寇的指挥下,找到了由一群凡人岛民供奉保管的遗骨。玛寇和北鬼夺走遗骨,激怒了岛民,只得逃走。奈泽露途中面对敌人的一个孩子,未能痛下杀手,事后遭到玛寇的严厉惩罚。

女王之爪带着哈卡崔的遗骨,还未返回奈琦迦,便被咒歌大师阿肯比拦下。后者收走遗骨,给女王之爪派了个新任务:去雾沙穆雪山取回活龙之血。该任务极其凶险,于是阿肯比派了只名叫盅罡嘎的巨人奴隶协助他们。

女王之爪奔赴东边的雾沙穆雪山,途中遇到凡人亚拿夫。亚拿夫原是奈琦迦的奴隶,发誓要毁灭北鬼及他们的不死女王乌荼库。他发现女王之爪失去了回音师——也就是训练有素的传信员——为了实现长远的目标,他说服北鬼接受自己做了向导。一行人朝东边雪山进发,那里是巨龙最后的家园。亚拿夫路上偷听到北鬼的讨论,得知女王有个宏大的计划:重新得到所谓的"巫木王冠",进而毁灭所有凡人。

在瑞摩加中部,女王之爪撞见王室使团。亚拿夫趁机给西蒙国王和米蕊茉王后送去秘信,透露了北鬼女王寻找巫木王冠的情报。西蒙、米蕊茉和顾问们忧心忡忡,他们已经看到足够多的迹象,察觉到北鬼又有挑起战争的苗头,所以,虽然头一次听说亚拿夫这个人,但仍很重视他的情报。

在纳班城中,西蒙和米蕊茉的盟友萨鲁瑟斯公爵与坎希雅公爵夫人刚刚生下一个女儿,取名莎拉辛娜,由乌澜女子杰莎负责照料。纳班局势日益紧张,达罗·英盖达林伯爵与萨鲁瑟斯的弟弟德鲁西斯侯

Empire of Grass

爵联手，在国内煽动对邻近的游牧民族色雷辛人的恐惧情绪。德鲁西斯指责萨鲁瑟斯懦弱无能，无力严惩野蛮人，无法将他们赶回草原。

与此同时，在色雷辛大草原，仙鹤部族一位被人收养的成员——灰眼乌恩沃——与伙伴弗里墨一起参加了针对纳班移民村的劫掠。逃走路上，乌恩沃救了弗里墨一命，部分原因也许是他想迎娶弗里墨的姐姐库尔娃。

霭林爵士追上王室使团，将一封信带给他的舅公艾欧莱尔伯爵。在海霍特临时顶替艾欧莱尔职务的帕萨瓦勒大人也来信表达了对纳班的忧虑。赫尼斯第的茵娜温王太后亦传来消息，说休国王和泰勒丝夫人越来越肆无忌惮地祭拜恐怖的旧神。艾欧莱尔派霭林将这些令人忧心的坏消息传达给可靠的盟友默多侯爵。然而，霭林与随从们在途中遭遇风暴，来到一座边境要塞躲避，遇到了由库鲁丹男爵率领的休国王的私人精英卫队"银牡鹿"。夜晚风暴中，霭林隐约看到要塞外有支庞大的北鬼军队，而库鲁丹竟与凡人最致命的敌人会了面。目睹了这起叛国罪行，霭林来不及带队逃走，就被库鲁丹的部下俘虏并囚禁起来。

在北鬼城市奈琦迦，维叶岐受阿肯比大人派遣，率工匠与一支由北鬼战士组成的小型军队同行，前往凡人领地执行秘密任务。桃灼葭发现，维叶岐离开后，她的生命受到主人正妻棘梅步夫人的威胁。棘梅步无法生育，因此憎恨给维叶岐生下女儿的桃灼葭。桃灼葭知道，想活下去，自己必须逃走。

桃灼葭回想起从前在瑞摩加的艾斯塔兰姊妹会生活的日子，以及在关途圃度过的童年。她的真实身份渐渐明晰：原来她就是约书亚王子与色雷辛妻子渥莎娃的孩子，是龙凤胎中的戴菾。她逃到城市底下的洞窟，躲在维叶岐一间空置的湖边别墅中。

王室使团终于返回海霍特。西蒙和米蕊茉请提阿摩遵从艾奎纳的遗愿，再度寻找约书亚王子。于是提阿摩派助手厄坦弟兄南下，试图

前情提要

查清二十年前约书亚王子失踪的真相。

与此同时,为与小史那那克争胜,莫根纳王子爬上了海霍特最臭名昭著的耶尔丁塔,差点死在上面。他相信自己在塔顶看到了死去已久的派拉兹,但要求小史那那克保守秘密。

到处都能看到北鬼复苏的证据,西蒙和米蕊茉知道,古老的魔法敌人太过强大,他们无法独力对抗,决定联络希瑟,尤其是昔日的盟友吉吕岐和亚纪都。在西蒙催促下,米蕊茉不情不愿地同意,派孙子莫根纳与艾欧莱尔伯爵一起,带上一队士兵,前往阿德席特大森林寻找希瑟,顺便将中毒的信使坦娜哈雅送回去进一步治疗。

维叶岐从奈琦迦出发,前往南方的凡人领地。与之同行的北鬼军队计划攻击凡人堡垒奈格利蒙。维叶岐得知,他和工匠们负责挖掘埋在堡垒下方的坟墓,墓主是个名叫努言·伏的庭叩达亚,号称"航渡者"。庭叩达亚又称"换生灵",他们虽然跟随希瑟与北鬼一起来到奥斯坦·亚德,却与不朽者①并非同类。在奥斯坦·亚德,庭叩达亚为了适应不同工作,演化出众多形态。维叶岐的任务是取出努言·伏的魔法盔甲,但他想不通要怎样才能在不与凡人开战的情况下办到。

莫根纳王子和艾欧莱尔伯爵终于在阿德席特大森林边缘联系上希瑟。原来不朽者已经遗弃了角天华居住地,他们的女族长理津摩押遭到凡人袭击,陷入魔法沉眠。在统治他们的岁舞家族中,堪冬甲奥挺身而出,自封为全族守护者,拒绝以任何方式帮助凡人,因此与理津摩押的孩子吉吕岐和亚纪都产生摩擦。亚纪都怀孕了,这在希瑟一族中是罕见的喜事。孩子的父亲叫炎甲奥,他生性好战,是堪冬甲奥的晚辈亲属和拥护者。

在色雷辛,乌恩沃为了争取弗里墨的姐姐库尔娃,挑战并杀死了竞争对手。然而库尔娃的哥哥欧里格酋长不愿将妹妹嫁给外人,竟然

---

① "不朽者"指北鬼和希瑟,他们相对凡人十分长寿,但仍能被杀。

割断了她的喉咙。乌恩沃杀死欧里格,逃离仙鹤部族,回到母亲渥莎娃所在的骏马部族。他的身世随之解开:原来他就是约书亚和渥莎娃所生龙凤胎中的戴奥诺斯。乌恩沃质问母亲为何将自己送走,还有他妹妹的去向。渥莎娃回答,送走他是外公费克迈酋长的命令,戴菈则是不久后自己逃走的。

费克迈的继承者、渥莎娃的妹妹海菈的丈夫古迪格首长出手袭击乌恩沃。混乱中,渥莎娃杀死了老迈衰弱的父亲费克迈。一大群乌鸦不知从何处冒出,扑向古迪格及其帮手。色雷辛人看到这一幕,惊呼乌恩沃是新一代色雷辛的全族领袖——山王。乌恩沃杀死古迪格,成为骏马部族的新酋长。

在遥远的东北方,女王之爪与亚拿夫设法捕获一条幼龙,母龙随之出现。争斗中,队长玛寇被龙血严重烧伤,另一名女王之爪成员被杀,其他人逃脱后,设法将俘获的幼龙运往山下。

艾欧莱尔与莫根纳的出使任务失败了,他们离开希瑟的住地,返回阿德席特大森林边缘的营地,却发现队伍遭到色雷辛人的袭击,士兵全部战死。草原人仍未离去,正在搜寻受害者和战利品。艾欧莱尔和莫根纳分头逃跑。王子逃回古老的阿德席特大森林,就此迷了路。

说回海霍特,西蒙国王和米蕊茉王后收到邀请,要前往人口稠密、动荡不安的纳班参加一场重要的婚礼。二人接受邀请,希望至高王室的出席能化解萨鲁瑟斯公爵与其弟弟德鲁西斯侯爵之间的恩怨。由于北鬼的威胁日益严重、赫尼斯第的消息也令人不安,他俩不能都去纳班,最后决定由米蕊茉出席婚礼,西蒙镇守海霍特。

王室顾问帕萨瓦勒大人与约翰·约书亚的遗孀艾黛拉王妃成了秘密情人。有一次,王妃交给他一封来自纳班的信,说是他不小心掉落的。帕萨瓦勒发现信上的封印已被拆开,担心对方读过信里的内容,便将艾黛拉推下楼梯,见其没死,又用脚踩断了她的脖子。

在阿德席特大森林,希瑟信使坦娜哈雅终于从可怕的重病中清醒

前情提要

过来,与吉吕岐、亚纪都重聚。尽管她恢复了健康,未来却仍然黯淡。北鬼女王乌荼库显然要向希瑟和凡人宣战了。

序章

♛

坦娜哈雅走进充作桠司赖①的洞窟,心里十分迷惑。一切都不对劲儿。一时间,她甚至怀疑起自己和自己的决定。

亮丽的飞虫还在,她望着群聚的蝴蝶心想,但它们是如此悲伤,如此迟缓!环绕在我们头顶和四周的石壁将它们挡在阳光和清风外,将它们与森立之主②一起埋葬。她望向理津摩押被严密包裹的身躯,心里空洞洞的。森立之主虽然没死,但也不是单纯地沉睡。整个世界都七零八落。这样的时刻,谁能分清对与错?

神圣的蝴蝶贴伏在洞壁和洞顶,犹如一张用活宝石镶成的挂毯,即便坦娜哈雅锐利的双眼也分不清有多少种颜色。它们的翅膀轻轻摩挲,如柔风抚摸树梢,填满了洞中的宁静。

理津摩押的女儿亚纪都走过来,拉起坦娜哈雅的手。"吉吕岐也在。"她嘴上说着,指尖如轻盈的羽毛,在坦娜哈雅掌上敲出暗语:勇敢些,我们陪着你,然后领着她走进洞窟深处。岁舞家族的其他成员正在那里等她。

"来吧,支沙陇的坦娜哈雅。"堪冬甲奥在洞窟最深处等待,刚好坐在从洞顶裂缝漏进来的光圈之外。他自封为家族守护者,脸上带着刺目的疤痕,如战争领袖般盘腿坐在一块裸露的岩石上。他最忠实的追随者多是支达亚③进入大森林过上放逐生活后才出生的年轻男

---

① 桠司赖:神圣的希瑟聚会场所。
② 森立之主:岁舞家族女族长的头衔。
③ 支达亚:希瑟对自己的称呼(希瑟是凡人对他们的称呼)。

子，此时正紧密地簇拥在他两侧，活像保镖。"在这危机四伏的时刻，我不喜欢离开战线。"堪冬甲奥续道，"告诉我，为什么要我来这儿？"

他的支持者们眼睛一眨不眨地盯着坦娜哈雅，明显不信任她。至于洞中其他支达亚，大部分除了专注，脸上再没有其他表情。只有亚纪都的哥哥吉吕岐和少数几人点头对她表示欢迎。

"正因这些危机，我才希望跟您谈谈，堪冬甲奥长老。"坦娜哈雅刻意不用对方自封的"守护者"称号，同时感觉到周围人饶有兴致地扰动起来，"这样的时刻，我们承担不起赶走盟友的损失。"

堪冬甲奥的疤脸露出更加冷漠的表情。"赶走盟友？什么盟友？我们支达亚在这世界没有盟友。"

"我们也不需要盟友！"炎甲奥宣布。他是堪冬甲奥的晚辈，聚在椰司赖的所有支达亚当中，他是控制情绪最弱的一个。坦娜哈雅认为，炎甲奥只是个热情、狂躁的年轻人，但她也知道事实未必如此，否则亚纪都不会选择他做孩子的父亲。

"我说的是凡人。"坦娜哈雅的话引起了另一波扰动，但这次比较轻微和短暂，只有头上蝴蝶微弱的不安才能揭示它的存在。"把我送回这里，好让医师救我一命的凡人。"

"当然。"堪冬甲奥回答，"可你们把我叫来这里，不光是要我看场感谢医师或那些无能凡人的戏码吧。"

"不，堪冬甲奥长老。我们遵循礼节将您请来，是为听我陈述我的决定：我要回到凡人的领地，前往被他们称为海霍特的地方，也就是我们古老的城堡阿苏瓦。"

堪冬甲奥用狭长的眼睛瞪她良久，仿佛认为她失去了理智。"不行，你不能去。"他最后说，"相信我，你不能。"

"恐怕您误会了，长老。"坦娜哈雅说，"应该相信的是我。森立之主津摩押的子女，亚纪都和她哥哥吉吕岐相信我，但他们交托给

序章

我的任务尚未完成。"

守护者的支持者们怒气冲冲地骚动起来,这动静在坦娜哈雅耳中如吆喝一般响亮。她暗自叮嘱自己要更加沉着冷静。

"我是岁舞家族的守护者。"堪冬甲奥生硬地说,"我从一开始就不同意你去找凡人,现在也不同意。我的话就是你的律法。"

此言一出,其他族人也跟着骚动起来。这波不满情绪似乎集中在较年长的成员,坦娜哈雅知道,他们当中很多人更忠实于岁舞家族真正的后裔——吉吕岐和亚纪都,尤其是后者。"您的话并非律法,堪冬甲奥。"吉吕岐用温和而谨慎的中立语调指出,"我们的父亲速马奈力是最后一任守护者,但他已经去世,愿华庭①接纳他。我们的母亲理津摩押是现任的森立之主,尽管她受到重创,陷入昏迷,但她还活着。"

"你从没见识过我族辉煌时的九大城市,所以用不着你来给我讲述历史。"一时间,堪冬甲奥似乎要失控了,但又再次恢复了冷漠,"不管怎样,这些不是重点。我没要求获得岁舞家族领袖的所有权力,但总要有人做守护者。既然由我担任这个角色为全族服务,那么各种困难的决定也必须由我来做。我决定,让狡诈的凡人走自己的路吧。坦娜哈雅,你不能前往凡人的城堡,你跟凡人再没有任何瓜葛。我们家族每位成员都一样。"他在胸前交叉双臂,"若无其他要事,我宣布,这场愚蠢又多余的会议结束。"

勇敢点儿,坦娜哈雅鼓励自己,与乌茶库女王及其仆从的疯狂相比,与一切生灵可能面临的毁灭相比,堪冬甲奥的怒火算得了什么?"您误会了,堪冬甲奥长老。"她说,"我并非征询您的同意,而是告知您,我决定要去。正如刚才所言,这是遵循礼节。"

---

① 华庭:名为"望都沙",是支达亚、贺革达亚和庭叩达亚原来的家园,被称为"华庭"。

Empire of Grass

炎甲奥差点一跃而起，但被堪冬甲奥伸手按住，然而后者脸上也是显而易见的愤怒和沮丧。"这里不能大声说话，"他告诉炎甲奥，"更不能威胁人。把你的手从剑柄上拿开，孩子，不然我赶你出去。我们是支达亚，不是吵嚷不休的凡人。况且，这里是桠司赖。"炎甲奥平静下来，屈身与其他伙伴蹲伏在一起。堪冬甲奥转回坦娜哈雅。"你解释一下。"

她深吸一口气，心里突然生出怪异的眩晕感——在这场争执的表面之下，似乎还有在场同胞都无法猜透的事发生。她抬头望向洞顶的蝴蝶，希望从它们身上汲取力量。这些明艳的飞虫见证过更激烈的纷争，她对自己说，但它们仍聚在我们身边。我们是支达亚，黎明之子。我们能活下去。"很简单，长老。或许您能决定岁舞家族的大部分事务，但我并不属于这个家族。"

堪冬甲奥做个免谈的手势。"巧言令色，并非事实。你的族长希马努派你来这儿，那你就归我管。"

"首先，"坦娜哈雅回答，"从律法上讲，希马努大人并非我的族长。他是我的导师，我只是愿意遵奉他为我的族长而已。他跟您一样，是长辈，我对他怀有深厚的敬意，因他给过我很多帮助。"她望向吉吕岐，后者若有所思的庄重面容令她感到几分安慰。"早在理津摩押受伤并沉入长眠之前，希马努就派我来协助吉吕岐和亚纪都。我遵从他们的母亲理津摩押的命令前往凡人的首都，却在途中遇到伏击，中了毒箭，没能去成。从那时到现在，情况没发生任何改变。我是为他们效力，不是为您。"

堪冬甲奥显然很吃惊。"我不理解你这番话。"

"而我不能理解的是，"坦娜哈雅的胆量连自己都有些害怕，"长老，为何您和您的追随者执意忽视一切迹象，只因那些与你们观点不一？不管您是否同意，我都被派为信使，前去拜访凡人。我遇到袭击，只能原地等死，若非那几位凡人坚持那么长时间，费尽心力保住

序章

我的性命，将我送回这里，那我早就死了。据我所知，射中我的像是贺革达亚的黑箭，但只是被涂黑而已，并非真正的窟琉索拉黑木箭。"

"你还没说清你的意思。"堪冬甲奥皱起眉头。

亚纪都第一次开口说话了。"她的意思是，有人想诱导我们和凡人相信，是贺革达亚袭击了我们的信使。"

"所以，袭击坦娜哈雅的是凡人，而非乌荼库的族人。"炎甲奥直起腰，做了一个横扫的动作，意思是这只是风声，"这更说明我们该将他们赶到远处，我们自己也要远离他们。"

"箭上的毒药也值得注意。"坦娜哈雅续道。她转向亚纪都身旁一位身材矮小的银发希瑟女子。"琪拉舒长老，请将您对我说过的话，告诉其他森立家的成员。"

医师从不允许自己匆忙行事，所以等了一阵儿才开口说话。"流淌在坦娜哈雅血液中的毒素……非比寻常。我从未见过类似的毒药。伤口没有毒素残留，但症状极其怪异。其中既有肯-未刹的成分，也有被我们称为旅人兜帽的草药——凡人叫它附子草——还有其他……"

"这都毫无意义！"炎甲奥叫道。由于他接二连三打断别人，周围又是一阵不安的躁动。"在上一场战争中，贺革达亚用过这种巫木粉对付凡人。凡人知道那是什么、有什么用处。"

琪拉舒看都不看他一眼。"对，贺革达亚曾用肯-未刹对付凡人，凡人有可能了解它的特性，然而巫木树已濒临绝迹，他们显然很难制作更多肯-未刹。"

洞壁和洞顶的蝴蝶群似乎泛起一阵不安的涟漪，数千轻拍的翅膀发出低低的呢喃。

"那次伏击最奇怪的一点是，"医师续道，"在坦娜哈雅的中毒症状中，我发现有些既非来自肯-未刹，亦非旅人兜帽。给他们看看吧，支沙陇的坦娜哈雅。"

坦娜哈雅转过身，强忍疼痛，拉起宽松的束腰外衣。毒素将她的箭疮腐蚀成几个坑洞，直到现在才刚开始结痂。

"看到她皮肤上的印记没，像花一样的？"琪拉舒问大家，"袭击已过去数月，但那里摸起来仍然烫手。普通毒药弄不出这样的伤口，但另一种东西可以——只能由外界刺入身体的东西。这更像是龙血的灼伤。"

堪冬甲奥仍然怒容满面，但脸色变得苍白。"医师，所以你断定……"

"我没有任何断定，守护者。"琪拉舒回答，"我只说了我知道的事。"

"谁还有疑问吗？"吉吕岐接过话头，"很明显，某个同时拥有肯－未刺和龙血的敌人，想阻止我们派信使去联络凡人。光是这一点，已经值得再派一次信使了。"

堪冬甲奥缓慢却用力地摇摇头。

"这些我都不管。我不同意。"

"正如刚才所说，长老，我并非请求您的同意，"坦娜哈雅的心跳得飞快，但竭力保持着平静，"而是遵循礼节。在此我通知您，我会再次担任信使，前去联络凡人。现在我必须离开去做准备了。"

"让我帮你吧，我的心灵姊妹。"亚纪都站起身，滚圆的肚子犹如丰收时节贴在地平线上的满月，"你才刚刚恢复健康。"

"恐怕我永远无法恢复真正的健康了，"坦娜哈雅回答，"但我的状态足够完成任务。"

她俩并肩走出洞窟，只在途中短暂停留，向包裹在蝴蝶丝茧里沉睡的理津摩押致敬。洞顶和洞壁的蝴蝶恢复宁静。一时间，整个洞窟鸦雀无声，留下的支达亚们各自琢磨刚才听到的一切。然而，坦娜哈雅确信，自己离开后，桠司赖的宁静不会持续太久。

第一部
夏末

太阳啊,你这无情的天体
如敌人炙烤一切
我再也不想见到
何卡索那闪电般骄傲的橡树枝丫
银色家园那波光粼粼的蓝色湖水
还有无边无际的天空
走吧,邪恶的太阳!
你伤透了我的心

——蓝灵峰的森雅苏

Empire of Grass

古老之心

  细长的手指触到莫根纳，吓得他魂飞魄散，从蹲伏的树枝上一跃而下，膝盖和手肘狠狠撞到低处的树枝，歪斜着摔到地面。他顾不上起身，直接手脚并用在森林地上猛爬，耳中心跳如鼓，等爬出几十步才敢回头看一眼。

  月光渗过古老的枝丫，落在刚才碰他的东西身上，没能照出多少细节，但那少许银色的微光足以让莫根纳看出，他这辈子从没见过类似的生灵。它的个头比莫根纳的妹妹还要小些，稍稍减轻了他的恐惧，形状既非小熊，亦非猿猴，而是一种他不认识的动物，黑眼睛因惊吓而睁得老大。在它转身往树顶方向消失之前，莫根纳看到它的手一闪而过，那上面长着手指，而非爪子。

  莫根纳瘫坐在潮湿的地面上，月亮再次滑落到树后。他瑟瑟发抖，等待心跳缓和下来。他想哭却不敢发出声音。他完全迷失了方向，不知自己从哪儿来，也不知跑了多远。

  我迷路了，他心想。独自一人，在阿德席特大森林迷路了。这个念头就像当头一棒。

  他十分想喝点烈酒。

* * *

  悲伤幽暗的梦境中，树根钩绊，枝丫纠缠，藤蔓如怨毒的鬼魂般抓住他，将他拖倒在地。莫根纳惊醒过来，发现愤怒的幻影已经褪去，明亮碧蓝的夏日天空透过头顶的树枝望向自己，温暖的晨间空气

夏末

弥漫着绿植的气息。

然而,他只享受了片刻安心感和完美纯净的时光。试图解开缠在身上的斗篷时,他一个侧翻,从睡觉的树枝上滚了下去。下面的枝丫缓冲了他的坠落,幸好他爬的高度只是自己身量的两三倍。尽管如此,他摔到地上时仍被树枝刮破了好几处。

一开始他只能躺在地上喘气,试着活动四肢看有没有重伤,心里嘀咕:谁说躲到树上就很安全了?

感谢仁慈救主乌瑟斯,没让我爬到更高的地方!

接下来他的念头是:我该怎么办?会有人来找我吗?我的同伴们还有活的吗?他回想起最后一次看到可怜的老伯爵艾欧莱尔的情景,恐惧和担忧攥紧了五脏六腑。不知伯爵、波尔图,还有矮怪宾拿比克一家怎么样了。他竭力推开各种凄惨的假设,提醒自己,身为王子不能因恐惧和悲伤而怯懦不前。他在营地里只见到爱克兰卫兵的尸体,所以小史那那克和齐娜等人很可能还活着。虽然这很难让人相信。

他特别想喝酒。一壶葡萄酒既能抹去痛楚,也能消除忧虑。可他与艾欧莱尔跟随希瑟离开时,就将酒瓶留在了营地。他怎么那么蠢啊?波尔图很可能喝光了他的白兰地,前提是那老骑士还有命在。

他是真心诚意为伙伴担忧,但一想到剩下的白兰地也许浪费在未能活下来欣赏它的人口中,不禁又十分心疼。

莫根纳从坠地的冲击中缓过气来,摇摇晃晃爬起身,开始收集掉下树枝时散落的物品,比如佩剑、水袋,最后是那条暗绿色斗篷——昨天半夜,森林里格外寒冷,所以他用斗篷裹住自己。他坐在山毛榉树下,将物品摆在潮湿的地面,然后解开腰间的袋子,把里面的东西倒在铺开的斗篷上。

首先映入眼帘的是装有燧石与火钢的小袋子,他立刻感谢上帝,因为这些可以打火。不过除了身上的链甲和垫在底下的衣物,他没剩多少东西了,只有佩剑、匕首,以及腰袋里倒出来的那些。他检查那一小堆物品，心中一阵阵沮丧。

燧石与火钢。

母亲给的《安东之书》。

一个树叶包。不知道里面有什么，他祈祷是食物。

小史那那克给他的尖钉铁鞋，用来在冰上走路的。夏天的森林里，这玩意比公猪的奶头还没用。

腰袋里还有东西，他伸手看是什么。有人——也许是他的侍从梅尔金，或者是矮怪小史那那克——卷了几寻长的细绳，紧紧捆成一束，塞在腰袋最底下。不管是谁干的，王子都说不出地感激。最起码这绳子能帮忙搭个窝棚。

或者上吊，他心里想道，然后赶紧祷告道歉。何必帮上帝出主意呢？

祷告完毕，他立刻将注意力转移到树叶包上。他和艾欧莱尔上次吃东西是在那个疤脸希瑟堪冬甲奥的营地。虽然食物味道不错，但他吃得不多。此时此刻，他不由暗骂自己。能大吃大喝时何必那么节制？但他又怎能料到后来发生的事呢？

慈爱的救主啊，我在森林里能找到什么吃的？

他拆开树叶包，顿时松了口气。果然是食物，可能是老波尔图或侍从梅尔金给他准备的。硬奶酪、面包，还有一个苹果，都包在葡萄叶里。不过苹果是哪儿来的？莫根纳不记得上一次见到苹果树是什么时候了。不管怎么说，其他食物还能放一阵子，苹果却开始打蔫了，于是他咬了一口，甜美的滋味让他的心情几乎再次愉悦起来。

所以嘛，我才不是祖父认为的大笨蛋，他告诉自己，并非毫无用处。看看我这些东西，有刀、有吃的、有生火用的燧石与火钢。他想起祖父的好友兼宫务大臣杰瑞米，片刻的满足感顿时破灭，因为那人曾强烈鄙视莫根纳的皮革腰袋。

"只有农夫和旅人才戴这东西。"杰瑞米告诉他，"而您，殿下，

夏末

两者都不是。"

好吧,看不起腰袋的大人啊,莫根纳心想,现在谁对谁错?可他马上意识到,自己正孑然一身坐在浩瀚的森林当中,完全不知该怎么回家,却在脑海里跟一个不在场的人争论。

"身处糟糕的境地时,"祖父曾对他说,"有时你必须采取行动。只要放手去做就好了。继续前进。努力向前。"多年后的现在,他终于理解了国王的话。盯着自己的少数财物发呆时,太阳已渐渐升起,从低处的枝丫爬上高处,匆匆赶向正午的中天,然后它将再次落下,沉入黑暗。

腰袋里的食物坚持不了多久,而他不知道,在阿德席特大森林里,除了浆果还能吃些什么。小时候跟海霍特其他贵族小孩扮演四处流浪的英雄时,他连只兔子都没抓到过。真希望他还记得怎么做陷阱。

待在这儿你会饿死的,他告诉自己。你必须做点什么。想想,莫根纳,好好想想!

最直接的计划是找路回到森林边缘。之前跟希瑟在一起时,他感觉很难辨认方向,但那毫无疑问是出于某些异教魔法,用来迷惑外人的。如今,太阳的轨迹再清晰不过,它指出的方向没理由会错。

他将所有东西收回腰袋,抬头看天,估算太阳的轨迹,然后朝他确信的南边出发。那边不远处应该是草原。尽管心里忐忑不安,对烈酒的渴望没有丝毫衰减,反而越来越强,但他还是壮起胆子,边走边吹起口哨,直到想起想要袭击营地的人可能还在找他才安静下来。

* * *

过了中午,就算莫根纳想吹口哨也提不起勇气了。他两腿酸痛,肠胃痛苦地揪成一团,周围却没有任何改变。太阳划过中天后,他让日头朝自己右边落下,一直往前走,希望回到森林边缘。可随着下午渐渐过去,他发现自己仍被笼罩在大树阴影之下。这里有角树、椴树

Empire of Grass

和遮天蔽日的爱克兰橡树,只有小片空地或山间的潮湿凹地里偶尔能见少许阳光。不论昨晚他有多么恐惧,当时跑过的路程肯定无法与今天相提并论。虽然希瑟不在附近,但他们的森林魔法似乎仍在干扰他。

他停下来清查存货。这时他在半山腰,旁边有棵粗大的山毛榉树,可以倚在树干上休息。几个钟头前他就吃完了苹果,连果核里的汁液都吸干、榨干,还用牙齿嚼碎了种子,以免浪费分毫,为此他颇有些自得。然而现在,饥饿如影随形,于是他撕下一块面包皮,伴着几口奶酪吃下肚。有点效果了,但他依旧渴望烈酒。酒瘾和得不到满足的沮丧不停地折磨他。

至于要去哪儿,答案似乎比较简单:他大概知道,草原和伊姆翠喀河一定在南边,但他不知道自己在森林里有多深。他擦掉额头的汗水,仰望附近的斜坡。如果爬上去,也许可以到山顶观察一下四周,甚至看到森林边缘,估算一下还要走多远。

可这山爬起来太费劲儿了。山坡陡峭,布满灌木和倒下的树木。等莫根纳爬到山顶,太阳又往地平线沉下去一大截。他跨过山顶,找到一丛鬼影似的桦树边缘,那边倒了几棵树,露出一块空地。他望向铺在脚下的森林,树海一望无际。

"不公平!"他大声喊道,一只松鸡不满地叫了一声。"不公平!"

森林往四面八方延伸,无边无际的树冠连成一片,稀稀落落点缀着少许跟他脚下这座一样的小山,犹如棕绿相间的叶海中的孤岛。除此之外什么都没有。

沮丧的泪水模糊了他的双眼,冰冷的恐惧冻住了他的心脏。他迫切希望用酒精将自己灌到人事不省。

希瑟称自己的村庄为"小舟"。此时此刻,他多么希望能看到一艘那样的小舟。哪怕是那个疤脸恶棍堪冬甲奥的地盘也行啊。

莫根纳双脚发软,只好靠在一棵桦树上。太阳沉得更低。傍晚的

夏末

雾气开始蒸腾,雾影之下连阳光都看不到了。他擦干双眼,恼恨自己一时懦弱,但又鼓不起足够的勇气再做别的事。

我会死在这里,此刻似乎再无其他可能。饿死、冻死、摔断脖子、被狼咬死、被熊吃掉……没人会知道我的下场。

"杀掉那个贵族,剥掉他的衣服。他没别的价值了。"

艾欧莱尔伯爵——首相、至高王座之手、风暴之王战争中的英雄——竟被一个色雷辛人轻蔑地提起来,扔到地上。

他孤身一人,对方却是六个粗野的大胡子,穿着不合身的残破盔甲,多数人脏兮兮的外套早已扯掉了纹章。将艾欧莱尔扔在地上的人拿着一柄剑戳他,但目的只为扎伤,而非杀害,看来这草原人还想玩弄一下猎物。伯爵滚向旁边躲避,那人的剑只将斗篷钉在地上。

另一个骑手跳下马说:"收剑,赫扎。"那人很年轻,但看他轻松下令的派头,艾欧莱尔断定他是头目。对方低头瞪着艾欧莱尔,嘴角拧出一丝假笑。他脸上有仪式性伤疤,浓密的头发和胡子上绑着无数装饰用的小骨头,但同其他人一样,身上却没有色雷辛部族的标记,因此伯爵更加确信,他们极有可能是四处游荡的强盗。"我们随时可以杀他。但我要知道他在这里干吗。"

"我很乐意告诉你。"艾欧莱尔回答,"但我想先站起来。"他撑起身子,改成坐姿。赫扎的剑还钉着他的斗篷,拉扯之下,布料撕裂,斗篷的碎片留在地上。那个草原人黑沉着脸,但没跟年轻头领争执,只是拔起剑,在伯爵腿上慢吞吞地蹭掉剑尖上的泥巴,还剑入鞘。"除非你们这么多人,还怕一个年纪足有你们两倍大的赫尼斯第人。"艾欧莱尔补充道。

"恐怕不止两倍吧。"强盗头子咧嘴笑了,"刚才我说了,不急着杀你。所以,交待吧,一个吃兔子的赫尼斯第人跑我们地盘上干吗?"

"你们的地盘?可我没看到有谁戴着部族纹章。"艾欧莱尔知道,如此大胆的回答等于找死,但色雷辛人敬重勇者,与其如羔羊一样被宰,不如像猎豹一样赴死。他还有种直觉,这个年轻人是真心想听他说话,哪怕仅仅是因为头领要显得比手下更聪明、更务实。另外还有个很重要的原因,他看到莫根纳逃进森林的位置附近,仍有三个强盗在闷闷不乐地转来转去,因此他迫切希望分散其他人的注意力。"我是艾欧莱尔,爱克兰首相。我来是为至高王室执行任务。"

"任务?"头领哈哈大笑,"冲谁?狐狸部族吗?还是麻雀?难道你要去找新盖营所那些肥村民?"

"不找他们,也不找其他凡人。我奉命来找希瑟。"

听到这个词,几个强盗显得焦躁不安,有人往地上吐了口唾沫,画了个阻挡邪恶的手势。"哈,"头领说,"现在我知道了,你在撒谎,赫尼斯第人。谁想找那些森林之民啊?再说了,要是精灵不愿意,谁能找到他们?"

在森林边搜索的几个人上了马,朝艾欧莱尔这边走来。伯爵放下心头的大石。感谢您,伟大的布雷赫。求您保佑那个孩子。他暗暗祈祷。也许吉吕岐还在附近等候,能将莫根纳带到安全的地方。尽管堪冬甲奥对他们态度恶劣,但艾欧莱尔认为,对莫根纳王子来说,在海霍特之外,没几个地方能比希瑟的地盘更安全了。

"我们有支号角,"他告诉强盗头子,"是希瑟的造物。它有用。我刚跟你提到的森林之民谈过话回来,就发现你们袭击并杀害了我的同伴。"

"什么乱七八糟的,我听够了。"赫扎眯缝双眼,皱起眉头,但他声音不大,头目没理他。

"阁下,你这故事可真罕见。你确定你是贵族而非吟游诗人?"

另一个黑胡子的年长强盗突然说话。"以草上惊雷的名义,阿瓦特,我认识这人。"

头领扭过头。"你说什么?"

夏末

"我以前见过他。他认识我父亲。"那人惊讶地看着艾欧莱尔,"我是贺特墨。我父亲是骏马部族的贺夫格,曾为约书亚王子打过仗。你可还记得他?"

"他?"艾欧莱尔大为震惊,但仍保持警惕,"当然记得。可我听说贺夫格成了新盖营所的大人物,是镇上的高官。那你怎么会在这儿?"

贺特墨摇摇头,脸色冷峻。"我不想说这个。"他转向阿瓦特,"这个艾欧莱尔当年就是个重要人物,国王的右手,那还是二十多个夏天之前。"

"那有什么用?"赫扎眯起眼睛,冷笑道,"他没钱,所以没用。割了他的喉咙就上路吧。"另外几人似乎同意,但其他强盗都望向年轻的头目。

"如果他能换赎金就有用。"阿瓦特指出,"你怎么说,赫尼斯第人?国王够不够看重你,愿不愿意出钱赎你?"

"当然。别的不说,他想听我报告……"艾欧莱尔突然反应过来,自己在疲倦和恐惧之下差点说了蠢话,"他想听我报告出访希瑟的结果。没错,西蒙国王和米蕊茉王后会为我支付赎金,前提是我活得好好的,能告诉他们想知道的情况。"

阿瓦特哈哈大笑。"行啊。不过绝望的人都会说这种话。既然今天已经收获了不少好东西……"他指指地上那堆盾牌、长剑和盔甲,无疑是从死去的爱克兰卫兵身上剥下来的,"我们可以慢慢考虑一下,免得错过大奖。"他的疤脸突然露出奸诈的表情,"不过,逃走的那个小子是谁?"他恼怒地看了看身边的骑手,"我的人没抓住的那个。"

艾欧莱尔摆摆手。"是我侍从,一个愚蠢的白痴,遇到麻烦就把我丢下了。不管他更好。"有那么一会儿,他心里琢磨能不能忽悠这些强盗帮他去找莫根纳,但他想象不出该怎么隐瞒男孩的真实身份。

这一来又引发了更长时间的痛苦和犹豫：将王子独自留在野地里，或让他沦为一伙凶残强盗的俘虏，哪种结果更糟呢？万一强盗头子阿瓦特认定，索取赎金成功率太低或者太危险，完全有可能虐杀了他俩。

阿瓦特的下一个问题打断了他的思路。"另外那帮小子又是谁？我们看到他们骑着羊跑远了。"

艾欧莱尔既吃惊又振奋。肯定是宾拿比克一家，看来他们躲过袭击逃脱了。"那些不是小孩，是东北方高山上的矮怪。那些人要回家，跟我们同路。"

阿瓦特这次笑得又欢畅又响亮，那是发自真心的快乐。"矮怪？哦，天哪，今天是什么日子！所谓的国王之手艾欧莱尔啊，就算我们要杀你，也会让你多活几天，至少让你把故事全讲完。草原长夜漫漫，没有一两个故事听很无聊啊。"他的表情突然又冷漠下来，"赫扎，绑起来。别太紧，免得绑坏了，但也不能叫他挣脱，扎营之前不许松开。让他骑在贺特墨身后。有老爸的朋友作伴，贺特墨会喜欢的。"

既然还能活一阵子，艾欧莱尔决定冒险多问一句。"你们其他人呢？只有这么点儿人，你们不会攻击那么多武装士兵的。"

"其他人？"阿瓦特反问，"我们又不傻。"他转头望向还在闷燃的爱克兰营地，那边已经没剩多少东西了，只有几缕被风吹散的烟雾。"屠杀不是我们干的，是某个部族的人，数目还不少，估计是倾巢出动，去往灵山参加大会的路上。说得够多了。现在出发。"

艾欧莱尔被人托到贺特墨马鞍后面。他回头看了眼莫根纳消失的方向，然而暮色已笼罩草原，他看不到那古老的森林，只见到一片无边无际的阴影。

愿诸神保佑你平安，莫根纳王子。但愿你不靠我也能找到回家的路。若王位继承人有什么闪失，我还有何颜面去见你的祖父母。那样我还不如死在这片野地里。

夏末

起初莫根纳还拿着剑,偶尔练几下子,劈砍林木间投下的光柱,假装自己随时被强盗包围,被迫殊死一战。不过随着时间过去,林中空气愈发闷热,手臂也累了,他也干脆收剑回鞘。很快,剑鞘碰撞大腿又成了新的负担。尽管太阳已落下一半,天却越来越热,他感觉自己快被羊毛斗篷焐熟了。于是他脱下斗篷,卷起来搭在脖子上,用来遮挡某些尖利讨厌的树枝。这一来,后颈就成了他身上唯一发痒的位置。

发痒只是最小的问题而已。一切都不大对劲儿,一切都在激怒、骚扰或恐吓他。虽然天气炎热,汗水滴个不停,他却时不时浑身发冷。他不住地想念白兰地、葡萄酒,甚至一小口啤酒,什么都行,只要能舒缓因悲惨的情绪而带来的痛苦与麻木。最糟糕的是,他在这陌生而危险的地方彻底迷路了。

莫根纳对森林从没考虑太多,只觉得那就是个能跟艾斯崔恩、欧维里斯一起打猎或酒后探险的地方。比如有一次,他们去津林射鹿,结果迷失方向,在外面转到天黑,直到几个王室守林员听见他们争吵,赶来帮忙才找到回家的路。现在他明白了,城堡旁边那片熟悉的御用森林与眼前的阿德席特大森林根本不可同日而语。首先,即使在津林深处,依然处处都有凡人活动的迹象——比如猎人的陷阱、树皮上的刻印、堆叠起来指路的石头,有时还能看到陈旧的营火留下的焦黑痕迹。而阿德席特根本无路可循,没有半点人烟,甚至很少出现其他活物,除了树顶偶尔闪过的红色松鼠,或者迅速惊蹿的飞鸟,且经常只闻其声、不见其详。脚下的地面可能从未有过凡人踏足,他却抹不掉一种感觉:有东西在看他,也许还不止一个。他说不清为何会有这种感觉。不过话说回来,对周围的古树来说,他本来就是个外人,是个值得好奇的目标,这种感觉也就在所难免了。

他从未试过如此形单影只。

Empire of Grass

他去过津林，也逛过赫尼斯第那片夕柯林的某些区域，那里从来不缺凡人的住所和活动迹象。森林居民会管理大树，修理灌木，削去树顶，砍些枝条当柴火，留下树桩从地面凸起，犹如墓碑。烧炭工会采集矮处的灌木，落下的果实会被赶进林中觅食的家猪吃掉。林中的一切都能派上用场。可在这儿，他是彻底的孤家寡人，走在炙热、潮湿、死寂的黑暗中。

等到天将傍晚，莫根纳的每一口呼吸似乎只能填充他的胸膛，却无法帮他理清思绪。他只能拼命压下越来越频繁、越来越强烈的无助与绝望。他好几次爬到高处查看，结果既看不到森林边缘，也瞧不见任何能振奋心情的人迹，周围只有一模一样、延绵无尽的林木和凌乱的灌木。他没能双膝跪地、痛哭流涕已经算不错了。

不能那样，他一次又一次告诉自己，我是个王子。绝对不能。

虽然忍住了泪水，但随着白天过去，情况已越来越明显，日落之前他到不了类似森林边缘的地方。恐惧开始如洪水暴涨。

"农夫之子拿起宝剑，
奔向绿渭河岸边。
那里站着神圣王无情的手下，
面对异教队伍浩如云烟。

少年站定举起宝剑，
立于奔腾河水旁边，
大声呼喊'即使鲜血流满，
你们也别想征服爱克兰！'"

莫根纳本想唱几句豪气干云的战歌，但他的嗓音虚弱无力，更糟糕的是，没准儿还会冒犯永恒静谧的大森林，所以《多尔郡农夫之子》没唱一半就停了下来。再没多久，他想唱也唱不起来了，只能在树下灌木丛中继续找路，偶尔发现动物的小径，身上被带刺灌木刮出

夏末

无数流血的伤口，但他只能置之不理，一步一步往前挨。

他在一片密集、高耸又古老的椴树林中跋涉了至少一个钟头。有的大树笔直修长，犹如站岗的卫兵。有的树干被自己新长出来的枝丫包在其中，仿佛在家中壁炉前默默打瞌睡的老爷爷。他好不容易穿出来，在树木比较稀疏的地方停下来休息。太阳已落到西边——必须是西边，不然这一切就没有意义了——气温终于开始下降，他重新披上斗篷，这时注意到一棵十分特别的白蜡树，树身粗壮但打了个弯儿，仿佛是从另一棵更加古老、已然凋零的巨树阴影下长出，然后笔直地够向阳光。莫根纳不禁觉得，它……很眼熟。

他走近几步，从一边绕到另一边，熟悉感还是如蛆附骨。旁边地上有个浅色的东西吸引了他的目光。是个苹果梗，末端连着一丁点果肉，已经变成棕色且爬满了蚂蚁。无需再看地上由他自己的靴跟踩进泥土留下的脚印，莫根纳已经知道，那是他很久之前吃剩的早餐。

他回到了出发的地方。

莫根纳崩溃了。他跪在地上，额头贴地，泪水终于涌出眼眶。太阳是骗子、是叛徒，像个挥舞匕首的刺客，企图置他于死地。整个森林都恨恶他，他也恨恶这片森林。他走了一整天，却等于原地踏步。

* * *

那一晚，他在昨夜同一棵树上睡觉，或者说，试图睡觉。四周的黑暗森林中，到处都有东西活动，还有类似说话的声音。有一次他坐得笔直，心跳加速，发现三双又大又圆的眼睛映射着月光，正在高处枝丫上闪亮亮地俯视着他。不管那是什么，它们并没有靠近。之后莫根纳决定，尽量不要再理会各种沙沙声和轻柔的呢喃。

透过枝叶看到的星星也不对劲儿。本应熟悉的夜空中，他看到的星座要么变了形，要么完全陌生。明灯星闷燃的闪亮圆球不见了，天幕间只有个形似蜘蛛或螃蟹的星座，中间一颗耀眼的火球，四周辐射出较暗的线状火焰。看来连天空也在跟他作对。

Empire of Grass

  莫根纳又哭了，哭得无法自制，只能尽量压住呜咽声，以免吸引捕猎者的注意。他已经不怕追他的凡人了，甚至欢迎那些正常的家伙。即使尽了最大努力，他仍会发出些许细微的声响。躲在周围黑暗树影中的隐形偷窥者相互嘀咕，仿佛在议论这个怪东西还会做出哪些怪事。

夏末

木头脸

"那是我妈妈吗?"莉莉娅瞪着大大的眼睛,盯着棺材上的雕像。雕像的双手虔诚地扣在胸前,木头脸庞跟所有圣徒雕像一样僵硬而平静。

西蒙没觉得孙女的问题很意外。他也觉得儿媳艾黛拉的木头雕像与她本人相似得有些诡异——空白的表情,茫然盯着虚空的假眼。"不是,小宝贝。"他最后回答,"那只是个雕塑。类似娃娃。"

"为什么给我妈妈做个娃娃?"

"为了展现她生前的样貌。"

"她现在的样貌变了吗?"

艾黛拉王妃已死去多日,国王不愿想象她现在的样子。"无所谓。你妈妈的灵魂去了天堂,总有一日你会跟她重逢,她的模样会跟以前一样。"

"如果我去不了天堂怎么办?"

"我相信你会的。"他看看四周。除了靠墙站立的仪仗兵,王室礼拜堂再没有别人。前两天,来瞻仰遗容的贵族和有地位的平民络绎不绝,到了现在,所有想来致敬的人似乎都来过了。西蒙突然生出个阴郁而震撼的念头:像艾黛拉这种满脑子主意的女人,不该在一个密封盒子里静默地躺这么久。

"凶手!"有人哀叹一声,音量不大,但在近乎空旷的礼拜堂里听来却像吆喝一样响亮,吓了西蒙一跳。

艾黛拉的父亲欧力克公爵摇摇晃晃站在门口,显然醉得不清。几个随从试着搀他却被推开。他踉踉跄跄走进礼拜堂，过了会儿，帕萨瓦勒也急匆匆进来，哀求他回到外面去，并尽量在不拉扯公爵的情况下拦住他。

"凶手！"欧力克又说一声，似乎没注意到外孙女莉莉娅和国王都在场，跌跌撞撞从他俩身边经过，在棺材前双膝跪倒。"凶手就在我们中间。自由自在！杀了我唯一的女、女儿！"

帕萨瓦勒满脸同情与厌烦。公爵汗淋淋的，丧服上污迹斑斑，看来好几天没换了。"抱歉，陛下。"帕萨瓦勒对西蒙说完，才注意到莉莉娅也在，顿时脸色煞白，"救主啊，真的万分抱歉。公爵他悲痛欲绝，喝了太多酒……"

"看得出来。"西蒙温和地回答。他没想到，对欧力克这么一个豪放直爽、不爱多愁善感的人来说，艾黛拉之死的打击居然这么大。他低头看看莉莉娅，小公主正惊骇地望着外公不断起伏的肩膀发呆。"可他为何一直说那个词？我不喜欢……"他示意一下莉莉娅，"当着她的面听到。你能扶他出去吗？"

帕萨瓦勒哭丧着脸。"我只能尽力，陛下。"他试图引起公爵的注意，可惜没效果。

"走吧，莉莉娅。"西蒙对她说，"你外公欧力克悲伤过度，让他一个人静静。"

"他也能在天堂见到妈妈，对吧？"

"当然。但他还是很难过，因为他必须等。我们都要等待。"

走到礼拜堂门口时，西蒙让莉莉娅稍候，自己回去跟帕萨瓦勒说话。欧力克依然跪在女儿的棺木前。

"帕萨瓦勒，你能照顾他一下吗？他这么伤心，我很担心。"

"我尽全力，陛下。相信他的卫兵也能帮忙。我们不会让他伤到自己。相信他能熬过去。"

"他说'凶手'是怎么回事？"西蒙压低声音，以免让莉莉娅听见,"艾黛拉明显是从楼梯上摔下来的。我觉得,让宫廷女子穿那么长的裙子是个糟糕的传统。我都很难想象,她们每天不会摔倒……"

"陛下,我也不知道他那不幸的幻想是哪儿来的。您看到了,欧力克大人喝得醉醺醺,已经好几天没睡觉了。我派了马车去接他夫人内尔妲,不过万途关那地方来回得好几天。"

"救主上帝啊,真希望他的好夫人就在海霍特。"西蒙说,"说到不在身边的妻子,我希望米蕊茉也在这里。还是没有她的消息?"

"陛下,有消息马上通报您。"

"就算半夜三更也不例外。"

"是,陛下,当然。"

"那好。我从没写过这么糟糕的信,它让我想起……想起了十分痛苦的回忆。"他拍拍总理大臣的手臂,"祝福你,帕萨瓦勒。在这艰难的日子,你帮了我的大忙。"

"谢谢您,陛下。"帕萨瓦勒深鞠一躬,"这些都是忠心仆人的分内之事。"

* * *

王后的密友、王室的可靠顾问荣娜伯爵夫人悄声问他:"小姑娘今天怎么样?"

"问各种关于死亡的问题呗。"西蒙一边回答,一边望着孙女沿走廊地面的瓷砖图案走出个椭圆形,"我把我知道的都告诉她了,说艾黛拉在天堂,说她以后能与妈妈再见。"

"她得想点别的事。"荣娜说,"我安排她跟别的小孩玩吧,分散一下她的心情。"

"未必管用。"国王说,"要分散莉莉娅的心情很难,我从没见过哪个孩子像她这样。"

荣娜哀伤地笑了。"这点倒挺像她过世的母亲。"

"欧力克公爵也让我担心。他说艾黛拉是被人杀害的。"

荣娜摆摆手。"我觉得您不必担心。欧力克是个坚强的硬汉,遇到挫折不容易弯腰,有时只能先断几根骨头,然后慢慢治愈伤口,这可能是唯一的办法。"

西蒙点点头。"你说得有道理。"又用力摇摇头,像要甩掉粘身的蜘蛛网,"好心的荣娜,我要照料一整个王国。帮我照看那孩子,行吗?她妈妈刚去世,她却这么冷静、理智,让我忍不住担心啊。"

"不是我说死者的坏话……"荣娜看看四周,确保没有外人听见,"但莉莉娅打一开始就跟她妈妈不亲。"

西蒙画了个圣树标记。"拜托了,伯爵夫人,照顾好我孙女。另外,这话可不能对着她说。"

荣娜露出哀伤的微笑。"陛下,我绝不会对孩子说这种话。"

她领着莉莉娅离开时,女孩立刻问起死人会如何腐烂的问题。西蒙回到休息室。每当他丧失勇气应对王座厅那帮朝臣和请愿者,都会在休息室处理政务。此刻他很疲倦,正想一个人打个小盹,所以发现乌澜朋友兼顾问提阿摩正在休息室里等候时,心里不免有些烦躁。

"西蒙,您孙女怎么样?她还好吗?"

"比我好。"西蒙呻吟着瘫进椅子,"让我觉得自己很无能。这个时候,米蕊茉偏偏不在,她远在他乡,鞭长莫及。我们还把莫根纳也派出去了!我那可怜的孙子,根本不知道母亲已经去世了!"

"您派王子出寻希瑟是个重要的任务,王后也同意了,虽然我必须承认她不太情愿。您就别对自己太苛刻了。"

西蒙叹道:"欧力克公爵还在海霍特四处晃悠,浑身酒臭,胡言乱语说艾黛拉是被人杀害的。接下来呢?鄂斯坦杀掉的龙会不会复活,将我们全都烧死?派拉兹也会重新出现,他那座塔会在夜里再次映出红光?"

提阿摩竭力忍住一个寒战。"求求您,陛下,西蒙,别说这种话。虽然我不相信动动嘴就能召来厄运,但我猜,您和我的神都不喜欢被

夏末

人挑衅。"

国王身子往后,倚在木椅的高背上。提阿摩在写字桌对面坐好。"无论如何,我不想让欧力克在我的城堡走廊里到处高喊'谋杀!'这可不是什么好事,肯定搞得人心惶惶。我们正在担心北鬼会发动袭击,现在最不需要的就是恐慌。"

"我们是要应对可能发生的袭击。"提阿摩谨慎地说,"我们还不清楚他们有什么计划。"

"这话听着像帕萨瓦勒。"西蒙阴沉着脸,"谨慎、谨慎、不要假设。难道只有我一个人记得那些怪物长什么样?"

"并不,西蒙,有很多人跟您一起面对过那种恐惧。我相信他们全都记得。"

国王恼怒地瞪着他的顾问。"提阿摩,你是来给我难堪的吗?"

提阿摩摇摇头。西蒙看到朋友的黑发中夹着白丝,而他以前从未留意。"不是,真的,我没那个意思。我也很沮丧、很焦虑。我有我自己的问题,但我不会劳烦您。恰恰相反,我们讨论一下重要的国事吧。"

"比如说?"

"比如,西蒙,北方船盟和珀都因财团都向您提出请求,想得到爱克兰与纳班之间水域的航行权。珀都因的伊索拉女伯爵甚至请求觐见。"

他又呻吟一声。"她要来这儿?我不需要她来添乱。"

"那就别邀请她。"

"我不会的。仁慈的艾莱西亚,听说她又冷又硬,我可不想招惹她。还有别的事吗?"

提阿摩指指桌角一大叠羊皮纸。"这些全是啊,老朋友,您没看见?我今早就放这儿等着您看呢。"

"我今早是被孙女捶胸口吵醒的。真不明白,我身边都是些什么卫兵，他们该保护我免受袭击才对。莉莉娅要去礼拜堂，祈祷艾黛拉上了天堂也能记得女儿的成年礼，因为她答应要送女儿一条新裙子做礼物。"

提阿摩微笑着点点头。"您孙女是个意志坚强的孩子。"

"艾奎纳有个朋友叫爱因司凯迪，喜欢上阵杀敌就像我们喜欢吃饭一样。但连他的意志都比不上莉莉娅。"

提阿摩的笑容收敛了些。"啊，您提醒我了。有件事，我本想等说完更要紧的事再提，但我现在必须说了。我是指艾黛拉之死。"

这次西蒙的呻吟发自绝对的真心。"仁慈的上帝啊，又怎么了？我承认我不够喜欢她，但我也算个好公公吧。该做的我都做了。我尊重她、哀悼她，还有哪儿做得不对？"

"不是针对您，陛下……西蒙，只是，我对她的真实死因有几分疑惑。"

"提阿摩，你也这么想？"

"别这么瞪着我。我是您的顾问、书吏，或者随便什么人吧，这是我的职责，为您的利益提出疑问，绝不接受虚假的答案。不过，我们先把这话当做第一个提问吧：以上这些是不是我的职责？"

"是，是，当然是。仁慈的圣瑞普在上，你跟莫吉纳一样叫我头疼——总给我出各种谜语和难题，叫我按他想要的方式回答，牵着我的鼻子走，好像牵头蠢驴。"

"西蒙，您才不是蠢驴呢，事实上，莫吉纳对您是倾囊相授啊。这种教学方法很古老，经受过时间的考验。"

"我知道，知道。我已经不是厨房小鬼了，提阿摩。"

"对啊，大部分时间里，陛下您确实不是。"

西蒙沉下脸。"随你怎么冷嘲热讽，幸好我不是一发火就要砍人脑袋的国王。"

"我知道，西蒙。我确实知道。您和米蕊茉都不是那种君王，我

夏末

和很多人为此而感谢群星、感谢命运,甚至感谢诸神。"

"要是再用'诸神'代替'上帝',那你该担心的就不是我,而是教廷。"

"陛下,也许教廷确实德高望重,可它毕竟不是我的生母。何况强者永远无需封住弱者的嘴,否则只能证明他们才是真正的弱者。好了,您有勇气听我说了吗?或者您还要继续抱怨大伙对您如何如何糟糕?"

西蒙忍不住大笑。"仁慈的上帝啊,老伙计,你这舌头真不饶人。连莫吉纳对我都没这么毒。"

"因为他做您师父时,您还只是个厨房小鬼。而我是国王的顾问,责任要重大得多。"

西蒙摆摆手。"好吧,你赢了。我会乖乖坐在这里,安静地听你批评我的错误。"

"这并非我的意图。刚刚说过,我对艾黛拉之死有疑问。第一,我始终无法理解,她为何会出现在通往寝宫最高层的楼梯上。"

"她为何不能去那儿?她是王位继承人的母亲,想去哪儿就去哪儿。"

"您没明白我的意思。她为何会在那儿?那层楼上应该没她感兴趣的东西。那里全是空房,除非有大批客人到访,否则根本无人问津。说起来,已经很久没有大批客人到访了。"

西蒙嘟囔一句。"来海霍特的客人不够多,所以都怪我喽?我以为只有米蕊茉喜欢这种事。你要知道,招待客人很花钱的,他们总要打猎、办宴会、每晚请琴师表演……"

提阿摩清了清嗓子。"我不怪您任何事,只是琢磨,艾黛拉跑到三楼和四楼间的楼梯上干什么。"

"谁知道?也许她在跟情人幽会。谣言我倒是听说过。"

乌澜人敏锐地看他一眼。"谣言说她有情人,还是她跟情人在寝宫楼上幽会？"

"说她有情人。我倒不想谴责她，那时她都守寡一年多了。事实上，要是她没为我儿子守寡到现在，我可能还会开心些。"西蒙抬起头，"你又看我。我说错什么了？"

"没有，但我们老是跑题。我一直知道，您的注意力只能在我身上集中很短的时间，然后各种国事就会像河水一样把它冲走，我说的事就被您忘了个精光。"

"那你说快点儿——别老训我，多讲重点。"

提阿摩点点头。"说得对。我让女仆检查过楼上房间，都很干净，好像没人用过。但楼层中央有个大房间，用过去的烟囱充当一堵墙，比其他房间干净得多。"

西蒙挑起一边眉毛。"比其他房间干净……"

"毫无灰尘，貌似打扫的时间比其他房间更近。"

国王摇摇头。"这不重要吧。"

"也许。但早春以来——当时您和王后正带着我们出使北方——没有一位女仆或王室家眷记得自己打扫过那些房间。"

"好吧，假设艾黛拉在那里跟情人幽会，那她很可能会私下派人清理那个房间。她这人一向挑剔。"西蒙顿了顿，突然想起一件事，"发现她的是帕萨瓦勒。你想说，他就是艾黛拉的情人？他正要上楼去见她？"

提阿摩摇摇头。"这种捕风捉影的怀疑，我绝不会随意牵扯上任何人。我得了解更多情况。事实上据我所知，帕萨瓦勒目前没跟朝中任何一位夫人、小姐有过浪漫关系，但我也不能假装自己掌握了所有小道消息。"

"必须承认，我对他这点也有过好奇。"西蒙说，"他会不会，你知道的……"国王脸色一红，"跟我们不一样。"

提阿摩再次露出微笑。"我明白，陛下。我想在城堡内外调查一下艾黛拉王妃和她可能有过的情人,尤其是近段日子的,希望您批准。我保证会十分谨慎。"

"为什么?你不会相信她父亲酒后的胡言乱语吧?说她是被人杀害的?"

"说实话,不相信,因为没有可见的动机,没人能得到好处。不过她的死还是令我有些困扰,毕竟她是王室成员。任何针对您家人的罪行——或者说,可能的罪行——都是对您和王后的威胁。阻止并揭发这样的罪行,亦是您交托给我的责任。"

"我想也是。"西蒙将头搁在木椅的高背上,"米蕊茉去南方时,我设想过所有可能出错的方面,唯独没想到这个。我也绝没想到,离开了她,处理这一切会如此劳心费神。我想她,提阿摩,非常想她。"

"我们都很想她,陛下。"提阿摩回答,"但我相信,您的感受比我们所有人都深。"

♛

帕萨瓦勒敲敲欧力克公爵的房门,对来应门的仆人说:"去叫公爵夫人。"

"可她在睡觉,大人!"

"没关系。现在就去。"

仆人摇着头离开了。帕萨瓦勒看在眼里,很想往这懒惰无礼的蠢货背后插一刀,让他躺在地上流血、流泪。

耐心,他告诉自己,时刻保持耐心。

他回到走廊。公爵坐在楼梯平台上,双手抱头。

"阁下,"他轻轻按住公爵的肩头。欧力克虽然醉了,但仍是条彪形大汉,惊吓甚至惹恼他可没半点好处。"阁下,起来吧。您夫人来了。"

"内尔妲?"欧力克动了动,看看四周,再次双手抱头,好像脖子撑不住脑袋的重量,"她来这儿干吗?"

"她今早才到的,阁下,您自己去接的她。"

"不,我不想见她……也不想让她……见我这个样子。"

帕萨瓦勒忍住一声沮丧的哀叹。"她来了,大人。您还是站起来吧。"

内尔姐公爵夫人出现在走廊里。尽管已是下午,她仍头戴睡帽,身穿厚重的睡裙。从万途关远道而来令她筋疲力尽,再看到女儿肃穆的遗体,足以让她倒在床上痛哭一场,但她仍比眼前二人显得更加清醒而镇定。"欧力克?欧力克,你在干吗?站起来,回床上休息。"

公爵抱怨道:"啊,亲爱的,你来这儿干吗呀?"

"你说什么呢?我一大早就赶来了,你要没喝那么多酒,肯定知道得很清楚。跟我走。安东救救我们吧,现在已经够难的了……"她似乎夹在怒火中烧与泪如泉涌间左右为难,"来吧,躺下休息,我帮你按按头。"

欧力克终于听从,在仆人和帕萨瓦勒的帮助下站起身,走进卧室。帕萨瓦勒甚至强压厌恶,帮公爵夫人脱下欧力克的靴子。公爵的脚冷冰冰的,皮肤粗糙,散发着干掉的汗臭味。

"谢谢你,帕萨瓦勒大人。"内尔姐公爵夫人苍白的面容似乎随时会在悲痛中崩溃,但仍竭力挤出微笑。"你真好心。"

"我们所有人都深受打击,夫人。"说完,他离开了。在仆人帮助下,公爵夫人将丈夫的脚努力塞进被子。公爵已鼾声如雷,四肢沉如死鱼。

帕萨瓦勒回到自己的房间,一连洗了三次手,才将公爵留下的味道洗掉。

* * *

二十年前,帕萨瓦勒也曾连续洗过好多次手,却不是在豪华的房间里。那天他跪在津林的小溪旁,将一个死掉男人的血迹从双手和衣服上洗掉,然后离开津林,走进鄂克斯特,沿主干道上去,随那天进

夏末

海霍特工作的商人和工匠穿过城堡大门。

进了城墙,他停下脚步,环顾宽阔的公共广场。风暴之王战争期间,他父亲布瑞德勒在爱克兰最后一场战斗中死在这里。虽然是个大清早,但夹在城堡外墙与内墙间的大广场已人山人海,挤满仆人与士兵、商人与农夫,其中谁都未曾留意,一个浅黄发色、衣衫褴褛的年轻人正站在巨大的门楼阴影下。

父亲在此被北鬼砍死,帕萨瓦勒说不清自己对这地方会是个什么感受。多年来他只能想象,等站到这里却惊讶地发现也没什么特别的,只有种麻木的怨恨,觉得命运和上帝只垂青别人,而不是他。

不过,他到海霍特来是有目的的。他也知道,继续在公共广场徘徊实现不了那个目的。他要找到一条进入体系的裂缝——某个可以依附的人,以便发挥自己的专长。那人还得有不少权贵朋友。

没多久,他就找到了理想的候选人——史坦异神父。那位慈祥的独眼牧师是至高王与至高王后的密友,当时是他们的施赈大臣,负责将王室善款分配到各个有价值的项目。帕萨瓦勒受过贵族教育,能读会写,能说会道,很快便在城堡里找到一份安稳工作,负责在繁忙的施赈院记账。他工作尽心尽力,常在其他书记官回家后还扑在账本上忙到深夜,直到蜡烛完全烧光。史坦异神父很快就喜欢上了这个纳班年轻人,有时会给他带一杯葡萄酒,跟他讲起战争期间那些惨烈而可怕的日子,北鬼如何在夜间的海霍特游荡,疯王埃利加如何在恐怖的红牧师派拉兹协助下,差点复活不死的恶魔风暴之王。

帕萨瓦勒总是津津有味地听史坦异讲故事,并将自己的经历精心修饰后讲给对方听,说他如何为父亲的早死而悲伤,财产如何被恶毒的亲戚夺走。帕萨瓦勒这辈子花了大量时间对着镜子练习表情,模仿其他人的音容笑貌,所以他讲起自己的故事时,佩戴的面具上既有深重的悲痛,也夹杂着一丝渴望,活像个全心全意化悲愤为力量、要用生命做点实事的年轻人。

Empire of Grass

史坦异也乐在其中，称之为"我们的聊天"。谦恭、勤奋的新书记官很快成了神父的心腹。数月后，帕萨瓦勒羞涩地——至少他当时选择的面具是这样——承认自己是墨特萨男爵塞瑞登的侄子，他父亲则是最后一场大战中乔装成约书亚王子而牺牲的英雄。

史坦异惊呆了。"墨特萨男爵的侄子？那就是说，你是……别说，我发誓，我记得他的名字，布瑞德勒！你是布瑞德勒的儿子！哎呀，小伙子，你怎么不告诉我？怎么不告诉我？"

"我不想利用老熟人的情分。"帕萨瓦勒告诉老牧师，"我想证明，我能凭自己的实力办到，就像传说中可敬的弗罗伦爵士一样。再说我不是骑士，我父亲只是男爵的弟弟。"

"你不光证明了自己的价值！"史坦异对他保证，"在这值得感恩的和平年代里，我们需要的不是更多的战士，而是愿意学习、不畏艰难之人，就像你，年轻人，像你一样的人！"

在老牧师眼中，来自英雄家族的额外标签只是帕萨瓦勒的加分项而已。随着时间过去，他在施赈院平步青云。老总理大臣过世后，史坦异神父成功接任，同时获得一个贵族头衔，只是老牧师从没用过，甚至根本没记住。当然了，他一直将帕萨瓦勒带在身边。后来红疫病夺走了史坦异的生命，身为老牧师的主要副手，加上身世已尽人皆知，西蒙国王和米蕊茉王后将帕萨瓦勒提拔为下一任总理大臣完全顺理成章。他拥有了自己的头衔，以荷闻郡男爵领地的收入作为俸禄。自从父亲和伯父去世，那是他第一次有了自己的钱。

刚开始，他只是单纯地享受更宽松的自由、更优质的衣食住行，以及人们投向自己的敬佩目光，可没多久，这些愉悦已经不够了。他厌倦了施赈院和千理院的辛苦工作，开始考虑像个贵族一样回封地过日子，只是荷闻郡风大、雨多、城堡小，不太值得考虑。况且他对别的事情产生了兴趣，只有鄂克斯特这样的大城市才能让他得到最大程度的满足。城堡里藏满了古老的羊皮卷、文献和书籍，很多已被闲置

夏末

数代人之久，而它们却为帕萨瓦勒提供了很多乐趣。在它们的记录中，在他通过其他途径获得的文献中，他知晓了更多城堡历史，以及——更加重要的——城堡地底的历史。亲眼见证的渴望渐渐压过了戒心，他开始探索。而他在那儿找到的东西改变了一切。

* * *

"帕萨瓦勒男爵！大人！"

他从回忆中惊醒，先调整一下表情，然后才转过身去。内尔妲公爵夫人换了更得体的刺绣长袍和便鞋，正在走廊里快步追赶他，身子像超载的牛车似的左摇右晃。

"在，夫人。一切可好？"

公爵夫人在帕萨瓦勒身前停下，呼吸有点急促。"公爵睡下了。我想感谢你的帮助。你真体贴。"

他微笑着琢磨对方心里还有什么事，因为他无法想象矮胖的公爵夫人这么追来只是为了说声谢谢。"不用客气，夫人。公爵是我好朋友。"

公爵夫人迟疑一下。"你不会告诉国王的，对吧？我是说，看到欧力克那个样子？我夫君只是，为了可怜的艾黛拉肝肠寸断……！"泪水涌上她的眼眶。为了避免对方泪崩造成尴尬，帕萨瓦勒抬手按住她的手臂。

"只有你知我知。"他懒得解释西蒙已经知道公爵醉醺醺的行径，反正手里多个人情总是有用的。

"哦，哦，谢谢。"公爵夫人还在喘气，"祝福你，大人。眼下王后身在纳班，国王要忙的事已经太多。"

真有意思，他心想，女人似乎比男人更擅长处理麻烦事。只有帕萨瓦勒能把一切看得通透明白，而一般来说，女人会比男人看得更透彻，也更能保守秘密。他思量着该如何利用内尔妲的感激之情。"我会保密的。"

Empire of Grass

公爵夫人再次致谢，然后返身去找自己的卧室和沉睡的公爵了。

帕萨瓦勒目送她离开。他面无表情，心里却在考虑秘密、人情，以及一如既往的"下一步该怎么做"的问题。

♛

麦尔芒德已在身后远去，港口像个漂亮的小首饰盒。圣坦雷德教堂的尖顶兀立在众多屋顶之上，犹如细长的匕首尖刃。米蕊茉站在后甲板围栏前，望着"海黎莎王妃号"航迹上泛起的泡沫。海鸟在泡沫上空盘旋，轻盈滑动的身影如同随风飘落的树叶。大船终于驶入宽阔的海面，她心中生起出乎意料的自由感，仿佛可以随意改变方向，一直行驶，逃离一切责任与烦恼。就目前所知，大海无边无际，而她有时觉得，这正是隔绝自己与至高王室各种忧虑的最佳距离。

但我不能丢下西蒙。不能叫他独自承担我的责任。那个可怜鬼，从未向我提过任何要求。可我既想要他，也想要王座。

"陛下，别待在那儿。"舒拉米特夫人和另外两名女伴也来到甲板上。今早十分温暖，舒拉米特却穿得像要迎接暴风雨似的，裹着厚重的斗篷，外加至少两条羊毛围巾，一条围着脖子，另一条包住耳朵和下巴，活脱脱像个粗笨的修女。"不安全。周围有淇尔巴。看，在那儿！"舒拉米特颤抖着指向一片刺目的阳光。

米蕊茉皱起眉头。"首先，那不可能是淇尔巴，这里是遥远的北方，它们也不会成群结队。其次，就算真是淇尔巴，它们也爬不到船上，所以没危险。"然而，黑暗的回忆突然闪过她的脑海，噩梦般的影像中满是咧嘴嘶嚎的妖灵。

都过去三十多年了，她告诉自己。那时风暴之王回归，恐怖的海怪变得异常躁动而危险。米蕊茉仔细打量舒拉米特指的东西，它们微微浮出水面，身后拖着白色涟漪。可能是海獭，这种动物喜欢一大家子集体活动，淇尔巴却不会。所以，不可能是淇尔巴。就这么简单。尽管她很确定，却感觉不到应有的安慰。

夏末

"来吧,陛下。"舒拉米特说,"丹娜一定准备好了早餐。您肯定饿了吧。"

两个女伴也附和说,对啊,米蕊茉肯定饿了。

"我不饿。还没有。我想在甲板上继续散会儿步。今日天气晴朗,阳光灿烂,我很享受海上的风景。你们好像很冷,先回去吧,我很快过来。还有,别担心。"她对舒拉米特露出略显勉强的微笑,因为她讨厌被人当成小孩看待。"我保证不把身子探出舷外,以防淇尔巴学会像海豚一样跃出水面。"

终于说服女伴们离开,米蕊茉走回右舷,眺望沿岸的碎浪和深绿的海水。一两个钟头后,他们将驶出外海,甲板上的温度会变得更冷,船身的摇晃会更加剧烈。她可不愿意这么快就抛下早晨的清净。

她站在甲板上,看着天空的蓝色渐渐加深,虽然没看到也没听到,但突然感觉身边有人。是船上的一个小男孩,静静地站在那里,等待王后注意到自己。他大概十岁,眼睛睁得溜圆,抿紧嘴巴,像要阻止自己不小心在王后面前说出什么谋反或异教言论来。这个想法逗乐了米蕊茉。

"嗯,陛下。"见她看着自己,男孩一边说话,一边别扭地半鞠一躬,似乎没想好该不该行礼。"请原谅。口信,我有。我是说,有个口信。给您的。"

"口信?"

"是呢。"

米蕊茉盯着他。男孩迎向她的目光,头发被海风吹得乱七八糟,眼睛依然睁得溜圆。"什么口信……"她只好提示他。

"他叫您见他。说,告诉您……悄悄去。"直到这时,他才想起来该四处张望一下。不过"海黎莎王妃号"的水手们都忙着准备驶入外海,没工夫关心别人,哪怕他们的王后。

"'他'是谁?船长吗?"米蕊茉想起另一个人,"或者是奥西斯神官?"

男孩显得很惊慌,仿佛该为大人物带口信却把内容忘光了似的。"不是呢。不,我想不是。是呢斯淇。他在洞里。想跟您说话。如果陛下您方面的话。"他皱起眉头,然后眼神一亮,"我是说,方便的话。"

"洞?啊,你说呢斯淇的洞?告诉我在哪儿,我马上去。"她表面漫不经心,心里却有些紧张。记忆在脑中翻滚沸腾——嘶嚎的淇尔巴爬上船身、船帆燃起烈焰,还有那压倒一切、哀恸绝望的歌声。"我都不知道这艘船上有呢斯淇。"

"在麦尔芒德上船的。是他。最近,我们会带他们去北方远处。"他为自己拥有超乎年龄的水手知识而自豪,但言辞间另有些意味,更像是害怕。"我带您去吧。谢谢您,夫人。陛下,夫人。"

"好啊。小伙子,你叫什么名字?"

男孩的眼睛又一次睁大,显然没想到王后会问他的名字,不由愣了好一会儿。米蕊茉以为他会编个假名,但敬畏和教养最终占了上风。"我叫汉姆,陛下,就是您的后腿①。"他突然涨红了脸,"不是您的腿,当然不是。不是陛下的。是别人的。"他扭腰想指指自己的后腿,又觉得不对劲儿,于是彻底蒙了,站在原地发呆。米蕊茉好不容易才忍住笑。

"好吧,汉姆先生。你十分勇敢地传达了口信。现在,带我去呢斯淇的洞吧,我会付你适当的报酬,感谢你的服务。"

* * *

汉姆护送她走过前甲板下一条狭窄的走道,直到尽头一扇小门前。她大方地打赏了男孩,遣他离开,然后敲敲门,受邀进去。

即使按船上的标准,这个船舱也不大,布置简陋,只有张薄薄的

---

① 汉姆:有"火腿"和"动物后腿"之意。

小床,床上放个袋子。一个身材纤细、外罩灰色兜帽斗篷的人影弯腰站在袋子前,见她进来便挺直了腰。他比米蕊茉更显瘦小,宽大的袖口里露出细长的手指,脸庞呈深褐色,长着一双大大的黑眼睛。哪怕忽略他的身形与身量,光看那双带有金斑的眼睛,也能知道他是个呢斯淇。

"不胜荣幸,米蕊茉王后。"话虽这么说,但他既没鞠躬,也不吻手,好像二人的地位是平等的。"原谅我没去拜会您,在船上,引起不必要的流言向来不是好事。我是甘·笃哈。"

米蕊茉有些意外。"你跟我认识的某位呢斯淇有着同样的名号。"

他点点头。"甘·依莒。她是我高祖母。"

米蕊茉顿时心潮澎湃,难以言喻。"她是我的救命恩人。"

"我知道。"甘·笃哈回答,"那是我们家族最自豪的事迹之一。"

听到这话,汹涌的记忆浪潮也挡不住突然升起的怀疑。"甘·依莒在菲拉诺斯海湾与'俄澄行云号'一起葬身海底。她的家族怎么可能知道这些?"

"她没死——准确地说,当时没有。请坐吧,就算观海者①也不能让王后一直站着呀。"甘·笃哈露出微笑,但那笑容怪异而冷淡。他推来一张矮凳,这个动作强烈触动了王后的记忆,想起对方的高祖母曾与自己在类似的小船舱说话,米蕊茉差点当场落泪。但她还是不明白,多年前在那厄运之船上发生的事,这个甘·笃哈是怎么知道的?那几乎有一世之久了。

不等她提出第一个问题,呢斯淇便伸出一根细长的食指。"咱们不猜谜,先让我跟您说说我知道什么,以及我是如何知道的。当初您还年轻时,曾假扮平民逃离父亲,登上了阿庇提斯侯爵的'俄澄行云号'。那艘船由我高祖母照料,用我们庭叩达亚的说法,是她的'乐

---

① 观海者:呢斯淇的别称。

器'。后来您发现，阿庇提斯是您父亲的盟友，您还要被迫嫁给他。我高祖母出于各种理由，决定不可袖手旁观、眼睁睁目睹那样的事发生。她未按职责要求'唱走'淇尔巴，反而呼唤它们上船。她召唤它们，结果爬上'俄澄行云号'的怪物多得吓人。米蕊茉王后，请问我说得对吗？"

"对，都对。但你是怎么知道的？"

"我正要说。那艘着火、残破的船最终沉没时，我高祖母决定与它一道葬身海底。说到底，不论出于多么崇高的理由，她还是背叛了自己的职责，帮助别人毁掉了自己的乐器。然而海浪将她冲出船外，她没能回到船上，想放任自己被淹死。可她没能死成——当时没有。再后来，借着晨光，另一艘船发现她在海上漂浮，奄奄一息，便将她打捞起来。咽下最后一口气之前，她向那艘船上的观海者讲出了一切。后者将她的故事带回纳班，讲给我们的同胞。等您和您的国王丈夫最终取得胜利，我们想起高祖母的贡献也深感自豪。您没让我们失望，尽管以您的名义治理南方这一带的统治者并不尽如人意。"

一开始，米蕊茉不知该说些什么。许久以来，她以为甘·依苔至少死得干净痛快，如今听到实情，但觉心如刀割，泪水终于如泉涌出。"她救了我。她确实救了我！"她只能重复这一句话。

甘·笃哈既不安慰、也没阻止她，只是耐心地等她自己将眼泪擦干。"我告诉您这些，不是想惹您伤心。"最后他说。

"我知道。我欠甘·依苔的太多了，数都数不清，即使她还在世也报答不完。我能为她家族做些什么吗？我早该想到这些的，早该找找她的亲人。"泪水再度涌上眼眶，她用袍袖沾了沾。"甘·笃哈，我没能报答你的家族，我很抱歉。身为君主的一个真相，就是你总会在不知不觉间辜负这些人，冷落那些人，虽然这并非你的本意。"这话听起来像我夫君，想到这个，她心中涌起一阵新的思念，又平添了许多突然的沉重。

夏末

"我们不想也无需您做什么。"呢斯淇回答,"至少不需要什么奖赏或感谢。但您抵达纳班后,我们的长老希望见您一面。他们说,这对您和我们的族群都至关重要。所以他们派我到麦尔芒德为'海黎莎王妃号'歌唱,以便找机会与您沟通。没想到我如此幸运,这么快就见到了您。不麻烦的话,您愿意在纳班见见他们吗?长老们叮嘱我转告您,他们认为秘密会面比公开更好,至少在您听完他们想说的话之前。"

"当然可以。"米蕊茉答应,"我说过了,我欠你和你的族人远超这些。但我不知道什么时候该去哪儿啊。"

"时机到了自然清楚。"甘·笃哈的大眼睛里透出她无法理解的笑意,"别惊讶。我们有我们自己的沟通方式,就算是在宏伟的塞斯兰·玛垂府也不成问题。"

* * *

米蕊茉告别呢斯淇,回到前甲板,漫溢的新思旧念宛如一团乱麻,以致没听见有人叫她。是丹娜,那个漂亮的小女仆,恐怕已经拼命找了她好一阵子,圆圆的脸蛋涨得通红,一头卷发松脱下来,在头巾下乱晃。

"陛下,您在这儿啊!我到处找您!船长想见您。"

米蕊茉翻个白眼。离港不到一个钟头,她就像毽球一样被人踢来踢去。"船长要我像酒馆招待一样赶去见他?"

"不是,陛下!他就在那儿!看,来了!"

费力索船长正从主甲板爬上楼梯,手里挥舞着什么东西。"陛下,陛下,千万个抱歉,不,千千万万个抱歉,我们实在找不着您啊!"费力索在珀都因出生,只要激动或生气,老口音就会变得浓重,搞得米蕊茉一时听不懂他在说啥。

"我就在这儿,船长,没掉出船外。不管我那些女伴怎么说,没有被淇尔巴抓走的危险。"

船长闻言大惊,但很快恢复镇静。"是啊,是啊。不过我还是万分抱歉没能找到您,因为您可能需要回信。不过别担心,当然了,信使还在船上。他是乘自己的小船过来的。我真是个笨蛋。是啊,您当然可以回信。他说这很重要。"

"谁?坦白讲,我没听懂你想说什么,船长。"

"我们扬帆后没多久,有位信使就追来了。我们看到他就想方设法减速,好让他追上我们的船。他带来一封给您的信,说是国王写的。您在爱克兰的丈夫,国王陛下的亲笔信!"

"对,我的丈夫是国王,那肯定是真的。"她看着那张折好的羊皮纸,心里开始担忧。"能给我了吗,船长,确实是写给我的?"

费力索吓了一跳,仿佛有人朝他挥舞斧子。"哦,圣徒在上,当然可以,陛下。请原谅。"他深鞠一躬,递上来信。

果然是西蒙的封印和笔迹,用词与拼写一如往常地勾起她的思念。她看完第一行、第二行,然后把头两行重新看了一遍,觉得身体正中被凿开一个大洞,冷风"嗖嗖"穿过。

"陛下?"丹娜被米蕊茉的脸色吓坏了,"您没事吧?"

"陛下,请您扶住我的手臂?"船长也说,"祈祷信里不是坏消息。"

"啊,确实是坏消息。"她说,但马上意识到自己声音太轻,那两人可能听不见。"恐怕是的。"她提高一点音量。眼前的白昼变得极不真实,犹如一场错误的梦,应该醒来重做才对。"我丈夫来信说,艾黛拉王妃——我的儿媳,至高王座继承人的母亲——死了。"

她迈步走开,丢下船长站在原地喋喋不休地表示同情与悲痛。丹娜试图陪她一起走,但她摆手示意女孩退下。她不想跟任何人说话。

五味杂陈。麻木不仁。她心里既五味杂陈又麻木不仁。她今早迎接的世界,原来并非她以为的世界。她痛苦地远离家园,独自一人迷失在这茫茫大海之中。

夏末

隐人

♛

"戴菈，知道你父亲的手是怎么断的吗？"母亲曾这么问她，听那语气像要揭示什么大秘密一样。她经常这么说话，冷不丁冒出一句，像在回答只有她自己能听见的愤怒声音。

"在一场战争里。"戴菈回答——那是她当时的名字。"他说是很久以前的事了。遇到你之前。"

"他断手是因为一个女人。"渥莎娃续道，仿佛女儿根本没说话。"他到现在还爱着的女人。被他当成宝贝藏在心里的女人。"

"跟孩子说这些太荒唐了。"父亲嘴里哈哈大笑，脸上却有少许怒容。"我为保护兄长的妻子而战。我们的车队遭到袭击，她遇害了，那是件悲伤的往事。事实上，杀她的是色雷辛人，你母亲的族人。"

母亲转向父亲。"不是我的部族！我们部族支持你父亲！"

戴菈走神了，因为这故事她以前就听过。她曾缠着父亲逼他讲完。她不记得最早留意到父亲跟其他男人不同是几岁了，等她发现大部分男人都有两只手，就一直想知道是怎么回事，于是去缠着父亲，直到他讲出事情的始末缘由。奇怪的是，她兄弟戴奥诺斯不想听，每当父亲开口解释都会走开。

戴奥诺斯向来如此。他不喜欢流血，甚至不想听到类似的故事。小时候，她父母开了间旅店，附近住了个男孩叫萨格拉，有次被戴奥诺斯打得鼻子流血。戴奥诺斯跑回家，躲在毯子下不肯出来，到了傍晚，萨格拉自己跑来找他玩，他都不肯。

然而戴菈一直喜欢听故事。她不介意父亲只有一只手，也不在乎他曾是王子却放弃了王位。可母亲经常念叨这些，有时是为证明父亲

Empire of Grass

对她的爱，有时刚好相反，尤其是那"臭气熏天、潮湿难忍的鬼地方"让她备感压抑时——而那鬼地方是他们的家，位于乌澜沼地边缘的关途圃。

* * *

竟然回忆起那段日子，说来真是奇怪，尤其她现在离那段过往非常遥远，无论从距离还是时间上都是。她躲在奈琦迦巨峰深处的黑暗中，通往这里的隧道悠长曲折，感觉也成了零散的记忆碎片，恰如项链上的珠子。

当年她父亲离家远行后一去不返，母亲渥莎娃陷入绝望，接连数月怒责失踪的丈夫，最终决定带戴菈和戴奥诺斯北上，但她没告诉儿女具体计划。她把自家经营的旅店"派丽帕之碗"贱卖给一个胖商人，就连十岁的戴菈都看得出来，他们被坑了。然后母亲将剩余的财物堆上一辆货车，带着儿女出发，结果走到半路就落到色雷辛人手中。那些人起先主要对渥莎娃的钱袋感兴趣，但后来听到她用母语低声嘀咕，方知她也是色雷辛人。于是没几天，他们一家子被送到渥莎娃的父亲面前，当然了，所有有价值的财物与出售旅店的收益都被洗劫一空。而渥莎娃那骇人的父亲，正是统治上色雷辛大部分地区的费克迈酋长。从那一刻起，戴菈的人生由糟糕直接跌落到可怕。她的孪生兄弟戴奥诺斯被送到另一个部族，甚至来不及跟家人道别。她和母亲的待遇不比费克迈的奴隶强多少，每日同外祖父营地的其他女人不停劳作，从早到晚，再到第二日清晨。

尽管命运如此悲惨，原本戴菈还忍得下去。然而，自从戴奥诺斯被送走，母亲的生命力日渐枯萎，两眼周围挂着黑眼圈，形容枯槁，不思饮食，甚至对戴菈都失去了兴趣，开始刻意躲着她。幸亏她有位善良的阿姨海菈，父亲失踪后，这是她身边唯一的好事。海菈告诉她，渥莎娃不是生她的气，只是每次看见女儿，就会想起失去的双胞胎儿子，从而万分心碎。

夏末

"她会好起来的。"海菈说道,"给她点时间。"

可戴菈等不下去了,感觉每天像被活埋。外公甚至不准她跟别的孩子玩,说她是个大姑娘了,玩之前得先把活干完。

更糟的是,外公对她产生了别的兴趣,让她没法跟母亲倾诉的那种——反正渥莎娃也基本不跟她说话——甚至没法向海菈阿姨述说。老东西总是偷偷摸她、捏她、戳她,渐渐地,戴菈怕得夜里不敢睡觉,生怕那人爬到自己床上。最终,她决定逃离营地,逃离马车,逃离禽兽不如的外公和沉默寡言、魂不守舍的母亲,毕竟看渥莎娃的表现,她仿佛已经失去了两个孩子,而非只有一个……

地下湖那边突然传来声响,吓得戴菈停下脚步。刚才她陷入回忆,正在漫无目的地乱走,但那声音提醒了她,这里可是奈琦迦大城的地下深处,被人发现可能意味着死亡,或者更糟。

她捂紧手里的霓由,让那光球仅能透过十指映出一点微弱的红光。她静静地站着,竖起耳朵聆听。是溅水声。或许是条鱼,说明她逛得过于靠近地下湖岸了。据她所知,其他湖边居所无人居住,那些房子大多属于富裕的贵族,他们只在节庆期间才会离开城市中心,跑到这么偏远的地方来。但此时此刻,庵度琊家族的女主人棘梅步——桃灼葭的情人兼主人维叶岐的正妻——肯定发现她已出逃,所以,哪怕被个把园丁或仆人撞见,对她也有极大风险。因为那些人是为高贵的主人打前站的,很可能向上汇报,说在湖边看到了一个凡人女子。

而且那溅水声会不会来自别的东西?黑暗的隧道里还有其他不明之物活动,就连维叶岐都不愿深谈,他可是负责开掘这些深洞的大司匠啊。

她蹲下来一动不动。由于挡住光球,悬吊于湖面上方许多发光丝线上的奇异萤光虫便成了唯一的光源。桃灼葭一直在回忆身为戴菈时的生活和日子,恍惚间把那些闪亮的生灵想象成了别的东西——星星,镶嵌在笼罩大地的穹苍之上,那是她好多年没见过的景象了。

Empire of Grass

色雷辛，她心想，爱克兰，最后是与罗丝卡娃和艾斯塔兰姊妹会一起生活过的瑞摩加。不管哪个方向都能看见天空，大山遥远得只剩影子……

溅水声再次响起。她心跳加速，但几乎可以确定，这么小的动静肯定来自鱼蛙，因此恐惧渐渐平息。她深知从宅邸库房带来的食物坚持不了多久，必须尽快考虑抓鱼的问题。她极其谨慎地安排自己的饮食，可在地下深洞的黑屋子里，很难判断时间的流逝。她在这儿都不敢点火，生怕被人看见。

孤身一人生活在漆黑洞窟的漆黑大屋里，日复一日，仅靠萤光虫那鬼火似的微光照明，她渐渐觉得自己被困在恐怖的噩梦中无法醒来。她开始每日沿湖边散步，走向不远处另一间富家宅邸。从那房子的外部装饰和门上的螺旋纹路判断，它应该属于咒歌会某个地位崇高的大人物。桃灼葭可不敢跨过它的门槛，不过房主在外院一个洞龛里摆放了一只精致的水钟，由齿轮、水槽和几个石制水瓶按某种神奇的设计组装而成，最大的齿轮中间有个精美的钟面，通过上面的标记，桃灼葭能判断出，在头顶无限沉重的山石外，月相在空中如何变化。

今天那声音令人心慌意乱，她决定不看水钟了，立刻返身回去。

太黑了，折返时她对自己说道。桃灼葭紧紧捂住手里的光球，只映出最微弱的光线照亮脚下的路。她以为在奈琦迦生活期间已经领教了它所有的诡计与残酷，可那幽暗的城市虽然阴郁，却远远比不上这里吓人。

我能活下去。一定能。她必须坚持到维叶岐回来为止。万一被抓，棘梅步肯定会杀了她。死亡对桃灼葭算不得什么。她真正害怕的是，棘梅步不会满足于只杀她一个，还会想方设法除掉丈夫的"混血杂种"奈泽露。

奈泽露，她的女儿奈泽露，如此奇特而漂亮，从降生那一刻起就是个争强好胜的小家伙。桃灼葭从未假装了解自己的孩子，但那阻止

夏末

不了她不顾一切的爱。

不能让那巫婆伤害我的女儿,她一边想,一边蹑手蹑脚地从主路登上维叶岐宅邸朴素的院落。一时间,愤怒冲散了所有恐惧。必要的话,我就是死,也要用指甲抠出棘梅步的眼珠,用牙齿撕开她的喉咙。

她沉迷在想象中,忘了像平时一样停在后花园门口听听动静,而是直接奔向门厅,中途突然听见厨房有动静。

有人在悄声说话。

桃灼葭脚步骤停,差点摔倒。上千个念头同时涌入脑海:是来抓她的罕满堪卫兵?还是打算先杀人,然后洗劫宅邸的强盗?甚或是大山深处生出的鬼怪?她听到的真是低语声吗?还是别的动静?她站定身子,心脏狂跳,细听那辨不清字眼的声响——吱吱、喳喳,以及小物件在厨房石地板上拖动的沙沙声。

是老鼠!啊,乌瑟斯与各路诸神啊,要是它们发现我的食物怎么办?

桃灼葭在门内四处摸索,找到维叶岐的一根手杖,侧身经过走廊,双脚蹭过光滑的地面,尽可能保持安静。越靠近厨房,怪异的声响就越清晰。一时间,她几乎听出了声音里的节奏,确实很像对话。

她高擎手杖,推开厨房门,举起霓由,手指轻轻用力,令其大放光芒,瞬间照亮了整个房间。

眼睛。许多奇形怪状的身影,瞪着许多眼睛盯向她,犹如清醒的噩梦。

桃灼葭倒吸一口凉气,差点丢掉光球。她眼前的身影突然活了,尖声嘶叫,四散奔逃,躲避突如其来的光线。她看到眼睛、指爪、肢体,全都一闪而过,它们的主人要么躲进厨房的黑暗角落,要么从她身边窜进走廊,让她没法看清那都是些什么东西。

但肯定不是老鼠,这点确定无疑,因为她看到了脸。难道是跟她一样的凡人？不对。贺革达亚？也不对。在那惊恐的瞬间，虽然她很想呼求众神，却连一句祷词都想不出来。

最初的震惊令她朝后跌倒，手指松开光球，光芒迅速减弱。她听到周围全是喧闹与刮擦声。亮光彻底消失后，她再次陷入黑暗。过了一会儿，寂静也回归了。

她恢复理智，开始回想强光照出的狂乱生物，第一个结论是：怪物。虽然个头较小，可除了"怪物"还能叫什么？其中一个像没穿衣服的小孩，一条肢体奇长无比，其他的好像没手没脚，胖如蟾蜍却裹着凡人的皮肤，鼓凸的眼睛也像凡人。细节缓缓漂离她的脑海——这一切发生得太过突然、太过离奇、太过出人意料。

那是什么怪东西？为什么来这儿？避难所不能待了。她的思绪如山崩的石头。有怪物！潜伏在四周！她坐起身，不确定会不会有爪子随时来抓她脚踝，同时捡起光球，又搓又捏，直到它再次映起最亮的光辉。不过这次，黄光照耀下的厨房空荡荡、静悄悄的。

不，并不安静。她过了一会儿才分辨出，除了自己急促而惊惶的呼吸，还有声音从大厨房深处传来，像是难以言喻的轻声叹息。那是什么？值得庆幸的是，它们似乎跟她一样吃惊而害怕，但她不敢指望一直这样。

我该立刻离开这鬼地方，她告诉自己，无论那是什么，这房子已不再安全。秘密暴露了。但她花了好多天，在黑暗中摸索房子的结构，才将所有物品藏好，任何人突然到访都不可能发现她的存在，除非跟她撞个正着。再说离开后她能去哪儿？再找一间湖边别墅？那里可能同样住满了这种无毛洞鼠，或者随便什么怪东西吧。何况另外的别墅比不了维叶岐这间，可能随时会有住客。

她听到砖炉方向传来声响，奇异而纤细，仿佛小动物在吸气，或是小婴儿准备啼哭，反正不像大块头发出的。她摸到刚才丢掉的手杖，缓慢而安静地站起身。厨房很长，每次来这儿居住，除了客人，

夏末

主人往往还要带上一堆仆从，这个厨房必须能供应所有人。

她踩着光滑的石板地面，穿过黑漆漆的厨房，惊讶地发现居然要走这么久。靠近砖炉时，脚下突然踩到什么东西，压抑的呜咽声戛然而止，她自己也吓了一跳，拼命忍住尖叫，迟疑地伸手往下，摸到踩着的东西——是条面包。她用力握紧光球，增加亮度。

不管刚才是什么声音，现在都没动静了。那条面包是地上最大块的食物，其他只剩些面包屑或咬过的残渣。她心里涌起一阵惊骇与绝望，顾不上屋外可能看见亮光，回头朝来时的方向奔去，一把拽开藏面包的柜门。那里本有好几大块，足够她吃几个星期。

没了。全没了。只剩零碎的干果和香肠散落在面包屑和碎渣之间，证实了她刚才的担心。但她还不死心，又拉出盖好的食物篮，结果，除了一根连雀香肠和少许奶酪，其他全没了。

桃灼葭用尽全力，才将悲愤的哀号憋回肚子。她的所有储备，所有战战兢兢收集来的食物，本来能让她吃到天歌月甚至乌龟月，这下全没了。

她只能回奈琦迦了，或者活活饿死。

怒火熊熊燃烧。她挥舞霓甴，在宽阔的厨房四下寻找，最后停在圆形面包炉前。藏在里面的东西又发出微弱的害怕声。在愤怒、惊吓，以及众多说不清道不明的情绪刺激下，她探过身子，将光球下伸到炉门前，但也谨慎地保持距离，免得里面的东西有爪子，然后猛地拉开炉门。

炉子深处有个婴儿正盯着她。既不是凡人，也不是贺革达亚，但跟两者差别都不太大。它没穿衣服，眼睛很大，肚子肿胀，鼻子到下巴间没有嘴巴，喉咙中间却开了条缝——一道触目惊心的红色裂缝。

桃灼葭胆战心惊，往后一缩，差点摔跤。炉子里的东西发出一声微弱的惊叫，但没逃走。她再次探身望向炉门。那对如煤球般黝黑的大眼睛与她四目相对。

Empire of Grass

再仔细看，原来它脖子上的红色裂缝并非伤口。桃灼葭厌恶又震惊地意识到，那是嘴，出于某种难以置信的原因，没长在脸上，却长在脖子上。一时间，她听过的所有关于恶魔和怪兽的传说——从母亲讲的草原邪魔，到亦师亦友的"瓦莱妲"罗丝卡娃警示的透过死亡帷幕注视生者的怨灵——一齐涌上心头。可接下来，炉子里的小东西抿紧畸形的嘴巴，嘟起又张开，发出一声惊惧的哀号。虽然满心害怕，但桃灼葭的母爱竟被唤醒了。

"好了好了。"她突然意识到，对自己来说，刚才的声音肯定比眼前的怪婴更危险。"嘘，别叫。"她不知不觉用了儿时的母语，母亲从草原带来的语言。"嘘，夜噬者会听见的。"

话音刚落，像要证明她的话似的，厨房外的大走廊传来起伏不定的怪声：咚—嚓、咚—嚓、咚—嚓。这样的脚步声，肯定不会是炉中这种小怪物发出的，那东西的身量绝对远超任何凡人与贺革达亚。

桃灼葭再度陷入惊慌，刚记起厨房还有一扇门，那门就被猛地推开。她一边蹒跚后退，一边举起光球，只见一只壮硕的双头怪物在门口摇晃。那怪物只能来自噩梦或疯狂的臆想，它伸出畸形的手臂，发出隆隆的怒吼，朝桃灼葭走来。

她手指一软，光球掉落。下坠的光芒中，一切似乎都跳了起来。然后霓由砸在地上，熄灭了。

桃灼葭扑向霓由，两手四下摸索，找到后用力挤出耀眼的光辉，像武器似地举到身前。庞然大物已压到她身前，立刻呻吟着后退，用硕大的前手背猛揉双眼，仿佛那光是灼人的烈焰，桃灼葭趁机退到对方手臂范围之外。怪物朝她转过大脸，两眼紧闭。它长得奇形怪状，嘴巴塌陷，犹如草原萨满戴的恶魔面具，表情中混杂了痛苦与愤怒，又像低等动物般让人难以看懂。

"别怕。"怪物的贺革达亚语口音奇特，不过松垮的嘴唇跟发音并不同步，或者根本就没动嘴，像是为了证明那吓人的脸果然是张面具似的。"我们不伤害你。"

这时她才看到怪物的另一个脑袋,刚才那家伙在门口时,她只是草草瞥见一眼。这个脑袋跟前一个差不多大小,只是斜伸的角度有些奇怪,所以进门时被挡住了。它同前者一样狰狞古怪,没有头发,圆圆的眼睛略显歪斜,正用好奇的目光打量着她。再度发声时,它的嘴唇跟声音是同步的,桃灼葭这才明白是它在说话,而不是之前那个。"拜托,别把光球弄得太亮。"它说,"刺得眼睛疼。我和大傻眼睛都疼。"

她正想使出全力,将光球捏到最大亮度,却感觉对方的语气适中,应该是在道歉,不禁犹豫起来。她又后退几步,此时此刻终于看清,原来挤进厨房门的并非一只双头怪物,而是两只,其一抱着其二。会说话的脑袋长在瘦小枯干、只有婴儿大小的身子上,两腿在膝盖处断掉,只剩残肢。抱它的是只"搬运工",专门为做苦役而培育出来的弱智庭叩达亚,不过眼前这位有条腿严重萎缩,难怪刚才的脚步声是一踩一拖交替响起。搬运工屈起一条强壮的手臂,让那点头说话的怪婴蜷伏在自己的臂弯里。

她在奈琦迦从未见过残废的搬运工,更别提只有婴儿大小的无腿怪胎了。贺革达亚不会允许这样的畸形怪物存活下来。即使是她眼中最温柔的维叶岐,也会叫人把它们马上处理掉。

"你们是谁?什么东西?"她颤抖着声音质问道。

"我是纳伢·喏丝。"怪婴回答,"这是我义兄弟,大傻。他不会说话。"肿胀的婴儿面孔露出悲伤的表情。"我们是隐人——不过你不用关心这个。我们的小家伙偷了你的东西。我们很抱歉,但他们很久没吃东西了。这个季节很糟糕,很难采摘到食物。事已至此,我们无以为报。"

这一天的经历真是惊心动魄,桃灼葭只能呆呆看着那怪婴呼唤其他隐人。它们从炉子和各个藏身处迅速爬出,瞪着惊慌的眼睛,用最快的速度爬过她身旁，仿佛桃灼葭是沉睡的捕猎者，而非被他们打劫的受害人。小怪物们跟着它们的救星离开度假别墅，很快融入黑暗。桃灼葭在它们身后关上大门，踉踉跄跄走回厨房，无声地流着泪，收拾起剩下的碎屑，将抢救回来的残渣捏成一团。这是她今日的晚餐，恐怕也是很长时间里的最后一餐了。

♛

可怜的夜摩被处死后，新任书记官叫努闹，即使以贺革达亚严苛的标准，举止也算相当低调，但维叶岐还是注意到，他正站在大司匠帐篷简朴的斜幕外等候。维叶岐既不抬头，也无任何表示，继续阅读已看过无数遍的《女王手上的五指》，做出专心致志的模样。终于，就连努闹的耐心也快消磨殆尽。书记官微微动了一下，将重心由一只脚轻轻挪到另一只。

维叶岐看他一会儿，确认对方也望向自己后，垂下目光继续看书。"什么事？"

"卑微的仆从请您原谅，大司匠阁下。女王的亲眷，'圣祠亲王'菩逖岐到了。"

"哦，"维叶岐仍看着书里的文字，尽管他对内容无甚兴趣。同其他贵族一样，早在成年以前，他就把这著名的小册子背得滚瓜烂熟了。

"您不去迎接他吗，大司匠阁下？"

"当然要去！所以我才重读尊贵的薛哈碧的大作，提醒自己该做什么与如何做对。"他举起书，好像努闹没看到它似的。"你读过《五指》吗？"

"读过，大人！"

"真是本智慧之书，无论何时都充满益处。"维叶岐开始朗读，"'女王陛下贵为一族之母，五指便是其工具，用以供养、庇佑、保护她的子民。若不了解这些工具及其用法，缺乏为全族谋利之坚定信心，贵族也只能成为女王陛下伟大功绩之妨害，而非助力。'努闹，你同意吧？"

"当然同意，大人。这些字句是我人生的指引，竭诚侍奉您与我族之母时，我总会首先想到这些。"

"好，很好。"他不理会努闹渐渐增长的焦虑，"杰出的薛哈碧真是睿智！努闹，听听这句，'第一根手指是对族人的忠诚。不能为同族献身，那与荒野之中脱离族群、孤身狩猎、独自饿死的猖骷牙何异？'多么优雅而质朴的文字，经过这么多大年①，依然历久弥新！说得是啊！谁能拒绝自己的同胞？真有那样的蠢材或叛徒，还有什么下场比死亡更适合他们？"

"是啊，大人。"

"无论读过多少遍，每次重温依然倍感愉悦。忠于全族！忠于大城！忠于幕会！当然还有，忠于女王陛下和繁育我们的华庭……！"他摇头晃脑，故作赞叹。"据说这薄薄的书中囊括了所有箴言，可供一生取用。真是永远都读不腻。"

努闹绞着双手，已经焦虑到顾不上掩饰。"再没人比我更尊敬薛哈碧……还有您了，大人，请原谅我罪无可恕的打扰……"

维叶岐觉得捉弄得差不多了。他个人并不讨厌努闹，但确信这个新书记官在对外传递他的信息，对象包括他妻子棘梅步的亲眷，无疑还有其他人。事实上，想找个完全忠诚、没有二心的贺革达亚来担任这个职位几乎不可能。找遍整个奈琦迦，符合条件者寥寥无几，除非是那些既没有天赋、也缺乏智慧的家伙，而那种人连给普焗面包抹油都做不好。因此维叶岐才会接受这人，但从一开始就不完全信任他。

老恩师雅礼柯会警告我，不要如此苦待他人。就算是敌人，漫不经心的也好过恨你入骨的。再说了，要是我拿《五指》表演得太过

---

① 大年：北鬼的纪年单位，相当于凡人的60多年。

分，他会把这些讲给墙后的耳朵听。在贵族阶层，这本书近乎圣物，但维叶岐深信，即使在最高调推崇它的贺革达亚中间，也有很多人跟自己一样，对薛哈碧过火的马屁嗤之以鼻。

我们这些人连自己都骗，又何况这个薛哈碧呢。

这是个全新的想法，突然令他心惊胆战。他是失心疯了吗？这些日子怎会生出如此大逆不道的念头？

* * *

湛蓝而清澈的夜幕下，威风凛凛的殉生武士、维叶岐的工匠，以及各色人等，整整齐齐排列在营地旁，恭迎圣祠亲王的队伍登上山坡。除了安详的满足，维叶岐再无其他表情——身为一名高等贵族，迎候至高无上的女王亲眷时，这可是唯一恰当的表示。他注意到，圣祠亲王穿戴全套华服，白色罩袍与兜帽上镶嵌着黄色饰物，尽显其不容侵犯的威严。尊贵的菩逊岐殿下披着一头未经装饰的白色长发，苍白的皮肤几乎透出血液的红光，宛如蜡烛烧化的蜡泪。亲王的双眼看上去平静而近乎伤感，却将一切都仔细地收入视野。他来自女王陛下的罕满堪家族，但比起多数最受信任的心腹，年纪却要小上许多，其实并不比维叶岐年长多少。成为大司匠之前，维叶岐只见过亲王几次，当时二人的圈子没多少交集。即便当上大司匠，他俩依然很少参加同样的聚会，但维叶岐没听说过任何对菩逊岐不利的传言。无论如何，亲王大驾光临，应该代表了某种官方立场，是对入侵凡人领地的支持。然而维叶岐认为这次行动很鲁莽，所以知道，对待这位王室成员必须加倍小心。

意外的是，身为统治阶层，菩逊岐带的随从并不多，只有一队罕满堪龙卫和几个书记官而已。他也没过度拉长欢迎仪式。维叶岐首先献上恭敬得体的致辞，没说什么花哨的奉承话，因为他听说亲王不吃那一套。传闻似乎没错，因为接下来，像鹳鸟一样又高又瘦的骐骐逊将军长篇大论，对女王陛下和罕满堪家族大表忠心，漱鸽玉领着咒歌

夏末

会那帮奴才，用他们那古老而华丽的套话表示欢迎，菩逖岐都显得十分冷淡。等他们终于完事，亲王说："比起单纯地履行官方仪式，相信我们还有更重要的事，我谨代表我族之母感谢你们。诸位可以退下了。我的仆从会替我准备住所。对了，大司匠维叶岐阁下，愿意赏脸跟我开个短会吗？"

这邀请令人颇感不安，却也引起了维叶岐的兴趣，于是他在旁等候。圣祠亲王的仆从搭起帐幕，比维叶岐简朴的单坡帐篷多出许多幕墙，但除此之外依然朴素低调。随后，菩逖岐遣走了手下。

"女王陛下的任务进展如何？"等帐中只剩他俩，亲王问维叶岐。

"亲王殿下，能报告的进展并不多。"维叶岐小心翼翼斟酌字句，"目前尚未轮到我的工匠们开工，但我每时每刻都在为我族之母尽心竭力。"骐骐逖将军曾告诉维叶岐，他们要挖出庭叩达亚的传奇英雄，航渡者努言·伏的坟墓。多年来，坟墓隐藏在被凡人称为奈格利蒙的要塞地底，而奈格利蒙就伫立在山谷对面不远处。此时此刻，里面仍住着数千凡人，很多是装备精良的士兵。维叶岐既不明白这任务能有什么收获，也无法想象，除了开战，还要怎样才能接近坟墓。不过这些疑问，他才不会向这位罕满堪高等贵族当面提出。

"当然。"菩逖岐似乎露出一丝笑意，"我没说你眼下必须完成任务，大司匠阁下，也知道你是女王陛下忠实的臣子。我记得你出自庵度琊家族，一个古老而可敬的家族，侍奉王室已经很久了。"

维叶岐忍不住揣测，圣祠亲王是不是有什么弦外之音，但嘴上只是说："您真是亲切，尊贵的殿下。"

"你我很快就要精诚合作。"圣祠亲王续道，"我知道，你将以勇气和智慧侍奉我们的女王陛下。我只想告诉你，我能理解，不同幕会的需求和实际有时很难协调，也许眼下就是这样的时刻。如果你需要协助或建议，尽管来找我，无需迟疑。"

"我见您如见女王本尊。您能给予我时间和关注，令人感激不尽。"

菩逖岐点点头,但对他的回答似乎不太满意。就维叶岐来说,他只能独自琢磨,为何女王家族的要员会在与凡人开战前夕,跑到这么一个不知所谓的地方来。还有,航渡者努言虽然声名卓著,但毕竟离世已久,我族之母究竟想得到他的什么遗物呢?

他朝圣祠亲王鞠了一躬,姿态恰到好处。"赞颂归于女王陛下,赞颂归于罕满堪家族。"最后他说道。

夏末

暴风雨中

♛

梦里，她站在上方，莫根纳看不见，但能感觉到她如剑刃般笔直而冰冷，全身散发出危险的怒意。好在愤怒的目标不是他，至少他希望不是。

风太猛了，她说。要么将我的话吹回来，要么吹到黑暗里，任其被吞噬、被遗忘。

莫根纳知道自己在做梦，恨不能醒来，却感觉有东西压着他，将他压在梦里，如襁褓里的婴儿一样无助。

你必须告诉他们。你必须替我告诉他们。风太猛了。

他以前也接触过这个愤怒的存在，但在梦里看不清对方的脸，只见到旋转的阴影和舞动的光辉，犹如破碎的教堂窗户，上面那哀伤的圣徒画像破成碎片，只剩悲伤的眼睛和哭泣呻吟的嘴巴。

你是谁？他没问出口，但那存在似乎能读取他的心思。

你知道我，凡人之子。你知道。始祖母认识你的祖辈。我能在你身上感受到她的力量，以及……梦海的气息……

然后，莫根纳醒了，再次孤苦无依，不可救药地迷失在无边无际的阿德席特大森林。这次他没哭，因为没力气。但他很想哭出来，只要能将那阴冷古怪的感觉清出脑海，让他做什么都行。他不敢回想，因为他知道这森林想把自己逼疯。

* * *

炙热烦闷的白昼与寒气逼人的夜晚交替爬过，每日都跟昨天一样无望。莫根纳开始做白日梦,梦见葡萄酒、白兰地、淡啤酒,以及所有能帮他隔绝悲楚念头的液体。他怀念从前泼洒的每一罐、每一扎酒水,渴望一切除水以外的饮料,宁愿舔舐滴落或泼溅在"怪女孩酒馆"脏地板上的液体。饥饿感倒是消失了,完全被另一种痛苦的抽搐取代,他的肠胃一次次被捏紧、清空,哪怕里面空无一物也不停息。他的脑袋像块焖烧的热炭。

地狱里没有葡萄酒,他心想。只有干涸的嘴巴和着火的脑袋。

太阳起落数次之后,罪恶的渴望开始消退,但他仍浑身难受,像被揍了一顿似的。不过莫根纳仍强迫自己继续前行,设法一直向南。虽然他没像第一次那样回到起点,但每天的结局都一样:精疲力竭陷在森林深处。

他经常考虑丢掉些东西,比如佩剑、母亲的《安东之书》、小史那那克给他的破铁鞋,反正那些玩意儿除了拖慢脚步别无他用。还有沉重的盔甲。面对绝望,盔甲有何用处?面对饥饿和神志失常,盔甲又有何用?可他脱下沉重的链甲,却无论如何都舍不得丢掉,于是搭在肩头,假装自己或许还会用到它。最后,他脑中残存的理智总算想明白了:一旦开始丢弃貌似无用的东西,他就停不下来了;最终将只剩几条破布,近乎全裸,吃树叶、吃青草、喝露水,像个神经错乱的隐士;死后只留下一具骸骨,即使有人发现,也永远搞不清他曾经是谁。

赤裸王子。骸骨王子。没用的莫根纳,断绝血脉的最后一人。

但有种力量始终支撑着不让他放弃。在野地又转了一两天,毫无来由想喝烈酒的渴望终于退化成模糊的念想,一种微弱而持续的遗憾。此时此刻,饥饿和绝望成了他最大的敌人。他时而沿动物踩出的林间小径蹒跚前行,时而用剑刃砍开挡路的灌木。他必须强迫自己继续走下去。只要还能动,我就不会死,他告诉自己,尽管他不太确信这推论是否正确。在漫长的白昼里,他踉跄前行,一次次想起祖父常

夏末

说的话:"你不会知道自己身处故事之中,直到事后有人告诉你。"

他现在就在一个故事里吗?而这故事讲的只是他的死亡?也许在他看不见的地方,依然有些事在发生变化。也许几个幸存的爱克兰卫兵会来找他。也许他祖父母会派出搜寻队。

是啊,有可能,一个酸溜溜的声音悄声嘀咕。大树可能还会跳舞呢,大山也可能会唱歌。

由于害怕夜间在森林地面出没的野兽,他每晚仍在橡树或白蜡树的粗枝上睡觉。他学会在醒来后等待足够长的时间,以便记起自己身处离地很高的位置,然后才调整姿势。第一晚在树顶遇到的眼睛大大、窃窃私语的怪东西依然会出现,但次数没那么频繁,他也就很少听见,只是偶尔能瞥见它们瞳孔中映出微弱的月光。不管那是什么动物,感觉它们已经放弃他了。

* * *

这是第五还是第六天来着?莫根纳走在一片几近干涸的河床里,心里猜想。还是第七天?不知道答案,他不由恐慌起来,竭力回想发生过的一切。可惜每天都同样苦闷,他很快败下阵来。

他早就吃光了腰袋里的零碎和面包屑。此时抽搐虽然停止,胃却更疼了。他曾找到些老浆果和山楂果,稍微减轻了一点痛苦。在一块洒满阳光的林间小空地,他看到一丛迎着阳光蓬勃生长的蒲公英,将它们连花带叶吃个精光,眼下正在咀嚼最后的一点点。抽搐终于消停后,他每个清醒的时刻都在念叨自己想吃的食物:红艳多汁的牛肉、热气腾腾的面包、布丁、馅饼、碎奶酪。蒲公英的味道跟他想念的食物完全不同,但至少能缓和一下疯狂的饥饿。不过阿德席特大森林的枝叶太过茂密,不能指望会有太多喜爱阳光的蒲公英,而浆果最终也会过季。虽然他一直留心寻找,但从未见到胡桃树或栗子树。就跟他的身体一样,他脑中储备的寻找食物的知识也要枯竭了。

当年我祖父也曾迷失在森林里,还是同一片森林,那时他吃什么？莫根纳无数次后悔以前没认真听故事。然而谁又能想到，同样的事会发生在自己身上？

你不会知道自己身处故事之中，直到事后有人告诉你。

他为自己哼起小曲儿："莫根纳，死掉啦，肚子空空，嘴巴张大，两眼闭上啦。"

他太饿了，以致笑不出来。是您的主意吗，我的救主上帝？您要一下下捶打我，直到我放弃自己的固执，承认我祖父母是对的？那好吧，我错了。我是个傻瓜。送我到森林边缘去吧，或者农夫的小屋也行。送我一只垂死的小鹿，或者一张弓、几支箭，让我自己打猎。

可是，全能的万世之父、上帝他老人家似乎没听。或者听见了，但仍未原谅偏离正道的孩子莫根纳。他吞下咒骂。如果说他需要上帝的原谅，那就是现在了。光是想想真正的挨饿就足以吓坏他了。沾满露珠的青草上可以找到水，但秋天很快会降临，然后就是冬天……

冬天！他震惊地意识到，自己已经在考虑直到冬天也走不出阿德席特的可能性了。但我绝对活不了那么久。

* * *

到了第七或第八天下午晚些时候，情况终于有了变化，却不是莫根纳希望的那种。高大的树冠之上，天色开始变暗，树木开始摇晃，尤其是最上层的枝丫。看样子，一场夏季风暴即将来临。

除了斗篷，他没别的东西能挡雨。他也很清楚，在野地里，湿冷的环境很可能致命，于是开始寻找能坐下来躲雨的地方。他不想靠近树木，傻瓜都知道树木容易招引雷电，尤其是橡树，它们的枝丫长得就像闪电。黑暗渐浓，风力渐强，他对暴风雨的恐惧渐渐加深，几乎忘记了饥饿。乌云后依然高挂着太阳，然而林间已黑得仿佛傍晚，头上的树木不停扭动、抽打，大滴的雨水像石头般砸落。虽然游荡了好几天，但他确信现在不可能晚于提亚加月，只是这气温却冷得像冬天。

夏末

莫根纳往山坡方向走,想找块干地,等待风暴过去。雨水开始渗进他的羊毛斗篷,让它比链甲还沉。肥沃的森林土壤化为泥泞,粘住他的靴子,拖慢他的脚步,仿佛淘气的孩子在他身后追赶,抓扒他的双脚。有一次,他把整只脚从靴子里扯了出来,只好坐在淤泥里,顶着敲头的雨点,用双手拔出靴子。在这期间,天色越来越黑,风声越来越厉。

终于,他来到一处岩坡,坡上长着白蜡树,仿如古老的卫兵守着一块突出地面的石灰岩,差不多有礼拜堂大小。这微型山包在林木覆盖的山坡间突出一块,莫根纳在其底部找到一条比自己大不了多少的裂缝。虽然地方太小,没法点火,而且斜坡上倒伏的枯木已完全湿透,但他毕竟能躲雨了。他把链甲放到一旁,脱下斗篷坐在上面,收起膝盖托着下巴,望着泥泞的土壤被雨滴砸得一团团飞溅起来。他坐着瑟瑟发抖,满脑子麻木和悲苦之情。真正的黑夜降临后,除了模糊的双脚,他连更远些的地方都看不见。

风暴在夜间肆虐,白蜡树吱呀作响,树枝折断,雨水近乎横飞,他必须往小裂缝里挤得更深才能躲开。他在想,先前在树上听见、看见的小动物怎么样了?它们有没有巢穴或洞窟躲雨?这样的风暴里,松鼠和雀鸟会做些什么?是简单地抱住树枝,还是躲到干燥、安全的地方去?他以前从没想过这些问题,此时此刻却觉得无比重要。

要是明天不能点火,我会疯掉的。

♛

波尔图与莱维斯队长一起,领着一小队爱克兰卫兵,去附近的利阿沃斯郡首府征集食物,随后返回营地,准备在那儿等候艾欧莱尔伯爵和王子同希瑟见完面后回来。这趟差事比预计多花了些时间,因为当地的男爵对每个征用项目都有意见,甚至愤怒地声称,要向至高王室汇报自己遭受的剥削,直到军需官拿出欧力克公爵签署、国王加签的命令才闭上嘴巴。

"要是真让那个男爵供养一支正儿八经的军队,而非我们这样的小使团,"莱维斯对波尔图说,"没准儿他能气出个好歹,当场横死。"波尔图大笑着表示赞同。

莱维斯队长生性随和,长着一张圆脸,身材壮硕,大概三十来岁。波尔图喜欢跟他做伴,也很享受这一天的行程与阳光。离开海霍特将近一个月,波尔图天天待在马鞍上,已经习惯再次骑马了,只是老骨头偶尔有些作痛。莫根纳和艾欧莱尔进森林已经好多天了,他当然担心王子,不过那是上帝的管辖范围,他自己可是鞭长莫及,只能跟爱克兰卫兵一起等待,祈祷最好的结果。

他们沿河边从利阿沃斯返回,车上载满谷物、啤酒与其他有用的物资,所以走得很慢。半路上,他们看到第一缕烟雾从南边地平线升起。当时他们同营地之间还隔着许多青草郁郁的小山丘,那缕黑烟就出自山丘之后,所以波尔图并没在意。军营嘛,怎能没有火呢?过了一会儿,莱维斯也看见了。

"不对劲儿。"队长说,但也没太担心,"这烟又浓又黑,肯定是哪辆马车着火了。"

"上帝保佑。"一名挑扁担的步兵说道,"希望别是炊事车。我还要吃晚饭呢。今天这趟挺辛苦的。"

"别滥用上帝的名义。"莱维斯告诉他,"你那咕咕叫的肚子对他不算事。"

"老家的牧师也这么说。"年轻卫兵叫奥德宛,喜欢饶舌,"等我放了个响亮的臭屁,上帝似乎就改主意了,因为那牧师将我赶出了他的教堂!"

波尔图哈哈大笑。莱维斯却厌恶地瞪了年轻卫兵一眼。"总有一天你要学会敬畏上帝。希望那天不要太迟。"

奥德宛没跟长官继续打趣,而是瞪圆眼睛盯着远方。"队长,快看,烟越来越浓了。"

夏末

波尔图与莱维斯同时转过头去。那团黑烟浓得像雷雨云。其他卫兵纷纷停步观望,连车夫都勒停了马车,脸色白得像板油。

黑云根部分出一块,迅速穿过起伏的草地,朝他们这边飞来。一时间,波尔图吓得动弹不得,仿佛瞬间被抛回北鬼之地,看着白狐①用可怕的魔法将篝火化成活物、掀翻巨石、摧垮山脉。但片刻后他看清了,飞奔而来的并非汹涌的烟云,而是马匹——那是爱克兰卫兵的马,它们惊恐奔逃,两眼翻白,马蹄铁映射着下午的阳光,很多身上还披着毛毯,上面绣着王室的双龙纹章。

"安东在上,出什么事了?"莱维斯忘了刚才说的不要滥用圣名的规矩,"整个营地都着火了?奥德宛,你跟他们去追马,别让它们跑掉,试着安抚它们,套上马具。要让它们跑进草原,就再也抓不回来了。"他转向波尔图,"跟紧我,波尔图爵士。事情有点儿不对!"

事后回想,波尔图只觉得记忆很模糊。当他们朝浓烟奔去时,有那么短短的一瞬间,他觉得本来翠绿、安宁的草原突然张开大嘴,吐出一群来自地狱的魔鬼。爱克兰营地被一群武装人员包围。大概一百来个色雷辛人,衣衫破烂,但武器精良,骑着快马。爱克兰卫兵以马车做掩护进行反击,但人数处于劣势,许多马车已被来敌的火箭点燃。游牧强盗行动敏捷,仿佛同时从四面八方袭来,不少士兵本以为躲在马车和帐篷后很安全,却从身后被飞箭射杀。

莱维斯踢马冲向战场,但波尔图看得清楚,战斗已经结束了。营地里的士兵半数已经牺牲,另一半也被包围,敌人却没多少损失,甚至鲜有受伤。

所以他伏下身子,紧贴马颈,加速猛追莱维斯队长。"回来!"他大喊,"回来!"

"我们得去救人!"莱维斯喊道,可声音几乎被吵嚷和惨叫声

---

① 白狐:对北鬼的别称。

淹没。

"那谁去救王子?"波尔图大喊着回答,同时勒住缰绳。他们离营地还很远。此时半数马车已燃起炙热的烈焰,另外几辆也开始着火。"如果我们都死了,谁去救王位继承人?"

莱维斯慢下脚步。过了一会儿,五六个嗷嗷乱叫的草原人看见他们,立刻脱离大队冲杀过来。莱维斯用力勒紧缰绳,调转马头跑向波尔图。色雷辛人迅速逼近,胡须小辫在下巴上跳动,张开血红的嘴巴,发出欢快的战吼。

真是地狱啊,波尔图一边想,一边拨马逃走。

箭矢如黄蜂般呼啸而过,波尔图知道,色雷辛马匹善于长途奔袭,很快就能追上他们。他朝莱维斯喊话,叫后者往森林跑,那是他们唯一的逃脱机会。但他很快发现,两人正处于伊姆翠喀河下游,离浅滩太远,必须跨过滔滔河水才能进入森林。

又一支箭从旁飞过,近得擦伤了他的脖子。他们跑上一块长满青草的矮坡,从另一头飞快下坡,却看到前面突然出现更多骑手,像是凭空冒出来似的。波尔图心头一颤,差点停跳。他还来不及拔剑,新来的骑手已经大吼着从他俩身旁冲过,朝刚刚越过坡顶、追杀而来的色雷辛人扑去。这时他终于看清,新来的是爱克兰卫兵——刚才被莱维斯派去追马的奥德宛等人——于是上气不接下气地感谢上帝。从骑马姿势就能明显看出,这些人并不擅长马背作战,毕竟加入卫队之前,他们多数是在农场长大的,但波尔图很少因见到别人而如此高兴。奥德宛等人愤怒地叫嚷着,近乎疯狂地冲向追来的色雷辛人。波尔图不能任由他们独自战斗,也猛地调转马头,转个半圈,随同大家一起冲回山坡,决意战死也要拉几个垫背的。

两方相撞,有人飞出马鞍,留下坐骑人立而起或踉跄后退。有的战马倒在地上,压坏了身下的人。刀斧或砸上盾牌,或锋刃相交,或砍中皮肉。有人厉声惨叫,鲜血飞溅。小小的谷地夹在两个绿山包中

夏末

间,一场血战突如其来,不到日落便已结束。波尔图是幸运的,与营地那场战斗相比,这次是他们占了上风。

等到尘埃落定,波尔图和莱维斯都活了下来,而且伤得不重。还有两个爱克兰卫兵幸存,一个是年轻人奥德宛,另一个年纪更小,没长胡子,名叫菲尔曼。追来的色雷辛人没一个有命回去,然而,这样的结果根本算不上胜利。

等他们回到营地,游牧部队已然消失,大部分火焰也已烧尽,只剩星星点点的火苗在摇晃,犹如从酒馆返家的醉汉。地上躺满尸体,都是爱克兰卫兵和色雷辛人,波尔图没看到一个矮怪。

众人沉默不语,只有莱维斯队长在愤怒而伤心地咒骂。

* * *

那些人刚出森林时离得太远,看不清大小,波尔图拔出刚刚入鞘的剑,呼叫莱维斯等人做好准备。过了会儿他才看清,领头人的坐骑并非毛发蓬乱的色雷辛马,而是个头更小、更奇特的动物——一头白狼。他放下剑,松了口气,向矮怪宾拿比克一家打招呼。其他人就没那么高兴了,自从队伍离开鄂克斯特,许多卫兵对坎努克人怀有一种迷信般的惧意。况且要说灾难般的厄运之日,今天肯定算一个。

"没想到还能活着见到你们。"波尔图对近前的矮怪们说。

宾拿比克跳下坐骑,扫视还在冒烟的营地废墟。"我们一整天都在森林进进出出,四下找寻,以防王子和艾欧莱尔从别处出来。"说话时,他妻子、女儿,以及叫小史那那克的大块头矮怪都沉着脸环顾四周。

波尔图哀伤地点点头。自从希瑟带走王子和艾欧莱尔,已经过去了一个星期。时间这么久,整个营地都开始躁动不安,全靠军纪维持着相对的平静。

"现在只剩我们等他俩了。"波尔图说,"只能祈祷草原人不要回来。"

"周围有大量色雷辛战士和草原人活动。"宾拿比克告诉他,"但大部分离这儿有些距离,在南边远处。"他指指南边地平线上的小山丘。

"你是说,草原人正往这边走来?"想到可能还要战斗,波尔图有些害怕。刚才支撑他战斗的绝望之力已从体内退去,他身上每块疲倦的肌肉、每根老朽的骨头都在疼痛。

"不是这个方向。"宾拿比克蹲下来,眯缝双眼,手指在弯曲的草叶间摸索,"他们正往西边走,离这儿越来越远。每年夏末,色雷辛人都会组织一场大规模部族集会。也许这次袭击是某些部族前去参会时顺手干的。啊!"他举起一把东西,乍看像团泥巴,他用带露水的草叶擦了一下。"你看,"他说,"一块斗篷碎片,上好的布料。"

波尔图摇摇头。"对我们有啥用?"

"拿来穿,肯定用不上。"宾拿比克歪着嘴,半笑不笑地说,"拿来观察和思考,也许有点用处。仔细看看。"

"我不大擅长观察。"波尔图承认。

"那我来告诉你吧。这是块针法和织工都异常精巧的布料。不是宽织布——那是我们坎努克人在夏季编织的衣料——但手工也是上好的。没有冒犯的意思,不过这布料不是你们卫兵穿的,更不是厨师或打下手能穿的。这是贵族的衣料。茜丝琪!齐娜!来帮帮我。"

三个矮怪从宾拿比克发现布料的位置开始,屈身贴地,缓缓往外移动,检查被踩成烂泥的草皮。波尔图和其他卫兵莫名其妙地看着他们。小史那那克仍骑在大公羊背上,表情像个饥肠辘辘、却被迫坐等长篇祷告结束才能吃饭的孩子。他的坐骑倒是慢条斯理地嚼着青草。

茜丝琪停下来,呼叫宾拿比克。

后者凑过去,点点头。"看吧,是艾欧莱尔伯爵。战斗时,或者战斗刚刚结束时,他就在这儿。看看这里的泥巴,经过再次踩踏,盖住了染血的地面。"

夏末

"那王子呢?"波尔图惊恐万分,"亲爱的上帝,仁慈的艾莱西亚,莫根纳王子也在这儿吗?哦,上帝啊,他死了吗?"

宾拿比克脸色阴郁。"我向所有祖先祈祷他还活着。你和你的人去那边检查。"他指指泥泞战场的远处。刚才那场无望的战斗中,有几人从原来的营地跑到那边才倒下。"我们搜索这里,查看所有死者。希望没有莫根纳或艾欧莱尔,但我们必须确认一下。"

* * *

波尔图站在最后一具色雷辛尸体旁,这人很瘦,留着长须,脸色苍白,像只淹死的老鼠,臭烘烘的内脏露在外面。盯着他看了一会儿,波尔图转过身去,收拾心情。太阳已消失在西边,远处草原上腾起一阵薄雾。

"我这边可能有好消息!"宾拿比克边喊边朝他走来,"不过首先,你有什么发现?"

波尔图报出双方的死亡数字。"莱维斯说,爱克兰卫兵中,除了跟我们前往利阿沃斯那些,其他人都死了。他们连营地里的仆人都杀了,多数还是小男孩。"一股纯粹的恨意涌上心头。他几乎忘掉了那种感觉,那种无法抑制的灼热恨意。"不过,赞美上帝,死者当中没有艾欧莱尔或莫根纳王子。"

宾拿比克长出一口气。"我为其他人哀悼,但王子和艾欧莱尔不在,说明我的发现更有把握。来看看。"

他带着波尔图和卫兵们穿过暮色下的战场。在死者中间待了太久,以致波尔图产生了一种错觉:他们正走在死后的世界里,而他们也是死人,正在等待同袍起身,加入他们,一道走向永恒。

小史那那克生了一团火。宾拿比克从火中拿起一根燃烧的木头,走向营地靠近森林的一侧。那儿的草地同样被踩烂,但程度较轻。波尔图的长腿远超大多数凡人,个头更是比矮怪高出许多,他必须缩小步伐,艰难地走着,以免踩到矮怪。

"那儿,还有那儿、那儿。"宾拿比克领着他离开营地,走向浅滩,朝一些东西指指点点。但用火把凑近观瞧,波尔图也看不清他在指什么。"脚印从那个方向来。"矮怪指着河对面黑影幢幢的阿德席特森林树墙,"两个步行人的脚印,都穿着精致的靴子。不过到营地之前就乱了,你看这儿。"他又指了指。这回波尔图至少看出,地面的脚印确实很凌乱。"其中一人脚印转回,朝森林去了。前晚下过雨,还记得吗?这些脚印是那晚之后留下的,我们周围的脚印也是。也就是说,都是昨天战斗后不久留下的。"

波尔图努力消化所有信息。"战斗之后?什么意思?两套脚印又是什么意思?"

一直默默聆听的莱维斯开口了。"意思是,其中一人回森林去了。"

宾拿比克点点头。"看得好,队长。我也这么想。"

"回森林的是莫根纳王子。"小史那那克说。

宾拿比克又点点头。"我也这么希望。如果王子和艾欧莱尔从森林出来,发现有战斗,我想艾欧莱尔会让王子逃向安全的地方,而当时唯一安全的地方就是大森林。不过,斗篷碎片上没有血迹,也没找到伯爵的遗体,由此得知……什么,小史那那克,你说?"

"有人抓了艾欧莱尔伯爵当俘虏。"小史那那克立刻回答。

"对。"宾拿比克点点头,"所以,让我们向祖先与诸神祈祷吧,但愿森林里的莫根纳王子和被俘的艾欧莱尔都还活着。"他站起来,双手拢在嘴边大喊,"瓦喀娜,*hinik aia*!"

大狼仿佛瞬间出现,耷拉着舌头,目光热切,显然比凡人更享受鲜血和焦肉的味道。矮怪弯下腰,嘴巴贴在大狼耳边。在波尔图看来,他俩像在无声地交流。这想法虽然古怪,但并非不可能,因为矮怪领袖已多次证明,大狼理解他甚至远超马匹理解骑手。

宾拿比克爬上瓦喀娜后背,抓牢狼颈毛,冲妻子茜丝琪喊了句

夏末

话。大狼纵身跃起，蹬得脚下青草在身后乱飞，背着宾拿比克朝最早发生袭击的地方跑去。

"他去哪儿？"莱维斯队长问，"他要丢下我们吗？"

"矮怪不是那种人。"波尔图回答。

"我丈夫说他听到声响。"茜丝琪解释，"他要赶紧过去察看，叮嘱我们小心跟上。"

莱维斯同另外两名爱克兰卫兵交换一下眼神，相互紧挨着沿伊姆翠喀河岸往东骑行。草地上散落着尸体，像某个失落民族留下的翻倒雕像。波尔图听到一声喊叫，在暮色中眯起眼睛抬头张望。宾拿比克和大狼的身影叠合在一起，正从远处朝他们跑来。

"到这儿来！"宾拿比克一边靠近一边喊，"快点！"

众人纷纷上前。他调转狼头，离开河边，带着大伙回到草地，经过最后一个爱克兰卫兵扭曲的遗体才停下。"这里，看到没？"他说，"一大群色雷辛马匹从这边走过。看，那有个马蹄印。"他指着一块泥泞的半圆形印迹，"他们朝西南去了，灵山方向，那是草原人聚会的地方。"

"我不明白。"波尔图说。

"你建议我们杀过去？就这么几个人？"莱维斯问。

"我建议你们没听懂就闭嘴，等我把话说完。"宾拿比克有点恼火地回答，"还有很多要看的。"

众人再次跟上他，这次往东，沿染血的战场外围来到另一片面积较小的凌乱马蹄印前。它们的方向跟前者大体一致，只是角度略偏。

"女儿，你怎么看？"他问个子最小的矮怪。

齐娜单膝跪下，触摸青草。"是带走艾欧莱尔伯爵的人。"她说。

"没错。"宾拿比克说。他看到波尔图和爱克兰卫兵的表情，皱起眉头。"这个队伍要小一些，他们带走艾欧莱尔，从这儿经过。我猜，他们不想过于靠近袭击我们营地的那群人，但他们也要去同一个方向，去灵山。"

"所以你认为，抓走艾欧莱尔的人可能属于另一个部族？"莱维斯望向矮怪的目光多了几分敬意。

"有可能。草原人并不都一样，有些部族甚至不骑马。"

"我们必须跟上。"莱维斯说，"也许可以等他们睡着，将艾欧莱尔伯爵偷偷救出来。"

"那王子怎么办？"波尔图急忙问，"莫根纳王子呢？你刚才不是说他跑回森林了吗？我们不能留下他喂狼、喂熊啊！"

"这正是我们必须面对的难题。"在奥德宛的火把照耀下，宾拿比克显得疲倦而难过，"莫根纳和艾欧莱尔，他们两个都不能丢下。"他用拳头贴着胸膛，"虽然我很担心艾欧莱尔伯爵，但也不能丢下莫根纳王子不管。他是我好友的孙子，我发过誓要保护他。"

"我也是！"波尔图叫道，"我跟你一起。"

"身为他的卫兵，我们也一样。"莱维斯说，"矮怪说得对，我们不能丢下王位继承人。"

"但也不能把艾欧莱尔伯爵留给色雷辛人。"波尔图说，"莱维斯队长，你带你的人去跟踪抓他的家伙。我跟矮怪们走。"

宾拿比克摇摇头。"很抱歉，波尔图爵士，但莫根纳不是进了森林就能找到的，而且我们去找他的地方，你的马可能跟不上。我敬重你有颗勇敢的心，但你该跟他们去救艾欧莱尔伯爵。你们身材高大，骑着马，在开阔的平原比在浓密的林地与灌木之间更有优势。还有，我对希瑟居住的森林有些了解，你们却没有，那里的距离和方向感很有欺骗性。"

"可王子他……！"波尔图开口。

"将得到我们最好的照顾。我们会在纠结的林地里追上他。"宾拿比克接过话头。"我们有些人是经验丰富的追踪者。瓦喀娜灵敏的鼻子也能派上大用场。"

夏末

波尔图闷闷不乐。"总理大人帕萨瓦勒亲自叮嘱，要我随时保护王子殿下！我不能离开他却跟着别人走。我不能。这会辜负大人对我的信任。"他是真心实意担忧王子的安危，但也忍不住想到帕萨瓦勒承诺给他的黄金，毕竟黄金能将他的余生从悲惨中拯救出来。身为一个士兵，年纪大了打不动，唯一的任务也失败的话，以后谁还敢用他呢？

宾拿比克同家人悄声议论一会儿，转过头来直视他的眼睛。真是奇怪，一个小个子竟能给他如此的压迫感。"好心的波尔图爵士，我们都理解你的不快。"矮怪告诉他，"这也不是我们想要的选择，但你跟来只会严重拖慢我们的脚步。如果你不愿跟队长及其手下去找艾欧莱尔，那你至少可以快马加鞭赶回海霍特。"

"回海霍特？"

"莫根纳王子迷失在森林里，首相被色雷辛人掳走，草原人杀害了很多爱克兰王室卫兵。这些事必须报告给国王和王后！"

"我不能去。"波尔图摇摇头，空落落的内心仿佛被一阵强风卷过，"我不能同时抛下王子和国王之手。派个卫兵回鄂克斯特吧。"

宾拿比克皱起眉头想了想，在肩上挎的袋子里翻出一片打磨过的干羊皮。"史那那克，把那树枝递给我。"宾拿比克拿到树枝，凑到奥德宛的火把里烧，后者必须弯下腰好让他够到。他用烧焦的树枝在羊皮的光面上写字，一直写了很久，波尔图只好耐心等候。

"给。"矮怪终于把羊皮递给波尔图，"不管你们挑谁回去，带上这个。这是写给国王和王后的信，他们会知道发生了什么事。然后我们各自行动吧。"

"可是……"波尔图张开嘴，却无法反驳矮怪冷静的推理。"好吧。"最后他说，只觉心房快要裂成了两半，"既然如此，就这么办吧。"

"波尔图，你是个真诚的好人。"宾拿比克说，"可我们不能再浪费力气和时间了。"矮怪挥手招呼他的家人,后者各自催促公羊迈开脚步,他自己骑狼跟上。"一路顺风,祝你们有猎人的好运。"他回头朝骑士和三个爱克兰卫兵喊道,"愿快乐和好运伴随你们所有人,带你们重返家园与安全之地。"

波尔图忧心忡忡,此时又多出一种恐惧,感觉自己正看着可怕的事发生,却不明白这些都代表了什么。他只能抬起手,道别的话却哽在喉中说不出来。

这都怎么了?他不明白,我们有支人数众多、装备精良的队伍——一群士兵,护送王子和奥斯坦·亚德全境最高贵的贵族之一——现在却像块碎布,只剩几缕布条,还被扯往不同的方向。

矮怪们驾着坐骑赶往北边的大森林,换了别的情境,这一幕本来挺滑稽的:几个矮墩子骑着羊和狼,活像宗教典籍页边空白处画的格言示意图。莱维斯和另外两个士兵开始讨论下一步怎么办,但在波尔图听来,他们的话语安静而迟疑,就像孩童在夜里发出的战栗声。

♛

在莫根纳的梦里,小山包放大上千倍,成了一座真正的山脉。她在山顶再次对他说话,他看不见对方,但能听到她的声音。

其他人现在听不到我的声音,包括我的血脉至亲。为何你能听见?

我不知道。我根本不认识你!他很想爬上巨石山包,亲眼看看在梦里纠缠自己的人到底是谁,但他能感受到对方的年龄和力量,这让他十分害怕。

你认识我,孩子。我在无助的沉眠里跟你说过话,你能听见。但在这里,当我站在门口时,我是个无名氏。我没法告诉你我没有的东西。

石头避难所外突然传来狼嚎,他惊醒过来,心脏狂跳,过了会儿才想明白,动物发不出这么响亮的叫声。那是风声,已涨成凶猛的尖

夏末

啸,哀号着、尖叫着,似乎连森林都吓坏了。目力所及,所有树木都吹弯了腰,摇晃着枝丫。他能听到噼啪声和树枝砸落的声响。

黎明第一道光辉抢在太阳前头,将天空染成紫罗兰色。雨势弱了些,但仍被风吹得斜飞,仿佛军队齐射的箭矢。他为自己有个小小的避难所庆幸了一会儿,但很快又开始担心,万一风暴总不停息怎么办。这时,他听到另一个声音穿透愤怒的风声。

"哩——!哩——!"

他从未听过这样的声音,虽然不大,但在风暴中也清晰可闻,所以声源肯定在附近。听上去像鹰啼,或是小动物被捕食者抓住时惊恐的尖叫。他往浅缝里使劲儿挤了挤。不管那是什么,能在如此糟糕的天气里捕猎,他都不想跟它遭遇。

他昏昏沉沉,刚要回到烦躁的睡眠中就被再次惊醒。这次是阵响亮的碎裂声,听着像是好几根树枝一起折断,甚至一整棵大树被风吹倒。他眯起眼睛,借着昏暗的晨光张望,看到一团白蜡树枝砸落在岩石附近的地面上,凌乱的枝丫和拍动的树叶里有只圆滚滚的小东西。它又尖叫起来:"哩!哩!哩——!"但没从倒下的树枝间爬出。

莫根纳望着那堆树枝,好像看了很久很久。悲伤的尖叫声减弱了些,但没完全停下。悲伤攥紧了他的五脏六腑,不是因为他自己害怕,而是那难受的叫声如此清楚,明显是只弱小、惊恐的小动物在痛苦地叫唤。可是,尽管每声叫唤都像鞭子在抽他,他仍不敢轻举妄动。

风终于开始停息,渐弱的雨滴恢复成正常的下落角度,这时莫根纳才爬出裂缝。石灰岩前面的斜坡上落满了断裂的树枝,以及被风雨从枝头硬生生扯下的大堆树叶。那团白蜡树枝与随之掉落的小东西终于不动了。莫根纳握着剑,小心翼翼走上前去,靠近后才看出,那是一整根粗大、弯曲的树枝,连带着扯下几根小的。他探身查看断枝上长叶子的那头,发现一个棕色的东西被困在里面,应该还活着。小东西转动一双又圆又黑的大眼睛看着他,眼眶有半圈是白的,然后开始挣扎,显得十分虚弱与无助,看来它试图逃走但又失败的次数远超莫根纳的想象。

它比凡人婴儿大不了多少,大部分身体被泥巴和树叶挡住,只能看出披着一身红棕色皮毛,偶尔露出粉红色的皮肤,其他就看不太清了。莫根纳用剑尖挑起一根盖在它身上的树枝,将其从根部砍断。小东西看着他,一动不动,惊恐的大眼睛始终盯着他不放。

片刻后,他砍断足够多树枝,可以放那小家伙自由了。他往后退开,好让它逃走。但它没动。莫根纳琢磨着,小东西是害怕他呢,还是受了重伤?他环顾四周,但斜坡上除了风暴留下的残枝败叶,其他什么都没有。

"哩——"小家伙哀鸣一声,犹如垂死的悲叹。

一种连他自己都说不清的情绪触动了莫根纳的心弦。他缓慢而小心地掀开其他树枝,以便检查小家伙的全身。他并非林地专家,对这东西自然完全陌生。他看到它的前爪上长着细长的粉红色手指,不由吃了一惊——逃进森林的第一个晚上,伸手摸他的不就是这种动物吗?最起码也是类似的东西。他猜,一直在树顶观察他、跟踪他的生物中肯定也有它们。

尽管它长着凡人一样的手,却又并非猿类。它长着兔唇,又长又扁的门牙更像老鼠或松鼠,但两只眼睛太靠前,不像那两种动物,小圆耳朵长在头部较低的位置,共同组成一张人脸似的古怪面庞,跟那粉红色的手指一样令人不安。它的小胸膛起起伏伏,可能出于害怕,也可能是最后的喘息。莫根纳担心再帮忙可能会被咬,于是退后,坐下,继续观察。小家伙还是没动。

他放弃了,打算任其自生自灭。可他站起来时,小东西突然龇牙尖叫:"喊嗑!"然后又"哩!哩!哩!"地叫了几声,吓得他倒退一步,随即听到林间有动静。他抬起头,似乎看到一抹红色,但又不敢

夏末

确定。

"喊嗑!"小东西又叫一声,脑袋朝后奔下,似乎用尽了最后一丝力气。

他弯下腰,用斗篷在手上缠了几圈,将它从剩余的树枝上捡起。它发出"嘶嘶"和"喊嗑"声,在他手中无力地挣扎,但没咬他。不过莫根纳猜测,如果它有力气,可能还是会咬的。他将小东西抓在手中,透过羊毛斗篷感觉到它在颤抖,于是不假思索地裹起来抱在臂弯里。头顶树上传来更多响动,但没有声音回应小家伙微弱的"哩哩"声。莫根纳把它抱回岩缝,边走边用斗篷裹好,只剩小脑袋露在外面,四肢收在身侧,像个襁褓中的婴儿。他回到避难所,坐下,将小家伙放在大腿上。它渐渐不再挣扎,闭上了大眼睛,不过用手能摸出它的胸膛还在起伏。

"哩……"它轻声叫唤几下,然后不做声了,只剩微弱的呼吸。莫根纳用胸口温暖它,不由回想起妹妹莉莉娅还是婴儿的日子。当年父亲去世,他惊惶不安,唯一的慰藉就是抱着妹妹,看着她那纯洁的小脸蛋。

有那么一会儿,他甚至忘记了饥饿。

Empire of Grass

池塘

♛

一条被绑住的活龙,即使有身材魁梧的蛊罡嘎做主力,想将它拖、拽、推下山,似乎仍是不可能的任务。巨人从日出前几个钟头一直到忙到天黑日落,可第一天的"成果"只是被缚的巨虫①仅往山下移动了一点点距离,想想就让人丧气。光是拖着它翻过障碍,穿过雪地间的岩石地面,就耗尽了蛊罡嘎的力气。幼龙从被绑的嘴巴间发出痛苦的呻吟和汩汩声,听得奈泽露心生怜悯。它的眼睛像菜盘一样大,眼珠一直在眼眶里绝望地转动,大嘴里冒出白沫。歌者绍眉戟十分谨慎,定时将肯-未刹混合物强行塞进幼龙的大嘴,尽量麻痹它的神经,可巨兽尽管神志不清,仍像在睡梦中受到噩梦困扰一般抽搐、哀叹。怪物每一下颤抖和扭动,绑它的绳子都吱嘎作响。听到这些声音,奈泽露不禁琢磨,万一绍眉戟的肯-未刹用完了怎么办?

被捕的幼龙在受苦,奈泽露和亚拿夫也好不到哪儿去。他们用亚拿夫的斗篷做成吊床,托起玛寇队长烧伤的残躯,抬着他走了一整天。尽管龙血灼烧的伤口一定透心彻骨,但玛寇始终昏迷不醒,除了偶尔的小动作或呻吟几声,再无一丝生气。奈泽露竭力忍耐手指抽筋的痛楚。亚拿夫不像我受过殉生武士的训练,她心想,他肯定比我更难受。

只有绍眉戟不抬任何东西下山,手里一直握着水晶魔杖,用痛苦胁迫那巨人。身为殉生武士,奈泽露已经学会了服从权威,可他们这支远征队伤亡惨重,其中一名队员却不出力,让她实在有些不满,尤

---

① "虫"是龙的别称。

夏末

其对方跟她一样是个混血儿!然而绍眉戟能控制巨人,所以他就是首领,奈泽露只能将不满藏在心里。

* * *

终于停下来过夜,绍眉戟命令亚拿夫去打猎。"猎人,你必须带回足够的食物喂巨人和幼龙。我们几个不用多吃,但那两头畜生都得活着。"

亚拿夫瞪起眼睛。"我抬了玛寇一天,快要累瘫了。歌者,你可以自己去找。"他指指巨人,"看,他也累得站不起来了,对我们没有威胁。"

绍眉戟面无表情地回看着他。"凡人,你在咒歌会活不过第一天。你这样的无能之辈会被其他学员吃掉。只有我能控制巨人,现在队长受了重伤,我就是发号施令的长官。"他转向奈泽露,"你,殉生武士,去照顾玛寇,给他喂水。我觉得他还不需要食物,但必须喝水。用雪给他清理伤口,小心点儿。我先休息,等会儿再检查他。你,凡人,怎么还站在这里?我说了,去找吃的。"

亚拿夫怒容满面,迟疑不动。

"再说一个字,"绍眉戟续道,"我就让巨人敲掉你的脑袋。他再累也能做这事儿。"

亚拿夫转身走进树林。

* * *

几个钟头后,启灯星高挂在午夜空中,狼精座追着自己的尾巴奔向地平线。奈泽露坐在冰冷的地上,看着亚拿夫将最后的雪兔和松鸡砸成肉骨皮毛混在一起的恶心糨糊,塞进活龙被绑的嘴里。奈泽露负责的玛寇还在睡觉,身上的烧伤仍是鲜红色,但伤口间的青灰色碎皮开始透出死亡的黑气。

绍眉戟弯下腰,撬开重伤的队长的嘴巴,用一个小瓶子往里抖落什么东西。奈泽露理解不了这么做的目的:就算队长能熬过可怕的烧伤，肯定也无法侍奉女王了。他少了只眼睛，眼眶里只剩刺目的红色空洞，脸颊、下巴全是被龙血灼穿的破洞，一直烧到牙齿，犹如被烛焰燎过的老羊皮。

亚拿夫喂完龙回来，中途停下盯着他看。"真要把他一路抬下山吗？他跟死人差不多了。"

绍眉戟看了凡人一眼，如果忽略眼神，他的表情像被逗乐了。"是啊，很有说服力。我知道你有多爱玛寇。"

"歌者，你以为我很恨他？那我告诉你吧，我对他还没到那个程度。但我想赶在夏天结束、真正的寒冬和冷风到来之前离开这座山。换句话说，我还想活下去。玛寇会拖累我们。奈泽露和我能做的……"

绍眉戟猛然抬手。"够了，你给我马上闭嘴。我很累，手上还有更重要的事，没工夫听你啰唆。"他转向奈泽露，"殉生武士，明天早上，我、巨人和凡人会去砍树做个雪橇，这样拖龙会轻松些。你留下照顾队长和龙。"

"我不是医师，干不了这些。"她强压心头怒火，"我又不属于那个幕会。"

"叫你干什么你就干什么。"绍眉戟平静地说，"我的主人阿肯比，以及乌荼库女王陛下——愿她的统治永世长青——命令我带回活龙供他们取血。别以为你有任何立场抗拒或干扰我。除了巨人，我很乐意杀了你俩，拿你俩的尸体派上最后的用场——喂虫。"

这一次，奈泽露不敢望向亚拿夫甚至他的方向，生怕被绍眉戟看出一丝一毫的叛逆之心。她收起脸上的所有表情。

"我在你话里听到了女王的声音。"她用一句保险的古话作答。

* * *

灰色天空透出第一缕晨光，绍眉戟率亚拿夫和巨人离开营地，去找做雪橇用的木材，留下奈泽露独自看守幼龙和烧伤的队长。

夏末

她用雪清理玛寇的伤口，给他重新穿上衣服。她一边做，一边忍不住寻思，过去数月以来，她见到的阳光比之前一辈子还多，以致开始认为阳光是寻常之物了。刚刚出山那段日子，明亮有时会让她眼花缭乱，看到的都是模糊的整体，分不清具体的组成部分，只能原地一动不动地眨着眼睛。

现在她习惯了阳光，却仍觉得闯进了一个完全陌生的世界。这里的异常并非只有持续的光照，更重要的是，她以前确信的一切都分崩离析。她不再信任地位比她高贵的上级，不再信任自己与高高在上的伟大女王之间那一层层等级森严的阶梯。曾经牢不可破、永恒不变的一切，如今已颤颤巍巍，叫她心惊胆战。

绍眉戟自称有资格发号施令，可她却对疯狂又危险的下山之路毫无信心。歌者难道不明白吗，就算他们能保住自己和幼龙的性命下到山底，回到先前留下马匹的地方，让它们帮着巨人一起拖拽幼龙，可他们还要抢在冬天裹挟冰风暴归来之前，穿过南灰森林东边的冰雪平原。以那巨兽的身量，这怎么可能办到？就算他们一行能熬过恶劣的天气，但那空荡荡的平原绝对养不活一条被缚的活龙，更别提还要一路喂养它返回遥远的奈琦迦了。重重困难之上，绍眉戟居然还要把玛寇无用的躯体带回家，这让任务岂不难上加难？

她缓缓深吸一口气，稳住心绪。攥紧的拳头里，刚才抓起的雪已经化掉，从指缝间滴落到昏睡的队长身上。她不禁琢磨，自己是因为厌恶玛寇而对强加给她的工作格外生气，还是对女王陛下的任务面临失败而愤愤不平？曾经的她是个骄傲的殉生武士，本不该有这些疑虑，可现在……

她扔掉雪水，又捞了把雪，涂抹玛寇的伤口。对方突然睁开眼睛。

"你没怀孩子。"他声音沙哑，只能勉强听见，剩余的一只眼睛如山玻璃一样幽黑，死死盯住奈泽露，"没怀孩子。它们告诉我的。"

她的心立刻提到嗓子眼，随即想起周围没有别人。她提醒自己，无论如何，她已经没必要假装怀孕了——绍眉戟那样的混血儿无权使用她的身体，而她可以轻易推托说跟龙战斗时流了产。她深吸一口气，继续照料玛寇的伤口。对方痛苦地呻吟一声，没再说话，眼珠往上一翻，眼睑下只剩深紫色的虹膜边缘。她忍住伤口散发的恶臭，尽快完成工作。

突然，她的手指感觉到玛寇的下巴在颤抖，他整个身子也开始抖动，难道她的动作让他感觉疼了？奈泽露曾想喂他吃点肯-未刹，可绍眉戟说，仅剩的粉末只能用来镇定被缚的幼龙，所以他要一直带在身上。

玛寇的抖动戛然而止。奈泽露正打算清理他身上那些鲜红和蜡黄的伤口，他张开的嘴里突然叹出一个声音。

"黑暗自有真名。"新的声音幽幽说道，跟玛寇平时的嗓音和语气截然不同，"交织于无声之密语，自群星间冷眼垂目，俯瞰一切能动之活物。"

她的心开始狂跳，感觉自己就像被猫头鹰的阴影吓坏的小动物。

"那是虚湮，"那声音气若游丝地呢喃着，"是生命之大敌。它们告诉我的。那是虚湮的力量。"

奈泽露四下张望，这次是真心希望能看到绍眉戟回来。但山坡上只有她、玛寇，以及一动不动的幼龙。

"一切都等鸦母三位归一。"他的声音从嘴里飘出，犹如呼出的寒气，又如有毒的云烟，"她有三位——等在门外的一位、站在门里的一位、永不进门的一位。她是三位，必须合为一体。只有三位归一，虚湮与存在的竞争才会开始。声音告诉我的。声音像迷失的孩子一样哭泣。声音……"

玛寇沉默了。

我被卷进了什么？她的心仍如兔子狂跳，胸膛生疼，耳朵嗡鸣。

夏末

那一瞬间,她只希望没听到那些话。她不再是神圣的殉生武士军团的光荣成员,而是一个孤独、迷失的个体,飘浮在空荡荡的黑暗中,无依无靠,懵懂无知。

神圣的华庭啊,到底发生了什么?我这是怎么了?

♛

在绍眉戟不断的威胁和监督之下,蛊罡嘎挥舞巨斧,砍倒大树,削去树枝。亚拿夫负责将修好的原木绑成结实的雪橇,好支撑幼龙庞大的体重。显然,他的绳子没多久就用完了,可对亚拿夫来说,绑雪橇根本不算问题。

他把最后一根顺滑的贺革达亚绳索缠在树干上,每根都用结实的绳结固定。他一边干活一边考虑:目前情况下,干净利落地杀掉绍眉戟、结果玛寇,再给女殉生武士奈泽露送上一个迅速无痛的死亡,会不会是实现自己目标的最佳方案?几个月前,能送五个女王之爪上路他会非常高兴,况且不用他动手,命运已经送走了其中两个。然而现在,命运显得有些贪婪了,亚拿夫可不想陪着这几个贺革达亚疯子一起送命。

仁慈的救主上帝啊,我本不顾惜自己的生命,可我必须活着才能达成您的任务。

如今他已得知,乌荼库女王依然活着,所以凭一己之力尽量消灭北鬼的决心就显得很傻了。贺革达亚在酝酿战争,从他掌握的情报判断将是场旷世之战,无数凡人将因此被杀,而亚拿夫那些受奴役的同胞将被迫替奈琦迦与贺革达亚主人作战。他曾发誓要为养父——即收养他的牧师——报仇,为他自己的家人报仇,可眼下,誓言已失去了意义。若要阻止北鬼向凡人开战,他唯一能做的事,也许就是杀掉那个变态女王。而女王之爪若能胜利完成乌荼库赐予的重任,带他一起返回奈琦迦,也许他就能接近那个不老女巫并毁灭她了,这也是他能想到的唯一办法。亚拿夫确信自己会因此丧命,可万一成功了呢?那

Empire of Grass

他去往天堂途中,将有天使沿路为他歌唱,养父会为他骄傲,死去的可怜弟弟亚奎纳会为他骄傲,上帝与圣子乌瑟斯也会为他骄傲。

"你装什么病呢,凡人?"斜坡另一边的绍眉戟喊道。太阳已经落山,只留下一抹薰衣草色的闪亮帷幕挂在西面天空。歌者身后,一棵大松树随着巨人每下挥斧而剧烈摇晃。"我们还要把雪橇拖到幼龙那里。在你绑好雪橇之前,我们都没法走。"

"我们?"巨人停下斧头,怒吼道,"你这满嘴谎话的狗屁歌者,难道还要可怜的老蛊罡嘎拖吗?"

亚拿夫摆摆手,故意夸大沮丧之情。"你给我的绳子都用光了,歌者,可雪橇还没做好。如果你能告诉我怎么凭空变出绳子,或派魔鬼飞去蓝洞取些回来,那就赶紧吧。"

绍眉戟冷淡又厌烦地瞪他一眼。"还有。我在营地留了些。"然后转向巨人,"继续干活儿,野兽,不然没你好果子吃。"巨人弯腰继续忙碌,绍眉戟踩着积雪和碎石走到未完成的雪橇前。

"你该早点告诉我,凡人。"他说,"我去拿多余的绳子。但等会儿回到营地,你必须打双头桩。"

"用什么打?手指头还是刀刃?你给人派活儿倒挺大方嘛,歌者。还要我做什么?把你扛在肩头背回山上?"

即使绍眉戟有些生气,也被他隐藏在石头般的表情背后。"事实上,凡人,确实还有任务给你。我去拿绳子时,你可以利用这段时间打打猎。别挨点儿累就偷懒。我不能让幼龙死掉,也不能让巨人饿死,至少暂时不行,因为我需要他的力量。至于你,粉皮人,显然不像玛寇队长和殉生武士奈泽露一样受我们的放逐之道保护。我们不需要你,就算毁了你,任务也能照样完成。但别以为你能逃出我的手掌心,否则不等月亮升起,巨人就能逮到并杀了你。现在,去吧。"

亚拿夫不禁想象,用刀刃刺破歌者雪白的长袍、刺进那颗贺革达亚黑心会是什么感觉。但他承担不起这样的幻想,更不能沉迷其中,

夏末

于是点点头去拿弓箭，穿上刚才干活太热时脱下的外套。

哦，我的救主啊，此时他心里不知是祈祷还是抱怨，慈爱的上帝，我知道，您没指望我对这些非人的野兽产生一丝一刻的怜悯。他们否认您，杀害您的孩子，可您能否稍微减轻我的仇恨，以免我失去耐心，背叛了您更加宏伟的大计？

♛

第二天中午，巨型雪橇做好了。巨人嘟囔着、咒骂着，总算将幼龙庞大的身躯拖了上去，又拿了一大截绍眉戟剩下的绳子把它固定好。这个时候，奈泽露只希望自己能从这次伤亡惨重的历险中存活下来，回到家人和族人中间。她决定服从歌者的命令，除非他对女王的任务造成重大威胁。

他们又用数天时间，千辛万苦下到山脉低处的山坡。天气愈发恶劣，阵阵雪花迷得他们看不清路，夜里冷得连拥有贺革达亚血统、久经训练的奈泽露都觉得难熬。他们每天要花几个钟头，将沉重的幼龙拖过危险的斜坡，同时解决各种工程难题——面对这些，就连奈泽露那位统领匠工会的父亲恐怕都要迟疑一阵子。

绍眉戟似乎也意识到，时间和渐渐逼近的冬寒对他们十分不利。"你们太磨蹭了，我们需要更多人手才能完成女王的任务。"有天晚上，他们围着一小丛篝火——这是绍眉戟对苦寒天气唯一的让步——挤在无遮无挡的斜坡上。他说："要是有肯貂和玛寇的帮助，我们已经在穿越平原的途中了。"

"可你没有。"亚拿夫回答，"肯貂成了雪山高处一团破烂的冰渣，玛寇也好不了多少。你真正需要的，是我遇到你们那天死掉的回音师，他可以叫人来帮忙。"

"他叫艾璧-凯。"奈泽露惊讶地发现自己竟然主动接话。她并不了解那个回音师，只知道他的名字，还有他曾是自己的队友。她在想，自己是不是担心像他一样消失在无迹可寻的荒野，所以才会主动开口呢。我们的名字能否被人铭记真的重要吗?她琢磨道,我们现在与死无异。我们辜负了一族之母。

"对,就是他。"亚拿夫说,"如果我们有他的虫镜,或者回音师携带的随便什么小玩意儿,就能跟你们在奈琦迦的长官沟通,让他们知道任务进展有多糟糕。"

"你们凡人都一个德行,对无法理解的事蠢话不断、废话连篇。"绍眉戟轻蔑地说,"不过你的话帮我下定了决心。确实,我们必须尽快寻求帮助,抢在冬季风暴来袭前返回奈琦迦。为此我有个办法。"

"怎么做?"奈泽露问。

"你不用知道,时机到了自然明白。"歌者瞥了眼玛寇,后者裹在斗篷里,躺在一块没有积雪的岩石上。"被龙血烧伤的病患情况如何?有没有恢复的迹象?"

这问题让奈泽露倍感惊讶。"恢复?他都踩到死亡的门槛上了。伤得那么重,我怀疑他只能再活几天。每次他清醒些,只会嘟囔和唱歌。他早就神志不清了。"

"唱歌?"绍眉戟第一次露出关注的表情,"有意思。等会儿我亲自照顾他。"

* * *

又过了漫长的两天,他们终于下到山脉周围的广阔地区。翻越这里的山坡要容易些,但仍累得他们筋疲力尽,就连力大无穷的巨人也快到了极限。一整天下来,蛊罂嘎除了吃饭、睡觉,几乎没有力气干别的事。玛寇躺在幼龙的雪橇上,整日都在昏睡。尽管过去好多天,他的伤口始终没有愈合的迹象,甚至连血痂都结不起来。奈泽露确信队长已徘徊在死亡边缘,并且希望那天早点到来。

他们在和缓的山脚斜坡处跋涉,绍眉戟开始收集圆形石块,跟先前女王之爪前往雪山途中遭遇凡人强盗时,他用来灌注热量当成武器的石头十分相似。歌者捡了几十块石头,堆放在雪橇上,增加的负重

夏末

让巨人万分恼火，但绍眉戟无视他的抱怨。歌者偶尔还会挑拣另一种石头——锯齿状，质地像陶瓷，色泽更明亮、更剔透，上面有着清晰明显的纹络。他把这些也堆在雪橇上，跟圆形石块放在一起。

* * *

上午过去一半，太阳被铁灰色的乌云和飘飞的雪花挡住，绍眉戟叫停众人。"就这儿吧。"他说，"今天不用走了。是时候寻求帮助了，我接下来要做的事很有难度。"

奈泽露本以为要走到深夜才会扎营，但歌者接下来的命令让她更搞不懂了——他要巨人在光秃秃的桦树丛中找块平地，挖个大坑。

"什么？"蛊罡嘎怒吼道，"我的背都快断了，现在连我的手也不放过？"

"积雪下面是土。"绍眉戟回答，"虽然冻得很硬，但你挖得动。你不是对自己的负担挺有意见吗？不想有人帮你抬龙去见女王？想就挖，怪物，快挖。"

雪云后的太阳爬上中天时，蛊罡嘎已在冻土里挖好坑，一双毛茸茸的大手弄得脏兮兮、血淋淋的。歌者将他赶离大坑，自己将沿途收集的石块搬下雪橇。奈泽露看着他围着蛊罡嘎坐下的位置绕个大圈。巨人双眼迷蒙，怀疑地盯着歌者。后者将石头摆成环绕巨人的大圆圈，每块石头相隔不到一步。他一边摆一边轻声哼唱。摆好第一圈，然后绕第二圈，但这次是将石头捡起，放到下一块石头旁边，让它们轻碰一下，接着拿起下一块石头……如此往复，直到所有石头都被他摸过、碰过、捡过。在这期间，他一直在轻声哼唱一首怪歌。

"我接下来要做的事至关重要。"摆完石圈，绍眉戟对巨人说，"这将消耗我大量体力。不过，怪物你听好了，就算我有一时半刻的疏忽，你也别想趁机捣乱。若有任何东西穿过石圈，我马上就能知道。我不会浪费时间看个究竟，只会马上把你从内到外烧个通透。"

蛊罡嘎扬起粗厚的眉头盯着他。"如果我没动，是其他东西穿过它呢？如果是只鸟飞过你的咒歌圈呢？"

"若是实情，我会停止对你的惩罚。我还需要你卖卖力气，不想毫无必要地杀掉你。"

巨人的眸子闪烁绿光，仿佛沼地间的鬼火，健硕的手臂突然伸出，抓向最近一块石头，像要砸碎绍眉戟的脑袋。歌者的手藏在袖子里，奈泽露完全看不出他有什么动作，但转眼间，蛊罡嘎已翻倒在地，像被无形的斧头砍倒，躺在地上抽搐、喘气，痛苦地痉挛。

"待在圈里，直到我放你出来。"绍眉戟丢下一句，转身离开了扭动的巨人。

奈泽露疑惑不解地看着他拿起更多圆形石块，填在蛊罡嘎挖出的大坑底部。然后，歌者命令亚拿夫和奈泽露抱起积雪，铺在石头上。最后，他用捡来的锯齿形石块在大坑中间摆出几个奇怪的图案，又往上面铺了层雪。

"现在我要你们安静。"绍眉戟吩咐，"你们若珍惜自己的性命，就不要跟我说话，也别靠近我。"他挽起袍子，坐在铺好雪的坑边。奈泽露和亚拿夫看着他垂下头，下巴窝在胸前，开始吟唱。

有些时候，奈泽露似乎能听懂歌者的唱词，比如一些发音扭曲的贺革达亚语，像是"池塘""龙鳞""火焰"之类；但有时她只听到杂乱的喉音遵循怪异的节奏一次次重复。有一次她抬起头，看到亚拿夫专注地盯着自己，脸上的表情难以捉摸。她吃了一惊，立刻转开目光，却为自己的惊讶和近乎内疚的反应懊恼不已。

歌声止息，雪堆间飘起蒸汽。大坑内的积雪开始移动、沉淀。绍眉戟显然在加热石块，融化积雪，但其他变化很难看清。歌者的双眼紧盯在雪坑上方，凝望着什么东西，但在奈泽露看来，那个方位什么都没有。他双手平伸，手掌向下，正对升腾的水汽。

等到坑中积雪融化成一汪冒着热气的雪水，奈泽露看到水中有微弱的光辉摇曳闪动，有透绿的红光、发紫的黄光，总之都是些不可思议的色彩。它们在沸腾的雪水深处转动，宛如一群萤火虫。她能感受到周围的变化：空气突然收紧，仿佛屏住了呼吸；所有声音之外，似乎多出一种奇怪的回声。绍眉戟大汗淋漓，但这种现象似乎从未发生在混血贺革达亚身上。汗水顺着歌者修长的下巴滴落到雪水池中，但他迷失在出神状态里，毫无觉察。

他在做"谓识"，奈泽露突然醒悟，随即大吃一惊。石头、龙鳞、池塘、火堆——这些颂词她听艾璧-凯念过好多遍，现在终于明白绍眉戟想干什么了。但这怎么可能？除了阿肯比本人，还有哪个歌者能如此强大？即便训练有素的回音师，也没法凭空造出如此强大的工具啊！

收紧的空气突然变硬，几乎跟冰块或玻璃一样结实。一时间，奈泽露差点无法呼吸，所有思绪都被清空，手臂、脖颈处那些微不可见的寒毛根根直立，战栗感滑过她的四肢。

然后，他来了，恰如俯冲直下的鹰隼。奈泽露感受到那股冰冷的存在，顿时明白，绍眉戟联络的对象正是咒歌会的大司乐阿肯比本人。她抬脚往后缩，不想再次接触那戴面具的古老法师。可惜，没用。他一瞬间便填满了周围的空间，无形的存在将她彻底包围。

阿肯比开口说话，声音似乎在她脑海中响起，每个字都有真实的触感，感觉就像她被包在腐烂的裹尸布里、脸上有蜘蛛爬过。

她听不清咒歌大师的话，也听不清绍眉戟的回应，只能感觉到他们在交流，感觉到一些零散的词句，什么龙啊、山啊、银面女王啊，以及另一股蛰伏在旁、幽暗冰寒，但越来越强烈的力量，犹如来自奈琦迦外白色无尽荒原的冰雪风暴。与之相比，阿肯比不过是吹在她颈间的一口凉气。若说阿肯比是致命的敌人，那股力量就是死亡本身，是无可调和的终局。

密语者……

这念头不是一个词，甚至不是一个名字，而是种感觉，刺激得她眼中涌出恐惧的泪水。它是存在于万事万物间的黑洞，吞噬着光芒与生命。

然后，联络中断。无论是咒歌大师，还是盘旋在他身后的更宏伟、更冰冷的存在，全都消失了。

绍眉戟摇摇晃晃站起身，形如醉汉，在蒸汽缭绕的水坑旁晃动。"我主人会协助我们完成任务。"他费劲地逐字逐句说道，"会派马匹和战士到山脚下接应。现在我必须休息。我完成了一个艰巨的任务。日后我们的同胞会心怀敬意地传扬我的事迹。"

奈泽露的泪水在脸颊上结成冰珠，心里空落落的，像被某种力量侵入并夺走了所有生气与希望。绍眉戟踉跄走到一旁睡觉。她用手背擦掉脸上的泪珠，却久久挪不动脚或开口说话。

夏末

准新娘

♛

"海黎莎王妃号"上,奥西斯神官到米蕊茉的船舱表示慰问。女伴们连忙跑到小舱室后部,站在王后椅子后面,神似画像里圣母艾莱西亚宝座旁的天使唱诗班。只有舒拉米特夫人没来,她晕了两天船,只能躺在窄床上呻吟。

但米蕊茉并不觉得自己是圣母,事实上,她心中没有任何母爱的感觉,只有一个大洞,难受的程度远超儿媳去世带来的所有悲伤。

"陛下,"奥西斯单膝跪地,低下英俊的头亲吻她伸出的手,"我代表教廷来慰问您,同时表达我个人对您痛失亲人的哀伤。"

这场景也能绘成漂亮的图画吧,她心想,却麻木得连自己都觉得不好笑。"谢谢,神官阁下,请陪我坐坐。"

"陛下平易近人,但我不能打扰您太久。"

王后勉力挤出个微笑。舱房天花板很低,米蕊茉和女伴们刚好能站直,不至于撞着木头,而奥西斯个子很高,只能弯着腰。"尽管如此,你可以脱下帽子吧?我担心你刮坏它,或者粘到沥青。"

奥西斯有些意外,犹豫了好一阵子,不知道对方是否在嘲讽自己。"我明白您的意思。"他说,"也许我可以坐下,坐一小会儿。陛下您真亲切。"他坐在一张小凳上,华丽的金袍立刻将它完全遮住。"相信教宗阁下会希望我替他表达谢意,感谢您依然前往纳班。相信他能理解,这决定对您是怎样的牺牲。"

"也没那么大牺牲。"米蕊茉回答。尽管她不大喜欢眼前的客人,却因奇怪的心境说出了实话。"明天就能抵达纳班港口,就算现在调头回去,也赶不上艾黛拉王妃的葬礼了。"

"当然,陛下。但这段时间对您而言依然难过。"

"我丈夫更加难过。他要照顾我们的孙女。莉莉娅失去母亲,必须得到安慰。他还要安抚爱克兰的臣民。"

奥西斯点点头。"您的孙子莫根纳呢?"

米蕊茉暗自琢磨,对方提出这个问题,是因为她刚才没提到孙子,还是神官另有所指?"他为至高王座外出执行公务,可能尚未听说母亲的死讯,说到这个,我的心都要碎了。"

奥西斯悲伤地摇摇头。若他是虚情假意,只能说神官的演技比米蕊茉预想的还要精湛。"我们永远无法为死亡做足准备,除非沐浴在救主乌瑟斯的光辉下。"

她决定,至少眼下,先接受对方表面上的同情好了。她需要牧师和教廷的帮助,好在纳班内部剑拔弩张的派系间缔结和平。"哦,不用担心这个,阁下。艾黛拉王妃是虔诚的安东信徒,除了宗教福音很少阅读其他书籍,《安东之书》自然也常伴她身边,愿她此刻已沐浴在上帝的神恩与光辉之中。"米蕊茉画个圣树标记,奥西斯在她画出第一笔后就跟着照做。"要说有人为命运做好了准备,那就是她了。"

"很高兴听您这么说,陛下。对于遗留在世间的人们来说,心爱之人能陪伴在神圣天父身旁,那就是最好的镇痛良方了。"

虽然直觉上知道不应该,但米蕊茉已经厌倦这些客套话了。"你来看望我,带来了教堂的安慰,让我十分感动。请你们继续为艾黛拉王妃祈祷。"

神官既是神职人员,亦是朝臣,听得懂逐客令。他站起身,用手扶着高帽,一边朝门口方向退去一边说道:"陛下,能跟您聊天总是不胜荣幸。抵达纳班后,若您还有闲暇,希望我们还能继续友好的交往。"

"相信我能信赖你的忠告。"虽然这"信赖"出自完全的自私,

夏末

她心想，但又觉得这个论断不太公平。除了必需和正确的事，眼前这人也没干别的，然而以她此时的心境，还是不愿相信任何人，尤其是教廷的统治阶层。虽然西蒙将艾黛拉之死描述得像场普通的可怕意外，但她仍觉得那是对安全和保障的致命一击。她还在旅途中，前面是个分裂而危险的公爵领，因此这感受尤为强烈。至于在那里，是否连至高王后也有危险，那只能等她亲自感受并听到纳班的群情才能准确判断了。

祖父以前怎么说的来着？耐心是君王最重要的工具。耐心，以及长久的记忆。

♛

每当坎希雅公爵夫人要为重大场合穿上符合头衔与地位的全套朝服时，她的休息室里便会挤满快乐聊天的女人。这种时候，尽管只有一小会儿，杰莎也会有种回到乌澜家中的感觉——只要有婚礼，那儿的女人都会聚在新娘父母家，帮新娘执行各种仪式。

今天的聚集就很相似，连杰莎都觉得开心。因为她是坎希雅的朋友和童年玩伴，女伴们也没把她当成外人，而是看做她们中间的一分子。可房中虽然充满兴奋与欢欣，杰莎却不敢大笑，因为她看得出来，女主人正心烦意乱，只是竭力掩饰罢了。坎希雅脸上最灿烂的笑容也像小心翼翼挂上去的。杰莎暗自猜测是不是就她一个注意到了，是否还有其他了解公爵夫人的人也在为此担心？

今天谁都没法心如止水。米蕊茉王后的船已到港口，王后今天上午便将驾临塞斯兰·玛垂府。自从一周前，一艘商人的快船将她来访的消息带到纳班，杰莎觉得，整个塞斯兰就像一棵栖满雀鸟、却突然发现有蛇往上爬的大树。她曾忧心忡忡地询问坎希雅，王后是不是很可怕。但坎希雅向她保证，米蕊茉王后和蔼可亲，且与自己私交不错。公爵夫人笃定地告诉她，公爵府的激动情绪纯粹是出于想给王后留个好印象。

这让杰莎放了心,但她真正担心的还是公爵夫人本人。早在消息传来的几天前,坎希雅就显得心事重重。她确实有担心的理由:城中仍有骚乱,死了不少人;公爵的翠鸟与达罗·英盖达林的风暴鸟,两大派系的敌对情绪甚至将纳班议会分裂成两派,而议会的本意是让贵族们聚在一起制定法律。杰莎每晚会抱着小莎拉辛娜去见见公爵夫妇,让他们跟小女儿说声晚安,而她每次都能听到公爵反复念叨以上情况——当然是对他妻子,而不是她。

杰莎觉得,除了家族纷争与街头动荡,女主人心头似乎还压着什么更糟心的事。坎希雅公爵夫人平常很勇敢,她曾受到母亲的严格训练,能在任何环境下保持冷静,她本人还常常把这当成黑色笑话讲来玩。所以杰莎相信,无论是什么在困扰公爵夫人,都像骚扰红猪礁湖居民的饿鬼,它们会像野狗舔水一样,在夜里一点一点吸干人们的生命。

若在家里,我会去找医师,让她给我做个抵御饿鬼的符咒,放在夫人枕头下面。当然了,在纳班城里,尤其是码头附近,也住着很多杰莎的同胞,也许她能找到类似的医师。问题是怎么找?王后到访期间,她肯定离不开塞斯兰·玛垂府,除非公爵夫人派她出去办事。

最近她给公爵夫人跑过好几次腿了,主要是送信,其中好几封是给玛楚乌子爵的,令她不由心中窃喜。杰莎、莎拉辛娜宝宝和公爵夫人曾被暴乱的人群围困,正是那人将她们冒死救出。每次想到他,杰莎心中都会浮现出一个英俊的黝黑男子形象,随后意识到,自己已在白皮肤人中间生活得很久了。

换了别的情境,杰莎可能会怀疑自己在帮公爵夫人偷情,但她相信女主人做不出这种事。坎希雅没露出一丝热恋中的狂热与兴奋迹象,只有隐藏在内心深处的悲伤,令杰莎焦虑不安。公爵夫人处理玛楚乌的来信跟其他信件没什么不同,说到这,她给又老又丑的维萨侯爵贝尔林·荷米斯也写过信,甚至比给英俊的子爵写得更多。

夏末

杰莎有些讨厌自己，因为她相信，除了友谊与感激，女主人对玛楚乌并没有其他感情，但仍对他们的来往感到一丝妒忌。

傻丫头，子爵叫你是为了工作，仅此而已，她责备自己。也许他会拉你上床，但不会再进一步了。你要离开朋友和朋友的女儿，离开你最疼爱的莎拉辛娜，去做一个有钱人的玩物吗？

坎希雅公爵夫人穿好衣服，画好妆容，遣走其他女伴。"我必须休息一会儿，缓口气。"她斜倚在一张高凳上，"这裙子太硬了！来，杰莎，把我的小宝贝抱来。"

但有个女伴拖拖拉拉没走，显然有话想私下说，所以杰莎没动。公爵夫人意识到还有第三人在，做了个厌烦的表情，这才转过脸去。"什么事，敏迪雅？"

年轻女子迟疑一下。"殿下，我……听到我的男爵长辈跟别人说过一些话。"

"亲爱的，我不是牧师，不能免除你偷听的罪过。"

敏迪雅夫人脸色一红。"不是的。我……是他说的。他对那些人说，他担心达罗伯爵及其党羽会在公爵弟弟的婚礼上搞破坏。他说他们在密谋什么事，因为米蕊茉王后会出席。"

坎希雅毫不掩饰怀疑的表情。"在德鲁西斯的婚礼上？一场达罗自己也出了资、对他的好处比任何人都大的婚礼？谁会为了这么无聊的理由去破坏一场婚礼？我没法相信。"

"不管怎样，我那位长辈已经吩咐属下枕戈待命，以防不测。"

这下公爵夫人真生气了。"敏迪雅，就是这种谣言才会招致祸事发生。你该明白的。"

"抱歉，夫人，我只想让你知道……"

"我知道了，会跟我丈夫说的。但我希望你不要再传播这些谣言。答应我，别对任何人再说这件事。"

女伴显得十分困扰，但仍答道："当然，公爵夫人殿下。"

Empire of Grass

杰莎觉得这承诺苍白无力，不由抱紧了怀里的莎拉辛娜。不过公爵夫人肯定是对的，英盖达林家族再怎么邪恶，也不会在他们自己的庆典上冒任何风险吧，这不合情理啊。

敏迪雅离开后，坎希雅再次将女儿要了过去。她正抱着孩子，一位保姆将她儿子小布拉西斯带进房间。男孩也为国事活动穿上了最精致的服饰，但显得焦躁不安，仿佛身上穿的不是丝绸、丝绒，而是刺痒的草衣。他是个帅气的小男孩，长着清澈、幽黑的眼睛和高高的额头。不过他这么大的孩子很少愿意参见什么重要人物，公爵之子也不例外。

"我另一个宝贝来了。"公爵夫人看见他说，"真是个英俊的年轻人！"

"谢谢，殿下。"保姆回答，"但我要请求您的原谅，因为我必须告诉您，他一点都不喜欢。"

布拉西斯懊恼地说："我想去射箭。"

"你可以去，我勇敢的儿子，但首先得觐见王后。她是位风采迷人的女子，是纳班的好朋友。你知道吗，她有一半纳班血统？"

布拉西斯只是低头看着自己的新鞋。

"啊，好吧，带他出去，请确保他干干净净的，至少坚持到王后看见他整洁的样子。"

她儿子被领出房门，一路想方设法在地板上磨磨鞋底、拖拖脚步。等他出去了，公爵夫人转过脸，低头望着莎拉辛娜。"最小的天使在这儿。"她用脸蛋贴着小宝宝粉嫩的皮肤，"味道真好闻！还有谁比她更香？"

比起公爵夫人，杰莎对小女孩不太愉快的味道熟悉得多，但她只是微笑着摇摇头。"没有，夫人。"

坎希雅敏锐地瞥她一眼。"杰莎，你也有心事吗？别说没有——我太了解你了。"她轻轻吻了吻宝宝的耳朵，"说吧。"

夏末

"我在想敏迪雅夫人的话。"

"啊。"她叹了口气,"你没听到我对她说的话吗?没理由担心。是啊,达罗手下的风暴鸟会在街上找麻烦。他们会拿公众庆典当借口寻衅滋事,甚至在一些贫穷地区挑起骚乱。酒精会灌得农民抬高嗓门、骄傲自大。但我保证,不会有更糟糕的事发生。"

"农民"这个词让杰莎心生愤懑。身为落后的乌澜人家的孩子,在朝中大多数人眼里,她并不比驯养的动物好多少,说白了不也是个农民?但她知道坎希雅心地善良,也知道公爵夫人永远无法理解自己的话有时会多伤朋友的心,所以她忍了一会儿,平复心情,然后才开口答话。"但敏迪雅夫人那位长辈为何如此担心?他的属下为何要随时备着武器?"

坎希雅恼怒地哼了一声。"因为她长辈塞西安男爵也有自己的野心,巴不得把争议转化成只有他一人做好准备的暴力袭击。他想成为我丈夫的左膀右臂。我觉得他想取代恩瓦勒斯的位置,成为公爵的首席顾问。"

"可恩瓦勒斯是公爵的舅舅!"

"正是。所以塞西安要寻找一切机会,进一步提升他的重要性,比如与他自己的野心幻化出来的敌人战斗,就像小布拉西斯一边拉弓一边说:'吃我一箭吧,恶龙!'"坎希雅哈哈大笑,"杰莎,你对那些人还不太了解。他们总是风风火火,却只在自身没有危险时才敢闹腾。"

杰莎安心了些。"夫人,您确定吗?"

"记住我的话,这场婚礼虽然荒诞不经,但仍会顺利进行。英盖达林家族能把德鲁西斯绑在他们自己的船上,心里正高兴着呢,只要完成婚礼誓言,就算塞斯兰·玛垂府燃起大火,烧成灰烬也不会在意的。"

Empire of Grass

早在米蕊茉抵达之前，艾黛拉王妃去世的消息就传遍了萨鲁瑟斯公爵的府邸。恭迎她的贵族队伍从塞斯兰的庭院台阶一直排到雄伟的外厅，仿佛没有尽头。她一路走去，得到的慰问几乎与欢迎一样多。

过去一天，她大部分时间在为孙子孙女感伤，为自己曾对死去的王妃想过那么多坏话而生气——有些甚至对西蒙讲过。想到丈夫必须独自承受艾黛拉之死的重担，她亦觉得心焦难耐。米蕊茉知道，这事对西蒙是种煎熬，她深知丈夫未能从小在王室培养下长大，所以没法像她这样轻松地戴上职责的面具。

哦，我心爱的男人，我愿付出任何代价，换取此时此刻与你共渡难关。回想当初，她曾那么坚定地要求独自前往纳班、逼他留在家里，她真是愧疚不已。是啊，这里有重要的国事，可上帝好像就是要提醒她，没多少事比家庭和婚姻更神圣了。

她瞅准无人站在正对面的空当，悄悄画了个圣树标记，对圣母默念一句祷词：

艾莱西亚，您高踞所有凡人之上。天与海之圣母，我向您恳求，请将慈悲降到我这罪人身上。

* * *

不远处的教宗圣所塞斯兰·安东尼斯传来下午两点的钟声，米蕊茉终于穿过由祝福者、逢迎者，以及纯粹好奇者组成的人群，在一群支持者的簇拥下，来到塞斯兰·玛垂府一间内厅用茶点。她与坎希雅公爵夫人愉快地重逢，后者热情地亲吻她两边脸颊。萨鲁瑟斯公爵的欢迎虽然矜持，但言辞诚恳而得体。心满意足的米蕊茉庄重地关怀一番他们的两个孩子。公爵那帅气但傲慢的弟弟德鲁西斯亲吻她的手，以示欢迎，但她能感觉到，对方的微笑中带着勉强，对她的来访并不十分高兴。

身处自己的卫士和公爵的翠鸟卫兵中间，米蕊茉感觉比较安全，这才意识到自己有多么疲倦。裙子仿佛木头打造，两脚生疼，可在内

夏末

厅既没有机会、也没地方可坐。她的女伴们围在一起兴奋地聊天,对某某著名的纳班侯爵、男爵或宫中知名的夫人指指点点、品头论足。米蕊茉走开几步,打量悬挂在内厅高大后墙上的几幅巨型画像。

三幅巨画排成三角形,中间那幅比两边挂得更高。左右分别是纳班两位最杰出的领袖,一位是帝国的奠基者泰亚伽利,另一位是迫使臣民同自己一道皈依安东教会的安图勒。画像里的泰亚伽利全身甲胄,手臂下夹着头盔,背景里隐约绘着一支行进的军队。安图勒的服饰不太像军人,更像学者——尽管他曾毫不留情地对异见者施以囚禁或死刑——手里拿着宣布纳班所有臣民将遵从真信仰的《格米亚法令》。

中间是班尼杜威大帝,他的画像比其他两位更高,要么是从象征意义上表明他站在前人肩上,要么因为他是当前统治家族的祖先——米蕊茉觉得后者更有可能。他曾夺取王位,开启了第三王朝。画家为蓄须的班尼杜威始祖搭配了书卷和宝剑,米蕊茉很想知道他会先用哪样。

她正在端详巨型画像,感觉身后来了个人,估计是某个女伴,于是说:"让我再看会儿。"

"遵命,陛下。"

答话的是个男人。她愣了一下,转过身,只见面前站着达罗·英盖达林伯爵。她有好多年没见此人了,不禁觉得时光对他真是无情。身为英盖达林一族之长,他身材臃肿,尽管学着年轻人的模样留有少许胡须,但身上精致的绿色紧身衣和仪式腰带都掩饰不住滚圆的肚腩。王后心中暗叹:这人真像一只衣饰华丽的癞蛤蟆。

"陛下!"他深鞠一躬,因为费劲儿而轻轻嘟囔一句,身处嘈杂的内厅,米蕊茉虽听不太清,但也能看出些迹象。"久别重逢,不胜欢喜啊,表姐——斗胆称呼,希望您不要介意。"

厌恶立刻如潮水般涌进她的脑海。"当然,达罗伯爵。我在纳班有不少堂表兄弟姐妹,但很少能像你这般功成名就。"

他的两眼在阔脸上显得细小而狡猾。"陛下您过奖了。我最感激的是,您愿意长途跋涉来参加一场卑微的家族婚礼,尤其在这么悲伤的时刻。我等真是荣幸之至。"

米蕊茉从他的微笑中感觉到一丝异样和洋洋自得。莫非他知道艾黛拉之死的内情?他有没有可能参与其中?

这可不行,她责备自己。完全不行。不能让担忧和朝臣的私下议论左右我做出轻率的判断。"王妃是在我旅程途中去世的,我离开麦尔芒德才得到消息。无论如何我也赶不及回去参加她的葬礼了。"

"但我明白,正如我们所有人一样,家人对您意义重大。"他再次鞠躬,"我能猜到您有多么希望自己不在这里。我们将竭尽全力确保您访问愉快。我知道,光是您的出现,对我们焦躁不安的臣民就是巨大的安抚。"

米蕊茉看他一眼,无法确定这话是单纯的恭维还是另有意图。"为何你们的臣民——更准确地说,公爵的臣民——会焦躁不安?"

达罗故作遗憾。"相信您已听说不少传闻,某些脑子发热的蠢人确实跟公爵的手下发生过冲突。但我向您保证,这些人与我无关。"

只是旗帜上绘着英盖达林家的信天翁纹章而已,她心想。一时间,一股纯粹的轻松感出人意料地涌过她的全身,冲走了其他所有思绪:要是她没被当做半个爱克兰人兼未来的女王培养成人,而是身为一个纳班人长大,那么,这个臃肿的胖子就是她母亲家族的族长,虽然比她年轻十多岁,依然有权决定她的整个人生。想到这里,她差点打个寒战,急忙举起酒杯,抿了口葡萄酒以作掩饰。但命运没那么发展。现在这人只是个搅屎棍,而我是王后,至高王座的女主人,统领纳班乃至全境。

"大人,你能反对此种行径,让我甚是欣慰。"她说,"希望在我逗留期间,我们可以精诚合作,恢复街道的安全,让公爵的臣民再次

夏末

开心起来。"

"我愿为此干杯。"达罗举起自己的酒杯,动作仓促得有些失礼。他的言辞和姿态都有些不自然,但米蕊茉说不清是哪里不对劲儿。"陛下,我知道您还有其他事要忙,很多人等着向您问好、表达祝愿。"他用手背擦擦嘴,"但我可不可以向您提最后一个请求?"

我想找借口脱身的意图有这么明显吗?她琢磨着,米蕊茉,看来你的帝王心术在爱克兰平静的宫廷里生锈了啊。"什么请求,达罗伯爵?"

"我想带个人来见您。不需要很多时间,陛下。您能准许吗?"

"当然可以。"

她振作精神,但没再抿酒。这里供应的酒虽说兑了不少水,但仍酿自上好年景的葡萄。晚些时候,她要派个女伴帮她要一整壶,下榻前多喝几杯,睡个没有烦人噩梦和焦躁遗憾的好觉。派舒拉米特可能比较合适,她旅途大部分时间都躺在床上抱怨肠胃不适,上岸后多走走对她有好处。

达罗·英盖达林穿过熙熙攘攘的朝臣回来了,人们迅速给他让路。他身旁跟着个异常年轻漂亮的黑发女孩。米蕊茉惊讶地盯着她,心里琢磨达罗是不是娶了个新老婆。不过等两人走到近前,她已经猜出了女孩的身份。

"陛下,请容我介绍我侄女,图丽雅·英盖达林小姐。她即将嫁给公爵的弟弟德鲁西斯,这也是您亲切到访的起因。"

女孩长着小鹿般又大又黑的眼眸,低低地行了个屈膝礼,并且保持姿势,直到米蕊茉柔声唤她起来为止。图丽雅拉起王后伸出的手,小心翼翼亲吻一下,然后才直起腰,饶有兴致又毫不避讳地打量着她。米蕊茉不禁觉得,这女孩似乎对至高王后没太多敬畏感。

这个念头牵扯到另一个想法,但米蕊茉不想分心,于是将它按下。"祝你幸福愉快,图丽雅小姐。"她说,"祝你与德鲁西斯白头到老，组建一个庞大健康的家庭。"

"谢谢您，陛下。"女孩站在癞蛤蟆叔叔旁边显得格外可爱，但米蕊茉记得她只有十二岁，模样长得如此纤弱，实在不适合结婚。事实上，任何比在花园里玩洋娃娃更严肃的事她都不适合。可话说回来，虽然准新娘看着柔弱娇小，气度却像年长许多的女人一样沉稳。米蕊茉猜测，也许因为她出自达罗那个野心勃勃、冷酷无情的家庭。

"你可以退下了，图丽雅。"达罗吩咐，"当然，我的意思是，如果陛下准许的话。"

"见到你很高兴。"米蕊茉对女孩说，"等我没那么忙，希望能有机会跟你聊聊。"

"我很乐意。"女孩露出迷人的微笑，回答道。然而米蕊茉忍不住感觉，她的笑容里藏着某种隐约的冷漠。

好吧，只有上帝和救主知道达罗和德鲁西斯往她脑袋里塞了什么乱七八糟的东西，米蕊茉告诉自己。有机会的话，我要纠正一下她的思想，也许还要教她学学达罗家以外的处世之道。她这么年轻，也许到莫根纳统治时，甚至在那之后，她能在纳班发挥些影响力。若能在英盖达林家族找个盟友也是件好事。

达罗和图丽雅退下后，她终于明白伯爵的态度哪里不对了。是啊，达罗位高权重，但他只是个贵族而已。他与公爵的弟弟兼对手德鲁西斯结成了引人注目的同盟。身为英盖达林一族之长，达罗当然知道，米蕊茉来这儿主要是因为纳班境内的纷争。

但为萨鲁瑟斯公爵戴上桂冠的，正是西蒙和米蕊茉本人。达罗很久以前就与至高王室为敌，这事众人皆知。身为王后，虽然她不至于编个借口把他关起来，但她其实有这个权力。

那么，为何达罗没对她表现出一丝一毫的畏惧，反而自信满满，仿佛手握权力之人是他而不是王后？他那侄女也有样学样，虽然只是个小孩，却用评估对手的眼光来打量至高王室的王后。

夏末

这个念头一直困扰着米蕊茉,直到当天结束。在朝臣的扰攘和政务的压力下,她始终没工夫细想。终于躲进为她准备的大套房,米蕊茉才长长地松了口气,感觉嗓子已经渴得冒烟了。

Empire of Grass

灰尘

♛

提阿摩锁好房门才在桌前坐下。这是他和妻子共住的房间，但缇丽娅正在楼下花园照顾她的植物，大概会开心地忙碌很久才能回来。无论如何，提阿摩不希望她或某个城堡仆人突然闯进来。

他从隐藏抽屉里小心翼翼取出盒子，放在桌上，但没马上打开，先检查盒子外面，比第一次检查时更仔细。梨木盒比男人脚板稍长，宽度与之相当，雕刻着古老传说中的场景：乐师、舞者与情侣在森林里欢娱。这种盒子一般是贵族女子用来装珠宝的，但这个却被锁起来，藏在约翰·约书亚王子书房的护墙板后，说明里面肯定不是项链或胸针，不然一个王子干吗要将珠宝藏在家族城堡自己的房间里？

看这盒子的状态，自从约翰·约书亚去世后，七年来应该没人动过它。提阿摩吸了口气，定定神，拿起锤子和凿子，连砸几下，越来越用力，终于将锁砸开。然后他戴上平时制药时端滚烫坩埚的皮革手套，这才打开盖子。他屏住呼吸，做好了看到盒中腾起邪恶烟雾的心理准备，就像家乡传说的迪卡之瓶一样。不过盒子里没有什么愤怒的精灵，有的只是一缕灰尘。

艾黛拉去世后，一个仆人清理她与约翰·约书亚的房间时发现了这个盒子。提阿摩庆幸他们把它交给了自己，而非国王。先前厄坦弟兄在王子的另一堆遗物里发现了弗提斯可怕的禁书，让他从春季困扰到现在。当时他没向西蒙和米蕊茉报告，说他们的儿子约翰·约书亚有本《异界密语专著》，已经觉得自己是个叛徒了，结果现在又多了个盒子。提阿摩所有直觉都告诉自己，应该先检查一下盒子里锁了什么，然后再考虑让不让别人知道。

夏末

二十多年前的某一天，城堡中人封闭了派拉兹的高塔，将所有能找到的属于他的物品，连同那几件臭名昭著的昂贵红袍一起烧毁。城堡里的每一个人，连同提阿摩自己，都对派拉兹的任何物品怀有迷信般的恐惧。可年轻的约翰·约书亚王子却找到并留下了那本书，提阿摩只能祈祷王子没找到红牧师的其他东西。

他用隔着手套的手指轻轻翻动里面的物件，仔细检查，一开始松了口气。尽管盒子里装满了各种小玩意儿，但没有书，而且看上去应该不属于派拉兹。事实上，这堆乱七八糟的物件更像小孩子的"宝贝"——几块珠宝碎片、几颗色彩奇怪的石头，以及虽不能马上认出但应该无害的东西。可他很快在盒子底部发现一个雕刻木圈。他把它拿出来，迷惑地看了一会儿，终于认出来了。或者说，他觉得自己认出来了。一股寒意立刻蹿上提阿摩的脊梁骨，一时间冻得他呼吸困难。

♛

一天的治国工作才刚刚开始，西蒙便已心生厌倦，尤其是要面对如此繁琐众多的国事。鄂克斯特的市长和议员们话可真多，看上去还要一口气说完。国王的脑袋"嗡嗡"直响。

"能不能用几个字概括一下你们的目的？"他终于忍不住了，"或许你们可以挑个人来说？"

托马斯·奥特克彻清清嗓子。他身材圆胖，妄自尊大，靠啤酒贸易赚到惊人的利润，由一众贵族推举当上了鄂克斯特市长。另外，前任格拉富顿男爵"大块头"埃尔默被鸡骨头噎死后，由于没有继承人，奥特克彻还出资买下了他的头衔。由此可见他真的很喜欢"市长大人"这个形象。

"陛下一定知道，城中元老对新税收十分愤怒。"奥特克彻说。

"这不是新税收。"西蒙告诉他，"帕萨瓦勒跟我确认过，这是法律，自从老王约翰时就是了，只不过一直没强制执行，但现在必须开始实施了。你们想得到至高王权的保护，好让鄂克斯特及其港口继续自由贸易？那就必须为这特权付钱。"

"您是窃取我们的钱去救济农民！"一个议员喊道。托马斯·奥特克彻狠狠瞪他一眼，然后转头继续对国王说话。

"陛下，请原谅我的同伴，但这事确实很难接受。您降低农民的税收，却要我们商人填补空缺，只为维持一支常备军阻挠经营多年的贸易。您不觉得，在我们看来，这就像暴君埃利加的行为再次重现吗？"

暴君！光是听到这个词，西蒙就想像熊一样怒吼，何况还是跟埃利加作比较！……这群卑鄙、贪婪的混蛋！"我们降低农民的税收，因为过去几个冬天都很干旱，许多农民正在挨饿，而今年的收成会更差。"西蒙竭力耐心解释。这些情况他跟帕萨瓦勒讨论过，因此颇有把握。"与此同时，过去几年间，你们鄂克斯特公会的人收取关税和过路费，在农产品市场上占据了越来越多的份额。也就是说，事实上是你们这些人提高了税收，所以现在，你们必须为公共利益支付更多钱。"

这个推论当然堵不住商人们的嘴。西蒙真想把凡人面对的真正威胁按在他们脸上摩擦，尤其是北鬼的新威胁。然而这些情报大多仍是机密。

"够了！"最后他大喝一声，震得众人一时沉默，"你们忘了吗，我上个星期才安葬了儿媳妇？"他指指身上的丧服，"你们以为我穿黑色是因为我喜欢？都给我滚，回去想好其他说辞再来，别光冲我大声抱怨。你们要知道，我手里也有数据，所以别想蒙我。不光你们有财务室和记账员，不光你们才能读懂那些数字。"

奥特克彻和议员们被赶出门外，边走边嘀嘀咕咕。他们离开后，西蒙往后靠上椅背，挥手招来侍者。"葡萄酒，这次少兑点水。"他吩咐完，转头望向讨论期间一直默默观察的提阿摩，"有时我真能理解埃利加的感受——我是说，他发疯之前。对那帮人，规矩严格些倒也没错。"

提阿摩面露不悦。"陛下，希望您别说那种话。"

"伙计，我没说要吊死他们。我是说，可以像当年怒龙瑞秋对我一样，拿扫帚柄狠抽他们的屁股。"

"我明白您的意思，陛下……西蒙，但海霍特像藤篮一样四处漏风。您说过的一切会在交头接耳间传到集市广场，甚至更远。那儿的人可不会相信您说的只是抽屁股。"

"行了，叫他们都下地狱吧。谁忍得了这些啊？"西蒙瞪着提阿摩，"所以我以前都让米蕊茉处理这些。她做得比我好。"

"这么说吧，她对人们胡搅蛮缠的能力更有心理准备。"提阿摩指出。

西蒙久久地看着他。"你有心事，不光是因为我冲奥特克彻大喊大叫。"

提阿摩显得有些心虚。"为何这么说？"

"我认识你的时间久到数不清。你有什么难处？"

"不必劳烦您，陛下。我的职责是应付小事，好让您专心处理大事。"提阿摩挥挥手，试图摆出轻松的姿态，但显得有些别扭。

西蒙本想追问，但他又累又饿，而今天的工作才刚刚开始。"那好吧，我们先吃点东西，聊点开心的话题，然后再处理这些乱七八糟的破事。"提阿摩似乎松了口气，西蒙不禁琢磨他到底怎么了。"顺便问问，你夫人还好吗？"

提阿摩点点头。"她自己的调查工作忙到不可开交，但心情不错，身体也好。"

"你的健康呢？可还安好？"

"很好，陛下，谢谢您的关心。"

国王半开玩笑地瞪着他。"又喊'陛下'？周围没有外人啊。"

他低下头。"抱歉。是的,西蒙,我们夫妻俩都很健康,谢谢您的关心。"

♛

缇丽娅正给她的良师益友、礼拜镇的女修道院院长写信,但留意到提阿摩的表情,放下羽毛笔。"怎么了,夫君?你好像看到了什么可怕的东西。"

提阿摩呻吟一声瘫在椅子里。爬了四层楼,他的脚很疼。"是啊,至少那东西让我觉得挺可怕的。"

妻子送上一杯牛蒡酒。"来,喝了它,然后跟我讲讲你的心事。"

提阿摩本来没打算把自己的发现告诉给任何人,可发现那本恐怖禁书的厄坦弟兄出了远门,诸多压力令他疲于应对,于是迅速做出决定,并向沙行者祈祷事后不要后悔。"等我一下。"他说,"我有东西给你看,让我去拿。"

他取出盒子,将里面的东西摆在桌面一块布上。缇丽娅打量着它们。

"我本不想让你陪我一起对国王和王后保密,但我开始怀疑自己的判断了。"

"什么东西?"缇丽娅伸手去摸三个格子纹的银色小球。刚才提阿摩拿出来时,它们发出咔哒咔哒的声音。

"别碰!"他的声音大得出乎自己的意料。

妻子吃惊地看着他。"这么大声干吗?"

"这些是约翰·约书亚王子的遗物,我们尚不清楚他的死因,也不知道这些东西是怎么来的。所以我才戴着手套。"

"你觉得它们……很邪恶?"缇丽娅往后缩了缩,离桌子远些。

"我也说不清,甚至不确定自己是怎么想的。不过,它们可能附带了什么效果,导致王子生病。"他吸了口气,将盒子往自己这边挪了挪。"至于那几个银色小球,不知道是干什么的。马勒上的铃铛?

夏末

项链上的珠子?但我想问你个问题。"他指指这些藏品,"你有没有见过跟它们类似的东西?这些会不会是纳班帝国时期的产物?甚至古老的罕蒂亚帝国?"

缇丽娅奇怪地看他一眼。"我怎么可能知道?"

"因为在我看来,它们像是希瑟的造物。"

"这座城堡就是在希瑟之城上建起来的。你很可能说对了。不过你在担心什么?"

提阿摩隔着手套拿起那个灰色木圈,举到光线下,好让妻子看得更清楚。"上面的刻痕很古老,但每条纹路依然清晰可辨。还有,看看它的颜色!我觉得是巫木。"

缇丽娅眯起眼睛。"确实有种独特的美感。不过我要再问一遍,你在担心什么?"

"我跟你说过,这盒子藏在约翰·约书亚的书房里。跟弗提斯主教那本可怕的禁书一样,被人藏了起来。"

"我也跟你说过,"他妻子回答,"你该把那本书的事告诉给国王和王后。"

他叹息一声。"我该做的事太多了。对,我确实应该报告,可我选择沉默的理由依然存在。这些事跟他们逝去的儿子有关,在查清真相之前,我不想扰乱国王和王后的心情。"

"约翰·约书亚有本禁书,"缇丽娅耸耸肩,"藏了一盒可能属于希瑟的零碎物件。王子是个学者,住在希瑟古城的废墟上,这两件事倒也说得过去。"

"那本书曾为邪恶的牧师派拉兹所有,他与北鬼密谋,与凡人为敌……还做了许多更可怕的事。而这些东西,如果真是希瑟做的,那约翰·约书亚是从哪儿找到的呢?二十多年前,人们用石头填满并封闭耶尔丁塔时,顺便把城堡地下的隧道,至少是通往阿苏瓦古城的隧道一并封锁了。我们将城堡里一切属于派拉兹的物品都清理出来,毁灭殆尽。约翰·约书亚是怎么得到这些东西的?"

"我还是不明白,这盒子为何让你如此担忧。"

"不是盒子,我的好夫人。事实上是这个。"他再次举起银灰色的雕刻木圈,"能猜到它可能是什么吗?"

缇丽娅盯着它想了一会儿。"也许是小画像的相框?或者手镜的镜框?"

"是啊,镜子。一点不错。"提阿摩将木圈放下,"看到这细细的裂痕没?像是破开一个口子,好拿走里面的东西。"

"夫君,你吓到我了。你的脸色好吓人。"

"因为我很害怕。希瑟会用类似的镜子互相联络。根据我们对派拉兹的了解,这种名叫'谓识'的镜子还能用来与……异类,我们无法理解的异类,派拉兹那本书里提到的无名暗灵沟通。而那本书最终落到约翰·约书亚手里,被他一并藏了起来。"

缇丽娅沉默许久。"你认为他找到一面希瑟镜子。"她最后说,"就是你所说的'谓识'……"

"恐怕是的。更糟糕的是,我担心这正是他的死因之一。"

"那你必须向国王报告。"她的表情与提阿摩一样紧张而无助,"必须!如果是真的,他和米蕊茉王后必须知道。"

"我知道。"提阿摩说,"而这正是让我最害怕的地方。"他又长饮一口牛蒡酒,"我不禁觉得,有些事还是不为人知更好,有些秘密还是继续隐藏为妙。我现在是卷轴联盟的人,不论如何,既然我接下来几个月都收不到宾拿比克的信息,那担忧与抉择的重任就由我来承担吧。"

"夫君,不光你一个。"缇丽娅起身离座,走过去伸出双臂环抱他的肩膀。提阿摩将盒子推远,以免妻子不小心碰到。"在这世上,你并非孤身一人。"她与丈夫脸贴脸。提阿摩闻着妻子身上迷迭香、薰衣草和其他花草的香气,眼眶发热,差点落泪。"我可以替你分忧。"

"这也是我最不愿看到的事。"他回答,"哦,缇丽娅,我不希望你跟这些东西有任何瓜葛。可我担心自己揽得太多,结果它们都从我怀里掉出去了。"

Empire of Grass

哩
哩

♛

莫根纳睡了一觉,似乎没做梦。他晕晕乎乎地醒来,发现周围的山坡上落满断裂的树枝,湿透的树叶被风吹成一堆,活像崩塌的城堡。暴风雨已经过去,枝丫间露出的天空是醉人的碧蓝色。

他醒来的动作惊动了胸前温暖的小包裹,里面的小东西蠕动着伸出长手指,轻轻拉扯他的胡须。从离开希瑟的前一天到现在,他一直没刮过胡子。风暴夜的记忆如洪水般涌回他的脑海。

他稍稍展开斗篷,查看怀里的东西。光线落在小家伙身上,它轻声哼哼着表示难受或不满:哩、哩、哩,嘴巴还在啃着一只前脚。

痛苦的饥饿感猛然钻进他的五脏六腑。一时间他仿佛灵魂出窍,从身外打量着自己:一个迷路的年轻人,自己饿得半死,竟还收养野兽当宠物。个头跟胖母鸡或兔子差不多,他心想,够我吃好几天了。然而,尽管心中那个冷静、理智的他在考虑这种可能性,另一个他却因这念头惊恐万分。小动物抬眼望着他,兔唇张大,忧心忡忡,似乎猜到了他的心思。那双眼睛太像凡人小孩了,惊恐之下连瞳孔周围的眼白都露了出来。他心里腾起一阵厌恶。

太疯狂了。这肯定是祖父跟他说过的一个人独居太久的情况。他很快会开始自言自语,甚至跟想象中的人说话。

"我不会的。"他大声说,"我不会做那种事。"

他探出身子,将小动物放在岩缝前的地上。它睁着大眼睛看着王子,却不逃跑,连爬走的意思都没有。

"走吧。"他说,"回你的树上去。走!"他做个驱赶的动作,但小家伙只是瞪大眼睛警觉地盯着他。王子饿得心烦意乱,怒火中烧,

夏末

粗暴地捡起小兽,不理它尖声痛呼,拎下斜坡放到一块干地上,转身走回岩缝,决意不再回头。

等莫根纳回到石灰岩下,还能听见它的叫声。那既不像小狗被遗弃的哀鸣,也不像小猫的呜咽,而是一连串尖利的哀嚎,绝望的"哩——哩——!"夹杂着急促的呼吸声,像极了凡人小孩,听得他颈后汗毛直竖。

我得去找吃的,他告诉自己,离开这没完没了的该死森林。我没工夫照顾别的小动物。

可在莫根纳心中,从树上坠落的小野兽与他小妹妹似乎生出了某种神秘的关联,感觉就像他将哭泣的莉莉娅丢在了身后的森林里。

等他回到那片枝丫废墟,发现小家伙已安静下来,蜷缩在地上,面孔有气无力地贴向肚皮,可惜不太成功。乍看之下,莫根纳以为它死了,尽管理智仍不明白自己干吗要在乎,心脏依然颤了一下。他把小家伙捡起来时,对方睁开眼睛,严肃地瞪着他。

"喊嗑。"它埋怨地叫了一声,然后换上轻柔的声音,"哩哩,哩。"

"你是从噩梦里跑出来的吧。"他说,"所以天黑后才能放了你?你到底是什么东西?"他将小东西翻个四脚朝天。它生气地叫道:"喊嗑。"同时四脚乱踢,身子乱扭。它肚皮上长着两排乳头,没有明显的雄性生殖器。"看来你是个'母哩',不是'公哩'。"莫根纳哈哈大笑,心里琢磨这是不是自己快要疯掉的前兆。"你是什么动物?"他从未见过这样的野兽:有些部位,包括长着指头的手部像猿猴;但四肢、鼻子和脊梁末端的尾巴更像兔子或松鼠。"你吃什么?还有,仁慈博爱的救主啊,我能吃什么?"他没见到任何浆果树丛,也不认识其他植物,饿得只想放弃求生,倒在树荫下睡大觉。但他知道这是十分危险的信号。

就是这么开始的,他告诉自己,有人说过,先是饥肠辘辘,然后就没那么饿了，只觉得困倦难耐，再然后就死翘翘了。

说这话的大概就是祖父，让王子又想起了……甲虫？祖父是不是说过，他曾在树林里靠吃甲虫为生？想到这儿，莫根纳那紧缩的胃不禁抽搐起来，不知是因为恶心还是饥饿。

莫根纳的新伙伴朝他肩后张开爪子，像要抓住什么东西。他转过头，看到身旁的一丛灌木上长着些疙瘩或坚果样的东西，大小跟栗子相当，表面覆盖着密实、扎手的鳞片。小母兽又朝那团果实挥挥爪子，于是莫根纳伸手从枝头扭下来递给她。她只能用一只前爪来接，因为另一只仍小心翼翼缩在胸前，结果那果子或种子掉到了地上。

莫根纳心烦意乱地弯腰捡起，忍着刺痛用大拇指抵住一边，代替小母兽的伤臂。后者握住果子另一边，用长牙啃咬，很快撕掉大部分果皮。里面的果肉呈浅白色，看上去像坚果仁，但闻着有股水果的香气。

吃掉大概半个果子，她就松了手，任其掉落，仿佛它不存在似的。莫根纳捡起剩果，擦掉泥，用拇指指甲再抠掉一些盔甲似的果壳。它闻起来不像浆果那么甜，但总体来说还算是他喜欢的气味。他轻轻啃了一小口，果肉没什么味道，但至少不苦。他等了一会儿，看自己会不会中毒。可好一阵子过去，除了肠胃有多空，他再没有其他感觉。莫根纳刮掉果壳，吞下剩余的果肉，接着将枝头少数未被雀鸟或昆虫咬过的果子全部摘下，又吃了一颗。期间他将一块果肉递给肩头的乘客，但后者显然饱了，至少是吃够了这种果实。

"我该给你起个名字。叫什么好呢？喊嗑哩？哩哩？"

莫根纳决定叫她"哩哩"，毕竟这听起来像个名字；至于品种就叫"喊嗑哩"，因为他见过哩哩的同类，或许还是她的家人呢。不知哩哩的家人会不会担心她，但他联想到莉莉娅和自己的亲人，决定不再纠缠这些念头。他将小母兽抱在臂弯里，继续寻找其他食物。

一对搭档就这样形成了。莫根纳让小家伙选择她喜欢的东西，并

夏末

且发现,多数情况下他自己也能吃。但有少数情况不行,比如哩哩曾快乐地吞下一把红色浆果,他跟着吃了,结果走了一百来步就开始呕吐。尽管哩哩的食谱不太合他的胃口,好歹多数还吃得下去。

他俩找到一丛开花植物,一起扯掉叶子。它散发出胡椒的味道,闻得莫根纳直流口水。过了一阵儿,他们又发现一棵树上挂满果实,看着很像棕色的小苹果,味道像装订书本用的糨糊,口感像嚼蜂巢。橡子的味道太过苦涩,他尝了一口就吃不下去。不过在满地橡子的树荫下,他们发现了一种翠绿的草茎,汁水丰盈,哩哩吃得很开心,莫根纳也觉得不错。

等他俩爬上岩石裂缝背后的山坡顶,太阳已移到西边地平线的树木顶端,林中突然起了风。莫根纳早就料到,山坡另一边仍是更多的森林,不会有别的。他站在坡顶,发现脚下位于一片广阔山谷的中部,前面有更高的山坡挡住远方的视线,于是决定,虽然风暴已经过去,今晚还是回岩缝过夜吧。

他俩下了坡,找到山脚下那块突出的岩石。莫根纳用斗篷给小母兽做了张小床,然后出去找了很久,捡来些干木头,在避难所前面的斜坡上生了团篝火。除了几颗鳞片果实,今晚没有别的食物,没肉烤,也无酒精安抚心中的焦虑,但数日以来,至少他头一次不会饿到胃疼了。他坐在地上,在篝火前暖着双手,心里的感觉只能解释为平静。

他拿出母亲的《安东之书》,借着火光,朗读一首《领唱者颂歌》。小母兽蜷缩在他的斗篷上熟睡,对圣书无动于衷,但熟悉的字句勾起了莫根纳的回忆:礼拜堂里,他坐在母亲和父亲中间,聆听努乐斯神父的教诲。在这样的回忆中入睡也算值了。

♛

齐娜觉得,小史那那克是她遇到的最优秀的年轻人,远超岷塔霍或伊坎努克任何一座山峰的任何一位。他的学识比她的同龄人渊博得多，又能在循循善诱下承认自己并非无所不知。最得她欢心的是，他与齐娜一样崇拜她的父母双亲。她从未想过能找到如此完美且符合条件的未婚夫。

话虽如此，有时她还是很想抄起一根又大又沉的木棒揍他一顿。"应该由我来撒骨头。"他大概第三次这么说了，"这是极佳的练习机会。"

"你会惹我父亲生气的。"齐娜警告他。

小史那那克还是老脾气，抓住某事就不肯轻易放弃。"但我对莫根纳王子负有特殊的使命……"

"你的特殊使命是聆听与学习。"用母语说话让齐娜异常轻松。面对低地人①时难以表达心中想法，那感觉让她烦透了。"在我看来，你所谓的'特殊使命'完全是一厢情愿，莫根纳王子根本没答应。现在，你的使命是按我父亲——也就是吟唱者——的吩咐行事……"

"没人比我更尊敬你父亲……"他又开始重复。

"齐娜，史那那克，"宾拿比克在林间营地另一边喊道，"我撒好骨头了，过来一起看看。"

齐娜的母亲茜丝琪去小溪洗澡了，所以只有她和小史那那克一起坐到宾拿比克在地上画出的圆圈旁边。父亲盯着地上横七竖八的骨卜，脸上是齐娜熟悉的表情，皱起的眉头和眯缝的眼睛里透出沮丧。他抬手示意安静，对象显然是小史那那克，因为后者已被发言的欲望憋得浑身发抖。大狼瓦喀娜踱过来，转了几个小圈，在主人身旁趴下，巨大的白毛脑袋搁在他大腿上。宾拿比克挠着它的白毛，目光仍紧盯着第三次也是最后一次抛出的卦象。

"第一卦是意外降生。"宾拿比克说，"是啊，史那那克，我记得

---

① 低地人：坎努克人（矮怪）住在高山上，所以称其他凡人为"低地人"，有时也说"平地人"。

你给王子占卜时也出过这个卦象。请给我点时间思考。"他左右摇晃身子，从不同角度研究地上的黄色骨头，"因为我们要找莫根纳王子，所以那卦象有一定道理。史那那克，你在他的天空下感应到的一切，依然留在他的地平线上。但我觉得那并非全部。"

"但有可能，"小史那那克再也忍不住了，"王子已临近变化发生的时刻，他会失去期望的东西。"

宾拿比克露出谨慎的微笑。"是啊，有可能。"他回头继续看骨卜，"但第二卦是不速之客。我觉得很奇怪，因为很久以前，风暴之王战争初期，我刚认识莫根纳的祖父西蒙国王时曾为他卜卦，当时也出现了这个罕见的卦象。"

"父亲，这代表了什么？"齐娜既是为了提问，也为阻止小史那那克继续说话。她未婚夫急需学会一点：她父亲看起来平静不等于他心情很好。

"我不知道。"宾拿比克承认，"这卦象很奇怪，所以为国王卜完卦，我曾回头查找随身携带的欧科库克的卷轴，看看自己是否忘记了什么重要内容。但卷轴上写的与我的记忆一致，说它与另一个卦象无影有关，暗示眼下或将来会牵涉到某个意料之外的领域。不管怎么说它都至关重要，因为它是第二卦，能提示我们如何提高成功率。"他露出微笑，"骨卜预示的命运无可抗拒，女儿，正如山上滚落的巨石势不可挡。想改变它需要上好的运气和精准的时机。"

"您说得对，师父。"齐娜的未婚夫小史那那克附和道。

宾拿比克的笑容敛了敛。"很高兴听你这么说，史那那克。"

齐娜不喜欢父亲和未婚夫一唱一和。她站起来检查空地边缘，留意避开瓦喀娜嗅过、踩过和尿过的地方。"我在听，"她向两位男士保证，"请继续。"

"最让我迷惑之处在这儿，"宾拿比克说，"看，最后的卦象是开封镖，我完全无法解读。史那那克，跟我说说你了解的情况。"

齐娜听见她爱人深吸一口气,他终于有机会展示自己的才识了,齐娜暗暗感激宾拿比克对他的体贴。她心想,实际上自己也该学学父亲的耐心,因为她余生很可能经常被丈夫惹恼。小史那那克善良聪慧,同时亦有些骄傲自大。父亲以为她听不见时,甚至说她未婚夫是头"梳辫子的公羊"。

"'开封镖'有许多含义……"小史那那克开口道。

"对。"宾拿比克截住他,"说得对。但你只需跟我讲讲,你认为它在此时此地代表了什么。"

"它可能代表敌人比你相信的更近。此时此地正好适用。毕竟除了我们,还有其他人也在寻找王子。"

"很好。继续。"

"它还代表需要做好准备。人们寻求自保、构筑防御时难免有所疏忽。"

宾拿比克皱起眉头,但显然是在沉思。"这层意思很有用,史那那克,而且你说得很对。不过我相信这并不适用当前的现状。眼下我们正面临诸多方向的众多威胁,而这含义过于温和,无法体现我们的忧虑。"

虽然遭到反驳,但小史那那克并未露出受伤的表情,而是礼数周全地回答:"师父,您指出了我未曾虑及之处。"

齐娜一边弯腰检查灌木丛下的一丛断枝,一边向未婚夫送去默默的爱意与骄傲。做得好,史那亲亲,你在进步,你确实在进步。

"但我眼下也没有更好的解释。"宾拿比克说,"作为最后一卦,它很奇怪。王子就像光着脑袋走进我们家乡岷塔霍那条冰柱长廊,无数可能性如冰柱般悬在他头上。"他收起骨卜,装回袋子,"史那那克,继续思考吧。有了什么新想法不要犹豫,立刻来跟我分享。"他换回轻松的语调,"当然了,除非我在睡觉。"

见他们说完话,齐娜喊道:"两位,麻烦过来一下,我觉得你们

夏末

该看看这个。"

她已走出空地边缘几步。在她催促下，宾拿比克让瓦喀娜留在原地。大狼服从命令，但那眼神显然想让所有人都过意不去。

"闺女，发现了什么？"

"这个。"齐娜指指下面，她父亲在一道浅浅的兽径旁蹲下。"然后抬头看看这里，枝丫断了。有大型动物从这儿走过，不是鹿，但肯定比鹿大。"

"有可能是熊。"小史那那克飞快地说，"阿德席特这一带有好多熊，个头足以折断树枝。"

"有意思。"她回答，"我的未婚夫啊，再往前走几步，告诉我，阿德席特这一带的熊会穿靴子吗？"她指着泥间一块无可争辩的新月形印迹，"跟我说是鹿或牛蹄印之前，请留意它旁边鞋底缝合线的痕迹。"

"我看见了，齐娜。"小史那那克懊恼地回答。

"闺女，别生气。"宾拿比克微笑着说，"你的发现太棒了。确实有人穿着靴子从这儿经过。你发现了值得跟踪的痕迹。"

"你的眼力最敏锐了。"小史那那克对她说，语气间只有一丝丝的嫉妒。

"谢谢。"

* * *

齐娜的母亲回来了，她黑发湿润，两眼发亮，显然洗得很开心。几人一起追踪莫根纳王子的脚印。痕迹断断续续，在坚硬或开阔地上尤其难找，但有了瓦喀娜的鼻子和齐娜的眼睛，他们每次都能找到前进的方向。

时近傍晚，太阳在地平线上徘徊，森林里充斥着阴影。瓦喀娜停下脚步，低声嘶吼，颈毛倒竖。宾拿比克安抚好大狼，做手势叫齐娜等人跟陪着瓦喀娜并确保它安静，自己伏下身子，手脚并用爬上斜坡。他爬得很慢，一路面朝微风吹来的方向，避开所有可能发出声音的东西。没多久他便消失在视野之外，齐娜刚开始担心，他又爬了回来，示意几人悄悄跟上。等瓦喀娜跑到身旁，宾拿比克用手抓住它颈部的毛发，让它紧跟自己。

快到坡顶，他示意大伙停步。日光几乎完全消失，天空开始变暗。山坡另一边，一头母熊领着两只幼崽正在漫步，沿着一大丛浆果灌木边缘往坡下走。风向变换不定，过了一会儿，母熊突然人立而起，四下张望，接着放下前脚，转身面对坎努克人藏身的方向。齐娜一阵惊惶。母熊身型巨大，几乎可与家乡的冰熊媲美，而且带着幼崽，肯定特别危险。

小史那那克在她身旁，从背包里掏出一只口袋。

"刚好带了这个。"他悄声说，"飞镖，涂了强力麻药。"

宾拿比克轻声而严厉地制止："收起来。"

小史那那克惊讶地看着准岳父，两手仍在羊毛袋里摸索，准备捏住骨镖尾部，装进吹管，好像手指不曾接到耳朵听见的命令。"我会小心，待在上风位置……"

"不行。"宾拿比克对他怒目而视，急促地挥着手，"收起来。具体稍候再说。"

小史那那克竭力忍住受伤的表情。"到时听他解释。"齐娜轻声告诉他，"他这么说肯定有原因。"

他们继续观察。母熊显然断定没有直接危险，重心再度放回前脚，漫不经心地走开，不时咬下满口浆果，或用熊掌将幼崽轻轻拨出灌木丛，赶回自己的视线。它们游荡了很久，终于下了山坡，沿着与矮怪追踪路线的垂直方向离开了。宾拿比克长舒一口气。

"好，现在可以了。"他说，"史那那克，刚才你想用飞镖，跟我说说你的想法。"

"为了保护我们——保护齐娜！"

夏末

"你说要用'强力麻药'。"

"当然。效力不够只能激怒那头母熊。"

"可现在它走了,没被激怒。"

"夫君,别再猜谜了。"齐娜的母亲说,"这样不好。"

小史那那克沮丧地嘟起嘴唇。"事情可能会有不同发展!"

"万一真有,我们也不会这样谈话了。"

她父亲挥挥手杖。齐娜发现他把手杖拆开了,以便当成吹管使用。"我也有飞镖,小史那那克,但我不想用。能说说为什么吗?"

小史那那克无奈地摇摇头。"不能,师父,除非猜测。但您不喜欢猜测。"

宾拿比克露出微笑,脸上的怒色已消去大半。"我并不介意猜测,但必须猜得有理有据。理据就是:假如你用飞镖射了母熊,它会昏过去,对吧?直到太阳下山,夜幕降临。"

"对,应该是。"

宾拿比克点点头。"那它孩子呢?它们怎么办?天气寒冷,无人保护。没了妈妈,它们找不到巢穴,只能守在它身旁。"

"但母熊过段时间就会醒来。"

"史那那克,万一它昏睡时有公熊来此呢?有的公熊会吃掉非亲生的幼崽。"宾拿比克的笑容里透出一丝淘气,"我们当然无法理解为什么会这样,但这是事实,总有这样的事发生。所以母熊才要无微不至地看护幼崽,这也是它们远离最佳觅食地点的原因之一。"

"只是熊而已。"小史那那克的语气忍不住带上一丝沮丧。

宾拿比克语带同情。"史那那克,你是个天资聪颖的年轻人,我毫不怀疑,你终有一天能成为出类拔萃的吟唱者,但你还有好多知识要学。这里不是随便某个地方,更不是我们熟悉的家园岷塔霍。"

"又来了,我的好夫君。"茜丝琪插话道,"别给史那那克猜谜语了,直接告诉他你的意思。"

"亲爱的,我正在努力啊。"他回答,"史那那克,这里是阿德席特大森林。齐娜,你也必须明白:在这里,不可轻易夺走别的生命。这片森林与希瑟之歌融汇交织,迷惑外来者,保护自己不被外人发现。尽管我接受过欧科库克甚至希瑟的教导,可要抵御这种迷惑依然很难。"

"何况……"他伸出一根手指,"阿德席特还有更古老的力量,更古老的……存在。"

"比如说?"小史那那克重新燃起兴致,忘掉了刚才的受伤。

"我不知道。无论如何,此时我们身处其中,我不想讨论它们。这里并非我们的家园。不是我们的地盘。我们只是客人。"

齐娜的未婚夫不再郁闷,只是犹疑不定。"您是说,我们伤害那头熊会招来厄运?那抓兔子或鹌鹑当晚餐吃呢?"

"我是说,果腹求生是一回事,因焦躁怠惰而谋害生命是另一回事……呃,我认为两者是有区别的。"

"师父,您总说这样的话,可我不太明白。谁来区分?"

"我知道就好了。事实上,我也只能依靠直觉与古老的传说。而传说和我的直觉建议,我们只能打些小鸟小兽充饥,不该伤害其他生命,除非我们自己的生命受到威胁。"他想了想,"也许最安全的做法是不伤害任何生命,哪怕为了果腹。毕竟我们带了少许食物。"

"只有面包和鱼干!"小史那那克难掩脸上的惊恐。他最爱吃炖兔子了。

"面包没问题。至于那些鱼,去年夏天就被做成鱼干了,我觉得森林守护者不会在意它们的命运。"宾拿比克欢快地说,"你想吃多少就吃多少吧。"

♛

莫根纳做了个怪梦。他在花园里变成一条龙,周围所有花草树木都悬挂着宝石,在阳光下熠熠生辉,如鲜血般红艳、如青草般翠绿、

夏末

如金币般橙黄晶亮。在梦里，他知道花园属于自己，只属于他。他蜷伏在宝藏中间，听到树叶的摩挲声和小动物的走动声。有人要来偷他的东西。然后他惊醒了，心脏狂跳，希望护住自己的财物。

刚刚醒来的眩晕中，他依然睡眼蒙眬，但耳中仍能听到跟梦里一样微弱的杂音。他第一个念头是小哩哩跑远了，可她跟莫根纳睡着前一样，蜷缩在他腹部，用一只小爪子牢牢揪住他外套边缘。他往前探身，望向岩缝外，想看看是什么发出噪声。哩哩迷迷糊糊地"喊嗑"叫着表示抗议。听到这声音，弄出噪声的东西发出一阵急促的啪嗒声逃走了，随后只剩一片寂静。

莫根纳朝岩缝外探出更多身子，一手紧紧搂住哩哩让她安静，但没发现任何异常。他将小搭档放在斗篷上，爬到外面昏暗的黎明下，发现几步外的斜坡上放了一小堆仔细摆好的坚果和浆果。

他跪在果子堆旁，盯着它们看了一会儿，不明白是什么意思。这些浆果和硬壳坚果还不够他两手一捧，但码放在树叶上，活像某个小仆人准备的早餐，趁着他睡着摆放在这里。过了好一阵儿，他才想起抬头，发现枝叶间有对黑眼睛在看着他，应该是哩哩的同类。那双眼睛一闪而过，消失在更高的枝丫后。

看来这堆果子确实是礼物。莫根纳捡起它们，爬回裂缝。他猜对了，因为他递过去的每颗果实哩哩都接受了，不但没有怀疑，还显得十分开心。至于莫根纳，虽然他俩之前找过些吃的，但他早就饿得胃里生疼了。他让哩哩先挑，自己跟着大吃特吃狼吞虎咽。他俩吃了个痛快，除了哩哩满意的哼哼声和坚果壳的碎裂声，周围再没有其他动静。气温渐渐暖和，白天的噪声渐渐响起，充斥林间，先是早起的鸟儿，然后是昆虫的嗡鸣和咔哒声。

喊嗑哩给他送来了礼物。吃早餐时，这个想法让他生出了暖意和安全感。吃完之后，看着哩哩心满意足地梳理肚皮和手臂上的毛发，他才突然意识到，那堆食物更像赎金，或者村民献上的贡品，用以恳求强盗团伙或者无产骑士放过他们。

  它们怕我,他明白了,随即生出个更加陌生的念头。这就是城堡里的生活方式。我们有刀剑、战马和盔甲,所以人人都向我们缴纳金钱和食物。我们以为得到了他们的爱戴,但真是这样吗?无论过去还是现在,万一他们不爱戴我们了呢?

  刚才的龙梦再次浮上脑海。他还记得那种蛰伏感,以及小东西在阴影里跑动的错觉。

  这就是治下臣民对我们的看法?既非什么合法领袖,亦非什么救星,而是必须好好安抚的怪物?不然我们会杀死并吃掉他们?

  真是个令人不安的想法,且良久盘桓不去。

夏末

食欲

♛

山坡之上，下午的时光正在消逝。谓识池里的融雪不再冒泡，开始结冰。辛苦制造谓识并与主人阿肯比对话之后，绍眉戟筋疲力尽地躺在树下闭眼休息。蛊罡嘎拖着被缚的活龙走了一天，又在冰封的地面上挖出做谓识的深坑，此时正蜷缩着躺在绍眉戟的魔法石圈里，活像另一块覆着肮脏白毛的巨石，鼾声在山坡间回荡。被缚的幼龙和残废的队长沉静无声。

奈泽露长吸一口气，缓缓吐出。歌者的谓识仪式让她大为震动，她也十分感激这一宝贵的时刻，因为不用再听别人的命令了。

亚拿夫拿起弓箭。"得去打猎了。"

"我跟你去。"

他毫不掩饰脸上的惊讶。"真的？不用看护玛寇了？"

"能做的今天都做完了，没什么效果。我看不出他还能怎么续命。"她开始戴手套。

"绍眉戟和巨人呢？"

"他俩要能醒来一个，再把另一个干掉，"她回答，"我们操心的对象就少了一半。"

亚拿夫露出赞赏的表情。"你变了，殉生武士奈泽露。你的口吻像是接受了柑南溪的赠礼。"

他的用词让奈泽露刮目相看。那句话出自盲眼司祭柑南溪的俗语，他是逃离华庭、抵达新大陆后诞生的第一代贺革达亚，曾留下名言："活在黑暗中是件赠礼，因黑暗终将吞噬一切，而我们盲者最不为之困扰。"这是她父亲常用的反讽。"随你怎么想，猎人。"她回答,"殉生武士很务实的,而我现在很有食欲。"

* * *

他们在距营地一钟头脚程的鞍形山坳里找到一个小湖。月光照耀的水面上漂着一群鹅,仿佛一张凌乱的毛毯。没多久,他俩各自捕获一只肥鹅。奈泽露视力更佳,一箭射去,干净利落地放倒一只睡觉的。亚拿夫只能先放一箭,将猎物从空中射下,然后折断它的脖颈。剩下的鹅群拍打翅膀,嘎嘎乱叫,逃到小湖另一边。奈泽露和亚拿夫打道回府,路上顺手射中一对野兔,可他们追赶第二只带血逃亡的兔子时,四周开始雪花盘旋。

他俩找到垂死的兔子,装进袋中。"最好快点儿。"亚拿夫说,"瞧这天气,很快连你都看不清路了。"

"已经看不大清了。"奈泽露回答,"我们来时经过的某些地方,我不想在看不清的情况下再走一遍。我觉得该找个地方避避,等最猛烈的风雪过去。天空刚才还很晴朗,这种山间风暴只能持续一小会儿。"

他面露疑虑。"绍眉戟会以为我们逃走了。"

"但我们没有。"奈泽露回答,"他要么派巨人来找我们,要么等我们回去。你脖子上没戴痛苦项圈,猎人大师,不用害怕歌者的愤怒。"

他摇摇头。"你确实变了,殉生武士奈泽露。我说不清是否喜欢现在的你。"

"我也说不清自己在不在乎。睁大你的眼睛。我记得路上有些洞窟,至少是些岩石缝,就在前面不远处。"

两人在一片崖面上找到个深洞,躲进去挤在一起,望着外面的落雪。

"我想问你个问题。"过了一阵儿,亚拿夫开口。

"为什么先声明,而不是直接问?"

她感觉对方颤了颤——他在笑。"我得想想才知道答案。你没怀孩子,对吧?但你告诉玛寇你怀孕了。"

奈泽露吃了一惊。"这事你怎么知道?"

"我们是支小队伍,天天在一起。我会说你们的语言,这事也并不难猜。我看得出玛寇和另一位殉生武士肯貂对你的态度,谨慎,却不友善。由此推断,他们克制自己是因为你有些重要。至于有多重要,他们没透露多少。但你并未受到优待或保护,只是派给你的任务不至于压得你不堪重负。我在你们中间长大,知道贺革达亚女人怀孩子的待遇。你的情况看来差不多。"

猎人再次出乎她的意料,但奈泽露不喜欢这种感觉,原本无拘无束的心情一时变得懊恼起来。"那你告诉我,聪明的凡人,你怎么知道我其实没怀孩子?"

"哦,有一次你不在玛寇身旁,我听到他在说话。你知道他有时会胡言乱语。他说的大部分话我都听不懂,但中间有几句:'混血儿撒谎。没有孩子——还没有。预言并未实现。'"

"预言?"奈泽露真要大吃一惊了,"那是什么胡话?你凭什么认为他胡说八道跟我有关?世上的混血儿多了。"

亚拿夫敏锐地看她一眼。"拜托,殉生武士,自从被龙血烧伤,玛寇嘟囔的对象只有两个——世界末日,和你。"

如果玛寇的话确实跟她有某种联系,奈泽露想象不出那会是什么意思。

亚拿夫终于打破沉默。"为什么跟他们说你怀了孩子?"

"好让玛寇别再碰我。"她突然发现自己很享受能自由说话的时刻,"现在轮到你回答我的问题了。为什么跟我们走?"

"你已经知道了。"

"为了侍奉女王陛下?扯淡,根本说不通。玛寇打一开始就知道,我怀疑绍眉戟也一样。跟你说说我的想法吧。你为了某种理由想重回奈琦迦。你曾招惹某个权贵，或者违反了什么规矩，现在你厌倦了逃亡。"

他缓缓点头，脸庞罩在银白月光下黯淡的阴影中。"是啊，我厌倦了逃亡。"他斟酌字句，"你猜的大部分都对，但我也只能说这么多。必须承认，你比我最初想象的聪明。"

"彼此彼此。"她心里有种痒痒的感觉，随即意识到自己是想放声大笑。那是种荒唐的冲动，无法理解，但也无法否认。"结果我们两个互相低估的敌人在这里挤成一团。然后呢？"

"两个敌人？我还以为是同一战线的战友。"

"凡人，在这风雪交加的洞窟里，还是让我们坦诚相待吧。你知道我们种族不同，无论暂时达成怎样的妥协，将来也只能相互为敌。为了生存，我们贺革达亚必须奴役或杀死你们。反过来，你们想要生存，也必须将我们从世间抹去。"

亚拿夫沉默了。两人静静望着飞雪在月光下舞动。片刻后，奈泽露挪近一些，从腿到肩都与对方相贴，然后伸出一根手指，沿着他的面部划动。"像，也不像。"她说，"你觉得我们是不是同一双手造出来的，所以才会如此相似？"

他声音粗哑，像在生气，但没扭头躲开。"我觉得不是，殉生武士。"

"这么肯定。为什么？"奈泽露的手指落到猎人颈部，往下滑到外套领口。他的皮肤真暖！为何凡人的血液如此温暖，却又如此容易冷却？

"你干什么？"他终于问道。

"摸摸你的皮肤。跟我的不同。很有意思，不是吗？"

"你的坦诚去哪儿了？我觉得你现在没说实话。"

"也许不都是实话。"她停下来思考。连日来，她看待亚拿夫的目光带上了越来越多的赞赏，但她赞赏的并非他凡人的一面，而是他与贺革达亚相似的一面——近乎不知疲倦,愿意完成必须的任务,耐心对待巨人和绍眉戟。无论他有什么目的,任何软弱的凡人都无法承受亚拿夫在这趟旅程中忍受的一切,也没有一个软弱的凡人能像他这样,数次拯救她与同伴的性命。

他该当个殉生武士,她心想。他有天资、有意志、有追求,却流着错误的血液——凡人之血。他很像我,却没有贺革达亚之血弥补缺陷。

"你……引起了我的兴趣。"最后她说,"这么些天,没有玛寇和肯貂在背后盯着我,时时刻刻等我犯错,我发现那种兴趣变成了另一种更加强烈的感受。先前我说过,是'食欲'。'食欲'是个好词。当我意识到自己渴望同伴——渴望特殊的同伴时——我跟你一样惊讶。"

"这不是……"奈泽露用手指轻轻捏住亚拿夫的头发,让他顿了顿才继续说道,"不是好事,殉生武士。"他轻声说,"对你对我都不是。"

"除非试过,不然谁敢确定?你们凡人只为生孩子才交合吗?那种事对你们毫无乐趣?就像我,身为一个混血儿,身体任人使用,所以才觉得交合索然无味?"

亚拿夫古怪地看她一眼,似乎对她居然流露出对同族的不满而感到惊讶。奈泽露也意识到,自己这种情绪确实非比寻常。绍眉戟与阿肯比交谈时,她的身体和意识都大为震动,此后一直处于困惑与愤怒之中。所有事都在提醒她,对贺革达亚来说,她根本微不足道。在咒歌会眼里,她算哪门子的女王之爪?她连根小指头都算不上,更像蚁巢中的一只孤蚁,就是拿来利用、殉生,然后丢弃的。

殉生。这个词的含义从未如此清晰,而这正是她毕生追求的目标——舍死殉生的权力。曾几何时,她对一层层上级,从女王之爪的玛寇队长,直到女王陛下乌茶库本人都深信不疑。可现在,一切都变了。

她发现二人都沉默良久。"不要妄自尊大,凡人。不是你的问题改变了我,而是我自己对那些问题的答案心生困扰。"

"殉生武士奈泽露,我理解不了你的深奥。"

"我自己都理解不了。这感觉既可怕,又……兴奋。"她倚着背后的石壁,感觉对方的大腿和躯干都贴着自己。"凡人是怎么做爱的?"

亚拿夫吃了一惊。"什么意思?"

"你听到了。我母亲说,那叫'做爱'。可我长大成人以来,跟玛寇和其他殉生武士交合时从未感受过什么叫做爱。我想象不出。"她刺耳而短促地笑了,"所以,告诉我,凡人是怎么做的?"

他沉默许久。"你问错人了。"

"你开玩笑吗?还是你真这么无知?"

"我没说我不知道。我只是说,你不该问我。"他凝望着洞外,盘旋的白色旋涡犹如撕开枕头后飞散的绒絮。

"我不在乎你的做爱技巧是好是坏。"奈泽露续道,"我说过了,我有'食欲'——既有身体的渴望,也有别的。也许是心灵的渴望吧。我厌倦了孤身一人行走这世上,周围人都鄙视我。无论你我是什么关系,敌人也好,盟友也罢,至少我觉得你没有鄙视我。"

"不,没有,我并不鄙视你,奈泽露。"他语气生硬,饱含着超出奈泽露预料的不安,"可你我之间不会有什么真正的关系。"

"我没说什么'关系'。我说的是'食欲'。我想得到安慰。我想分散情绪。现在,教教我凡人怎么做吧。你们会碰触嘴唇吗?"她凑上去,享受对方的气息——强烈、鲜活、并不难闻,犹如奔跑后的骏马。"还做别的吗?玛寇只管骑上来就插,像个占领城镇却没兴趣管理的征服者。"

亚拿夫一动不动地坐了好一会儿,任凭她温暖的气息吹拂自己的

夏末

脸颊。然后他缓缓转过头，嘴巴轻触她的皮肤。他先试探性地亲吻她的嘴唇，皮肤的触感干燥冰冷。不过几次心跳之后，他俩的嘴唇都开始升温。

狭窄的空间内，凡人的一条手臂被她压在身侧，无法轻易活动。但他用另一条自由的手臂滑上奈泽露的大腿，滑得很慢，仿佛他并没有控制它。然后，那只手滑过她臀部，停在她手臂下的胸腔轮廓处，很长时间不再移动。奈泽露觉得既别扭又迷幻。她的童年在殉生会总部度过，那里的年轻武士鲜有情感交流，交合都是偷空而行，又迅速又隐秘——至于她父母①那种地位的贺革达亚，绝不会在同族面前做出任何亲昵行为，就连在人前拥抱都被视为粗俗与卖弄——所以这种接触对她是全新的体验。可她仍觉得有些不对劲儿。亚拿夫虽然心跳急促、呼吸紊乱，流露出许多动情的迹象，但似乎已经满足了。他与她嘴唇相吻，手臂相拥，然而比起兄弟姐妹的拥抱也亲密不了多少。

于是她抓起对方停在自己肋旁的手，提到胸脯上，用力压住，甚至捏他的手指，像在教导新晋殉生武士如何握住剑柄。她这么做时，亚拿夫的嘴唇张开一些，两人的身体贴得更紧。压在她胸部的手掌开始温暖她的身体，将先前的渴望刺激成愈发真挚、令她稍显局促的欲望。她分开嘴唇，舌头与之交缠。二人的嘴唇贴合在一起时，她觉得自己卸下了所有防御。

奇怪，真是奇怪，她心想。这就是凡人珍视的感觉吗？并非感官本身的享受，而是对这种危险的臣服？

但感官亦不可忽视。对方轻轻揉捏她的胸部，指尖的压力竟让她两腿之间越来越沉、越来越敏感，仿佛刚刚开始愈合的擦伤。她想紧贴在亚拿夫身上摩擦，就像熊磨蹭大树一样——这荒唐的比喻差点让她乐出声。她解开外套正面，好让对方碰到自己的肌肤，又想拉着他

---

① 其实奈泽露的母亲是凡人。

一起躺下。可惜洞窟太小,他俩伸展不开,但她仍想享受这非比寻常的感觉,于是又去抓他的手。亚拿夫却突然抬起手,像被抓到现行的犯人,手指顺着她腹部滑落到她两腿中间,触摸来自她身体核心的热度。此刻那热度烧得她不停扭动,摩挲着二人接触的每一寸肌肤。

奈泽露刚用两腿夹住他的手,好让他的指头压得更紧,他却猛地抽回手掌,挪开脸庞,甚至想爬出洞窟,只因她双臂抱住他腰部不放才停了下来。

"别跑!"她喊道,"你干什么?"

"不行。"亚拿夫像在自言自语,而非回答她的问题,"不行,不行。不能这样。"

"不能怎样?交合吗?你不喜欢?你不是一直想要我吗?"

他拼命摇头。"不。我没想过这样的事。你不懂。"

"别起来。"

"我得想做才行……我需要……!"

但奈泽露感觉对方放松了些,于是也放开他的腰。"别说蠢话,凡人。你若不想与我交合,没人会强迫你。就算在你们凡人中间,我猜女人也不会求着男人跟她交合吧。"

他脱开身,退到最远的角落,不是因为厌恶,更像是要拉开些距离,以便清晰地思考。奈泽露很想知道,她对凡人是不是还不够了解?他们交合前要遵循什么礼仪吗?比如宗教仪式之类?真奇怪,这种生物是本族最大的敌人,可她对他们的了解却如此之少。

更奇怪的是,她刚才还想跟其中一位交合。

"天气好转了。"亚拿夫避开她的目光,"该回去了。在外面逗留太久,绍眉戟会生气的,还会另起疑心。"

显然,他俩之间不会有进一步的事发生了,至少此时此刻不会。"那好吧。"她系好外套。亚拿夫望着外面的飘雪。"你带路。"

我犯了错误,她跟在亚拿夫身后,边走边想。虽然猎人就在几步

夏末

开外，可漫天雪花让她看不清对方的身影。但这事我有点想不通——也许是因为，他一直把我看做殉生武士、贺革达亚和奴役他的人。然而更重要的是，我又觉得灰心丧气了。而且我很孤单。

♛

起初，刮擦声似乎来自桃灼霞的梦境。她睁开眼睛，周围的黑暗如此纯粹，以致过了很久，她都想不起自己身在何处。她安静而惊慌地躺在那里，鬼鬼祟祟的声音一直未停。

终于，她记起来了。刮擦声仍在继续。她翻过身，心脏狂跳，然后爬出客厅，沿着弯弯曲曲的走廊奔向门口。

等她到了门口，刮擦声也停了。她屏住呼吸，蹑手蹑脚地把脸凑到钥匙孔前向外张望。借着湖面上闪亮虫丝的幽光，她看到一个魁梧的身影，好像多长了个头，知道是纳伢·喏丝和他的哑巴坐骑大傻。她尽可能安静地拉开门闩，站到一旁，好让粗壮的搬运工大傻拖着脚步走进来。

"你们干什么？"重新关好房门，她压着嗓门质问，"回来干吗？我的食物都被你们偷光了。"

"来补偿。"纳伢·喏丝回答。

"补偿？"她反问。

"有些隐人从水边回来——你们叫它'湖'——抓了不少……"他皱起眉头，孩童似的脸上露出迷惑的表情，"泳物。我记得你们叫那东西'泳物'。"他用手做个波浪起伏的动作。

"鱼？"

"对，鱼。不叫泳物？总之我们邀请你。来吃吧。"他露出灿烂的微笑，同伴大傻的脸却像倾覆的水桶般一片空白。"你可以见她。"

桃灼霞再度提高警惕。"她？是谁？"

"隐人夫人。她知道你了。我们告诉她的。"

"我不明白。"

"不需要明白。因为她亲切善良，是我们的夫人！她想见你。"他再次咧嘴微笑，一对小脚丫敲打着大傻宽阔的胸膛。"答应吧。我们做了错事，想补偿你。"

这个提议令她心慌意乱。每一丝本能都要求她躲藏起来，远离这些古怪的生灵。可她若不能在凤奴酷湖边找到更多食物，仅靠手里这些，很快就得回城去偷。何况鲜鱼是如此诱人——事实上，光是想想，她的肠胃已经在咕咕乱叫了。

"好吧。"最后她说，"我跟你们走。但只去一会儿。"

* * *

她随对方下到湖边，踩着搬运工的脚印，绕过水边的泥泞，穿过岸边一丛丛幽灵似的白色芦苇。大傻的庞大身影突然转到一侧，消失在洞壁的一道裂缝里。桃灼葭困惑地停下脚步，凑近去看，发现那并非一条单纯的裂缝，其实是道通往岩石山体骨架深处的隧道。湖面也往里延伸成小溪，形如手指。她跟了进去。萤光虫也在这边的水面上挂起晶莹的虫丝，她仿佛走进了轻轻摇摆、散发微弱冷光的森林深处。

桃灼葭跟着纳伢·喏丝和搬运工，提心吊胆地走过一小段路，来到一个巨大的洞窟。中间是湖水流过形成的小溪，岩石地面凹凸不平，像被搅过的黄油。她四下观看，觉得周围都有动静。

"不要怕，兄弟姐妹们。"纳伢·喏丝喊道，"出来吧！这位不是敌人，是朋友。"

桃灼葭还为自己的损失恼火，不愿承认这个称呼，但眼下没心思计较。因为她发现，从石头背后、地面裂缝、洞壁角落里爬出的生灵实在太多了。当初在别墅厨房发现了五六个小偷，她估计这里可能有十多个隐人，可洞穴里起码能看见二十多个，个头虽比不上大傻，但大小和形状各异。

救主乌瑟斯和雷神铎尔在上，她惊骇地想，他们怎么养活自己

夏末

啊？尤其是没人让他们偷的时候？

"你们所有人都在这里？"她问。

"不是，但很多。"他回答，"大部分在！有些出去找食了，很快会回来，他们知道今天举办盛宴。"纳伢·喏丝挥舞着细长的手臂，显然为即将到来的收获兴奋不已，"其他伙伴在夫人的洞室里，就在那边。"他朝大洞远处摆摆手。溪流和摇晃的萤光虫也朝那边延伸，消失在一个椭圆形黑洞里。"她在祝福食物！"

"希望她也会做饭。"桃灼葭小声嘀咕，没让纳伢·喏丝听见。前天她也在凤奴酷湖抓到过小鱼，但懒得将那么小的东西带回维叶岐的度假别墅生火煮熟，干脆直接生吃了。虽说吃点东西总比挨饿强，但将湿冷的小块鱼肉从骨头上吮下，感觉并不那么愉快。

她跟着向导走向洞窟深处，隐人纷纷让路，但目光紧随她的脚步。这里的生灵跟打劫她的那些一样，个个都奇形怪状，有的跟桃灼葭差不多高，有的比纳伢·喏丝还小，肤色深浅不一。其中一些有着贺革达亚或庭叩达亚的特征，少数两者兼具。大部分隐人的眼睛是同一种颜色——近乎发亮的黄色。除此之外，桃灼葭看不出他们有什么明显的共性，只知道所有人都被无情地逐出了奈琦迦的奴隶圈。

在纳伢·喏丝提议下，她坐在水边一块扁平的岩石上。大傻在她身旁缓缓跪下，让乘客爬下来。纳伢·喏丝主要靠细长的手臂用力，下来后欢快地拍着手。"看！看到没，他们来了！盛宴开始了！"他凑近桃灼葭，"别担心，我们专门为你留了一份，因为孩子们有愧于你。"

她看到两个较为高大的隐人走到近前，中间提个滴水的包裹，看着像是渔网。每次他们迈步，水滴都在包裹下方汇成个小水洼。桃灼葭心一沉：莫非不是熟食？

"啊，太香了。"纳伢·喏丝欢呼，"泳物是我最爱的美食。"

"所有人都跟你一样说贺革达亚语吗？"她竭力不去多想冷冰冰

的生鱼肉,"我没听到其他人说话。"

"有些说。大部分不说,或者不想说。"活泼的表情阴沉下来,"很多人曾因发出声音受过严厉的惩罚。"

"惩罚?被谁?你们从哪儿来?"

"夫人告诉你需要知道的一切。"他说,"别担心,她了解隐人和上民的一切,知晓茫漠海①中发生的所有事。不过现在,看这儿,这儿!"他朝提着滴水渔网走近的隐人吆喝,"让我们给客人上菜!在这儿,然后你们把剩下的发给大家。"

两个侍者睁大眼睛,似乎既想敬畏地盯着她看,又想躲避她回望的目光,结果搞得左右为难。他俩近乎赤裸,只在腰间围块破布,全身瘦骨嶙峋,肋骨和盆骨尤其突出,即便修长优雅的贺革达亚站在旁边都显得臃肿发胖。二人放下渔网,任由网口松开,一堆湿漉漉蠕动的生物朝各个方向滑出。尽管洞内光线昏暗,桃灼葭仍能看出,那些粗笨的躯体和肥短的尾巴并非鱼类。

"是泼尾,"她的胃开始抽搐,"一种蛙类。"

纳伢·喏丝露出微笑,显然误解了她的语调。"我们很幸运,太幸运了!它们会在地下冒热水处繁育。"

桃灼葭低头看着那堆挣扎蠕动、大多无腿的肉团。她必须吃一些,不然就太傻了,因为下次找到食物还不知是什么时候呢。

"祝福我们,祝福这顿盛宴。"她念叨着艾斯塔兰姊妹会教她的餐前祈祷,可用双手捧起湿漉漉的蠕动肉团时,她实在提不起多少热情或感激之意。

* * *

最后一口并不比第一口美味,但桃灼葭不止一次挨过饿,所以她

---

① 茫漠海:隐民口中的一片海,但在流传过程中走了样,其实就是支达亚、贺革达亚和庭叩达亚逃离家园时渡过的"溟濛海"。

夏末

将剩下的泼尾跟前面一样囫囵吞下，竭力忽略食物下肚时还在扭动的感觉。

"今天真幸运！"纳伢·喏丝说，"也许是你带来的好运。看，她出来了！"

洞内一阵骚动。远处洞室走出一支小小的队伍，都是畸形的隐人，其中一些用手牵着一个身材相对高大的人。对方在萤光虫的苍白光辉下现出身形时，桃灼葭不禁看呆了。她与其他隐人不同，不但没有残疾，举手投足反而透露出贺革达亚贵族的气质。不过她长着黑发和黄色的大眼睛，说明这人的血统有些复杂。

"巫娃丝卡！"纳伢·喏丝高呼。桃灼葭周围奇形怪状的隐人们纷纷应和，虔诚地一遍遍高喊，直到她明白这并非欢迎词，而是新来者的名字。对方在窄溪旁一块圆石上坐下，高贵的气质立刻将那岩石化成了宝座。

"来。"纳伢·喏丝说，"巫娃丝卡想见你。"他爬回大傻身上。后者一直耐心地跪在旁边，活像一匹嚼着草料的马。他俩一起领着桃灼葭走过洞窟。

"你可以向她鞠躬。"走近圆石时，纳伢·喏丝悄声提议，然后提高尖细的嗓门，"隐人夫人巫娃丝卡，我们为您带来一名外来客，她是上民的一员。"

桃灼葭行了个笨拙的屈膝礼。她的童年在关途圃和色雷辛度过，后来到了瑞摩加的艾斯塔兰姊妹会，再后来，俘虏她的贺革达亚主子要求奴隶顺服而安静，所以她从未学过任何宫廷礼仪，只能尽量表现出敬意。她抬头观望巫娃丝卡的反应，却发现对方的眼睛虽是明亮的金色，却如平滑石面上的流水一样浅淡。她是瞎子吗？为什么这样盯着前方，好像压根没看见我？"很高兴认识您，巫娃丝卡夫人。"她说道。但黑发女子并无反应。

纳伢·喏丝坐在大傻的手臂上咯咯直笑。"她不会跟你说话，哦，不会。她不能说话，至少用耳朵听不见。"

巫娃丝卡平静的目光转向纳伢·喏丝。

"是的，夫人，谢谢您。"过了一会儿，他回答，仿佛对方说了什么赞赏之语。"她，对，就是这位，孩子们偷了她的食物。"他用力点点头，"对，今日收获颇丰，她尝到了第一份！"

桃灼葭莫名其妙地看看周围一众隐人，他们望向夫人的目光充满显而易见的崇拜。他们也能听到？只有桃灼葭听不见夫人说的话？

"静默夫人只对我和另外几人说话。"纳伢·喏丝自豪地解释，"你不必羞愧。她欢迎你，希望为她孩子们的错误做出补偿。"

"她的孩子们？"桃灼葭忍不住反问一句，目光扫过大洞里几十个奇形怪状的畸形生物。

"我们都是她的孩子。"纳伢·喏丝自豪地说，"不是生理的，而是心灵上的。她保护我们——梦王也保护我们。"他的注意力转回巫娃丝卡，"当然。"他咧开无牙的嘴开心地笑着，"我很荣幸，夫人。"

所有隐人仿佛都听到夫人的命令，围拢过来，将桃灼葭紧紧围在中间。她有点恐慌。

"夫人要讲故事。"纳伢·喏丝宣布。听众们像兴奋的孩子一样窃窃私语。"为向客人致敬，夫人要讲述我们一族的故事，由我大声转述。

"上民曾住在华庭，"他开始了，"过着快乐的生活，拥有充足的花草树木，想吃什么就吃什么，想造什么就造什么。上民的数量越来越多，最后为自己建起伟大的家园，称为星城。他们在那里幸福、和平地生活了很久很久。

"尽管未曾意识到，但他们周围都是隐藏的敌人。敌人憎恨上民，因为上民抵达之前，华庭是属于他们的，由他们独享。于是敌人派出水里、空中与地上的巨兽攻打上民。但上民英勇善战，打倒了巨兽，取得了胜利。敌人愈发愤怒，派出更加恐怖的生物，就是最早的龙，

夏末

又称为虫。他们派恶虫摧毁上民,但上民坚韧不屈。最终龙也被打败,幸存的虫害怕上民,逃到华庭最遥远的角落。

"上民的敌人再也派不出可怕的恶兽,于是亲自上阵,摆出谦卑的姿态,假意求和。起初上民相信了他们,与他们一起将星城建得更加华美而宏大。上民人口日渐繁多。可那些自称瓦傲的敌人从未真心缔结友谊,而是暗中谋划要将上民逐出华庭,或者毁灭他们。许多年过去,瓦傲扮成上民的盟友,却一直在施展一个恢宏而残酷的魔法,一个有史以来最大也最可怕的魔法,名唤'虚湮'。然而瓦傲从虚空中召唤出虚湮时,却发现连他们自己都无法抑制或掌控它。虚湮开始吞噬华庭,上民用尽所有智慧与技艺都无力阻止。

"大局已定,虚湮将吞噬一切,包括华庭的每一棵树木、每一株花草、每一位生灵。它将摧毁伟大的星城,吞下每一粒尘埃,直至没有任何东西剩下。于是上民建造巨船,希望逃离一切的终焉,起帆航向未知的西方。他们带上了古老华庭所有的一切,包括他们的敌人瓦傲。

"八艘巨船载着上民来到这块大陆。这里的白昼短如一瞬,年月如流火闪逝即过。上民重新开始建造城市,瓦傲与他们工作了一段时日,仿佛二者可以同心协力,再度造出与旧日华庭一样完美的世界。然而,瓦傲的领袖再次密谋反对上民,偷走了属于他们的东西,结果计划败露,被判有罪,戴上镣铐。他的臣民与上民战斗,但被驱逐,从此四处流浪,再也没能重建家园。这些都是他们背叛的结果。

"但上民活了下来。上民总能幸存。我们隐人只要忠心耿耿,也能存活下来。银面女王会保护我们。梦王会保护我们。"

"一切赞美属于他们。一切赞美!"

隐人顺从地应和纳伢·喏丝的祈祷。可洞里虽人数众多,声音依然萎靡不振,只比低语声响亮少许。"一切赞美!"

他们口中的胜利,还有静默夫人的保护,一定都很脆弱,桃灼葭

Empire of Grass

心想。即使躲在这么深的地下,他们都不敢大声说话。事实上,她断定,这些隐人的处境比我好不了多少。但这想法让她一点都高兴不起来。知道别人也在受苦,并不能减缓自身的苦痛。

纳伢·喏丝的故事听得她一头雾水,甚至有点心烦,胃里的食物又不肯轻易消停,于是她晃悠悠站起身。"我得走了。"

纳伢·喏丝显然有些受伤。"我们偷了你许多食物,务必让我们补偿。"

"我保证,我们还会见面。感谢你们的热情招待。"她对沉默的巫娃丝卡微微鞠了一躬。后者面无表情地望着她,像个木头娃娃。"谢谢您,夫人。祝愿您和您的人健康好运。"

"我们送你。"纳伢·喏丝说,但桃灼葭摆手拒绝了。

"我能找到路。好好享受剩下的美食吧。"

她回到外面的凤奴酷湖边,沿着自己的脚印走过碎石湖岸,一路尽量忽略蛙鸣,免得联想到刚才吃下去的东西。直到这时她才突然想通,刚才是哪段故事最让她迷惑不解。

隐人讲的显然是另一个版本的贺革达亚历史——失落的华庭、名叫"桃灼"或"星星"的城市、只能是乌荼库本人的伟大银面女王……可他们并非贺革达亚。她不知道梦王是谁,更不明白这个名字为何似曾相识。

直到她走进度假别墅,回到屋里。梦王……他们说的是不是女王陛下的疯亲戚,号称"梦行者"的吉吉怖?维叶岐曾告诉她,梦行者秘密之多,不亚于阿肯比乃至整个咒歌会。可女王的怪亲戚有权有势,为何会跟这些残废、畸形的隐人扯上关系?

她没有答案。睡觉时,记忆中那对空洞的眼眸一直在纠缠她,令她辗转难眠。

夏末

熟悉的面容

♛

艾欧莱尔伯爵的甥孙霭林爵士感谢赫尼斯第诸神保住了自己的性命,但沦为休国王属下"银牡鹿"的阶下囚,这种遭遇他实在高兴不起来。

杜纳斯塔结构简单,没有地牢,但有个无窗的大储藏室,配了沉重的房门和结实的铁锁,于是银牡鹿的首领库鲁丹男爵便将霭林和他的手下关了进去。库鲁丹决定,在得到休国王的命令之前,应尽量避免对囚犯做出不可挽回的决定,所以他领着大部分手下返回赫尼赛哈,只留下五六个士兵,交给队长萨姆瑞斯指挥,负责看守霭林等一众囚犯。

萨姆瑞斯的态度却很坚决。他更想干净利落地砍掉犯人的脑袋,把尸体埋进附近的森林,所以库鲁丹明确警告他要让霭林等人活着。霭林痛恨投降,但男爵的兵力是他三倍,况且他死在这个穷乡僻壤,那替舅舅①艾欧莱尔伯爵传递的消息就永远也送不到默多侯爵手中;而他们亲眼见证的事实——银牡鹿与凡人最致命的敌人白狐勾结——也将无人知晓。

所以全世界的诸神啊,我感谢你们,赞美你们,他暗自祈祷。如果你们能赐下出人意料的帮助,我也将毫无保留地接受。

---

① 霭林是艾欧莱尔的甥孙,应称其为"舅公",但他习惯称呼"舅舅"。

Empire of Grass

　　一名看守用力砸门,呼喝犯人们退开,好让他们送食物进来。霭林不顾部分手下的怒容,示意他们不要惹事。侍从雅乐斯和另外几人从孩提时就是霭林的伙伴,虽然连日的囚禁和沉重的镣铐逼得他们心浮气躁、随时打算动手,但还是听从主君的命令,远远让开房门。三名看守走进来,两人端着一口热气腾腾的大锅,但飘出来的味道不怎么诱人。另一人提着碗和一桶水,分发给囚犯。每个犯人一碗水,喝完后可用同一只碗去盛锅里的薄汤。

　　霭林抿着碗边,不知如此寡淡的肉汤是用兔子、松鼠还是老鼠炖出来的。

　　"我还真尝到了肉味。"雅乐斯说,"谁去数数人头,瞧瞧少了谁。"

　　看守假笑着退了出去。房门关闭,门闩和门锁响亮地归位。

　　犯人们吃饭时,年轻人伊万拖着脚镣和锁链,走过来坐到霭林旁边。他是队中年纪最轻的一个,但已经证明自己不是傻瓜。他靠在墙上,将碗举到唇边。霭林问他:"你们安东教徒饭前不祈祷吗?"他在被俘那天才知道,伊万信奉的是另一个宗教。

　　"祈祷,但没必要说出声。"小伙子用手指擦擦嘴唇,再把手指舔干净,然后用奇怪的表情看着霭林。"您讨厌我?"

　　"什么?为啥?"

　　"因为我是异教徒,信奉安东教。"

　　霭林摇摇头。"但你也是赫尼斯第人啊。我们国家早在泰斯丹那个年代就被安东教徒包围了,只是我们自己的地盘里不太多见。我不会假装了解你的信仰,不过伊万,你是个好兵,从不犯错。无论指引我们的是众神还是独一真神,凡人依然是凡人,有好也有坏,他们的称谓与信仰并不那么重要。"

　　年轻人微微一笑。"霭林大人,您有广博的胸怀。"

　　霭林回以笑容,庆幸能享受片刻愉快的回忆。"这要归功于我舅

夏末

舅艾欧莱尔伯爵,严格地说,他是我舅公。我们这次就是替他办事,结果着了库鲁丹和银牡鹿的道。刚才那些就是他说的,差不多这是意思,当然他遣词造句比我这粗人好得多。"

伊万谨慎地扫视牢房。其他囚犯要么在吃饭,要么聚在一起争论着什么,但看上去跟寻常俘房一样没精打采。伊万凑近些。"如果我告诉您,有个银牡鹿也是安东教徒,您怎么想?"

霭林咽下最后一口薄汤。"我们是在讨论信仰,还是别的什么?"

"他叫芬坦,是最年轻的银牡鹿,对库鲁丹等人的所作所为心怀不满。他认为跟白狐做交易,就像跟邪恶的安歹萨里做交易一样。"

"邪恶的安歹萨里?"

"深渊王子,上帝之敌。"

霭林点点头,尽管他从未真正了解安东教的信仰。"所以这个芬坦不开心。"

"不止。他还认为,将无罪的赫尼斯第同胞关押起来是错误的。何况银牡鹿还讨论过把我们直接杀掉,免得麻烦。"

"我也不喜欢这种讨论。"霭林若有所思,"你怎么知道的?"

"他值班时隔着门跟我说的。"伊万朝铁栅栏的方向摆摆头,"不过外面总有两个卫兵值班,他只能趁另一个走远才跟我说话。"

"他直接跟你说的?他那些想法在同伴眼里可是谋反啊。"

伊万摇摇头。"有天我们开饭,他看到我画圣树标记,知道我们是教内弟兄。我们有条教义说:'信仰之中,陌路亦是弟兄。'"

超越统治、超越血缘,霭林心想。身为贵族,他觉得陌路人之间缔结的凌驾于统治之上的秘密关系很危险,然而眼下他顾不了这些了。他环顾囚室,打量自己的手下。他们才被关了几天,脸上已经有了长期囚犯那种苍白、无神的表情。"你觉得,他有可能帮助我们吗?"

伊万犹豫一下。"有。我觉得有。他很虔诚。我想您可以跟他谈谈。"

"我？可我不是你们的教内弟兄。"

"对，但他听过您的名声。霭林爵士，他听说您是个善良、真诚的人，我也向他保证过。如果他帮助我们，您能承诺保护他吗？我只是您麾下的士兵，而您是我们的主君。"

"只是个小贵族而已，恐怕算不上什么好领袖，不然咱们也不至于落到这步田地。"但他知道艾欧莱尔舅公会怎么做，所以明白自己该干什么。"我当然要跟他谈谈。等他值班时，告诉我，我们一起想办法离开这鬼地方。"

♛

强盗带着艾欧莱尔走了六天才穿过上色雷辛，进入举办酋长大会的色雷辛草原地区。他这一趟走得很不舒服，大部分时间被捆着双手，骑在贺特墨马鞍后边。除了偶尔的嘲笑、推搡和苛刻的讽刺，强盗们遵从头领阿瓦特的命令，并没有伤害他；虽然不太及时，但吃的东西也跟他们一样。贺特墨算不上是个诙谐的同伴，但艾欧莱尔只要不问他为何离开新盖营所的家人、反而回到荒野流浪，他也挺乐意说话。

"当然，我听说过酋长大会。"艾欧莱尔说。他们走在绿草茵茵的山坡顶，铺展在眼前的辽阔苍穹和无人荒原再次令他惊叹不已。"原以为只有部族成员才能参加。可阿瓦特手下有一半都不是色雷辛人。"

贺特墨啐了口唾沫。他还算客气，提前往远处瞄了一下，免得让风吹回伯爵脸上。"草原各方都会去血湖，什么人都有。那是全年最重要的盛事。"他耸耸肩，"他们可以去做买卖、找老婆、打听消息。那边会举行骑马、摔跤之类的比赛，人们可以争取名声。关途圊甚至纳班的商人也会去参加。"

"可是，我没有轻慢的意思，但你们这支队伍既不是商人，也不

夏末

是草原部族,而是强盗啊。"

"我们是自由的队伍。"贺特墨有些恼火。艾欧莱尔忍不住猜测,什么人会将无冤无仇的路人绑起来带走,只为索要赎金,却讨厌"强盗"这个称呼呢?

"我说了,我没有轻慢的意思。"

"草原既没有路,也没有法。"贺特墨从口袋里掏出一片耐嚼的肉皮干,递给艾欧莱尔,后者礼貌地谢绝了。"跟新盖营所不同,"他嚼着坚韧的兽皮说道,"部族会游荡,人会游荡,有时从一个部族换到另一个。还有些时候,他们不想加入新部族,更想跟我们这样的队伍待在一起。我们都得想法子过活。"

"所以你们参加这类集会时,从来没遇到过麻烦?"

艾欧莱尔在贺特墨背后感觉他笑了一下。"麻烦?你说打架?"他又笑了一声,抬起手臂,露出一道弯曲的长疤,从食指开始,穿过手镯,一直延伸到手肘。"雄獐部族一个男人留下的,说我想偷他的女人。我的回敬更狠。后来他们拉开了我俩。"

"你干了吗?偷他的女人?"

贺特墨耸耸肩。"我当时只是说,她能找到更好的男人,比如我。那人不爱听真话。"

艾欧莱尔摇摇头。"所以才会打架。"

贺特墨假笑几声。"当然啊,赫尼斯第人。你们城市人只喝酒、吵架却不动手吗?不会因为一些愚蠢的争执杀人吗?"

艾欧莱尔不知该如何回答。

* * *

刚刚进入水草丰美的色雷辛草原时,周围像纳斯卡都的流沙地带一样渺无人烟。但现在人就多了,马车和行人从四面八方汇聚而来,仿佛无形的散沙渐渐收拢,聚起大部分人沿着少许陈旧的轨迹赶往集会方向。有些大部族犹如移动的城市,颠簸的马车一辆接一辆,串成色彩缤纷的珠链，一直延伸到视野之外。许多马车上堆满主人的财物，扎成晃晃悠悠的包裹，高度甚至超过车身的长度。马车上涂着亮丽的颜色，或布满雕刻、旗帜和彩带。鲜艳的色彩、堆高的财物，往往还有一两个小孩坐在车上，好像成功登顶的爬山客。面对这么五颜六色的展览，很难不让人露出微笑。

就像有人把神堂悬挂的所有木雕都取下来，装上了轮子，艾欧莱尔心想。

虽说车队大多赏心悦目，但骑马守卫在旁的人就没那么好看了。有些部族战士比阿瓦特这帮强盗还吓人，身材魁梧，疤痕累累，配着割草钩似的弯刀，脸上和手臂几乎被刺青染成黑色。不少人的马鞍上装饰着像是凡人头皮的装饰品。另一些人的战利品更叫人毛骨悚然——一个满面怒容的巨汉戴着一条用干枯人手串成的项链——艾欧莱尔没看几眼就转开了目光。他对凡人能干出来的事并不惊讶，但不等于说他喜欢。

他坐在贺特墨的马背上，除了保持平衡也没啥事做，只能观察旁边经过的游牧队伍。车队中间偶尔夹杂着关途圌小贩的货车和哈卡族马贩子的马车，前者较小、较朴素，后者的装饰有时与强大的色雷辛酋长不相上下。伯爵当了大半辈子的王室特使，即使欣赏奇观时，也在默记身边的一切。

此时他身处集会外围，很难准确估算人数。主车道已变成越来越深的烂泥地，旁边是各种车轮印，因为后来的草原人会试着避开泥潭。马车成百上千，粗略数算人头，还能看出大部分车里或车顶至少有一个女人和几个孩子。艾欧莱尔数了数马车，按每辆车最多搭配两个骑手判断，光是他周围的旅行者就将近一千草原人，这还没算围住大半个湖边的营地。

所以他的初步结论是：酋长大会可能聚集了五千骑手，都是配备武器的精壮男子，随时可以战斗。他思量着，游牧民族热衷于内斗，

夏末

这是唯一能保纳班平安的原因，说起来也是确保爱克兰平安的原因。

愿独臂沐诃继续加给他们仇恨的怒火，他祈祷，愿他们互相欺骗、偷走左邻右舍的女人。同时让他们保持强大，免得纳班人终有一日超越我们。

"我们到底要去哪儿？"他问。

他们快爬到山顶了，贺特墨懒得理他，直到众人登顶才抬起一只手臂。"去那儿。"他像平时一样省字，"血湖。"

前方地面坠成个斜坡，长满松树与各类树木，环绕着一个波光粼粼的大湖，形成一片碗状绿地。湖水虽不是鲜血的颜色，至少泛起一抹红光，艾欧莱尔猜测湖底可能有铁矿。长长的红湖犹如贵妇人的手镜，掉落后被遗忘在此，这风景令他想起家乡东边的库禾山谷，心中突然涌起一阵乡愁。

我还有机会见到那些地方吗？

湖岸绿草丰盛，很多地方长着柳树、桦树和其他树木，几乎延伸到湖边，投下大片大片的树荫。湖边挤满人群和马车，从远处只能看到活动的彩色斑点。艾欧莱尔眺望着挤在岸边的众多营地，以及更远处扎在林中的窝棚，继续扩充心中的数字。

适龄战斗人员也许上万？爱克兰全境集结起来都没这么多。

在过去，艾欧莱尔跟大部分城市人一样，只有色雷辛人实施新的暴行时才会想起他们——多数情况下是一支部族小队，为了掠夺物资或单纯寻求刺激而骚扰边境。最近的记忆里，他们只造成两次真正的威胁，也就是第一次和第二次色雷辛战争，而那两次也有很多部族支持城市人，使得战场主要集中在草原上。约翰国王就曾与上色雷辛的大酋长费克迈达成协议，这也成了约书亚王子结识酋长之女渥莎娃并娶她为妻的契机。许多年后，又一位暴躁的部族领袖在色雷辛草原西部边缘发起叛乱，西蒙国王和欧力克公爵等人被迫率领一支大军前去镇压，这才阻止了草原骑手一路烧杀淫掠侵入爱克兰东南部。一如既往,草原人最大的敌人其实是他们自己,仿佛他们在暗中较量,看哪个部族率先背叛同胞。那次获胜的是黑熊部族的酋长鲁德,在他帮助下,一场本可能天翻地覆的叛乱以爱克兰人可以接受的伤亡代价得以平息——所有人都觉得可以接受,除了西蒙和米蕊茉。国王与王后对死去的战士痛心不已,尤其是西蒙,他愤怒地下定决心,以后会寻求更好的方式与色雷辛人交流。

如果他们团结起来跟我们打仗,当时国王说,我们可能就顶不住了。艾欧莱尔同意他的意见。

可现在,他心想,德鲁西斯领着一帮愚蠢的纳班贵族摩拳擦掌,天天喊着什么"驱除蛮夷",深入色雷辛人的领地修建农场和移民村。感谢诸神,萨鲁瑟斯公爵就比其他贵族理智得多。万一北鬼又在北方复兴……他想了想夹在草原蛮子和白狐之间会是怎样的情形。尽管此时艳阳高照,他只想了一会儿,便像发烧似的打了好几个寒战。

* * *

按照传统,外来人只能在湖水东边最茂密的森林里扎营。那一片整个上午都被山影笼罩,地面水坑众多,十分潮湿。所有商人,以及阿瓦特团伙这种没有明确目的的访客都聚在那边的大树下,心照不宣地互不打扰。那里还有很多没有部族的战士,多数靠被人雇佣、参与部族间的争斗过活,其余时间就打劫旅行者和住在草原边缘的居民。强盗和打手们聚在一起,像过节似的喝酒、吹牛,一直闹到深夜,将没人认领的女人带回营地。来自西边和南边的商人则比较谨慎,尽量安静地忙碌自己的生意,只想在酋长大会期间尽可能多赚些钱,然后平安返回关途圃、乌澜或爱克兰低地,求个人财两安。

由于血湖周边布满营帐,主干道——其实只是条宽阔的车辙印而已——挤满了人马车辆,阿瓦特团伙走了很久才赶到昏暗的湖东。又因他们人数较少,并非部族,阿瓦特经常要领着手下离开道路,站在林子里,好让反方向的大部队通过。他们沿着血湖走到半路,天色已

夏末

经黑了。

前面又来了一支庞大的队伍,阿瓦特的小队只好避进林子。许多营地已燃起篝火,木柴的烟雾弥漫在空气中,让人很难看清前方。烤肉味惹得艾欧莱尔直流口水,希望今晚能多吃点东西,而不是路上强盗们给他的稀薄的糊豆粥。他想吃些正儿八经的食物,不知强盗们有没有打到兔子,能不能让他也吃上一两口。这时想起希瑟的招待,虽说食物有些奇怪,但那也是他永远体会不到的幸福巅峰了。

他心不在焉地注意到,有些马车上绘有纹章,很多骑手带着神像和三角旗。他看到了野牛、狐狸和松鸡图案,印象里都是上色雷辛的部族。他还看到了仙鹤和臭鼬,应该来自离纳班不远的色雷辛湖地。

两驾装饰华丽的大马车吸引了他的视线。它们一前一后拴在一起,由两队马拉动,马车侧面绘着金色的骏马。他在海霍特王座厅见过这个图腾,那是麦尔登部族的标志,又称骏马部族。第一次色雷辛战争期间,他们是圣王约翰的盟友。他正在看,一个女人坐在双联马车顶部,探身冲车夫吆喝一句什么。她一头灰发剪得很短,看着简直像种惩罚,但那标致的五官彻底攫住了艾欧莱尔的目光。伯爵在贺特墨身后伸长脖子,想看得再仔细些,但那马车已经摇晃着走远了,树木挡住了他的视线。他确信自己见过那张脸,至少十分眼熟。

"咬人的巴格巴啊!"他突然大喊一声,不仅吓到了贺特墨,连坐骑都惊了,嘶鸣着急跳几步。"是渥莎娃!约书亚的妻子!不然就是我瞎了!贺特墨,跟上那驾马车!"

"你疯了,赫尼斯第人?"

"没有,我认识那女人!"

贺特墨看都不看一眼。"我们要跟着阿瓦特,不是勾起你幻想的某个妓女。"

他该如何解释?要怎么说才能引起他们的兴趣?虽然过了二十多年,艾欧莱尔依然确信自己看到了活生生的渥莎娃,距离相隔还不到一箭远。"阿瓦特！"他大声道，"阿瓦特，求求你！叫贺特墨带我去追刚刚经过的女人！她对我们很重要。"

队伍前面的强盗头子厌烦地抬头望来。"干什么，赫尼斯第人？我们不光要喂饱你，还要让你的老二尝尝本地的蜜水？"

"我说真的！这事至关紧要——爱克兰国王会赏给你超乎想象的报酬！"他知道那驾大马车每分每秒都载着渥莎娃越走越远，深入草原人的部族，甚至有可能离开酋长大会，所以他急得大喊大叫。"我以至高王座的名义，命令你帮助我！"

阿瓦特轻踢马肋，小跑到贺特墨和艾欧莱尔跟前，弯腰凑近，年轻的脸上出奇地平静，像是在考虑什么，突然一巴掌抽在艾欧莱尔侧脑，让他从马鞍摔落到地上。他两手被绑，没法减缓力道，只能重重地砸上烂泥地，震得无法呼吸。

阿瓦特跳下马鞍，蹲在艾欧莱尔旁边，看着他喘气。强盗头子仍是一脸漠不关心的表情，但伯爵看得出，那对眼珠冷漠而死寂。他从未见过阿瓦特这副模样，突然记起自己的处境是多么岌岌可危。

"永远别想指挥我。"阿瓦特的声音只比耳语响亮一点点，"我相信，就算你没了双手双脚，你的国王依然愿意花钱把你赎回去。我也相信，你是个聪明人，能读会写，就算没了舌头，也有办法把消息转达给他。可你再像刚才那样跟我说话，你的国王就只能赎回一具呜咽的残躯。听明白没？"

艾欧莱尔还没缓过气，只能点点头。过了会儿，阿瓦特抽出刀子，用刀尖抵住艾欧莱尔眼睛下方的脸颊。"我听不见，赫尼斯第人。你听明白没？"

"明白。"他的气息只够挤出两个字。阿瓦特的手下饶有兴致地看着他受罚，甚至有些幸灾乐祸。

"很好。"阿瓦特翻身上马，动作敏捷得像只猫，转头吩咐手下，"这路又归我们了。走吧。"

夏宋

♛

逃走计划顺利得出奇,在天空之父布雷赫及诸神的保佑下,居然连滴血都没流。

安东教士兵芬坦答应了霭林的建议。下一次轮到他值班时,趁其他银牡鹿还在吃午餐,他给年轻人伊万发了信号。霭林与一众手下悄无声息地活动肌肉,驱散因囚禁和等待而生出的疲倦与懒散。等另一个守卫去走廊尽头解决私人问题,芬坦迅速打开大储藏室的门锁,将镣铐的钥匙递给他们。摆脱锁链后,霭林和侍从雅乐斯藏在门后,躲在铁栏外看不到的地方,其他士兵则各自移动到预先定好的位置。

那个守卫回来了,大声抱怨第二次在吃饭时被派来值班。芬坦说有个囚犯好像病了,诓他去门口看看。储藏室只有一支忽明忽暗的火把,那人眯着眼睛望向昏暗的室内。霭林突然打开房门,芬坦和雅乐斯连推带拉,一起将挣扎的守卫拖进室内。霭林站在旁边,其他人一拥而上,将其仰面朝天狠狠按在地上,若干只手捂住嘴巴,还有好几根手指猛抠他的眼睛。囚犯们都遭过罪,此刻发泄一下也在所难免。

"捆结实了。嘴塞紧。等把其他人抓住再让他透气。"

"别伤害他。"芬坦露出后悔的神情。

"人不害我,我不害人。"霭林回答,"就连萨姆瑞斯也不例外,虽然我很乐意用剑捅穿那个无耻的叛徒。去吧,把这家伙拖进角落,绑在什么东西上,我可不想听见他吐出塞嘴布报信。跟我来,所有人都要像精灵①一样无声无息,别弄出半点动静。"

绑好看守,霭林领着手下走进外面的窄廊,拿着芬坦的钥匙,前往楼下武器库取回兵刃。

到了大厅,他们在门外停下。霭林知道里面也就五六人,城垛上还有两个,结伴在风声呼啸的夜里站岗。但他不想让自己人出现伤

---

① 精灵:指希瑟。

亡，于是打个信号，示意手下在他身后贴墙等待。没多久，一个银牡鹿士兵歪歪扭扭进了走廊。他没戴头盔，也没穿好盔甲，厅门在身后关上时，他还醉醺醺地扭头嘲笑大厅里的同伴，等发现阴影里全是武装士兵已经迟了。霭林不再手软，见那人张嘴要喊，直接举起剑柄，狠狠砸在他前额中央。

银牡鹿闷声不响地栽倒，霭林的剑刃却刮到了石墙。他们站在原地，竖起耳朵，但没发现再有人来。

他们将晕倒士兵的双手反绑在身后。霭林继续聆听，直到看守们的声音再次响起，有说有笑。

希望你们吃得愉快，他心想。接下来这段日子可没得吃了。他抬手打个信号。

转眼间，众人撞开大门，冲进大厅。库鲁丹的手下坐在长桌前，桌上堆满兔子和雀鸟的骨头，火焰在壁炉内呢喃晃动。他们的冷面队长萨姆瑞斯反应最快，猛地站起身，抽剑出鞘，但有支箭穿过他手臂与腹部间的空隙，钉进他身后的椅背，箭羽微微颤动。霭林用眼角瞄见伊万又搭上第二支箭。

"放下武器！"他告诉银牡鹿，"放下武器就能活。敢亮刀子就得死。简单吧。"

萨姆瑞斯瞪着他，但很快看清了胜负几率。他的人有一半还目瞪口呆地坐着，霭林的手下迅速上前，手持长柄勾刀，刀尖有类似长矛的金属刃。萨姆瑞斯怒道："这是背叛赫尼斯第的国王。"

"是吗？"霭林走到近前，抬剑顶住对方的咽喉，"也就你会这么说。事实上，我相信朝中很多人对你们的所作所为更感兴趣。"

萨姆瑞斯仍然冷静。"我们是执行国王的命令。"

"是库鲁丹的命令吧？我没见到王室印信授权男爵逮捕我。而我正为至高王室执行合法使命。"

"至高王室是骗子！"另一名银牡鹿喊道，"外国狗无权统治我们！"

霭林摇摇头。"这就是你们叛国的理由？无所谓了。萨姆瑞斯，还不放下武器？"身旁的伊万逼近几步，引弓待发。

萨姆瑞斯看到年轻的银牡鹿士兵芬坦，嘴巴一撇。"传言是真的，你们这些安东教杂种——背叛了国王和旧神。双重背叛。"

"别跟他废话。"霭林说，"收剑，萨姆瑞斯，不然就去死。"

鹰脸男人又僵持一会儿才把剑丢到地上。"你们这么做，都会被吊死。"

"或是你们因协助白狐被烧死。"霭林扭头吩咐手下，"都绑了，两人绑一个囚犯。"他又转向敌人们，"既然你们亲切地收留我们，我们也该给予回报。"

将银牡鹿全都绑好，霭林一行人平端勾刀，押着新俘虏走下楼梯，进了储藏室。刚才被抓的看守还倒在那儿，试图挣脱束缚。除了萨姆瑞斯留在走廊，其他银牡鹿都被推了进去。伊万和雅乐斯关好房门，用沉重的钥匙锁上。

"你们可以帮帮那位兄弟。"霭林朝囚犯们喊道，冲第一个被抓的守卫点点头，"拽掉他的塞嘴布，让他讲讲他是怎么落到这步田地的。我们要走了。"

"什么，你要活活饿死我们？"一个银牡鹿叫道，"不如现在就杀了我们！"

"啊，如果萨姆瑞斯真的关心你们，你们就不会饿死。"他用剑尖戳戳萨姆瑞斯，"走吧，队长，或者随便什么头衔。总之你得跟我们走，至少走一段。"

他们离开时，囚犯的叫喊声在走廊里回荡不息。

"看来高尚的艾欧莱尔的外甥也是个谋杀犯，自己却不愿承认。"萨姆瑞斯冷笑道。

"别用你的小人之心评判我。"霭林露出微笑，"你有足够长的时间理解我的复仇方式。"

* * *

如果说像小偷一样被抓住并绑起来让萨姆瑞斯愤愤不平,那被随随便便搭在霭林的马鞍后面,肚皮朝下、屁股朝天时,他简直要气晕过去。"芬坦,"霭林说,"看来你得跟我们一起走了。伊万,带上你的安东教弟兄,把剩下的银牡鹿马匹和马具都带走。这样就算有士兵逃走,也别想徒步追上我们。"

"你给我闭嘴,"他对大头朝下、嘴里还威胁个不停的萨姆瑞斯说,"除非你愿意吃灰。"

众人进入山谷,朝大路的方向奔去。霭林想尽快远离杜纳斯塔,所以催促队伍打马疾行。上了大路,他领众人转向北方默多侯爵的坎·因巴城堡。

"还给你舅舅跑腿吗?"萨姆瑞斯嘲讽道,虽然他在起伏的马鞍后差点被颠得喘不过气。"他那些阴谋对他没啥好处。休国王早不信任他了。"

"那休国王就是听信了谗言。我猜都怪库鲁丹男爵。"

萨姆瑞斯想笑,但难堪的姿势不容他笑得畅快。"你什么都不知道。既不知发生了什么,也不知道今后会怎样。"

"你也是。"霭林回答,"我仍在考虑割掉你这颗谋反的狗头,所以趁你还有机会,向诸神赎罪吧。"

俘虏阴郁地沉默了。

一行人骑了大概两个钟头,太阳开始落向西边的天空,霭林命令队伍停下,将萨姆瑞斯掀下马鞍,动作绝对不算温柔。鹰脸男人像一包湿衣服砸在地上,躺在那里咒骂不休。霭林示意侍从雅乐斯解开囚犯的绑绳,后者怀疑地看了主君一眼,这才遵命行事。萨姆瑞斯坐起来,搓着手腕,目光飘向道路两旁的树木,似乎准备逃命。

"给。"霭林将沉重的钥匙圈扔给萨姆瑞斯,"若你还怀念同袍情

夏末

谊，可以走回杜纳斯塔，在他们饿死之前放他们出来。我们带走了马匹，除非你们愿意走路回赫尼赛哈，不然我建议你们乖乖等到库鲁丹回来，相信他看到你们全都健在会很开心。"他挥手示意出发，拉起缰绳调转马头。

有东西从霭林头边几寸远飞过，砸断一根树枝，"哗啦"一声落进一大丛黑荆棘。他收起缰绳，回头看看萨姆瑞斯。后者站在原地，两眼冒火。

"这下可好，你把钥匙扔进了荆棘丛。"霭林假惺惺地摇头叹息，"无法想象你要怎样把它们捞出来。不过，就这样吧。再见了，萨姆瑞斯。我不会说'向库鲁丹带个好'，等跟他见面，我会亲自送上我的祝愿。"

"不等你跟他见面，我会亲手宰了你。"萨姆瑞斯咒骂道。

霭林示意手下出发，自己骑马跟上。

Empire of Grass

鳗鱼桶

♛

公爵夫妇在塞斯兰·玛垂府新翼为米蕊茉安排了最大的套房，高大宽敞的窗户透进明媚的阳光，室内摆放着用南方胡桃木打造的雕花镀金家具。米蕊茉将它当做临时王座厅，用来接待访客。

"这里真不错。"弗洛亚伯爵欣赏着金蓝两色的墙壁挂饰，"希望陛下您能住得舒服。"

"是很舒服，大人，谢谢。"她喜欢弗洛亚。不了解伯爵的人以为他性情暴躁、三心二意，但米蕊茉知道他是个老于世故的观察者，对公爵的塞斯兰·玛垂府和教宗的塞斯兰·安东尼斯了如指掌。他曾形象地把两个地方称为"两个鳗鱼桶"，里面的鳗鱼扭动不息、阴谋满腹。身为至高王室的大使，他却有颗贤哲的心，如炼金术士孜孜不倦地研究非比寻常的混合物般观察着那两座府邸。比起做正确的事，他对学习新知识更感兴趣。不过眼下，他显然也对纳班的局势忧心忡忡，甚至将这情绪传染给了王后。

"陛下，我已占用您太多时间。"伯爵说，"我猜，刚才跟您说的事，其实您早已知晓。只是目前的形势下，哪怕犯些错误，知无不言也要好过有所保留。"

"你真觉得现在的局势已危如累卵？"

"恐怕是的，王后陛下，这让我想起……啊！我真是粗心！竟将一位请求觐见的朋友忘在了前厅。他是玛楚乌子爵，是至高王室的好友。您刚到时他不在这儿，所以我想您还没见过他。"

米蕊茉点点头。她记得帕萨瓦勒提过，若觉得身陷危险，这位子爵会是个有用之人。"当然。总理大臣对他赞誉有加。"

"我同意他的看法。玛楚乌一直是至高王室的好朋友。"

仆人奉命去请,没多久,子爵走了进来。"陛下愿意接见,令我受宠若惊。"他流畅地鞠躬,结尾顿了一下,像是无意摆出个雕像般的姿势,然后跪下亲吻她的手。

你有点自恋,对吧?米蕊茉心想,但她也不好说这有什么不妥。玛楚乌是个英俊男子,身材高大健美,五官俊朗匀称,皮肤是温暖的栗色。进来前他应该整理过仪表,但还是掩不住风尘仆仆的事实——他的斗篷褶边沾着泥点。米蕊茉琢磨,这不经意的粗心是否也是为了引人注意?

"平身吧,子爵。"她说,"不必过分拘礼。我在爱克兰听过不少对你的表扬。"

"谢谢您,陛下。"他回答,"我是至高王室忠心的仆从。"他站起来,"事实上,这正是我请求觐见的原因。"

"那就说吧,子爵,请畅所欲言。"

他点点头。"您一定知道,我是萨鲁瑟斯公爵的盟友——坚定不移的盟友。"

"我也是。"米蕊茉露出微笑,"这点没有争议。"

"目前纳班因各种矛盾分裂成两派,弗洛亚伯爵等人想必已跟您说了很多。我相信,公爵已想尽办法维护和平,尤其对和平威胁最大之人正是他的亲弟弟德鲁西斯。"

啊,德鲁西斯,米蕊茉心中暗叹。神圣的艾菜西亚,请加护我力量!这名字我今天听得够多了。"大人,你对他也有意见吗?"

他露出微笑,摇摇头。这样的笑容,大多数年轻女子看了都会心花怒放吧?"陛下,这与德鲁西斯无关,至少我本人对他没意见。"他的表情严肃起来,"我担心的是,这背后并非只有德鲁西斯和达罗·英盖达林。"

"什么背后？"

玛楚乌做个暧昧的手势。"陛下，我智慧不足，说不太清楚。总之就是，他们为了增加自己在议会和至高王权治下的权力而谋划的这些阴谋。"

"子爵为何这么说呢？"

"最近的事态变化快得离谱。人们获取消息的速度快得不正常。这不太好解释。"他沮丧地皱起光滑的眉头，"这里是您母亲的家乡，所以请原谅我接下来的话。这儿的人习惯了各个宏沙——也就是贵族家庭——间的争斗，而这已经成了常态。我们会往各个家族安插眼线。但一般情况下，这些眼线只是仆人之类，大部分很熟悉自己的角色，不会对不信任的人随便乱说。"

"玛楚乌子爵，你说的这些并不让人意外。"她指出，"纳班人在保守秘密方面的危险天性人所共知。"

"是啊，但如今时局很糟糕，我感觉跟风暴之王战争前一样，比您和您丈夫登上至高王座前的任何时刻都糟。"

"请说重点，子爵。"弗洛亚说，"尽管我们很重视你的提议，可后面还有好多人在等王后接见，天色已经不早了。"

"请原谅，陛下。"玛楚乌又鞠一躬，"简单地说，我担心公爵最亲密的盟友当中，可能有人不但不可靠，还会将塞斯兰·玛垂府发生的一切直接报告给英盖达林家族。如果那眼线只是个仆人，我是不会担心的，因为仆人打探不到所有重要细节。而那人应该是个核心成员，*Matra sa Duos*！这才是真正的危险。"

米蕊茉忍不住扫视一眼房间，好像有人正躲在某张挂毯后面。但室内只有他们三个，门外是她自己的爱克兰卫兵在值守。"大人，你有明确的怀疑对象吗？或者这只是一种泛泛的担忧？"

"目前我的疑虑可谓虚无缥缈，当然无法指控某位特定的贵族。但我恳请您记住我的警告，谈到机密时请警惕有谁在听。"

夏末

"换句话说,谁都不要相信?"

"是的,除了您的同胞弗洛亚伯爵。"他朝大使鞠了一躬,"当然还有公爵本人。"

"我明白了。"米蕊茉一阵心烦意乱,心里已经在后悔这趟纳班之旅了。一桶鳗鱼?更像是一桶毒蛇吧。她挤出一丝微笑。"谢谢你的警告,大人。"

"我永远是您的仆人,王后陛下。"玛楚乌鞠躬后,大胆地看她一眼,"当然也是您丈夫的仆人。我们都很遗憾,西蒙国王未能与您一道驾临。"

"你们的遗憾都不及我的一半。"她回答。这一瞬间,这话真实得令她有点头晕。

* * *

弗洛亚和子爵离开后,她心神不宁却说不出原因,于是坐下来看了会儿《安东之书》的《承诺篇》。几位女伴走进来,强烈建议她去吃点东西,但都被她打发走了。她肠胃不适,感觉既吃不下,也不想听女伴们闲聊。

没多久,一位传令官从前厅进来,宣布公爵的舅舅恩瓦勒斯侯爵到了。早在萨鲁瑟斯继承公爵宝座之前,米蕊茉就认识恩瓦勒斯。虽然她不太想再接见别人,但侯爵很擅长说些有趣的闲话,学识方面也深得她的敬重。她不止一次想过,与萨鲁瑟斯及其过世的父亲瓦尔兰相比,或许恩瓦勒斯更合适当纳班公爵。可惜他不是顺位继承人,而在现实中,个人能力总是屈从于血统,尤其是男性血统。

"请他进来。"她说。

侯爵有些为人处世的小门道,其中一件便是打扮得像个人畜无害的老人家,足蹬软底便鞋,即使今天这么热依然戴着温暖的披肩。他慢吞吞走进来,缓缓鞠了一躬,老骨头吱嘎作响,然后上前亲吻米蕊茉伸出来的手。"陛下,"他说,"您一点都没老啊。"

"是吗？从你两天前在大礼堂远远望见我算起吗？"她哈哈大笑，"大人，你真是整个南方最淘气的家伙，除非他们把马屁精全都吊死。来，坐，跟我聊聊天。"

恩瓦勒斯也笑了。"很遗憾，陛下，虽然我也祈祷很快能找到时间跟您畅谈，但我现在不能坐。我怀念您的陪伴，以及您丈夫的陪伴。他总能逗我大笑。"

她感觉自己的笑容有些扭曲。"我们都想念西蒙，我是说，国王陛下。可你为什么不能坐坐？"

他耸耸肩。"我的王后陛下，我现在很忙啊，负有很多责任。当然，没一件能比您的更繁重，愿上帝保佑您。这次觐见不是为了满足我自己，而是为了完成一名使者的责任。"

"使者？谁的使者？"

"很快您就明白了，陛下。"他从外套里拿出样东西，是本《安东之书》，看上去不太新，书页泛起黄色斑点，皮革封面上有些划痕。

米蕊茉惊讶地笑了。"恩瓦勒斯，你真好心。你在担心我的灵魂吗？你看，我腿上也有一本。"

"啊，不过这本很特别，陛下——这是我的，您读一下就能发现特别之处。不过您看时最好是独自一人，至少是身为王后可以允许的独处。"侯爵递给她一个高深莫测的眼神，"现在，请容许我告退。我将按正常流程再次请求觐见，到时我们再好好聊聊，从周围所有好笑之人身上找些乐子。"

恩瓦勒斯离开后，米蕊茉坐在那里琢磨他这次古怪的来访。她拿起书，翻开，但没看出有什么与众不同的。不过她快速翻动书页时，却发现了一张折好的、又硬又新的羊皮纸。

上面字不长，且没有署名。"观海者公会邀您做客。"日期很近，就在第二天。"带上令您满意与安全的卫兵和朝臣，多少都行。一切都已安排妥当。"

夏末

她盯着字条看了好一会儿,有些不明所以。随后才记起,观海者是对呢斯淇的另一种称呼。

♛

杰莎刚把小莎拉辛娜安顿在角落午睡。大卧室里挤满了女人,全都围在一个小男孩身边,那是公爵夫妻的儿子,正因天热还要穿天鹅绒而发脾气。

"我不喜欢。"布拉西斯一边说,一边耸动肩膀想脱掉紧身上衣,而某个女伴正在帮他扣上纽扣。"脱掉。"

"别动,小青蛙。"他母亲哈哈大笑,"你太帅了!"

"我要跟士兵们玩。"布拉西斯使劲皱起眉头,"我不想见王后。我见过她了!她说我是个帅气的年轻人。"他说最后几个字的语气仿佛那是个无情的绰号。

"你确实是。"公爵夫人告诉他,"哪怕你现在扭个不停。"

"连件漂亮外套都穿不好,日后怎么穿盔甲?"敏迪雅夫人说,"盔甲可沉多了。"

"是啊。"布拉西斯耐心地解释,仿佛对方是个白痴,"但那时我就有真正的佩剑了。"

杰莎侧身挤到坎希雅公爵夫人身边。"夫人?我能去市场吗?"

"去干什么?这儿有好多事呢。再过几个钟头就到晚饭时间了。莎拉辛娜怎么办?"

杰莎指指摇篮。"她睡着了,夫人,睡醒之前我就回来。"

坎希雅不太高兴,但还是点点头。"非要去就去吧,但别逗留。还有,小心点儿!最近街上有好多流氓游荡。万一失去你,莎拉辛娜会心碎的!"

那您呢?我的夫人,杰莎心想,您会想我吗?随即她暗暗责备自己,因为这个想法既刻薄又自私。她在这世上的一切都是公爵夫人给的——衣服、食物、这间富丽堂皇的住所,更别提莎拉辛娜了,有时那个漂亮的小女娃就像杰莎的亲生女儿。不知感恩可不对啊。

　　她到藏钱包的地方取出钱包,下楼走到宽敞的门厅。那里一片忙碌,仆人和朝臣脚步匆匆、面带忧虑,仿佛塞斯兰·玛垂府正面临着无形火焰的威胁。杰莎拍拍钱包,听到令人安心的钱币脆响。为公爵夫人跑腿,收信人有时会赏她一枚小钱,她便仔细地保存下来,就为了眼下这点自由时间。

　　外面天气晴好,海上吹来的微风舒缓了提亚加月下午的骄阳。山脚下的路上人山人海,挤满了穿各色衣服的人群。杰莎永远习惯不了两件事:纳班庞大的居民数量,还有他们散发的臭气。动物与居民的废弃物直接丢在街上,夹杂着市场与商店的复杂味道,以及大部分贵族为了掩饰臭味往身上喷的浓烈香水味。有时杰莎真希望自己的鼻子能像家乡老葛拉赫的瞎眼睛一样闭塞。

　　她不能在外逗留太久,因为今天公爵夫人的房间太吵,莎拉辛娜睡不过一个钟头。她直接穿过玛垂府市场,来到西南边的摊贩区。那边没有屋檐遮挡,游人较少,大多数乌澜人在那儿铺了地毯摆摊。眼下临近家乡的飓风节,虽然在纳班城内,乌澜人的庆祝规模小得多,但只要买得起,他们仍会为节日购置新衣,所以乌澜摊贩的地毯上堆满了各种彩虹似的服装。

　　杰莎参加不了飓风节宴会。就算有人邀请她,坎希雅也不会同意。但她喜欢想象自己有朝一日回到红猪礁湖,让家人和邻居看看,当年被他们送走的小女孩如今出落成了什么模样。没有漂亮裙子,她该怎么证明自己在纳班公爵府的"地位"呢?

　　她慢慢逛了十几个兜售各种彩衣的地摊,每个摊子都有乌澜男女看守。有些人屈服于炎炎夏日,盘起双腿,用布盖头遮挡烈日和苍蝇,坐着就睡着了。在一排商贩的最边上,一卷色泽鲜艳的布料吸引了她的目光,那是火焰般的橙黄色,边缘镶着活泼的暗红与棕色花纹。色彩这么艳丽,杰莎差点笑出声。想象一下,穿上如此美丽而热烈的衣服会是怎样的情形？村里人会怎么看？会不会觉得她像个女王，或是某个旱地富人的情妇？不行，太不合适。不过这念头挺有意思的。如果公爵夫人肯借她一条漂亮的项链做搭配又会怎样呢——比如那条，猩红色的宝石像火炭一样闪耀的项链？杰莎将成为红猪礁湖史上最美丽的女子！老妇人会议论纷纷，男人会交头接耳。他们永远都忘不了她，这点毫无疑问。

摊主是个老太太，身材枯瘦，棕皮肤活像生牛皮绳，眼神锐利地盯着杰莎，像是生怕这年轻女孩抓起布料就跑。

她没认出我的衣服？这可是公爵府的衣服？公爵夫人穿过的裙子！

但她依然露出微笑。"你好，老妈妈。"她用乌澜语问好。

老妇人的表情并未变得友善，但点了点头，用纳班语回答："你也好，闺女。"

"你的布料很漂亮。"

老妇人又点点头，仿佛这是个明摆着的事实。"我儿子在关途圃经营一家商铺，生意兴隆，是他寄给我的，旱地女子很喜欢。"

杰莎怀疑旱地女子有没有在这里买过衣料，她无法想象坎希雅的女伴们穿上如此明艳的衣服。"当然。"她弯下腰，轻轻触摸火一般颜色的布料。"自从我来纳班，就没见过这样的东西。"

老妇人没答话。杰莎直起腰，发现摊主盯她的眼神比刚才更直接，直勾勾的，嘴巴微张。"我认得你。"老妇人说。

杰莎很意外。"老妈妈，你说什么？"

"我认得你，闺女。你住在大房子里。"乌澜人称塞斯兰·玛垂府为"大房子"。至于另一处，塞斯兰·安东尼斯，则是"上帝的房子"。

"是啊。"她掩饰不住语气里的自豪，"我是保姆，照顾坎希雅公爵夫人的女儿。"

老妇人摇摇头。"糟糕。真糟糕。"

杰莎倒吸口冷气。"你说什么？"

"糟糕的时间，糟糕的地点。闺女，你该听老太太拉丽芭的话。你去周围打听下，他们都认识我。"她朝两边伸开骨瘦如柴的手臂，"他们知道，拉丽芭只说真话。"

"什么真话？你是什么意思？"

拉丽芭又看看周围，然后凑近些，像条准备咬人的毒蛇。杰莎往后缩了缩。老妇人的眼睛死盯着她，血红的眼球吓坏了杰莎。

"不听话你也会倒霉的！"她宣布，"大房子会从里面烧起来。我看见了！很多人会死。"

所有衣服和珠宝的念头都消失无踪，杰莎转身朝塞斯兰·玛垂府跑去。她知道，许多路人都好奇地盯着她，多数是乌澜人，于是强迫自己慢下脚步，改为疾走，但她仍极度渴望回到公爵府安全的围墙之内。

♛

萨鲁瑟斯公爵一点也不喜欢呢斯淇的邀请。"观海者？那个公会位于安提伽港最乱的地区。"

"我有卫兵，公爵殿下，还不少呢。"米蕊茉指出，"我们鄂克斯特也有港口，更别提我童年居住的麦尔芒德了。我对那种地方的人并非一无所知。"

公爵皱起眉头。"陛下，我不是这个意思。那里不但暴力横行，还有疾病危险。那地方很脏，而且呢斯淇……呃，过去好几次瘟疫都从那个地方开始暴发。"

数百年来，许多港口附近都暴发过瘟疫，南方有呢斯淇居住的地方如此，北方没他们地方也一样，所以米蕊茉认为观海者并非瘟疫的源头。"公爵殿下，我欠他们的恩情。年轻时，曾有位呢斯淇救过我的命。"

夏末

公爵咽下争议。"陛下,我当然不会阻止您。如您一定要去,请坐马车。愿意的话就坐我的马车吧。我不希望您和卫兵的脚踩在低贱之地。那是个阴险狡诈、危机重重的地方,就像鳗鱼的巢穴。"

他对安提伽港的形容,竟跟弗洛亚形容两座塞斯兰府邸的词一模一样,米蕊茉觉得特别好笑。"谢谢,公爵殿下,但我会坐自己的马车,只要确保我的车夫不要太安逸、彻底忘掉职责就好。我会谨慎小心,也会睁大双眼——我保证。"

* * *

尽管公爵忧心忡忡,米蕊茉却觉得旧港地区充满了生气,至少外沿一带是这样。各类人等在街上来往——商人、小贩、水手、妓女,以及替他们跑腿或交易之人。人群杂乱无章,令她想起喧闹的麦尔芒德,尽管成年后她没在那里长住过,但梦里仍会回访。马车沿山路辚辚驶向码头,街道渐渐变得空旷而安静。大型船只,包括大商人的轻帆船和货运驳船,大多停在一里格外、城市另一边的新星港。

旧港安提伽的历史可以追溯到帝国甚至更早时期。第二代皇帝统治期间,纳班贵族和呢斯淇一直无法顺利合作,米蕊茉相信,一定是后者不愿在胁迫之下接受前者的条件。沮丧的贵族们因此说服皇帝建了新港,也就是新星港。发展到现在,只有渔夫和小商贩的船才会停靠在安提伽港。

呢斯淇不愿离开祖上传下的家园,所以没搬去新港附近。而贵族和商人们发现,他们需要观海者公会保护自己的船只免遭凶残的淇尔巴袭击,于是被迫在新港与旧港间开辟了轮渡服务,只为让呢斯淇及时登上需要保护的船只。

这是个教训,米蕊茉心想,但她说不清到底是什么教训。也许有固执与包容的问题;另外,即使高贵血统带来的财富与权力,最终也要向"需要"屈服。

马蹄敲击卵石的声音失去了稳定的节奏感,马车慢慢减速停下。

Empire of Grass

公会不算宏伟,只是栋破破烂烂的两层大屋,主要用木头搭成,建在连接两个码头的主路旁边,屋顶满是海洋生物和奇异鱼类的雕刻。米蕊茉觉得这里与该地区的外沿截然不同,虽然天气温暖,人们却穿着同一种带兜帽的厚重海斗篷,很难区分男女。

"好像再来场风暴就能吹垮。"卓根爵士阴沉地说。年轻骑士显然很不喜欢呢斯淇的会馆。"陛下,就不能让他们出来见您吗?"

"想相互理解,却强迫他们离开自己的房子,跑到街上跪在王后面前,还有比这更馊的主意吗?"

"我们想达成哪方面的理解?"弗洛亚问道。既然他问得像是真心寻求答案,王后便按字面意思回答。

"促使他们发出邀请的那种,不管具体是什么。"她说,"别忘了,我欠观海者一份大恩。"

弗洛亚点点头,但卓根没听过那件事。"真的吗,陛下?"

"真的,卓根,找个时间再告诉你。现在我必须进去了,正午的钟声都敲响了。"

一群呢斯淇在会馆里迎候,跟刚才见到的路人一样穿着厚重的斗篷,但布料较好,颜色较鲜艳,米蕊茉猜想他们该是族中的显贵。其中最年轻的一位走上近前,摘掉兜帽。王后既高兴又惊讶。

"您好,陛下。"他说,"您的光临令此地蓬荜生辉。"

"甘·笃哈,很高兴再次见面。"她环顾大厅。屋顶建得很高,与许多类似地方不同;墙上的装饰并非绘画或挂毯,而是木头雕刻,令她想起赫尼斯第神堂的挂饰,不过她看不出这些木雕代表了什么。对于呢斯淇安排的会面,起先她有些预感,但没得及多想,甘·笃哈便鞠了一躬,伸出一只手。

"我来为您引路。"他说,"长老们在楼下的会晤厅恭候。不过这次邀请只限您一人,陛下,不包括您的士兵。"他伤感地摇摇头,"我族对这类事情十分讲究。我们的秘密已保守了几个世纪,虽然愿意与尊贵的王后分享,但也是有限度的。还请谅解。"

"荒唐!"弗洛亚叫道,"不带爱克兰卫兵,王后陛下哪儿都不去!"

"那我只能遗憾地说,邀请王后至此是白跑一趟了。"甘·笃哈回答,"乌瑟斯教堂会同意士兵进入教宗的私人房间吗?别担心,米蕊茉王后不会遇到任何伤害。我向你们保证。"

"您不能去,陛下。"也许卓根爵士想小声对王后说,但愤怒之下没能控制好音量,吓得几个呢斯淇倒退一步。"我不能让您一个人跟这些……这些人走。首先,如果您遇到什么意外,您丈夫绝不会放过我;其次,我也没法原谅我自己。"

米蕊茉看了他一会儿,又看看弗洛亚,最后转头望向甘·笃哈。"我能带个护卫吗?卓根爵士奉我夫君之命,担任我的特别护卫。"

甘·笃哈考虑片刻,眼皮厚重的大眼睛望着地面,最后抬起目光。"我觉得,可以。不过您的护卫必须保持安静。如果他因热心保护您而伤害了其他人,长老们会特别生气。事先声明,是生我的气,不是陛下您。"

"那好。卓根爵士,你听到了?"她看到骑士脸上郑重的表情,好不容易才忍住微笑。"你可以跟我来,但必须安静,杀任何人之前都要我同意。"

骑士看看她,又看看弗洛亚,然后打量着大厅,像要确保周围没有潜伏的刺客。"王后陛下,您的愿望就是我的一切。"

"很好。"米蕊茉说,"弗洛亚,请见谅,你和其他卫兵必须等一会儿了。"

"多久,陛下?"伯爵显然不太开心。

米蕊茉看看甘·笃哈,后者古铜色的脸上没多少表情。"也许一个钟头。"他回答,"长老们有时说话不着边际,但他们知道陛下时间宝贵。"

"非常好。"米蕊茉说,"那我们说定了。带路吧。"

甘·笃哈从墙上灯座取下支火把,领着米蕊茉和卓根穿过一扇极不显眼的木门,走到一道狭窄的楼梯井,两边墙壁都没修好,被多年的咸海风吹成灰色。他们一口气走下好几道楼梯,米蕊茉发现木墙变成了刀工粗糙的石墙,意识到他们肯定离开了会馆,这时正走在安提伽港的地基之下。

卓根在下一个平台停下脚步。"这是个圈套吗?"他质问,"楼梯有完没完了?"

"我说过,长老们在下面等。"甘·笃哈似乎觉得有些好笑。

米蕊茉也有些不情不愿了。他们跟着呢斯淇继续走向深处,终于来到最底层。甘·笃哈领着他们穿过一扇门,进入一个房间。眼前的情景远远超出米蕊茉的想象。

这是从安提伽港地底岩石中直接挖出的巨大空间。甘·笃哈的火把照亮了墙壁底部和地面上的凿痕,不过墙壁上方经过仔细的打磨,绘有壁画。米蕊茉似乎看到些大眼睛生物和奇形怪状的船只,从与双眼平齐的高度一直延伸到阴影笼罩的石质屋顶。最奇特的是,屋顶垂下一个大型装饰,细长、弯曲,长度可与房间本身比肩,米蕊茉一开始还以为那是条大到不可思议的鱼类或鲸鱼的脊椎骨。它在火把下映出微光,光滑到似乎每寸表面都经过数千双手的悉心打磨,看得卓根目瞪口呆。

"这是什么?"米蕊茉问道。

"是'巨桅',"甘·笃哈告诉她,"将我们祖先送到津叁门的巨船最后的遗骸。那艘船后来被大海吞噬。陛下,您听说过那八艘舰船,对吧?"

"它们运送希瑟和……"她一时记不起呢斯淇用来自称的正式名字,"……和庭叩达亚离开旧大陆,来到这里。"

"对,离开失落的华庭。"甘·笃哈点点头。一时间,众人齐齐

夏末

盯着那根微微发光的桅杆。"很漂亮,对吧?"

"真大!"

"传说中的八艘舰船也庞大无比,"甘·笃哈说,"宛如城市。我们去见长老吧。"

话音未落,石屋远处亮起一团光芒,米蕊茉第一次发现那边有张桌子,旁边坐了些人。

他们刚刚才点灯吗?她心想,难道他们一直坐在黑暗中等着我们?她感到一阵迷信的寒意。

粗朴的长桌周围坐着二十多位呢斯淇。甘·笃哈一一介绍,但那些名字陌生的发音很快逃离了她的记忆,唯独最后一个引起了她的注意。

"……这位是甘·拉蓟,我族最年长的一位。"甘·笃哈示意最后一位面容苍老的妇人。老妇有双大大的眼睛,眼睑神似海龟,除了冲王后略微歪歪头,几乎没有任何动作。

"感谢您来见我们,米蕊茉王后。"呢斯淇老妇用沙哑的嗓音说着瓦伦屯通用语,"欢迎来到巨桅之下。"

"我很荣幸。"米蕊茉回答,"永远感激你们。我永远不会忘记甘·依苔,希望能做些什么来纪念她。"

"您能认真看待我们的邀请,就是在纪念她了。"甘·拉蓟对她说,"我们知道您不能久留,不然陪您来的人会焦躁不安。"老呢斯淇瞥了眼卓根爵士,后者像被困在奇异而迷茫的梦境中,目光在聚集的呢斯淇和巨大的桅杆间来回飘动。"现在我必须说说我族需要告诉您的事。"

"你统领所有呢斯淇吗?"米蕊茉问她。

"我?统领全族?"甘·拉蓟摇摇头,"我连自己的家族都统领不了。他们会向我咨询,我会给出建议。有时他们会寻找并追随自己的智慧。"

米蕊茉听到身后的甘·笃哈"噗嗤"一声，应该是小声笑了。"那好。你是要给我个建议吗？"

"不是建议，陛下，也许算是个警告。"

米蕊茉感觉旁边的卓根身子一僵，挪近了些。"请继续。"她说。

"我想，您对我族的历史有些了解。您和我的亲人甘·依苔一起在'俄澄行云'时，她对您应该讲过一些。"

"对，她讲过你们庭叩达亚的事，但我记住的不多。后来我从希瑟那里了解到更多。"

"支达亚对我们的事并非总是如实相告。"甘·拉蓟酸溜溜地说，"但这不是今天的重点。"她从枯皴的眼皮下射出凌厉的目光，"重要的是，您该了解，我们庭叩达亚在看透并理解事物方面天赋异禀。有时在凡人意识到之前，我们就已经发现了一些事；有时甚至能预见未来，我们的主人凯达亚可做不到这个。"

"凯达亚？"

"这是个古老的名字，是支达亚与贺革达亚——你们称之为希瑟与北鬼——共同的祖先。可就算能看到未来的事，我们海洋之子也得不到信任。"另外几位长老发出轻微而哀伤的叹息。

"我不太明白你的意思。"米蕊茉说。

"它要来了。"甘·拉蓟预言道，"很久很久以前，纳班尚未崛起，我们许多族人住在岛屿城市津叁门。当时他们预见到城市有场浩劫，警告了主人，可惜他们不信，结果无数凯达亚死于那场大地震。津叁门被大海吞噬。北方大城刻蔓拓里也被震塌，廊柱与墙壁化作瓦砾，不朽者修建的伟大城市只剩下碎石与古老的传说。凡人称那儿为瓦伦屯，后来您祖父就在那里长大。很多庭叩达亚逃脱了那两场灾难，在这边的海岸安顿下来。"

"我听说过那段古老岁月的传说，但是不多。"

"历史并不太重要。我说这些只为让您理解，我们庭叩达亚能感应到别人感应不到的变化。明白这点很重要，因为最近，我族深受各种幻象与声音的困扰。"

"幻象？"

"是的，还有声音。大部分在我们梦中出现，用我们古老的名字呼唤庭叩达亚，召唤我们北上。不光我们中间的占星者与远望者，还有很多人做了这些梦，包括纳班境内拥有少许呢斯淇血统之人。"

米蕊茉迷惑不解。"有声音召唤你们北上？它们怎么说？"

甘·拉蓟用力摇摇头，兜帽往后滑脱一些，露出稀疏的白发，以及脖子和脸颊处好似鳞片的皮肤。"那些声音不常使用言辞，米蕊茉王后，所以很难解释。它们将想法灌进我们脑中，比如远离尘世灾难以保平安，或者追求某个伟大的目标。每个人的梦都不尽相同，但意思十分明确：去北方！你们受到召唤！这种梦境很清晰，很……说服力。当然了，我们多数人并不相信——我就不信，因为北方发生过许多针对我们的恶行。但我们觉得，应该把这些梦告诉给您和您丈夫。"她做个简单的手势，朝其他呢斯淇展开双手。二十多双眼睛望着她，默默聆听。"而您是我们唯一能信任的人。"

"为什么召唤你们？你觉得，北鬼女王想让你们替她打仗？"

甘·拉蓟耸耸肩。"我们不知道。梦境第一次出现时，我们派了些族人前往北方调查，但没人回来。一切都是不解之谜，但我们觉得，应该将我们知道的事告诉给您。我要说的就这么多了。"甘·拉蓟点点头，动作近似鞠躬，但又不太像。"长老们和我感谢您赏脸光临。"

呢斯淇似乎不喜欢闲聊，说完话，甘·笃哈便领着她和卓根回头穿过巨型石室，重新走上楼梯。呢斯淇奇异的警告听得米蕊茉一头雾水，直到走上最后一段台阶，才想起卓根全程没说过一句话。"你还好吧，爵士？"她问道。

后者默默又上了几级台阶。"陛下，我向您宣过誓，知道您与西

Empire of Grass

蒙国王做过的所有善行,听说过您两位见识的稀奇古怪。但我一直没真正相信过,直到今天。"

米蕊茉虽然为呢斯淇古怪的情报忧心忡忡,但也被他逗乐了。"那你现在信了?"

"我必须感谢您,陛下。"他在狭窄的楼梯井里,出人意料地单膝下跪。

"请起,卓根。"

他站起身。甘·笃哈打开门,会馆的光涌进来,照在卓根脸上。"抱歉,陛下。"骑士说,"但我必须感谢您。我曾想过自己有没有机会亲眼看到您与国王见过的奇景,现在我看到了。我……不知道还能说些什么。"

"很高兴你觉得愉快。"米蕊茉说,"但西蒙和我遇到的另一些事就没那么有趣了,其中有不少,我每天都祈祷自己能忘掉。"弗洛亚和卫兵们快步走来。见她平安无事,伯爵的表情不免有些夸张。"也希望你永远没机会遇上。"

夏末

血与羊皮纸

♛

建元 1201 年,提亚加月 17 日

亲爱的提阿摩大人:

  向您问安。愿上帝保佑国王与王后、您和您的夫人健康平安。

  我的航船每经过一个岛屿港口、沿着海岸线每走一寸都要停靠,好不容易才在两天前抵达关途圌。此刻我在关途圌,更准确地说,是在曾经的旅店"派丽帕之碗"的大堂给您写信。现在这儿叫"欢迎港"——一个极具欺骗性的名字……

  厄坦弟兄听到旅店前门吱呀一声打开,抬起头。"梅迪,你去哪儿?"

  前向导梅迪穿过大堂时一定格外小心,以致走了这么远才被发现。他在门口一脸失望地转过身。"亲爱的厄坦神父,你这是什么意思?我去院子透透气。你看今天多热。上帝爱我们,但我仍像拉车的马一样满头是汗。"

  "我怀疑你是干,而不是热吧,尤其嘴巴和喉咙。上帝恨恶酒鬼,梅迪。"厄坦严厉地瞪他一眼,"我要写会儿信,暂时没你的事,你想去就去吧,但要带上你的孩子。"他朝普雷克图和帕丽普帕挥挥手,他俩摊在地板上,热得不想动弹,懒洋洋地捉弄旅店养的三腿老狗。老狗朝两个小强盗龇出牙齿,但跟他俩一样不愿起身。

"啊,可是厄坦神父,"梅迪说,"让他们看你工作——看敬神的人做敬神的事——对他们大有帮助。为了教育他们,我算费尽了心思,救主乌瑟斯和受难树之类也说了不少,可他们不听啊。"他在脏兮兮的外套胸前画了个像模像样的圣树标记。

梅迪有没有给孩子们做过宗教教育很值得怀疑。厄坦听过最接近的一次是他对孩子说:不听老子的话,上帝会杀了你们。当然他无法否认,那两个熊孩子确实亟需管教。有次航船在莱浦·维新纳停靠一天,他竟撞见他俩在镇广场上行骗。帕丽普帕绑起一条腿,另一条在破衣服下露出,普雷克图借此向路人乞讨,要几个小钱救助他的"残废"妹妹。

"也许我们可以找时间读读《安东之书》。"厄坦说,"我觉得咱们都可以从'麻马特和骗子'的故事里学到有用的教训。但现在,带上你的孩子,好让我安心工作。"

梅迪摇摇头。"啊,可我不太方便,厄坦神父,真不太方便,亲爱的。"

"最后说一次,我不是'神父'。叫'弟兄',厄坦弟兄,隶属于撒翠修士会。"

"那是个很好的修士会。"梅迪面露希望,"慷慨、仁慈、救助穷人,诸如此类,愿主保佑并祝福你们。"

厄坦严厉地瞪着他。"我知道。昨天给你的钱还没花出一半,别再跟我要了。"

梅迪领两个孩子走到门口时还在摇头。"旅行应该增长人的见识,赐予他智慧和怜悯。"他回头大声道,"我在鄂克斯特码头认识的大方人去哪儿了?弟兄啊,我真为你的变化担忧。"

您说对了,大人,我确实在旅途中收获了能改变我,且让我一生不忘的见闻。转过海岬,第一眼望见纳班时,我深受震撼,忍不住想

夏末

到《先知书》中的圣维提尔。他第一次从山上望见那片白色高塔时说:"这城市如国家般雄伟、如大海般宽阔。这里的人一定十分强大,且比尘世间其他所在的人更需要上帝的话语。"

目前我们住在约书亚的旧旅店,周围与关途圌大部分临河街区并无二致。事实上,这城市建在湿地边缘,河道纵横,船屋众多,一排排吊脚楼一直伸展到沼泽地,几乎每处都挨着河。

据我所知,约书亚失踪后,他的旅店至少易主四次、改名两次,具体甚至更多。昨日我花了一整天,找到这条街上最老的居民,只为确认这里真是曾经的"派丽帕之碗"。这名字已经快被遗忘了,如今它的主人是个骨瘦如柴、面容酸腐的男人。我真怀疑,要不是我有事要办,谁还愿意住在这里?可无论老居民还是其他人,对王子及其妻儿都没什么印象,更别提他们的去向了。只有一个老妇人对我说,她记得有个男人跟"老国王的儿子"同名,说他是个"帅气、高大的家伙"。您或许觉得,她应该发现那人不仅与王子同名,同样也少了只手。不过我们不能对普通人要求太高,毕竟他们还有自己的事要烦心。

虽然在关途圌开始了搜寻,可我担心这儿的痕迹过于陈旧,很难有什么实质帮助。亲爱的良师益友,老实跟您讲吧,我甚至不确定这封信能不能寄到您手中。恐怕我得回到更开化的地区,才能找到驿站给鄂克斯特的至高王室送信。

关途圌是我见过最奇特的地方,但我相信,我想说的您都知道。这儿的居民融合了许多民族,有乌澜人、纳班人,以及更远的南方岛民。他们的衣服款式穷尽了我的想象,很多人还戴着帽子遮挡烈日。帽子很宽,式样奇特,活像巨大的食物篮子,用芦苇织成,装饰着羽毛甚至蛇皮。所有人住在一起,默契地互不干扰,想方设法要榨干游客身上每一枚硬币。梅迪的孩子就是小偷,再加上关途圌人,我花的钱早就超出了预算。我不敢想象,要是将梅迪带到奢华的纳班和珀都

Empire of Grass

因会发生什么。我承认,他擅长本地方言,熟悉我们途经之地,这些对我的任务都大有帮助,但他和他的家人却让我无比担心。

大人,我现在准备出门,找艘前往爱克兰的船将这封信寄给您。最后再说一件事:我仔细读过您给我的约书亚王子的书信。在最后一封信里,他说他要写信给珀都因的菲尔拉夫人,询问什么"异界密语"之事。您觉得,他说的是不是你知我知、却不能在这里写出名字的"那件东西"?应该是吧?还是那该咒诅的东西在搅乱我的思绪?希望您能告诉我,我的推测是否过于疯狂?那东西和我们的讨论经常在我脑海里回荡,我是不是有些杯弓蛇影了?

♛

提阿摩仔细折好厄坦的来信,收进袍子的腰袋里。他还要考虑别的事,打算稍后再找时间细读。不过观塑者——在阴影里统御他们族人生命的神祇——显然是要告诉他,不能再向国王隐瞒弗提斯那本恐怖的禁书了,在约翰·约书亚书房发现的盒子进一步印证了这点。

虽然他对此有一万个不愿意。

* * *

"求求您,陛下,请别这么生气……"

"生气?我远远不止是生气。我快气疯了!"西蒙怒目圆睁,满脸涨得通红。提阿摩从未见过他如此暴怒,就连托马斯·奥特克彻都没把他气成这样。"你发现我儿子藏了安东教最忌讳的禁书,而且那书曾属于派拉兹!你却敢瞒着我们?"

一堆解释涌到提阿摩嘴边,但他闭紧双唇,小心翼翼地矮下身去,双膝跪在休息室的硬石地面上。

"你干吗?"这一来,国王的怒火混进了另一种不安的情绪,"起来,看在乌瑟斯大爱的分上,至少找张毯子。我不是暴君!但我很生气——我的怒火理所应当!"

"是的,陛下,您理所应当。"提阿摩依然倔强地跪着,"我从心

夏末

底祈求您的原谅。我做了个决定，当时我认为，这对至高王室有好处——对您有好处，西蒙。但我现在后悔了。"

"你说什么，对我有好处？"国王的脾气虽然狂暴，但不持久，只是事关他去世的儿子约翰·约书亚，一切还不好说。尽管过去多年，儿子的死仍让他和米蕊茉痛彻心扉。"你凭什么认为隐瞒那本书对我有好处？"他怒视提阿摩，"宝血圣树啊，你别跪地板了，站起来跟我说话行不行？"

提阿摩遵命起身，但动作很慢，恰到好处地展示了自己的不便。他讨厌提醒西蒙自己有残疾，他跟国王一样不喜欢被人怜悯，但有时又有必要动用这个资源。等提阿摩在小凳上坐好，两人默默僵持了一会儿。

"看看您自己吧，西蒙。"他终于开口，"您气得发抖，几乎要哭出来，所以我之前没报告禁书的事。我不清楚这代表了什么，也不希望惹您与王后伤心，想自己多调查一下。我不是有意欺瞒您两位，也不是为了减轻自己的责任，而是因为你们是我的朋友。"

西蒙盯了他很久，眉头低垂，像是怀疑他有诈。最后他靠上椅背，用力拍了下扶手。"提阿摩，他的事我永远都想知道。"他的语气仍然充满怒意，此刻还蒙上一层哀伤，"上帝帮帮我吧，约翰·约书亚是我们的全部。"

"我知道。向您和王后隐瞒他的遗物，我的心同样受到煎熬。但正因为不想揭开你们的伤疤，我才决定将发现《异界密语》的秘密藏在心底。西蒙，什么该说，什么不该说，哪些可以加在您已有的重担之上，哪些要留给自己扛，是国王顾问必须承担的责任。"他掏出盒子，"可今天还有样东西，让我不敢再藏着掖着了。"

西蒙战战兢兢接过盒子，好像里面藏了只恶毒的野兽。"这也是派拉兹的？"

"您认得它吗？"

西蒙打量着它的雕花内嵌封盖,用手指搓搓浮尘和飞灰。"认得,上帝爱我,我认得。这是我儿子刚长胡子时,米蕊茱送他的礼物。里面有一把剃刀、一块磨石、一些香膏、一片南方出产搓胡须的海绵石,等等等等。他一定很喜欢,直到去世那年,他都把胡子刮得干干净净……"话没说完,他的泪水夺眶而出。

沙行者啊,提阿摩心想,请保佑我的双脚踩在安全的道路上。除了这个好人的心情,还有很多事岌岌可危。"请打开它。但我恳请您,别碰里面的东西。"

西蒙打开盖子,盯着里面的物品。"这是什么?好像是各种破烂儿。"

"我相信,是您儿子在城堡地下深处找到的希瑟之物。"

"城堡地下?"国王惊呆了,"他什么时候去的?"

"我不知道。您还记得年轻时探索过这里多少回吗?当时您的行动可不如王子这么自由。然而除了地下,他还能在哪儿找到这些?"他指指盒里一些石头上雕刻的大眼睛怪脸,"这些很像戴沃人或戴夫林,为主人不朽者建造阿苏瓦城堡的石匠奴隶。"他说,"这些银铃、珠子,还有其他东西,也像希瑟的造物。不过最让我担忧的,是这件貌似无害的小东西。"他用折叠的袖子垫着手,取出那个破木框举给国王看,"我觉得这原本是面希瑟的镜子,但镜片已经没了。不是普通镜子,而是他们口中的谓识。西蒙,您曾经有段时间带着一块谓识,所以知道它的功用……"

"上帝啊,仁慈的上帝!"西蒙画了个圣树标记,"你认为约翰·约书亚用过这东西?那有没有可能……?"他两手握拳,紧紧按住太阳穴,"我不能把这件事告诉给米蕊茱,她会吓坏的,会心碎!"

"西蒙,现在想这些事还为时过早,但这正是我向您报告的原因。因为《异界密语》里说的就是它。"

"那本邪书!派拉兹的邪书!"国王再次涨红了脸,用力扯着胡子，似乎想把它们连根拔起，"诅咒那个邪恶的牧师！诅咒带他来这儿的埃利加国王！那书肯定来自他那天杀的破塔。当初打完仗，我就该把那玩意儿推倒，拆成一块块石头，用盐撒净那地！"他挺直腰板，"好啊，我现在就去！我要拆了那破塔！"

"但困境不会因此改观，西蒙。"提阿摩提醒他，"如果我们推倒耶尔丁塔，露出下面的隧道——通往整个海霍特地底的隧道——谁知道红牧师有没有把什么东西关在下面？他造没造什么牢笼？有没有什么可怕的魔咒？而我们会不会释放什么？"他摇摇头，"这城堡是我们的家，是至高王室所在地，可它建在希瑟最伟大的宫殿废墟上，地下是闹鬼的奇异之处。拆掉耶尔丁塔很危险，必须小心谨慎。"

西蒙的指节在扶手上捏得发白。"我不想听什么'小心谨慎'。也许就是小心谨慎害死了我儿子！"

不等提阿摩回答，休息室的门开了，进来一个传令官和一个卫兵。缇丽娅夫人等不及二人宣布，直接推开他们挤了进来，快步走向国王和提阿摩，连屈膝礼都没行。"请原谅，陛下，有人找我夫君报告，说门楼那边有个死人，他身上有封信，提到王子的队伍遭到袭击。"

"王子的队伍？"西蒙听糊涂了，"我孙子？"

提阿摩看到妻子的表情，已经站了起来。"他安全吗？"他问道，"莫根纳王子安全吗？"

"我不知道。"她承认，"信使还说，欧力克公爵疯掉了。"

提阿摩顾不上因下跪疼到现在的膝盖，拉起妻子的手臂，一瘸一拐跟在西蒙身后。而国王本人已经冲到了门口。

♛

欧力克站在门楼外，像狼一样号叫着。"他们杀了他！野蛮人杀了他！"

"上帝啊，去帮帮他。"西蒙吩咐肯里克爵士。他觉得自己的理智也快崩溃了。"就算发生最糟糕的事……"他一时哽住，咽了咽口水才重新说，"无论发生什么，都不能让治安大臣像疯子一样在众人面前大喊大叫。大伙会吓坏的。"

"陛下，看来大伙已经知道了。"肯里克指指通往鄂克斯特的大门，那边站着几十个百姓，苍白忧虑的脸庞都望向门楼。国王驾到没能安抚他们，反而让他们更害怕了，有人开始朝西蒙喊话，询问出了什么事。门楼前围着一群卫兵，活像焦躁的牛群。他挤进门楼，用手肘顶开卫兵。提阿摩夫妇紧紧跟在高大的西蒙身后。

里面又有五六个卫兵，外加一名理发医师，围着一张卫兵吃饭用的桌子，桌上躺着个人。缇丽娅和提阿摩站在西蒙旁边，一起看着死者。缇丽娅怜悯地叹了口气。

桌上的年轻卫兵穿着破烂肮脏的爱克兰卫兵外套，圣树图案一侧的白龙被鲜血浸透，刚好与纹章上的另一条红龙凑成一对儿。

"恐怕迟了，陛下。"提阿摩探探士兵手腕和颈上的脉搏，医师看到后说道，"您看到了，他流血过多，肯定是带伤口骑马走了很远路程。"

"是啊，这可怜的家伙走了。"提阿摩看看周围屏息沉默的卫兵，"谁发现的？"他问，"他有没有说什么话？"一时无人应答。

"愿上帝把你们赶到地狱深渊去！"西蒙大喊。惊骇之下，他必须强忍着才没一拳揍到那些无用而害怕的脸上，"你们听到提阿摩大人提问了——回话！谁发现的？"

"他……他骑马进了鄂克斯特。"一个卫兵说。他是三名身穿蓝白两色城卫制服的士兵之一，说话迟疑，仿佛担心自己会被指控谋杀。"有人见他受了伤，叫他他却不停，一直沿主干道走到广场才倒下。我们把他带到这里。请原谅，陛下。我们想帮他的。"

"他有没有说过话？"提阿摩又问，"说了什么？"

"他几乎说不出话。"士兵回答，"我们抬他来时，他说他的队伍

夏末

被色雷辛人袭击,是草原人。他们突然遇袭。爱克兰卫兵几乎全部遇害。"

"你确定他是这么说的?"西蒙头晕目眩,心脏狂跳,感觉自己随时会像根树桩一样栽倒。"欧力克,你他妈别喊了,我听不到他说话了!"他转向刚才说话的卫兵,神情一定十分可怕,对方像个受惊的孩子一样往后缩。"告诉我,该死的!"

西蒙正要叫肯里克队长,吩咐他如有必要就将公爵拖出门楼,却发现肯里克已经站在身旁,眼睛盯着死者苍白的脸。

"我认识他,陛下。"侍卫队长语气凝重,"西沃斯的奥德宛。他是莫根纳王子和首相艾欧莱尔伯爵的随行成员。"

"上帝保佑我们吧。"西蒙轻声说,只觉五内俱焚,头颅滚烫,胸中却压着一块越来越重的寒冰,脑海中反复想到:米蕊茉会怪他的,而且她有权这么做。"我都干了什么?肯里克爵士,除了把死者送来的人,其他人都赶走。"

提阿摩对理发医师说:"帮我脱掉他的链甲。"几乎所有人都被无助的恐惧紧紧抓住,至少西蒙这位多年来的顾问并未屈服。

西蒙也想做点什么,然而生命一旦逝去,就连国王也无法叫人复活。他只能等,同时祈祷他们搞错了。他真的开始祈祷,但觉得祷告就像孩子在潮水前搭起的沙墙,完全徒劳无功。

在理发医师与一位士兵的帮助下,提阿摩脱掉死者的链甲与底下的衬衣。盔甲脱落时,奥德宛的头砸在桌子上,发出惊人又刺耳的响声。几名留下的士兵对这冒犯之举爆了几句粗口,好在奥德宛不会再感到痛苦。提阿摩扯下染血的衬甲衣,死者胸膛下方、右臂附近露出个触目惊心的血洞。

"做这些还有什么用?"欧力克趁肯里克清理无关人等时溜了进来,困惑不解地问道。一时间,西蒙对他的愤怒有所缓解。"色雷辛蛮子杀了我外孙。"公爵再次提高嗓门,绝望地号叫起来,"我们一年前就该烧死他们。哦,上帝啊,仁慈的上帝啊!"

"肯里克,挑几个卫兵,把治安大臣带走。他敢争辩就告诉他,这是国王的命令。给他喝点烈酒,叫他安静下来,带他回卧室好好待着,直到我有新命令为止。圣徒在上,有必要的话,把他绑到床上也行。不用在乎内尔妲公爵夫人说什么。"他真希望自己也能离开。虽然恐惧和悲痛几乎让他心脏停跳,但他必须坚强,为了米蕊茉,为了他治下的每一位臣民。此时此刻,他觉得自己格外孤立无援。

提阿摩用手试探伤口,然后停下,卷起袖子,不过袖口已沾满鲜血。缇丽娅夫人站在他旁边,接过提阿摩从伤口捡出的一块块碎布,虽然她也心烦意乱,但面容跟她丈夫一样镇静自若。

"我猜是箭伤。"提阿摩继续摸索,"伤口很小,不是矛,也不是剑。不过创口受到向外的撕扯,估计是奥德宛自己拔出箭头,以便骑马。"他缓缓点头,"勇敢的可怜人啊。"他转头望向爱克兰卫兵,"我们还在等答案。你们仔细回想一下,他还对你们说过什么?"

"大人,他说他们遭到游牧民突然袭击。"刚才那个士兵回答,"说爱克兰卫兵几乎被屠杀殆尽——是这个词,'屠杀'——只有几人幸存……"

"所以还有人活着?"西蒙燃起希望,尽管他知道有些傻。

"我觉得还有其他卫兵跟他一起来送信。"另一个卫兵主动提出,"我们最初到他倒下的地方接他时,他说:'他们追上了我们。'还说有人死了……是菲尔曼!我想起来了。他说的是:'他们追上了我们。杀了菲尔曼。'"

"菲尔曼也是王子的随行卫兵。"第一个卫兵说,"大家叫他马夫之子菲尔曼。"

提阿摩检查完箭伤,开始寻找其他伤口。"你们说他骑马穿过城市。派人把他的马牵来。"

看守尼鲁拉大门的队长刚到不久。他年纪颇大,头发半白,胡子修得整整齐齐，显然因自己错过这么多事而焦虑不安。"你们听到提阿摩大人的吩咐了。"他对两个手下说，"去找马，免得被人偷走。"

提阿摩托着奥德宛的右手，那五根染血的手指紧紧捏成拳头。他想打开死者的手指，却没成功。"来帮忙。"他说，但见没有一名士兵上前，又摇摇头。"缇丽娅，还是你来吧。轻点儿。尸体尚未僵硬，但他捏得很紧，到现在都是。"

缇丽娅夫人不顾血污，帮助丈夫掰开死者的手，露出一团被鲜血浸透的皱巴巴的东西。提阿摩拿起来，轻轻放到桌上。"羊皮纸。"他说，"不对，是某种粗布。"他小心翼翼地展开布团。"上面有字。"他说，"可中间破了个大洞。"

西蒙挤过去。"他干吗这么做？"

"陛下，我认为不是他干的。我猜他把信藏在胸甲下面，但它被利箭扎穿。这信很重要，为了保住它，他把箭头拔了出来。"

"是条汉子！"西蒙强忍泪水赞叹道，生怕自己哭出来就忍不住，"我要为他举办一场英雄的葬礼。可这是什么信？告诉我，伙计，信里说了什么？"

"稍等，陛下。"提阿摩回答，"信被扯破了，染了血迹，我不想把它弄得更糟。您看，上面很多字都糊掉了。留下那些小碎片。"他告诉妻子，"也许能找到些零散字句。"

"告诉我写了什么！"

所有人都被西蒙愤怒的声音吓了个哆嗦，但提阿摩不肯匆忙行事。"首先，我要块干净的白布。"他说，"还要一把小刀。我那把好像忘在房间里了。"

西蒙好不容易压下怒火，安静地等士兵们急忙去找合适的白布。尼鲁拉大门这边一般没这种材料。终于，有个士兵拿着一件白色的衬甲衣跑了回来。"是新的，我老婆刚帮我缝的。"他惋惜地看着提阿摩接过衣服。

"拿来吧，伙计。"西蒙怒道，"到时赔你一件。"

提阿摩把衣服摆在尚未染血的桌面空处，铺好揉皱的布料，折起衣服盖住它，用力按压。捐出衣服的士兵在旁边郁闷地看着。

吸掉部分血迹后，西蒙能更清楚地看到上面的字。这并非朝廷公文使用的打磨羊皮纸，而是块有弹性的兽皮，周边经过随意切割，并不规整。西蒙见过这样的东西，也认出了那些细小的粗体字符，但从未见过它们写得如此潦草匆忙。"我认得这笔迹。"他说，"是宾拿比克的，赞美上帝，他应该还活着。但他写了什么？"

提阿摩眯缝起眼睛。"开头是'在森林边缘遭到色雷辛人袭击'，可接下来被箭头扎坏了。缇丽娅，你能看出来吗？"

他妻子凑到近前。"我觉得，破洞前面的字是'王子'。后面……想必是'艾欧莱尔'。这是矮怪写的吗？文字很古老，以前我都没见过。"她抿起嘴唇研究，"另一边是'被部族战士带走，也许是为了……'"她摇摇头，"看不出来了。"

西蒙感觉心里的寒冰在融化，虽然只有一点点。"赎金。"他说，"我认得宾拿比克的笔迹。是'赎金'。他是不是说，艾欧莱尔和王子被人抓了，但没被杀？如果是真的，那真要赞美全能的上帝！"

"对。"缇丽娅夫人说，"陛下，我想您说得对，是'赎金'。破洞下面是，我读读看，'我们一家跟他去了。我们不会……'只能认出这些。"

"你确定这是宾拿比克写的？"提阿摩问完，苦笑一声，"我犯傻了。当然是他写的，还有谁是一家人一起旅行呢？"

"所以宾拿比克和他家人还活着，也许莫根纳也还活着。"西蒙的心情从未这么五味杂陈，充满了忧惧和突然生出的希望，而片刻前他还希望全无。"艾欧莱尔伯爵也一样。愿上帝和圣子保佑他们全都平安无事！他们落到草原蛮族手中，但总比我一开始担心的好些。我会告诉欧力克公爵，我们还不能放弃。"另一个异常难受的念头又将

夏末

绝望推回他心间,"啊!可是现在,仁慈的安东啊,我得写信把这可怕的消息告诉给王后。"

Empire of Grass

树冠上的生活

♛

　　靠着树上的神秘生灵——可能是哩哩的家人——偶尔送来的贡品，以及在小母兽帮助下找到的食物，莫根纳将饥饿勉强挡在一臂开外。但他熬不过一个钟头，又开始想念真正的食物：红艳艳滴着汁水的大块牛排或鹿排、外壳如同早霜冰花般清脆的奶酪挞……

　　得不到的东西才最牵肠挂肚啊……

　　他还想念葡萄酒和白兰地。刚进森林时，他就想喝酒想到发疯。他用宝剑愤怒地劈砍周围的树干，事后还得重新打磨剑刃。他尽力不去想那些得不到的东西，可它们始终挥之不去。

　　最近他常在梦里变回孩子，父亲还活着，母亲除了陪伴儿子没别的事。他又一次在海霍特无穷无尽的走廊里奔跑，一切都像巨人般高大。他在地上爬，童年时的地面要么铺着地毯，要么只有冰冷的石板，但与墙壁和天花板——那是高大的成年人的领域——相比，毕竟离他更近。有时他发现，梦里的自己没变回童年时的模样，而是变成了某种动物，在森林碎步疾跑，跃过粗大的树根与山一样的落叶。但在梦里变成动物时，他总被追猎，无论如何逃窜也逃脱不了。

　　突然惊醒时，他就在做这样的梦。他躲在用树叶遮挡的岩缝里，四下近乎全黑。他发现小哩哩不见了。

　　迷迷糊糊中，他觉得自己既是梦中被追猎的动物莫根纳，也是失

夏末

去并思念双亲的孩童莫根纳。两种幻觉都消失后,他才记起自己身在何处、遇到何事。他爬出裂缝,却听到一个声音,立刻定住。

是呜咽声,来自他右边的斜坡上方。那里的树紧紧斜靠在如今成为他临时住所的巨石突起上。

他提心吊胆地绕过巨石底座,起伏不平的地面、密集丛生的灌木,被透过枝叶散射下来的星光照出谜一样的阴影。他又听到那个声音。他来到在石头旁生长的高大山毛榉树下,看到一个幼小的身影缩成一团,坐在离地有三四个他那么高的树枝上,紧靠着树干。他相当有把握地推测,那应该是哩哩。

小家伙转身低头望着他,眼睛在星光下像两个浅黄色的闪亮碟子。莫根纳想责备她爬那么高,如今却下不来了;但随即想起,哩哩也许想找回她的家人,只是身子太虚弱,或者伤口好得太慢,所以未能成功。

她想回到家人身边,他心想,跟我一样。尽管他觉得把动物想成"人"挺荒谬的。他想唤她下来,突然听到身后树林里响起沙沙声。一瞬间,他以为是哩哩的伙伴来接她回家,但那声音太过响亮,应该是大型动物正在浓密的灌木丛和细小的树枝间挤过去的声音,而且越来越近。

莫根纳惊慌失措。他抬头看看哩哩的位置,知道自己就算跳到最高,也够不到树上最低的枝丫。他举目四顾,寻找其他逃跑路线,同时听到自己慌乱地嘀咕咒骂,仿佛是别人在说话:他刚才把剑落在睡觉的地方了。

树丛里的大动物又在动。一根纤细的树苗被折断,往前倒在一池星光中,离他也就十来步远。是狼吗?还是熊?或者其他更凶残的野兽,比如他从未听说的、只有仆人的鬼故事里才出现的那些?

"找东西爬上去,白痴!"他大声责骂自己。

潜伏在树后的野兽听到他的声音,一时沉静下来,然后树枝折断

Empire of Grass

的声音变得响亮而稳定。他没法爬到哩哩蹲伏的位置，也没法在那东西抓到他之前找到能爬的树。他别无选择，只好转身，爬上那块突出地面的岩石。

第一把抓下去，他就知道这是个糟糕的决定：岩石在山坡上突出的角度犹如巨舰的船首。即使他将自己拉离地面，找到个地方踩住两只赤脚，但每往岩石上爬一步，都会让他的身体越发往后倾斜，也就意味着越来越难抓紧。

一个庞大的身影，伴着响亮的断裂声冲到石头前方的空草地上，树丛的摇晃随即停止。不速之客是头熊，在昏暗的星光下呈深灰色，个头至少是莫根纳的两倍。它看到王子爬上突起的巨岩，于是停下脚步，人立起来，张开两只前爪。莫根纳看到，那两只前爪上都有细长的灰色，那是如削皮刀一般长的爪子。

熊慢慢走向莫根纳。他回头继续攀爬，心脏敲得像打雷，双手汗湿打滑。绝望中，他爬得十分匆忙，以致有一次手里抓到的石头松脱，差点掉进野兽张开的大嘴。但他还是用一只手吊住，直到双脚找到支点。他倒悬在岩石下，活像趴在天花板上的蜘蛛。

熊蹒跚踱到岩石底下，再次人立起来，朝他挥舞前爪。那颗硕大的头离得那么近，莫根纳都能闻到它呼出的恶心的甜腥味。他没法在上方找到抓手点，也知道自己没力气在原地悬挂太久。他只有一次机会，只能尝试一下。他一只手继续抓牢，缩腿将体重全都压在踩脚点上。他的膝盖和两腿抖如筛糠，在那噩梦般的片刻，他还没起跳，就觉得自己会失败了。他把全身力气凝聚在双腿，同时两手往上伸展，背对地面，纵身一跃，飞离岩石。

他够到山毛榉树最低的枝丫，滑了一下，但抓住了。在他下面，熊龇牙咧嘴，徒劳地挥舞巨掌。莫根纳喘着粗气，翻上树枝，用双手双脚抱紧，全身颤抖。过了会儿，他顺着树枝滑到树干处，开始一根一根树枝地往上爬。哩哩害怕地轻声叫唤，留在原地等他。树下的熊

夏末

来回踱步,嘟囔着、怒吼着,甚至沿着树干往上爬了一点,吓得莫根纳的心又开始打鼓。幸好它失败了,滑回地面。尽管如此,野兽依然不愿离去,继续在巨石底下徘徊。哩哩沉默了。很长一段时间内,除了野兽抽动鼻子的呼吸声,莫根纳什么都听不见。

他终于在哩哩旁边的树枝上陷入半梦半醒的状态。他没翻身掉下去,因为他在梦里不断地这么做,以致频频惊醒。他用手指死死攥住身下的树枝,弄得指节生疼。他没真正睡着,也不想睡。筋疲力尽地熬了几个钟头,挨到寒冷潮湿的黎明,他又一次从假寐中惊醒,发现熊已经走了。

* * *

很明显,他必须搬家了。那头熊放弃之前,将莫根纳大部分家当从石缝里扯了出来,扔在斜坡各处。虽然里面没什么食物,皮袋和皮靴上除了几道抓痕和咬痕外没多少损伤,但他相信那野兽还会回来。他决定,从此以后都在树上过夜,无论多么难受,毕竟更加安全。

他叠起斗篷,给哩哩做了张床,将她安置在裂缝深处,然后到处收拾东西。当他捡起佩剑和链甲时,竟然犹豫起来。到目前为止,除了不止一次用剑砍过灌木丛,这两样东西都没什么大用。他把剑拿在手里,想起小时候曾傻乎乎地梦想在战场上挥舞它,而不是当成临时镰刀用。这本是父亲的剑,是约翰·约书亚被封为骑士时得到的,死后传给了莫根纳。虽然约翰·约书亚与西蒙国王不一样,从未流露出对战士生活的向往,也从未试过在愤怒中拔剑,但它仍是宝贵的遗物,莫根纳无法割舍。

什么儿子会把父亲的剑丢在森林里?更重要的是,什么王子会干出这种事?万一下次要跟熊战斗时,找不到藏身之处呢?他的小刀在其他地方很有用,但是用来对付熊,分明就是废铁。

虽然到目前为止,除了碍事,这把剑没起到别的用处,他还是收剑入鞘,挂在腰间。但盔甲就没什么吸引力了,它在夜里无法保暖,白天热得压身，就算能扛住熊爪或狼牙，也只能救他一时。他将盔甲挂在一根树枝上，当成宣示"莫根纳王子到此一游"的旗帜，给任何可能来找他的人看。不过他越来越确信，就算有人来找过他，到现在也该放弃了。

他捡起散落在四处的物件，塞回袋子——沾满泥巴的《安东之书》、一卷绳子、小史那那克给他的爬冰铁爪。他拿着铁爪又开始琢磨：这东西很重，除非在森林里一直困到冬天——那是他至今不愿考虑的最麻烦的可能性——否则他在冰面上行走或攀爬冰山的可能性都很渺茫。他正要扔掉，突然灵光一闪。此时此刻，放声大笑显得太过疯狂，可他越是翻看手里的铁爪，越觉得自己的主意十分有趣。

他穿上铁爪，虽说试了好多次才记起齐娜和小史那那克教他的正确穿法，但终于将它们牢牢固定在靴子上，然后歪歪扭扭走回他和哩哩过夜的大树。

这一次，他轻轻松松就将靴子前伸的尖钉扎进树皮，但树干依然很滑，只爬了几寸他就撑不住自己的体重了，只好将鞋钉拔出来，笨拙地滑落回地面。他十分失望，但随即想起在海霍特高处工作的匠人们使用的精巧吊具。

他跑去找到绳子，又捡起一块合适的石头，绑在绳子一头，重新回到树下，甩动绳子将石头抛上去，设法让它在树干上绕了一圈，然后用力拉扯绳子，把它拉直、拉紧。他紧紧抓住绳子，将脚趾前的尖钉扎进树皮，身子往后，靠着缠在树干上的绳子撑起上半身。

爬树并不顺利，有一次他还重重地摔了个屁股墩，好在周围没人看见。不过失败几次后，哪怕最光滑的树干他也能爬上去了，直到伸手够到最矮处的树枝。他回到地面，发现下来比上去难，但也更快。他又试了一次，依然成功。第三次他一溜烟就爬到了最矮的树枝，兴奋得欢呼一声。呼声在树木间回荡，哩哩应声从裂缝里爬出，仍然护着受伤的前臂，睁大眼睛张望，不明白他为何要在那么低矮的树枝上

夏末

欢呼雀跃,要知道,那种地方她随随便便就能爬上去。

"我要住在树上!"莫根纳大叫。虽然除了自己,没人在听,但他不在乎。

* * *

随后几天,是莫根纳近段时间最新奇、最开心的日子。哩哩的身子越来越强壮,更喜欢自己攀爬,有时会长时间离开,去寻找只有她才能找到的佳肴。现在莫根纳能跟着她一起爬了。他俩常常一起在树枝上作伴。莫根纳还想到个办法:夜里睡觉时用绳子将自己绑在树干上,这样就不用担心掉下去了。他依然觉得饥饿、失落、无人陪伴,但在日落之前爬到足够高的地方,躲进修长的枝丫之间,他就不用担心地面上的捕食者了。

哩哩似乎也很喜欢这样的安排,每次有发现就"叽叽喳喳"喊他去看,累了就蜷缩在他怀里睡觉。但他无法处处跟随。有时哩哩从一棵树跳到另一棵,但他发现树枝太细,承受不了自己的体重,就只能爬下去再爬上来。他们移动得很慢。莫根纳基本放弃了离开森林的希望,所以也就不在乎了。移动的目的只为找吃的活下去。

很快他发现,哩哩的家人其实一直紧跟着她和她那位古怪、笨拙的伙伴。如今他也经常待在树上,所以喊嗑哩没那么怕他了,虽然还是敬而远之,但他也能近距离观察它们。哩哩第一次跟家人激动团聚的场面让他特别开心。它们互相摩挲、揉搓身体,甚至互碰鼻子,其中一只特别不愿意放开哩哩,莫根纳相信那一定是她的母亲。他的母亲曾经也是如此,每次看不见他就焦虑不安,尤其是父亲刚刚去世那几个月。想当初,这些小生灵看到自家孩子被巨大的莫根纳抱走、可能要被吃掉时会是多么恐惧,他忍不住十分抱歉。

森林里的日子慢慢过去,喊嗑哩渐渐不再怕他,离得越来越近,以致他经常跟这些毛茸茸的小家伙挤在同一棵树上。观察越久,莫根纳越相信,哩哩还是个小宝宝。其他同族的个头至少比她大出一半,身上皮毛也没有她那种椭圆的斑点。虽然哩哩和另外几只小喊嗑哩总是好奇心爆棚，淘气个没完，但大喊嗑哩似乎只对收集食物和休息感兴趣。

哩哩已经回归族群，但依然亲近莫根纳。整个族群开始缓慢而稳步地朝某个方向移动，穿过树林，每天都在距出发点大概半里之外休息。如果他带哩哩往另一个方向走，其他喊嗑哩会责怪他。如果他让哩哩自己选方向，她会跟随她的家人与族群。先前莫根纳兜兜转转了好多次，已经不再信任天上的太阳。他相信，一定是希瑟用魔法将这片森林整个封印起来。按他以往的经验判断，喊嗑哩是朝西北方前进。他父亲曾讲过，许多动物在不同季节都有固定的迁移路线，类似人走过的路，只是人眼看不出而已。所以他猜想，这些小动物们正在追随一条古老的觅食之路。尽管他时不时必须加快速度、爬下爬上才能跟上队伍，但能跟它们一起，他已经心满意足。喊嗑哩会竭尽可能避免离开树冠，就算下树，也只为吃些格外鲜美多汁的食物，比如新发现的浆果，或者熟透后落到地上的坚果，吃完就赶快回到树枝上。

有一次，族群遇到一棵孤独的苹果树，它孤零零地站在一丛白蜡树中间，犹如独自挤进画眉巢的杜鹃鸟。苹果很小，味道很酸，但它的味道让莫根纳想起了家乡。他摘了好几个塞进衬衣，留着以后吃。当晚他拿出一个，甚至还哭了一会儿，哩哩蜷在他怀里睡觉，不由轻声抱怨了几句。

不过对他来说，最奇特的是，树冠上的生活竟然如此生机勃勃。莫根纳过去没太在意树林，只会像孩子一样爬树，且通常怀有特殊的目的，比如偷摘果子或者躲避老师——有些老师在寻找逃课的学生时，从来想不到要抬头看看。那时他想到树冠，多多少少认为，除了雀鸟和松鼠，以及随风摇摆的树叶，那里什么都没有；结果到现在才得知，树顶上有一整个世界，似乎只有他一个凡人发现了这些。

他学会的第一件事，是树木的种类远不止常见的白蜡树、橡树、

夏末

山毛榉和榆树那几种。每种树各不相同,尤其是考虑到攀爬和居住的时候。有些树,例如银色树皮的角树,枝丫像楼梯般规则而坚实,十分利于攀爬。山毛榉长着坚硬光滑的树皮,有几棵成功诱骗他爬上去之后,结果卡在远离树冠的高度,让他上下为难,既没风景看,也够不着任何水果和坚果。还有一次,他发现一棵老梨树的树冠高处有果实,禁不住诱惑爬了上去,却发现它的枝丫上长着尖刺,更糟糕的是,它们脆得像引火用的细柴枝。那是个大大的教训:他的双脚和肚皮被刮得满是血痕,摔下来时还被安全绳扯住,狠狠地撞在树干上,导致他瘸了大半天。最糟糕的是,摔下来前摘到的唯一一颗梨子压根儿就没熟,酸得难以下咽,吃完后让他难受了好几个钟头。

莫根纳从未想过,竟有这么多野兽、雀鸟和虫子以树冠为家,至少一天内大部分时间都在树上度过。他看到蛇盘绕或穿行在高处的枝桠上,一身绿皮如闪闪发亮的湿草。他见到枝丫断裂后留下的树洞里,有蝾螈安逸地蹲伏在积蓄的雨水洼中。树冠是个完整的小世界,如今这里又收容了一位迷途的王子。

♛

在一块突出地面的巨岩前方,齐娜手脚着地,检查空地上乱成一片的各种脚印。她用刀尖挑起一片落叶。

"是个好兆头。"她说,"我们运气很好,风暴来袭时他就在这里,当时地面湿润,所以脚印很深。莫根纳王子的足迹踩在熊脚印上,显得更新,但附近脚印实在太多,很难看清。群山之女在上!怎么这么多 Kunikuni① 脚印。我以前见过的 Kunikuni 都很小,可这些脚印有的比蓝泥湖树上那些大得太多了。"

宾拿比克正在查看莫根纳挂在树枝上的链甲。"最奇怪的不是 Kunikuni,闺女,而是王子去哪儿了。这里有很多痕迹,说明他在这

---

① Kunikuni:坎努克语,就是莫根纳所说的"喊嗑哩"。

Empire of Grass

儿待过一段时间,但他如今不在。离开这块空地后,脚印就凭空消失了!"

"至少可以肯定,抓走他的不是熊。"齐娜的母亲茜丝琪一边生火一边说,"我们会找到其他痕迹的。"

"说得对。"宾拿比克赞同,"谢谢。我没看到打斗的痕迹,而且他离开应该有几天了。不过他是怎么做到没留脚印的?就像会飞了一样。"

"确实是个谜。"齐娜的脸紧贴地面,鼻子都快蹭到泥土了。她听到小史那那克在轻笑,于是抬起头。"你干什么?有什么好笑的?"

"我想起你跟王子说瓦伦屯语的时候。你说:'哦,莫根纳王子,那是个糟糕的谜坑。'"他乐不可支地戳着篝火。宾拿比克估计,检查巨岩和莫根纳的营地至少要花一天时间,所以批准小史那那克打猎做饭。于是齐娜的未婚夫身旁多了一堆用野葡萄叶包好的小山雀。"'谜坑。'"小史那那克再次开怀大笑。

"不是人人都会花很长时间学习平地人的语言。"齐娜懊恼地说,"有些人要学更重要的课程,比如追踪痕迹。"

"吟唱者必须会说外族语言。"他骄傲地说,"我的外语能力对这次旅行大有裨益,帮我们与平地人缔结了友谊,连苛鲁何[①]也不例外!"

"是是是,苛鲁何可喜欢你了。"齐娜说,"尤其是想把你的头砸进胸膛里那个。"她夸张地挥舞着手里的小刀,"记住,羊皮袋充满气,只要猛扎一下就会漏光。"

小史那那克假装从小堆篝火前倒退一步,缓缓翻倒在地,四肢在空中挥舞。宾拿比克的狼坐骑瓦喀娜心烦地叫了一声。"啊!啊!"小史那那克嚷嚷,"我的未婚妻戳了我一下,放掉了我的气!啊!救

---

① 苛鲁何:坎努克语,"瑞摩加人"。

救我,宾拿比克,您女儿的爪子真尖呐!"

齐娜翻了个白眼。"男人都是傻瓜吗?"她问母亲,"结婚后能不能好点儿?"

"我觉得,你父亲挑小史那那克做吟唱者接班人,就是因为他们俩很像。"茜丝琪回答,"都爱开玩笑,可除了他们自己,没人觉得他们的笑话可乐。"

宾拿比克皱起眉毛摇摇头。"吾妻,要不要提醒你我师父欧科库克说过的话?他曾告诉我:'全世界只有一种生物比凡人女子更荒唐。'"

"是什么?"

"啊,当然是凡人男子啊。"宾拿比克检查完莫根纳王子的链甲,回到岩石前面,再次踮起脚步,"我必须爬上这块岩石,也许莫根纳就是这么离开的,因此没留下痕迹。只是这岩石过于陡峭了。"

小史那那克站起来,拍拍身上的土。"我得等到篝火烧成炭火才能烤雀鸟吃。我是个攀爬能手,让我来吧。"

宾拿比克挥挥手。"随你吧。但别光顾吹嘘自己的攀爬技巧,以致弄坏上面可能留下的痕迹。"

"可我们为何要爬上那块岩石?"小史那那克边说边走到巨岩一侧,离开齐娜的视线。"这里有棵树,"他喊道,"可以把绳子扔到上面的树枝,顺绳子爬到岩石顶上。也许莫根纳王子就是这么干的。"他检查树干,"看啊,齐娜,那里有些奇怪的东西。你见过哪种啄木鸟能留下这样的小洞吗?"

齐娜来到他身旁。"哦,未来的吟唱者啊,我觉得不像是啄木鸟洞。啄木鸟洞是用鸟喙多次啄成,该是圆形。而这个是窄窄的砍削痕迹,像是小刀砍的。"她盯着树皮里的两个小孔,听到小史那那克又在咯咯地笑,转头质问道,"你什么毛病?我说小刀,让你想起刚才差点被戳破吗,亲爱的充气皮囊?"

"不，不。我知道莫根纳做了什么，也知道为何找不到他的痕迹了。你等一下。"他快步跑回拴着大公羊坐骑法尔库的地方，后者正在大嚼湿草。小史那那克在鞍囊里翻找一通，快步跑回拿给她看。"看好了。"他说，"然后说说，你的 nukapik① 是不是比其他男人更聪明。"他举起绑着生牛筋的爬山冰爪，在树干上比划着：前面两根尖钉跟树干上的两个洞严丝合缝，仿佛量身定制一般。

"奇卡苏特的翅膀啊，你是对的！"齐娜惊叹，"父亲，母亲，过来啊！"

宾拿比克和茜丝琪检查小洞和爬山冰爪上的钉子。"确实聪明，小史那那克。"宾拿比克说，"现在我明白为何地上没有痕迹了。"他摇摇头，仰望高高在上的树枝，"可这一来，我们该怎么找他呢？"

"虽然没有痕迹，但瓦喀娜的鼻子仍能跟上他。"齐娜提议，"虽说他离开了好些天，但我们不拖延，立刻出发，也许大狼的鼻子还能闻到他的味道。"

"我的雀鸟呢！"小史那那克沮丧万分，"炭都快烧好了！"

"好好包起来，今晚休息时依然能吃。"宾拿比克说，"天黑后莫根纳也得休息。他肯定学会了像 Kunikuni 一样在树上行走，但我估计，黑暗中他没法在枝丫间跳跃。所以齐娜说得对，我们必须立刻启程。"

小史那那克哀怨地给每只林鸽裹上额外的叶子，仔细地码在鞍囊里，仿佛在为一群小伙伴举行葬礼。

♛

莫根纳在深夜的黑暗中醒来，起初不知道是什么惊醒了他。栖息在周围树枝上的喊嗑哩安静地沉睡着。入睡前他将自己绑在树干上，哩哩就蜷伏在他旁边的树枝上。事情有点不对劲儿。他随即意识到，

---

① nukapik：坎努克语，"订婚对象"。

夏末

自己听到个声音在悄悄说话。不对,不是说话,更像唱歌或吟诵。这时他才发现,头顶夜空中闪耀着完全陌生的星星。

他盯着陌生的星座,没有手杖星、角鹞座或明灯星,甚至不像冬日的星空——那至少还能证明他仍然活在尘世。他相信自己一定在做梦。歌声继续喁喁细语,但并非来自莫根纳起初以为的树下,甚至不是树上,而是来自他的脑海。他更加确信自己还在睡觉,只是以前从未做过如此真实的梦。

又过一会儿,他听懂了那宁静动听的歌声,感觉就像它们在他面前走过时用斗篷严严裹住自己,现在终于揭开伪装,露出了真面目。听懂了歌词,他还发现以前听过这声音,不过这次,它不仅在对他说话,还在对苍穹诉说。

哦,家园的群星啊!它说,光这一句便饱含失落的伤痛,让他差点掉下眼泪。寂寞如林间的清风掠过他的全身。

哦,失落大陆上的群星啊,就连我祖母也未曾亲见!在这无名之地,我只能凭借她用言辞、思绪和歌声传授的知识,来想象你们的形状!我请求你们,赐予我真光的力量,无论它是沦陷大陆的天灯,还是失落华庭的幻影!

我看到水池星、吞食星,还有河弯星。它们一定曾在因光辉而得名的城市——桃灼——上空闪耀,一如远古时第一次映入我们的眼帘!还有刀刃星、水井星、舞者星与探手星,全都失落了!这些星星,它们依然照耀着某处夜空,还是在虚湮吞噬华庭时熄灭了呢?

莫根纳动弹不得,只能凝望着陌生的星空聆听。如果这是个梦,他却无法醒来,无论怎么努力都没用。他只能任凭歌词在脑海中回荡,愈发凄厉、愈发哀伤。他渐渐明白了,他听到的并非言辞,而是想法:歌声用的语言是种奇特的乐声,他听不懂,也不会说,但能理解个大概。

然而为何如此哀悼?脑海里的声音自问,没人能听见我。我亲爱的夫君已然逝去；我的族人已与我分别；我的孩子、孩子的孩子，都遥不可及。我被困于两个世界之间，被困于生与死之间。为何还要哀悼？这就是我们一族的顽疾。早该在出生时就心领神会的一切，我们偏偏醒悟得太迟。祖母啊，我没能听从您的教诲，是我错了。那些声音不停地撒谎，直到把谎言变为真相。

这一瞬间，莫根纳终于知道是谁在说话了。她以前就跟他说过话，而他当时没在做梦，因此事后吓得不敢细想，生怕自己发了疯。但此时此刻，他记起那些话了。那仿佛是上辈子的事：当时他跟艾欧莱尔一起，跟随希瑟亚纪都及其兄长，走进了一个洞窟。

所有声音都在撒谎，除了密语者，尽管她嘴唇未动，莫根纳却能听见她的声音，那时她说的是，但那人将偷走世界。所以说话人只能是亚纪都和吉吕岐的母亲，她正濒临死亡，躺在蝴蝶的丝茧中。

她的声音还在述说，但越来越弱。无论返回还是前行，似乎必须获得许可，然而我被困在痛苦的世界中，没人能听见我。

理津摩押·卑室吁·娜－森立，就如烛火忽明忽暗，渐渐逝去……

"理津摩押！"莫根纳大喊一声，发现自己从入睡的树枝上直直地坐了起来，将安全绳扯得笔直，仿佛要扯断绳子，飞出树冠，飞向陌生的群星。在他身旁，哩哩也醒了，担忧地望着他。树冠上的星星虽然奇怪地变了形，但重新变回他认识的星座。启灯星再次高悬在夜空，歪歪斜斜地像要跌入无法想象的深渊，但仍是他这辈子见惯的、标志着夏日降临的模样。吵醒他的声音已然消失，仿佛她口中的烛火果然熄灭了。

莫根纳摇摇头，抱紧哩哩。他的心跳得飞快，脸颊被自己无法理解的泪水沾湿。尽管有小动物散发的温暖，和她众多族人蹲伏在夜间枝头的身影，莫根纳仍觉自己是这世界的最后一人，感到无比孤独。

夏末

云莓酒

♛

"敬我族之母。"圣祠亲王菩逊岐用手指蘸蘸酒,送到唇边,轻轻吹动。

维叶岐照做。"敬我族之母。"

"敬白王子,今日纪念的主角。"

"敬白王子。"维叶岐重复道。

受邀与女王的高贵嫡亲一起庆贺德鲁赫日,共饮云莓酒是种莫大的荣耀,但维叶岐并不快乐。首先,女王亲赐予他、明确说明以他为领导的任务结果变得莫名其妙,令人恼火。骐骐逊将军率领士兵要进攻凡人堡垒奈格利蒙,而维叶岐及其工匠却是来挖土的。现如今,出于他不能理解的原因,圣祠亲王菩逊岐也来了。维叶岐倒不讨厌菩逊岐,但他意识到,这意味着自己又遇到了另一种怀疑。不过他深谙从政之道,不至于出言抱怨。

"殿下,你我共度此日,甚是亲切。"

菩逊岐挥挥手指,表示不足挂齿,姿态优雅得令人吃惊。为了纪念这个日子,圣祠亲王像古代的武士牧师一样,将长长的白发用鸟皮绳绑成许多辫子,看上去更像一尊雕像,而不是活着的贺革达亚。无论如何,根据维叶岐多年来听说的传闻,他应该会喜欢菩逊岐,尽管在贺革达亚生死攸关的政坛,这并没有太大意义。

"大司匠阁下,你在这片荒野过得如何?"菩逊岐问,"你一定觉得,等待殉生武士完成他们的职责,犹如心头压着一块大石。"

"时间上还好。我可以考虑,轮到我的工匠上场时会遇到哪些问题。当然，我还可以读读《五指》，因为它的智慧永不过时。"

"的确。"菩逊岐附和道，脸上却掠过一丝阴影。罕满堪家族成员的想法向来难以捉摸，同为贵族的维叶岐对此深有体会，眼前的女王嫡亲更是高深莫测。但在这一瞬间，他觉得菩逊岐似乎很失望。

他在诱骗我说傻话？莫非朝中有人告我的黑状？

也许是感觉到维叶岐的不安，圣祠亲王优雅地换了个话题。他们讨论各种小事、奈琦迦最受欢迎的地点、双方都认识的熟人，以及朝中的生活。他俩没几个共同的朋友，说明他们的圈子有着天壤之别。他们喝的云莓酒，显然是用古老的顶级藤果酿成，甚至比老师雅礼柯为了纪念他俩那次意义非凡的共饮而赠给他的那瓶更加出色。与雅礼柯的赠酒相比，这酒更苦、更酸，但有着更多数不清的风味，各种烟雾、火石，甚至板岩的气息在云莓的甜味间游荡，犹如敏捷的银鱼，令他的感官应付不暇。

他心知该谢绝第二杯，因为第一杯喝得太急，酒劲上头，催促他放下戒心，在面前这位友好、亲切、显然志同道合的伙伴面前放松下来。然而维叶岐对这种粗心大意的后果再清楚不过。他曾经亲眼见到父亲的朋友因一句幽默的评语被扣上叛国罪名，随即被杀。但他还是接受了第二杯，毕竟警惕与避免冒犯对方还需相互权衡。反正他也只是偶尔抿上一口而已。

"我自己，"菩逊岐说，"常常惊叹于朝中一些族人流露出的赤裸裸的野心。只要能掏空更多口袋、亲吻更多贵族的脚，他们就敢信口开河、不择手段。"他摇摇头，微微一笑，开始讲一则表面听着很幽默的长篇故事，内容是几个贵族的贪婪和表里不一。维叶岐面带微笑，在恰当的时刻摇头表示厌恶，心里却怀着心事，难以集中精神。他琢磨着能不能编个借口，早点离席。他有许多不可冒犯菩逊岐的理由，然而现在他惊讶地发现，原来圣祠亲王如此喜欢聊天，让他开始渴望安静。

夏末

"但是，大司匠维叶岐阁下，你也知道这都是怎么回事！"菩逊岐说，"我们有些族人真是自大的傻瓜。那首诗怎么写的来着？'我的大脑揣在钱包里，你能听到它们叮当作响。我就是银子，银子就是我的思想。'"

诗句里的用词触动了维叶岐的记忆，但这时，圣祠亲王手下一名罕满堪卫兵默默走进来，打断了两人的谈话。那人头戴蛇盔，进门马上立正，一动不动，仿佛被一阵突如其来的冰风冻住。

菩逊岐微微点头。卫兵得到正式许可，这才做了个道歉的手势。"殿下，殉生武士骐骐逊将军求见。"

"好，叫他进来。"菩逊岐看了眼维叶岐，好像在说：这就是我刚才提到的傻瓜之一。

若说骐骐逊将军是傻瓜，维叶岐必须承认他的外形一点都不像。对方的身材格外高挑，脸型遗传了某些最古老家族的特征，长着瘦削的鹰钩鼻，有种粗犷的帅气。

"欢迎你，将军。"菩逊岐对着跪在面前的骐骐逊说，"平身！祝你在德鲁赫日事事顺心。还有，希望你晚些能陪我喝一杯，我们有很多事需要聊聊。"

"我听到您话里的女王之声。"骐骐逊扫了眼维叶岐。见到圣祠亲王与大司匠在私聊，将军显得不大高兴。"不胜荣幸，尊贵的殿下，我们确实有许多事要讨论。其余兵力已抵达就位。我们可以征服凡人的堡垒了。"

维叶岐又一次清楚地感受到，骐骐逊、歌者漱鸰玉，还有其他人是多么轻视他。骐骐逊进门没跟他打招呼，现在又要宣布袭击凡人，基本上等同于发动一场新的战争，却懒得假装维叶岐对此事有任何话语权或影响力。女王陛下给维叶岐的命令毫无意义。

毫无意义，这是个足以治罪的念头，女王陛下撒谎了吗？那种事到底有没有可能发生？或者是其他族人扭曲并藐视了她的命令？还是说，她有时明知是假话依然照说不误？

这种怀疑是如此惊世骇俗，维叶岐只觉头晕目眩。他不顾先前暗下的决心，从水晶高脚杯里长饮了一口云莓酒。冷火似的酒液流遍全身，他庆幸自己的心跳随之减慢下来。"不好意思，骐骐逊将军。"他突兀地插话。酒液的繁复味道，加上传说中丰饶会的酿酒师在每桶酒里撒进的稞蜜，全都放大了他的胆量。"你刚才说，其余兵力已经抵达。我第一次听说这事。我能问一下吗？他们来自哪里、由谁指挥？"

"当然可以，大司匠阁下。"但骐骐逊的语气背叛了他的言辞，"他们来自东北兵屯要塞，由庵苏漠将军指挥。"

"东北兵屯？"维叶岐从未听说过，"他们怎么没跟我们一起来？"他转向圣祠亲王，"尊贵的殿下，恳请原谅我的失礼。也许我和将军该另找个地方谈谈。在这神圣的日子里，很惭愧辜负了您的盛情招待。"

菩逊岐又一次露出那种饶有兴致的表情，拿起酒杯长饮一口。"不用，没必要。请继续，大司匠阁下。"

骐骐逊已戴好平静礼貌的面具。"我与麾下军官们观察凡人堡垒数日，决定需要更多兵力，确保一劳永逸地完成女王陛下的任务。"

维叶岐估计他这话的意思是：不抓俘虏，不放过所有凡人，以免泄露消息。也许这个所谓的东北兵屯里驻扎着特殊训练的杀手。"啊，"他说，"不出所料，殉生会充满了远见与智慧。"他起身对菩逊岐鞠躬行礼，"殿下，十分感谢您慷慨地赐予时间与建议。"为了挑起骐骐逊的疑虑，他又补充道，"我会仔细考虑您说的那些自称可靠者的动机。您的话对我大有启发。"然后他转过身，对骐骐逊略微鞠躬，以强调二者地位上的差异，尽管这差异在荒野之中毫无意义。"祝你在德鲁赫日事事顺心，上将军。请替我祝你的军官们获得女王的赏识。"

夏宋

他走出菩逖岐的丝绸帐篷，站在微风吹拂的山坡上，绿草及膝轻轻摇动。直到这时他才醒悟，刚才圣祠亲王念的诗里是哪个词触动了他。

他引用的打油诗，"我的大脑揣在钱包里"，作者是森雅苏，其作品是女王钦定的禁书。但维叶岐没太吃惊，因为他知道，王室贵胄为了彰显自己的权力与地位，有时会用各种办法变通女王的法令。不过对圣祠亲王来说，向一个陌生人，一个绝对没必要通过大胆言论拉拢的对象说出那些话，总是有些奇怪。我也许是个幕会的大司匠，但与菩逖岐相比根本无足轻重。我的职位就算今天换个人，可能罕满堪家族都注意不到。所以他为何要对我引用森雅苏的诗？他想暗示他是我的盟友，至少是潜在的盟友吗？还是想诱骗我说出叛逆的评语？倘若不是，他到底有何目的？

甚至有可能，圣祠亲王没有任何目的，只是喜欢借着血统的保护，挑些他认为无关紧要的法令，享受藐视规则的乐趣。

维叶岐一动不动地站着，遥望披着银色月光的流云在紫色的夜空中航行。此时在夜色之下，山谷对面的要塞更看不到贺革达亚军队的移动，因此山坡营地里到处都在安静地忙碌着。骐骐逖的殉生武士正在拆卸营帐，消除所有停留的痕迹。这是维叶岐一族的祖先最早来到这块新土地时就流传下来的习惯，因为当时他们人数稀少，而新大陆到处都是龙。

不过当时，我们是为自保而战。当时我们不战斗就活不下来。可现在，我们似乎是为别的事情而战。现在我们只剩下复仇了吗？女王的宫殿里真有人相信我们能打败凡人？

但这些问题没有答案。维叶岐回到自己帐中，命书记官和仆人收拾行李，为接下来可能发生的任何事做好准备。他确信，要是等骐骐逖那些人通知他出发，他很可能一觉醒来，已经独自一人被留在空荡荡的山坡上了。

♛

接下来的日子里，桃灼葭又跟隐人吃了几顿饭。泼尾大餐并非他们送上的最难下咽的食物，有些她还是挺喜欢的，尤其是一种叫洞冰挂的东西——白色，条状，一丛丛的好像银木耳。她更想吃煮过的食物，但隐人不会生火，纳伢·喏丝他们吃东西都是生吃冷嚼。桃灼葭几乎每晚都在梦中快乐地吃东西，就连干巴巴烤焦的普焗面包都成了美味。但她必须承认，隐人尽心竭力补偿饥饿的年轻成员偷她东西的行为很值得敬佩。

几次就餐期间，她听纳伢·喏丝讲了更多故事，似乎都跟贺革达亚的历史有关，洋溢着民族自豪感及一种纯净的崇拜，虽然听得如痴如醉的畸形生物们似乎与那种纯净毫无关系。她忍不住琢磨，这些隐人为什么会聚在这里，像野生动物一样生活在城市地底深处。

"你说了这么多关于上民的动听故事，"她终于忍不住对纳伢·喏丝说，"但我有很多事想不明白。"

孩童身材的纳伢·喏丝端坐在大傻宽厚的膝盖上，活像一个小国王。回答时，他竟然还带着一种纡尊降贵的语气。"故事全是真的。"

"我相信。但你们就是故事里的上民吗？"她摊开双手，示意聚在周围听故事的奇异生灵，"那些是你们的故事吗？"

虽然其他隐人从未与她说过话，但其中几个显然能听懂桃灼葭的贺革达亚语，因为他们发出了哀叹声。她担心自己说错了话，但纳伢·喏丝的表情很奇怪，并不带愤怒，而是深深的悲伤。

"唉，"他说，"我们是半成品。残废，畸形，残次品。但在梦王的帮助下，我们终有一天能成为真正的上民男女。等到那天，我们就不用再躲藏了。"

桃灼葭从第一次就知道，这些隐人讲的是另一个版本的贺革达亚

夏末

历史，不过这些生灵长得过于奇怪，不可能是云之子①，甚至不像庭叩达亚。善于化形的海洋之子虽有众多形态，但据她所知，都是按培育者的要求长成的。她从未见过像隐人这么怪诞的形状。他们怎么可能被容许存活下来？

他们还说，梦王能拯救他们。可能是指女王的怪亲戚吉吉怖大人。可他那种人为何会受到丑陋、残废的隐人崇拜？他为何要收留这些扭曲的弃子？答案不太可能是因为善良吧。

* * *

虽然有隐人定期招待，但桃灼葭还需找到新方法养活自己。她不爱吃苔藓、地衣或隐人在湖边采集的植物，但经过仔细观察，并尝过纳伢·嗒丝等人的食物后，她知道吃什么不会生病。她在度假别墅某间卧室里找到块旧布，做了张网，捞到几条小鱼。第一次收获时，她太过饥饿，直接把它们生吞了。随着捕鱼技巧渐渐成熟，她开始将渔获带回维叶岐的房子，小心翼翼地在屋外清洗，把内脏埋进花园，然后用仅剩的盐巴蘸着吃。这样的时刻她也算满足了。

时间一天天、一周周过去。在这没有计时的地方，她只能每天去看看远处的水钟，关注时间的变化。她有时跟隐人一起吃饭，但那些家伙太过怪异，算不上什么陪伴，所以她大部分时间仍待在黑暗而安全的度假屋，时常半梦半醒，梦里都是过往的时光，多数是童年时居住的关途圃，或者外公那辆更像囚笼、而非家庭的马车；她还会梦见艾斯塔兰姊妹会的日子，那是段幸福的时光；以及终结那一切的可怕夜晚。

* * *

十三岁时，她只有一个名字叫戴菈。她逃离了骏马部族，逃离了可恨的外公老费克迈，逃离了他时不时的残暴性情和不请自来的抚

---

① 云之子：贺革达亚的别称。

摸。逃走意味着离开母亲,但她俩的关系早已疏远,渥莎娃还经常愤怒地抱怨,终于帮她下定了决心。

逃出外公的营地并不容易,她花费了一整个春天,从第一个绿月一直计划到第三个。她挑出牧场里最温柔的马,一匹叫瑟夫吉的一岁小马,用自己省下来的少许食物悄悄喂它。

偷马可不是小罪。她外公及其族人认为,偷走珍贵的牲畜等于严重的侵犯。一旦被抓,最起码会吃顿无情的鞭子,甚至会被处死。所以那天晚上,她蹑手蹑脚溜出马车,朝牧场走去时,动作又轻又慢,犹如蜂巢里滴落的蜂蜜。

她选择那一晚,因为当天的值夜人是骏马部族最懒的懒鬼之一。不出所料,那家伙果然睡着了。不知自己逃走之后,那人会遭到怎样的严刑处罚,但她不在乎。骏马部族所有男人都把她当成奴隶看待,如果她不是酋长的外孙女,那免不了被人强奸;即便如此,调戏和抚摸也是家常便饭。

她骑着偷来的小马逃往北方,涉水渡过宽阔的乌舍罕①。那条河沿森林边缘奔流,最后转向西边,流入爱克兰。她知道,爱克兰是父亲的出生地,而他那些"忘恩负义的朋友"——这是母亲的形容——住在雄伟的城堡海霍特。她好不容易到了首都鄂克斯特,被那座城市的庞大、恶臭,以及无时无刻不知为啥在忙碌的市民们惊呆了。但她每次试图走进海霍特的大门,都会被卫兵赶走。

卖掉瑟夫吉的钱快用光了,于是她在留宿的旅店求了份工作,成了老板的全能女仆,如果乐意,还可以当他的情妇,或者任何一位客人的情妇。认识她的人都觉得,她长了张俊俏的脸蛋,但戴菈本人并不喜欢自己从母亲那里继承的坚挺的鹰钩鼻。后来的年月里,每当维叶岐谈及她的美貌,总会提到鼻子,他经常说,那是她身上最像贺革

---

① 乌舍罕:爱克兰东部伊姆翠喀河的色雷辛名字。

达亚的地方。虽然这些话在她听来十分古怪。

过了几个月,她放弃了旅店的工作,被一位名叫荷瓦德的富裕皮毛商雇下,成了他老婆的女佣兼孩子的保姆。商人的老婆叫里奥拉,嗓门大、爱虚荣、自大又无知,好在待人比较亲切。戴菈为他们工作了好几个月,甚至跟随他们前往瑞摩加的贸易小镇胡斯塔德收购皮毛。那次北方之旅令她印象深刻,她从未见过那么厚的积雪,以往只在极远处见过雪山。她无法想象那么冷的地方怎么有人生活,但她很快就明白了。

商人荷瓦德遇到惨痛的损失。他买了一车号称非法猎到的幼狐皮毛,可离开市场几里地,就发现货物只有外面一层是真狐皮,里面都是染色的鼠皮和其他害兽的皮毛。要不是一场暴雨洗掉了颜色,他可能回到爱克兰才会发现自己上了当。当时的马车淋了雨,不断流出红水滴落在路上,被一名骑手看见。那人从后面赶上来,警告他们说车里有东西流了好多血。

因为那场诈骗,荷瓦德暴跳如雷,痛哭流涕,但一切都太迟了。卖他皮毛的家伙并非公会成员,肯定带着钱远走高飞了。到了下一间旅店,荷瓦德连个招呼都没打,就把戴菈卖给了三个皮毛商。那三人也是去参加那个皮毛市集的,但因到得迟,急于在剩下几天将货物卖出手。

三个商人来自瑞摩加东边的闻德索普,留着大胡子,性格在瑞摩加人中算是少有的沉默寡言。他们叫她干很多活儿,食物却不多,但至少不会骚扰她。也许是因为他们有亲属关系,而戴菈是合资购买的商品,属于一项投资。其中一人带了妻子与幼儿,那位妻子病恹恹的,身体虚弱,没法照顾孩子,不过状态较好时会跟戴菈说点家乡的故事——他们来自土地贫瘠、石头较多的偏远地区,那边依然有龙和凶恶的矮怪出没,那儿的人不爱跟女人和仆人浪费口舌。

戴菈跟了他们一个多星期,那位妻子透露了一个消息,说三位商人兄弟准备返回遥远的闻德索普，戴菈得跟他们走。

在戴菈看来，那三个男人跟外公那些部族民差不了多少。想到未来要再次沦为那种人的厨房奴隶，她只觉心惊肉跳。于是在他们计划出发的前一晚，她逃走了。

胡斯塔德镇民并不比其他安东信徒更仁慈或更无情，但大多数都很穷，市集关闭后没人再找帮工。戴菈在冷风嗖嗖的木教堂领了几块碎面包，在外面的雪地熬了两晚，最后被一位教堂司事救了一命。他说，镇外不远处有个叫"圣艾斯塔"的"修女院"。

戴菈顶着狂风暴雪，走了大半天才找到那里。那是一大片连在一起的老旧农舍，走到门前时，她已经冻得半死，哆嗦到说不出话。几个女子迎上来，有老有少，都穿着简朴的衣服，将她带进一个大厨房，跳跃的炉火噼啪作响。她得到一碗热气腾腾的肉汤。对一个又冷又饿的年轻女孩来说，肉汤的滋味简直就像白色的魔法药水。然后她又得到一件朴素的亚麻布衣、一张羊毛毯，以及一个睡觉的地方。

她们领她来到一个房间，里面还睡着好几个女子。她们指给她一张空床，告诉她，那位好心的司事弄错了，其实她们并非修女。"我们是艾斯塔兰姊妹会。"一位年长女子解释道，"但我们不是宗教组织，不是教廷的下属机构。"

保险起见，戴菈入睡前将自己能想到的所有祷词都念了一遍，安东教的、色雷辛的，甚至还有从关途圃邻居那儿学来的对收归者的祈祷，然后才沉入治愈的梦乡。

第二天早上，她同几十个女子一起吃早餐。早餐很简单，大家轻声但快乐地聊着天。然后她被领去见姊妹会的主持人。那是位年逾古稀的老太太，名叫罗丝卡娃·瓦莱妲，脸上布满饱经风霜的皱纹，长着一双锐利的圆眼睛，头发剪得很短，几乎被简单的亚麻头巾完全遮住。她上上下下打量新来的女孩，问她叫什么名字。

"我叫戴菈，太太。"

夏末

"戴葀,"罗丝卡娃微笑着点点头。"意思是'星星'。我知道你要来,但不知道你是谁!现在我知道了。"

戴葀不知该如何回答。

"好吧,孩子,你在旅行吗?你受了伤,还是遇了袭?或者只是迷了路?"

对于这个问题,戴葀思考了好一阵子。刚出发时她想找父亲,至少她是这么告诉自己的。但她逃离了骏马部族和母亲,随着命运波浪沉浮,早就失去了寻找父亲的机会。

"我想,算是迷了路吧。"最后她说。

"好吧,不管怎么说,你总算有所收获。"罗丝卡娃像普通的年轻女子一样"咯咯"笑了起来,"现在你来到这里。想留下吗?"

"想。嗯,想!"她不假思索地答应。自从父亲离开,她遇到的关怀寥寥无几,直到此时此刻才意识到,自己是多么渴望温暖。"我想留下,罗丝卡娃·瓦莱姐。只要让我留下,我会非常勤奋地工作。我是个出色的仆人。"

老妇人再次露出微笑。"叫我罗丝卡娃就行。'瓦莱姐'是别人对我的称呼,但我其实不太认可。"说完她朗声大笑,搞得戴葀不明所以。"以后再聊吧。你去找阿格妮姐,就是带你来见我那位,说你会跟我们住一段日子,她会照顾你的。"

对于自己要加入的姊妹会,戴葀一无所知。而且她看得越多,心里的疑问也越多。不过她从未怀疑自己的决定,也没理由怀疑。

她在艾斯塔兰姊妹会住了几年,学到不少治疗和编织的技术,同时找到了许多问题的答案。两百年前,纳班有位贵族女子叫图兰尼斯的艾斯塔,她违背誓言,离开了住了大半辈子的修女院。她并未嫁人,也没做任何讨好其家族的事,而将余生都用来建造女子庇护所。第一间艾斯塔兰姊妹会伫立在纳班一个偏远村庄之外。到创建者去世时,全国各地已有十多间同样的庇护所,就连雷登图林山脚下的城市中心也有一间。

此后数年间，姊妹会一直在成长，传播到爱克兰、瓦伦屯，甚至瑞摩加和赫尼斯第。罗丝卡娃的庇护所是极北地区第一间，收留的女子来自瑞摩加全境各地，大部分食物自给自足，收入来源主要依靠编织手艺。第一次看到摆满织布机的大房间，戴菈就被机器数量惊呆了，估计起码有二十多台，全在艾斯塔兰姊妹的操作下"咔嗒"作响。

她从未想象能有那样的生活：女人们住在一起，不用向男人索要任何东西。它将戴菈引上一条永远没有尽头的全新道路，促使她思考以前从未思考过的问题。艾斯塔兰姊妹会抚养了她，治愈了她的心灵创伤，而她本人甚至没意识到自己已经心碎。那段日子给她最重要的赠礼是让她明白：原来很多事还有其他办法，哪怕旧有的观念像大山一样不可动摇。

* * *

但一切都在她生命中最悲伤的一夜戛然而止。

艾斯塔兰姊妹会在胡斯塔德附近住了很久，贸易小镇的居民们以为她们是个宗教组织，仅此而已。有时镇民生了病，或家里的牲畜和孩子需要用药建议时，他们就会去找艾斯塔兰姊妹会。当然了，农夫也会将自家出产的羊毛拿给她们织成毛衣。少数人偶尔会阴沉地讨论"那些女人"，甚至悄悄议论说她们玩弄巫术，因为那一带的瑞摩加人是虔诚的信徒。但镇民处事公道，认可艾斯塔兰姊妹会所做的善事，也看到了她们的编织生意带来的利润。

因此，在挪文德月下旬那个夜晚，当戴菈和姊妹们听到惊呼声，说房子失火、有武装男子侵入庭院时，她们特别惊讶。然而，那些挥舞着斧头吆喝不停的人并非镇民，而是强盗司卡利帮。

戴菈一直搞不懂那次劫掠是因何而起，抑或只是为了寻找软弱的目标？司卡利帮是异教徒，以前攻击过安东教的修女院和修道院。但

夏末

答案已经没有意义。等戴菈跑出屋子时,她看到许多年轻姊妹被扯着头发拽上入侵者的马鞍。年长姊妹试图救人,结果惨遭杀害。

她逃进最近的树林,尽量小心地在阴影间移动。过去很长时间,她在那所房子里过着心满意足的生活。现如今,它留给戴菈的最后一幕,是"瓦莱妲"罗丝卡娃的房间屋顶上高高窜起火舌,然后向内塌陷,扬起飞跃的火焰和舞动的火星。

她的谨慎毫无用处,因为她的光脚在雪地里留下了足迹。不到一个钟头,她就被循迹而来的强盗追上,被抓起来扔上马鞍,跟她的艾斯塔兰姊妹们一样。

司卡利帮的营地位于荒无人烟的瑞摩加西部。她在那儿度过一个月,几乎没留下任何记忆。当然她是故意的。偶尔想到那段日子,她的记忆全是灰色、黑色和血红色。她被数个强盗奸污,被当成最低贱的奴隶。除了吃剩的骨头,几乎没别的食物,还经常无缘无故挨打。

那时的戴菈异常绝望,被毫无希望的恐惧淹没,甚至开始计划最后的逃亡——准备用破烂的裙子绑成绳子上吊自尽。但一支贺革达亚边境巡逻队发现了强盗营地,阻止了她的自杀。那次战斗十分惨烈,但除了司卡利帮的凡人受伤发出惨叫,其他时间都寂静无声。强盗们流了很多血,以致在月光照耀下,营地的积雪更像是黑色,而非白色。

北鬼是戴菈见过最古怪的民族。以前她只在父亲的故事里听说过这些长生不老的生灵。北鬼士兵的脸像死人一般苍白,他们将她和其他被捕的女子一起带回奈琦迦,全部关进奴隶圈。她在押送之下,穿过山前那扇青铜铰链拉动的巨型山门,走进黑暗的城市,沦为比凶残的司卡利帮更可怕的捕获者的囚徒。那时,一个沉重的念头一次又一次在她脑海间回荡:

这种地方不可能有好事。没有,再也没有了。我这辈子完了。

令她震惊的是,事实并非如此。

Empire of Grass

草原人

♛

莱维斯队长割下外衣上最后一个爱克兰卫兵纹章,衣服上留下奇怪的暗色空洞方阵,接着又往身上涂抹灰土和泥巴,好让自己更像在色雷辛集会边缘游荡的无主士兵,然后穿上外衣。

波尔图也在衣服上弄了几个破洞,再将火龙圣树纹章挖掉。"我讨厌这么做。"他郁闷地说,"第一次宣誓效忠至高王室那天,我明明很自豪。"

莱维斯不用抹太多泥巴,他的脸和胡须已充分展示了在上色雷辛草地风餐露宿许多日的结果。"不用担心,你仍在为王室效力。"他边说边弹掉胡子上的一点泥巴,"我们仍是至高王座的臣民。但我们要混进对方,必须隐藏身份。"

波尔图看看同伴的腰。雇佣兵一般比较穷困,莱维斯若想扮演雇佣兵,腰身似乎太圆胖了点。但他没说什么。相处这段时间,他开始喜欢这个爱克兰卫兵了。他突然意识到,最近这些年来,他的伙伴除了艾斯崔恩和欧维里斯,当然还有莫根纳王子,几乎就没别人了,甚至他都忘记除了喝酒并听那几人开玩笑,自己还能做什么。虽说那些玩笑多数是拿他开涮,但他并不在意。自从妻儿去世,他孤零零地飘荡了许多年,能重新找到朋友已经很开心了。而且他也觉得,就算艾斯崔恩最狠毒的嘲讽,也不比兵营里那些粗俗的笑话更糟。

上帝啊,要是躲避每一个嘲笑我身高、身材和酒量的人,恐怕我得躲进森林深处隐居才行。

想到森林深处,他又想起失踪的王子,心里一阵担忧。救主乌瑟

夏末

斯啊，我向您祈祷，请帮矮怪找到平安无恙的莫根纳，将他带回国王和王后身边。

他和队长在血湖东边的山坡上停下脚步，以改善身上的伪装。从他们站立的地方，能看到山谷下一大群只有跳蚤大小的人在涌动，犹如一座没有城墙或固定建筑的城市。

"这么多牧民！"波尔图说，"谁能想到？"

"跟他们打过仗的人呗。"莱维斯在袖子上擦擦脏手，"我没打过，但听父亲讲过。"

"你父亲是个士兵？"

"是啊，跟我一样，也是自豪的爱克兰卫兵。当年他和战友们守护伊姆翠喀河战线。草原人以为自己赢定了，数百骑手像恶魔一样号叫着蜂拥而下，但勇敢的火龙圣树坚不可摧。你知道吧，在那场战役中，色雷辛人差点抓住西蒙国王。你没参加那场战役吗？你的年纪，恕我直言，那时正是上战场的时候。"

波尔图摇摇头。"我跟草原人打过，但我当时在南方，为萨鲁瑟斯的父亲瓦尔兰而战。我们奉命前往边界，抵御南方的色雷辛敌人，我向你保证，我们也打了很多场。他们说，我们要从后面追上那些骑矮马的家伙，与爱克兰人形成前后夹击之势。后来我觉得，我们只是在帮瓦尔兰驱逐纳班边境的游牧民族，北方叛军甚至不知道我们那边打过仗。"

"这种事超出了我的理解能力。"莱维斯轻快地说，"他们叫我去哪儿我就去哪儿，叫我干啥我就干啥，当然还要相信上帝。国王和权臣的谋划，我理解不了。"

然而国王和权臣的谋划却能左右我们的生死，波尔图心想。他仍然怨恨瓦尔兰，尽管那位纳班公爵已去世多年。当年，上千战士高举着瓦尔兰的旗帜从珀都因出发，为保卫纳班贵族的土地流血牺牲，最后能归家的还不到一半。那也是他北上投靠西蒙国王和米蕊茉王后的原因之一，后者至少流露出保护所有臣民的意愿，而不是只顾富人。

莱维斯在短裤上擦擦小刀，然后用刀刃当镜子检查自己的形象。"好吧，我们看起来像个正儿八经的亡命徒了，下去参加他们的狂欢吧？"

"这次聚会就为这个？一场狂欢？"

莱维斯将小刀滑回鞘中。"我跟你讲过，我知道的事大多是听来的。每年各个部族会聚集在这湖边，旁边这些山是他们的神山。他们跟外族做生意，也在各部族间交换新娘和马匹、调解纠纷、向他们的野蛮神祇献祭。除非有重要酋长，也就是所谓的'山王'去世，不然这是他们唯一聚在一起的场合。不过草原人已有很多年没出过'山王'了，即使上一次战争中都没出现。所以他们人数虽多，但我们没必要担心。除了我们城市人，色雷辛酋长最痛恨的就是其他部族的酋长。他们经常祸害彼此，每个酋长背负的血债比猎犬的虱子还多。来吧，波尔图爵士。"他把袋子扛到肩上，牵着自己的坐骑走下狭窄蜿蜒的小径。"现在我们要担心的不是什么草原酋长，而是艾欧莱尔伯爵。"

波尔图跟上，竭力无视下山每一步触发的膝盖疼痛。担心艾欧莱尔是必须的，但那并不能帮助他们在数千憎恨城市人的草原人中轻松找到他。

* * *

"上帝啊。"莱维斯轻声说道。他都不止一次被惊吓得呼喊神明了。"看到那个女人没？半个屁股都露出来了！我还以为这些骑手会把女人藏在马车里。"

波尔图也转过身去，看着刚刚从旁经过的大屁股色雷辛女人，既为她充满自信的步伐着迷，也被她丰润的臀部吸引。"也许她在找丈夫。"

"听说草原人能娶好几个老婆。"莱维斯凑过来说话，因为四面

夏末

八方都是他们讨论的对象。泥路两边排满马车,有的朴素,有的像轮上的宫殿一样豪华。许多大马车搭起临时围场,里面挤满牛、马和其他牲畜。"简直是亵渎上帝的旨意。"莱维斯续道,"要是我老婆得跟另一个女人分享我,不知她会怎么想。愿上帝保佑她。"

"要我说,这里的女人够你看的了。"

莱维斯惊讶地看着他。"你在说笑!"他咧嘴笑了,"老顽固波尔图在说笑。虽然不大好笑,不过……"一辆大马车从泥路中间隆隆驶过,吸引了他的注意力。车夫是个大胡子,愁容满面,显然不在乎车子有没有撞到他俩。莱维斯和波尔图急忙让路,却没躲开车轮溅起的泥巴。

"早知道就该站在这儿,等这些该死的马车帮我们化妆就好了。"莱维斯边说边擦拭蘸上最多泥巴的膝盖和小腿。

"你觉得那些强盗会在哪儿?"波尔图问。

"不知道,只能去查。"

至少有一点很明确:找人不容易啊。他们身处一个拥挤的临时城市,两人都是头一回来。营地包围了整个湖,从山脚下扎到湖的另一边,一直延伸到波尔图视野开外,互相之间只有凌乱随机的痕迹,有些是马车辙,另一些是又宽又深的长条泥印,足有鄂克斯特的主干道那么宽。无数篝火升起的烟雾弥漫在低空,熏得波尔图直流眼泪。今天没风,有些地方烟浓得连十来步外的营地都看不清。

又一只有刺昆虫落在波尔图手上。他一掌拍扁,在衬衣上搓了搓,留下少许血痕——希望那不是他的血。湖边净是长翅膀的害虫,有肥大的马蝇、蚊子,以及前所未见过的恶心小虫。他正厌恶地盯着手里的昆虫残骸,突然被旁边一声响亮的吆喝吓了一跳。原来是两个牧民在泥地上打架,互相挥舞拳头,其他观众匆匆赶来,叫喊着、笑骂着,比两个愤怒的斗士还要吵闹。

"不管艾欧莱尔伯爵在哪儿,我们都要尽快找到他。"他说,"我

Empire of Grass

不喜欢这地方。"一辆敞篷小型马车载着一家子从他俩旁边辚辚驶过，去往相反的方向。车上的孩子盯着两个外来人，像是从没见过他们这样的人，脸上的表情不像是好奇，更像公开的怀疑。"我们周围可有上万敌人。"

莱维斯说："《安东之书》教导我们：'即使身陷敌阵，您的名字仍谨记心间，哦，我的上帝，天堂之主，我必安然无恙。'"

波尔图无话可说。长久以来的经验告诉他，面对挥舞刀斧朝你扑来的敌人，上帝之名可救不了你的命。这点已被太多虔诚战士的死亡证明过了。

* * *

他们沿着充当大路的宽阔泥径绕到血湖北边。路上的马车一辆挨一辆，各色人等来来往往，更让波尔图觉得这就是个城市。他还看到黑皮肤的乌澜人，有些马车跟游牧民族一样招摇和夸张，另一些则装满连同货物在内的全部家当。许多家庭成员步行跟在马车后面，就连最小的孩子也背着跟个头差不多的行李。每次见到既不像草原人、也不像乌澜商贩的家伙，波尔图都会留心观察，判断他们的来处与去处。他知道，来参加酋长大会的不光有草原强盗，还有来自奥斯坦·亚德各地的战士和挑事者，很多还是逃犯，这些人会向不同的色雷辛部族出卖武力。后者要么密谋抢夺邻居的财物，要么害怕被邻居抢夺。虽然这种工作不是长久之计，因为争斗的季节十分有限，但对周边的人渣和雇佣兵来说，也算一种挣钱与生存之道。

我们都要挣钱和生存，波尔图心里承认。除了投在贵族门下当兵吃粮，我的做法跟他们有什么不同？只要醉酒或逃岗被抓的次数多一些，我也会沦落至此，出卖武力求个生计。上帝原谅我吧，我有好多次差点沦为无主骑士，变成个老朽、疲倦的雇佣兵。

但他没有，而是成了观察者。纳班商贩几乎全都集中在明显用作市场的区域。其他不太受待见的外来客大多带着刀疤保镖，集中在湖

夏末

东面,就在波尔图二人刚才下来的山下。

"要是一开始知道,我们就不用绕这该死的湖跑一圈了。"莱维斯擦掉眼睛上的汗水。波尔图不理他,目光望向湖西边的牧民营地,以及周围的山峰。队长今天早上跟他说过那些山峰,山顶上有块古老的巨石,草原人称之为缄默石。那是他们最神圣的地方。

西边山脚下的湖岸边有最大规模的营地,挤满马车、人群和数不清的牲畜。两个纳班商人从波尔图旁边走过,正在聊那块营地的事。他听到一些,说那是红胡子鲁德的营地。红胡子鲁德是黑熊部族及色雷辛中部大多数部族的酋长,是目前最近似于色雷辛统治者的人物。

也许艾欧莱尔在那边,波尔图心想,离我们不远。宾拿比克说过,他可能是被参加酋长大会的无部族强盗抓走的。但线索只有那么一点点,谁知道实情是怎样的?就算矮怪说对了,抓走伯爵的人就不会将他献给这个鲁德以博取好感吗?

但看看守卫营地的二十多全副武装的魁梧男人就知道,即使艾欧莱尔真被关在里面,他俩救他出来的可能性也微乎其微。

当然,前提是他还活着。波尔图觉得这任务根本完不成。他从未想过这个集会上能有这么多草原人,也没想过这样的地方对两个爱克兰士兵有多危险。

他们从黑熊部族凌乱的营地前走过。波尔图看到许多人聚在湖边,像是等待巡游的观众。"看看这些人。"他对莱维斯说,"你觉得有没有可能是看艾欧莱尔伯爵被献给红胡子酋长?不过就算是真的,我们也做不了什么。"

"也许吧。"莱维斯说,"找个安全地方看看情况,最起码得知道他在哪儿。"

在波尔图看来,越聚越多的人群不像是在期待暴力演出,更像是为某种不太致命的事而兴奋;不过色雷辛牧民比城市人更喜欢粗暴的运动和惩罚,所以也难说。波尔图和莱维斯都不会说草原人的语言,

Empire of Grass

他以前在色雷辛湖地边界作战时只学会几个单词。好在人群里还有不少外族人，说着纳班语或瓦伦屯通用语，很快波尔图就知道，这里要举行一次会议或谈判，说鲁德要召见另一个部族酋长，也许是为了赏赐，也许是为了惩罚。

太阳消失在山后一片红色火焰中，一阵兴奋的波澜掠过人群。

"你个子真高，但块头不大！"有人用纳班语吆喝。人群开始哄笑，波尔图一开始没明白他们在笑谁，随后看到一个黑发脑袋高出围观的人群，沿着人们围出的路一上一下地跃动着，往黑熊部族的营地走来。以草原人来说，那人的肤色显得苍白，但身上是酋长打扮，穿着皮毛大衣，戴着骨头项链。看姿态，那人并不关心人群在喊什么。他身后跟着十几个骑手，大多数佩戴骏马部族的纹章——那是上色雷辛地区最强大的部族。少数人戴着另外几个部族的纹章，但波尔图不认识。所有人都带着武器，不过都留在刀鞘里或挂在腰上。他们走近营地大门。

一个骑马走在头领旁的年轻人从马镫上站起，对沉重木门另一边的卫兵喊了句话。过了会儿，木门打开，门内的黑熊部族民众两边分开，让黑发男子的队伍进去。新来者穿过大门，朝营地最深处走去。那边停着一辆最大的马车，被一片色彩斑斓的帐篷簇拥在中间。

"等着瞧吧，他会被摁下来的。"有人用纳班语说，"鲁德不会容忍有人飞得太高。"

波尔图转身看看身后。那儿有三个人，身上的袍子也许在这趟旅行前洁净无瑕，但现在已经脏得不行了。

"刚刚经过那人，"他问方才说话的胡须男，"骏马部族的头领，是谁啊？"

商人用怀疑的目光默默看他一眼，但还是回答了。"他叫乌恩沃，是北边的部族首长，野心勃勃，显然闹得动静有点大，鲁德想亲眼见见他。"此时天色近乎全黑，男人眯起眼睛，"朋友，你又是哪位？

夏末

我不认识你。"

"雇佣兵。"波尔图回答,"来找活儿干。"

"我们也许需要几个。"商人打量着他俩,"不过我得说啊,你们可算不上最有架势的雇佣兵。你年纪很大了吧,你那位伙伴有点胖。你俩谁都别想开出高价。"

莱维斯动了动。"他们在说啥?"

"想雇我们。"波尔图告诉他,同时觉得有些好笑。

"跟他们说,我们才不给他们干脏活儿。"莱维斯会说的少量纳班语里显然包括"胖"这个词。

"我的伙伴谢谢你的提议,但我们有雇主了。"波尔图说,"我想再请教一个问题。一位首长来跟鲁德会面,为什么会吸引这么多人围观?这种事在这样的大会上肯定挺常见的。"

"不常见。"商人顿了顿,鬼鬼祟祟地看看周围才续道,"这个人,这个乌恩沃,有人说他是山王转世。"

波尔图听过这个词,意思是伟大的王,酋长之长。"他真是?"

"安东保佑。"商人在胸前用力画了个大大的圣树标记,圆圆的脸上忧心忡忡,"最好祈祷他不是,不然我们的城市将被烈焰焚烧。"

♛

艾欧莱尔沮丧万分,心情越来越郁闷。他裹紧肩头的斗篷,凑近篝火。眼下虽是夏天,但他已经不习惯在地上睡觉了,软弱的皮肉和脆弱的骨头都在抗议。湖边各种吸血昆虫好像跟他有仇,更糟的是,他双手被绑,很难去挠它们叮出来的包。唯一能让他暂时忘掉所有这些敌人的办法,似乎只有聊聊天,但胡子拉碴的贺特墨却不怎么爱说话。

"所以,红胡子鲁德跟某人见面为什么这么有意思?"艾欧莱尔又问。他第一次问时没得到回应。

这天下午,阿瓦特团伙很多人不在,他们掂量着自己的钱包,跑去追逐酋长大会能提供的各种乐子。有人听说红胡子要跟骏马部族的新酋长会面,于是去了神山脚下的黑熊部族营地。

贺特墨长饮一口酒袋,递给艾欧莱尔,后者用绑在一起的手腕笨拙地汲了一口。"没啥意思。"匪徒回答,然后默默考虑很久才补充,"我讨厌那些人。"

艾欧莱尔过了一会儿才明白过来。"你说色雷辛人?你不也是色雷辛人吗?"

贺特墨愤怒地嘟囔一声。"我没有部族,也不是盖营所那些城市人。"

艾欧莱尔决定暂时不接这茬。"那这个恩维是谁,怎么人人都在说他的事?"

看守冲火焰吐了口唾沫,看着它嘶嘶作响。"是乌恩沃,不是恩维。因为有人说他是山王。"

艾欧莱尔听过这个词,不过是在许久以前的年轻时期。"是什么战争领袖吗?"

"神选之人。注定要统一所有部族。他们说他身边有各种征兆,就像麻雀跟着播种的农夫。"他吸了一口气,举起皮袋又灌了一大口。"不过都是狗屁。"

平时的贺特墨可不会跟他说这么多。"我有时觉得,诸神不像我们希望的那样忙着干涉我们的生活。"艾欧莱尔揣摩着他的心思,"他们真能听到我们每一句祈祷吗?他们会不会答应某人的请求,然后拒绝另一人的?我族人说,诸神之间也会争吵,甚至会打架,就跟凡人一样。你觉得呢?"

"我不知道,也不在乎。"贺特墨沉默下来,陷入自己的沉思,再也不愿开口。艾欧莱尔正准备爬到营地中间自己睡觉的位置,强盗头子阿瓦特慢步走来,显然刚从某个酒水充足的地方回来。年轻的金发匪徒停下脚步,咧嘴笑着,低头看着他俩。

夏末

"老妈子，有没有帮我烧好温暖的营火？"他问贺特墨，"有没有帮我用热石头烤蛋糕？"

贺特墨没回话。强盗头子又对艾欧莱尔说："来，把手给我。"

伯爵知道这人醉了，说话行事不靠谱，而且近段日子他也快不起来，结果惹恼了阿瓦特。"碎砧者的焦手指啊，老家伙你痛快点！这么慢，我都后悔好心待你了。"

艾欧莱尔好不容易才送上双手，阿瓦特解开绳结，绳子从手腕上滑落。"好了，我们不想让你两手发黑断掉，对吧？如果想得到更多赎金就不行。接着聊，把血揉回去。自由时间可不多。"

"不管怎样，谢谢。"他的双手像被无形的万千小针戳刺。

"如果你真想感谢，就别辜负我的好心。我宁愿用完整的你去换赎金，但那不是唯一的选择。听明白了？"

"嗯。"

但阿瓦特并未走开，轻轻摇晃地站在那里。"我见到那个所谓的山王了。"他宣布，"他带着十来个骏马部族的人，大踏步走进鲁德的营地，神气得很。他是个傻瓜。鲁德会把他当成春天的羊羔一样吃干抹净，然后把骨头扔掉。"

"你不相信他是山王？"

阿瓦特回头看看艾欧莱尔，注意力有些涣散。"以前自称山王的，有哪个是真货？"

"我听过故事，说有人统一过所有部族。"

"你说的是依帝泽吧。对，他被称为山王。"阿瓦特打个嗝，用拳头擦擦嘴，"他早在我曾曾曾祖父那会儿就挂掉了，死在他的儿子和卫兵手里，因为他输给了石民。这算哪门子的山王？"阿瓦特又打个嗝，"现在，什么泽地伯爵，手给我，我再把你绑起来，免得你不干好事。"他用略带迷蒙的眼神望向贺特墨，"骏马部族的，他由你负责。"

贺特墨厌恶地哼了一声。"我不属于那个部族。"

"那么,兄弟,你很幸运能找到我们这样的同伴。在草原上,没人帮你看后背很危险。"阿瓦特拍拍贺特墨的肩膀,力道大得令他又哼了一声。然后,强盗头子冲艾欧莱尔露出个恶心的笑容,摇摇晃晃穿过营地。

夏末

两座塞斯兰府邸

♛

安东教教宗韦迪安二世阁下比米蕊茉年长十岁,个子矮小,笑容开朗,却像豪猪支起刚毛一样拒人于千里之外。要不是穿着用金丝银线绣出精美花纹的昂贵外袍,他很可能会被误认为是位家境殷实的成功商人。他坐在塞斯兰·安东尼斯深处自己的房间,没戴高帽,只戴着黑色的无边软帽,米蕊茉估计,这是为了进一步假装这次只是老朋友的会面,只是双方碰巧都是奥斯坦·亚德最有权势的人而已。

"真高兴能有这个机会聊聊天,陛下。"韦迪安轻轻拍着趴在膝头的宠物,那家伙大部分身子被教宗沉重的外袍衣褶挡住。"能在更加愉快的情形下与您重逢可真好。"

米蕊茉想笑但笑不出来。七年前,韦迪安教宗曾前往爱克兰,参加约翰·约书亚的葬礼,虽说她很感激教宗的出席,但那并非愉快的回忆。"我也很高兴,教宗阁下。"她最后说,"希望今天能多聊一会儿。"

"啊,是啊,当然,婚礼。"韦迪安调整一下膝盖上的胖毛团。这时可以看出,那应该是只个头很小的牛头犬,长着凸起的眼珠和突出的下颚。"我们想去参加,对吧,弗拉西?"他抬头看到米蕊茉盯着狗看,"它大名叫弗拉科斯,很凶猛。"他微笑着轻挠小狗的塌下

Empire of Grass

巴，"不管怎么说，我很遗憾不能出席今天的宴席，我的病不允许。"他指指搁在软垫上肿胀的左脚，"学者说这是 Podegris，其他人叫它'痛风'。陛下，请不要误会这是饮酒过多导致的疾病，如果您不相信，可以去问奥西斯神官。我很节制，只喝水，就像花草一样。"

米蕊茉心知，生病并非韦迪安缺席德鲁西斯侯爵与图丽雅·英盖达林婚礼的真实原因。教宗与新娘的伯父达罗间的关系广为人知，而英盖达林家族从这次联姻中获得的好处远超班尼杜威家，所以他希望，至少在名义上与这次婚礼保持距离。于是她说："我相信阁下确实很失望。"

"不过说真的，陛下，您不必急着离开吧？您有马车，对吧？达罗的宅邸距此不远。我吩咐菲诺神父再送些葡萄酒来，至少您可以喝点儿。虽然我不能参加，但别人能参与，我也很高兴。"

就像白发人送黑发人一样吗？米蕊茉暗想，不由为自己突然生出的愤怒有些吃惊。这怒火是从哪儿来的？韦迪安虽非圣人，但也不是恶魔，当年他对约翰·约书亚之死是发自真心地难过。米蕊茉用餐巾轻擦嘴唇，掩饰自己的不安。"我很乐意，阁下，但我恐怕不能逗留。报时的钟声响了好一阵儿了，我马上得走了。"

"当然，如您所愿。"他有些失望，举起杯子抿了一小口，露出哀伤的表情。"我得说，圣水真不适合人喝。但我猜，上帝要我记得谦卑，所以用疾病来提醒我。在他的领域，没有他的扶持谁也站不起来。"仿佛是为弥补自己的遗憾，教宗喂弗拉西吃了块面包。牛头犬吞咽时，两眼怪异地突出脑袋，以致米蕊茉担心它们会不会掉出眼眶。

"我必须走了。"她重复道。韦迪安点点头，露出微笑，却开始讲故事，说弗拉西有次淘气地对教宗的书记官吠叫，把那人吓了一跳，结果打翻了一只墨水瓶。

米蕊茉从小就是公主，如今又贵为王后，很少担心要别人等待自己的情况。但德鲁西斯和图丽雅·英盖达林的婚礼不但重要,而且弥漫着危险和不祥的气息。米蕊茉开始琢磨,韦迪安也许是故意拖延。

这又是个危险的想法,她告诉自己,回到纳班没多久,我就开始怀疑凡事都有阴谋。

遥远的高处,圣特纳图塔响起报午的钟声,但韦迪安教宗仍如枝头的松鸡般喋喋不休。

♛

杰莎很久没像现在这样既兴奋又害怕了,上一次还是坎希雅生下布拉西斯,她将小婴儿抱在怀里的时候。此时此刻,她心里充满对婚礼的期盼,为自己能参与其中而激动不已,她还听说,主宴结束后还将给仆人们安排一顿大餐。与此同时,她又因身处达罗伯爵的大屋而担惊受怕。这是座高墙堡垒,满是士兵,个个身穿英盖达林家的风暴鸟制服。虽然四周全是公爵的敌人,杰莎仍在自我安慰:他们是在伯爵家里做客,这地方不会允许公爵夫人及其随从发生可怕的事。

休息室里挤满班尼杜威家族的人,除了萨鲁瑟斯公爵本人。公爵去了北边的阿迪瓦力巡视家族领地。在杰莎看来,虽然公爵和他弟弟不太友好,但不参加亲弟弟的婚礼还是有些说不过去。不过她知道,萨鲁瑟斯是个睿智且公正之人,所以公爵的决定一定有他的道理,他肯定不是担心这府邸里会发生什么事,否则也不会任由妻子及一双儿女来参加婚礼。

傻姑娘,她暗骂自己,记住,米蕊茉王后也会大驾光临,她可是所有国家的王后!不可能有坏事发生的。但王后先去了塞斯兰·安东尼斯探访教宗,至今尚未抵达。坎希雅公爵夫人开始烦躁不安。

"我答应了等她。"公爵夫人说,"她能在哪儿呢?教宗阁下为何在如此繁忙的日子邀请她?"她帽子上的面纱右侧掉了下来,显得古怪又烦人。一个女伴想帮她挂回去,但被她挥手赶开。"现在不行,敏迪雅!"她说,"布拉西斯,你跟妹妹和杰莎一起待在这儿。我不想婚礼还没开始,你的衣服就搞得乱七八糟。"

男孩极度厌烦地瞪她一眼,但还是往杰莎和莎拉辛娜的方向挪了挪。杰莎很少见到公爵的儿子,他基本上是由男家庭教师照顾。尽管她很喜欢公爵之子,但也必须承认他被宠坏了。在红猪礁湖的家里,布拉西斯敢做出这种表情,早被人从屋顶扔到水里好几次了。

"亲爱的圣母啊,她来了!"坎希雅踮起脚尖,望向窗外的大屋正门。说完她转过身,急匆匆回到座位,收敛心神,摆出一个钟头都没动过的平静姿态——尽管杰莎知道,实情完全相反。

王后如一阵风般卷入房间,身边簇拥着几个女伴,身后跟着两名身穿爱克兰卫兵制服的士兵。

"我发誓,自从结婚加冕以来,这么多年我坐的马车还不如这几天在纳班坐得多。"她扯下斗篷,扔到一旁。"请原谅,公爵夫人,恐怕你还得再等一会儿。街上的鹅卵石颠得我发型和帽子都歪掉了,形象很不堪啊。"

坎希雅的女伴们也上前帮助王后修补妆容。小莎拉辛娜醒了,开始轻声发牢骚。她饿了,但公爵夫人派奶妈去忙别的事了,于是杰莎沾湿手指,塞进婴儿嘴里冒充奶头,心里盼望妈妈赶紧回来,因为婚礼上谁都不愿意听见婴儿的哭声。在乌澜,不论什么仪式,宝宝的哭声都稀松平常;可在纳班,人人都认为那是不祥之兆。

杰莎低头看看莎拉辛娜,亲亲她圆润的小脑门。如此珍贵的小生命,怎么可能带来厄运?

"很抱歉要你等,公爵夫人。"米蕊茉说。女伴们围着她团团转,活像苜蓿花丛间的蜜蜂。"我不停地说:'教宗阁下,后面还有婚礼啊……'他却不停地说:'当然,当然。你知道达罗伯爵的婚礼是我主持的吗?不能为他侄女主持婚礼,真是遗憾,可你也知道,我的脚……'简直没完没了。我还以为他永远不会放我走呢。"但杰莎觉得,除了单纯厌恶教宗的唠叨,王后的表情里还有更深层的不满。

夏末

"教宗阁下确实喜欢聊天。"坎希雅竭力装得轻松些,但她显然迫不及待想下楼去了。"整理好了吗,陛下?我们可以走了吧?"

米蕊茉王后打量着坎希雅那件浅蓝色的婚宴礼服,又低头看看自己深绿色的裙子,皱起眉头。"我穿得像棵松树。"她说,"但我敢说,没有哪条法律规定松树不能当王后。行了,走吧。"

* * *

米蕊茉王后先走,前面只有两个卫兵和一个队长开路。那位队长腰杆笔挺,表情严肃,是个年轻的北方人,听说叫卓根爵士。坎希雅公爵夫人领着最亲近的朋友与亲属走在后面。女王另外几个卫兵,以及双方带来的女伴全都走在最后。卓根爵士早来了几个钟头,显然已经记住庄园的每个转弯与拐角,领着这支人数可观的队伍穿行于雄伟的府邸之中。屋子低层的大窗全部敞开,将暖意和明亮的夏日午后阳光放进室内。透过窗户,他们能看到其他宾客已经聚在达罗伯爵的漂亮花园里。杰莎甚至看到,年轻的图丽雅·英盖达林和身穿金袍的奥西斯神官正在一棵大树下等候。在她看来,新娘子又苗条又娇小,活像一个孩子。

"赞美诸位圣徒。"她听到公爵夫人在身后轻声说,"他们还没开始。"

"借他们几个狗胆!"王后回答,"我颠了一路鹅卵石跑过来,他们要敢提前开始,看我不砍了他们的脑袋!"这话很吓人,但杰莎不认为王后是在开玩笑,因为她的语气听着不像。

队伍走下一道狭窄、蜿蜒的楼梯,走进一条开放的拱廊。达罗的府邸建得并不规则,这条拱廊连接着府邸的两个部分,两边都有楼梯通往下面一层。右边楼梯通往一条小径,杰莎猜想,小径另一头必定是屋子正面。另一边的楼梯则通往茂盛翠绿的花园。杰莎怀里的宝宝又开始抱怨。所以,当米蕊茉王后突然在花园楼梯顶部停下并抬起一只手时,杰莎认为自己一定要挨骂了。已经走下几步台阶的卓根爵士转过身，转眼回到王后跟前，一只手按住剑柄。

"陛下？"他问，"怎么……"

"嘘。"她说，"有人来了。"

卓根歪着头。公爵夫人、其他卫兵和女伴们在后面互相碰撞，笨拙地停下脚步。

"陛下，"一个女伴问道，"怎么不走了？"

"安静。"米蕊茉王后仍然举着手，就像一位牧师正在祝福人群，但她的脸突然变得憔悴，甚至厌倦。"我听到刀剑晃动的声音。"

此刻人人都听到嘈杂的脚步声了。杰莎只能安静地将小莎拉辛娜紧紧抱在胸前，但她的心跳得飞快，恐怕连小婴儿都感觉到了。

一群男人拐过屋子前方的转角，至少有十来人，朝王后一行人伫立的楼梯和拱廊奔来。他们一看就不像良民，身上的衣着显然是为了打架，其中好几人带着剑，另一些手持棍棒和凶狠的短矛。杰莎的心猛地蹿上喉咙，阻塞了呼吸。

"到我身后去，陛下。"卓根说。

王后不理他。"停！"她的声音如此响亮，吓得小莎拉辛娜先是屏息静气一会儿，随即震惊地哭嚎起来。

暴徒刚刚看清拱廊上站满了人，因此也慢了下来。听到王后的话，他们停下脚步。

"让开！"其中一人喊道。他留着黑胡子，眼睛在瘦削的眉头下闪闪发亮。

"陛下。"卓根爵士轻声呼唤，但王后看都不看他一眼。

"先生们，我没看到邀请你们出席仪式的信函。"她朗声说道，"也许你们可以拿出来给我的卫兵看看，然后我们可以一同前往，祝福新娘与新郎幸福。"

"夫人，如果你们不滚蛋，我们就从你们中间穿过去。"胡子男嘴唇扭曲，"包括你们那些卫兵。"

夏末

"卓根爵士，"米蕊茉说，"给我你的剑。"

骑士一时不知如何反应。"陛下？"

王后朝他伸出手，眼睛仍然盯着楼梯下的胡子男。就连杰莎都看得出，让卓根交出剑就像要砍掉他的手一样，但他还是将佩剑从剑鞘里抽出，剑柄向前，递给王后。两拨人，不论是这边的女伴与卫兵，还是另一边的武装暴徒，都呆地看着她接过宝剑。"我是米蕊茉。"她缓慢而清晰地说道，"圣王约翰的孙女，至高王埃利加的女儿，至高王座的现任王后。如果你们当中任何人，胆敢攻击你们合法的王后，那就上来动手吧。我保证，无论发生什么，你们绝不可能毫发无伤地离开。"

"陛下，不要！"坎希雅喊道。但王后对她就跟对卓根一样，毫无反应。

"我还看到，你们当中至少有一人戴着翠鸟纹章。"王后续道，眼睛盯着站在后面的一个暴徒。那人的束腰外衣裂开个口子，露出里面的公爵纹章。另外几人仰头盯着她，好像被神话里的怪物挡住去路。就连那个胡子头目也露出害怕的神情。"卫兵，无论发生什么，留下那人的性命。王室拷问官会查明他戴那个标志是否诚心。"她转头对卫兵们说，"听到没有？留他一命。如果他死了，我们就没法听到他尖叫了。"

好一阵子，一切犹如市集上的天平，摇摇晃晃保持着平衡。杰莎朝来路悄悄挪动脚步，准备带着宝宝逃命。公爵夫人身旁的小布拉西斯尖着嗓门问道："妈妈，那些是什么人？"

平衡被打破。在外套里戴着班尼杜威纹章的人猛然转身，朝来时方向撒腿就跑，奔向庄园大门。数个心跳间，大部分同伙追随他脚步而去。胡子男只来得及朝那群人咒骂一句，也跟在后面夺路狂奔。

"爵士，还在等什么？"王后将宝剑还给他，"我带女士们去安全地方。你去抓住那些家伙。虽然我们没带王室拷问官，但我仍想留着那个戴公爵纹章人的命,抓来审问。"

卓根不明所以,但总算没失去理智,赶忙带着手下去追那群逃跑的暴徒,一边跑一边吆喝着召集更多帮手。没多久,他们就消失在小径远方。这时杰莎能听见,下面花园传来担忧的喊话声。

她这才发现,自己抖得就像狂风中的柳树,急忙在第一级台阶坐下,轻轻晃着小莎拉辛娜。她凑近宝宝,在她的耳边轻哼无词的小曲,心里仍然不太相信刚才的事。一切都发生得太快!

有人在她身旁弯下腰。杰莎抬起头,看到王后苍白的脸。"别担心。她比我们大伙恢复得更快。她这年纪知道得少,记得也少。"米蕊茉王后颤悠悠长叹一声。"哦,我的膝盖发软发颤。多少年没用剑了,却拿着一柄剑去威胁一群武装暴徒!我刚才怎么想的?来,挪开点儿,孩子,我必须在你旁边坐一会儿,不然我要晕倒了。这条该死的硬裙子!"

♛

婚礼仪式结束后,达罗·英盖达林伯爵朝米蕊茉走来。身为一家之主,他的表情显得由衷地痛苦。不过在纳班,不善撒谎之人很少能爬上权力的顶峰。"陛下,"他说,"我听说了您的英勇,打心底里感激您。只有仁慈的上帝才知道那帮坏蛋想干什么。"

"你不需要谢我。"她回答,"我只做了我认为最好的事。刺客有时也会畏惧权力与头衔。"

"您真勇敢。"伯爵惊叹地摇着头,"您丈夫、我们的国王,会非常骄傲。"

"我夫君会说我是个白痴。"她忍不住笑笑。那片刻的勇敢消耗太大,米蕊茉只想赶紧回到塞斯兰·玛垂府,爬上借来的床铺。但她决心吃完晚宴,然后再跟坎希雅公爵夫人一起乘坐公爵的马车离开。"他说得对。"

"我很难过地向您报告,那些刺客虽被我们杀死几个,"达罗告诉她，"但其他人都逃掉了。陛下，我向您保证，我们会追查到底。"

"随时通报给我，大人。"花园另一边，新娘图丽雅正在接受人们的排队祝愿，她丈夫德鲁西斯却不见踪影。女孩显得如此娇弱，米蕊茉竟为她感到难过。她必须学会忍受这种事。忍受很多。

达罗再次致谢，然后回到宾客中间。米蕊茉目送伯爵肥胖的身影脚步轻快地穿过花园，心里思索：把他视为彻头彻尾的坏人是否正确？童年的阴影有没有影响她的判断？

事实上，她告诉自己，这座城市没一个人可信。她想念闺蜜荣娜，后者能陪她一起嘲笑纳班群臣显而易见的言不由衷。

卓根爵士侧身贴近米蕊茉就座的宽大仪式宝座，鞠躬行礼。不过米蕊茉抢在他开口之前，先把弗洛亚伯爵喊了过来。弗洛亚两手各拿一杯葡萄酒，一杯递给王后，王后没接，他又递给卓根。后者迫不及待地接过去，一口喝光，仿佛等了它很久。

"我听到达罗的话了。"卓根轻声说，"对，入侵者死了几个，但头领逃了。而且死掉的人中，没有在衣服里穿着班尼杜威纹章的那个。"

"但你也看见了，对吧？"

"对，陛下。是翠鸟，清清楚楚。"

"所以，是受萨鲁瑟斯属下某人指使，要么是支持他但自由行动的派系……或者，我们应该按照诱导，相信是以上二者之一。"

"陛下，您认为那纹章是假冒的？"弗洛亚也压低声音。花园里有乐声，有孩童拖着偷扯下来的彩带和彩旗来回奔跑。米蕊茉感觉自己像个阴谋家。

啊，纳班，她酸涩地想，你把我们拖进网中的速度还真快。"我当然认为这也是一种可能性。"她说，"在这里，一切都不能凭表象判断。虽然不是每件事都表里不一，但表里如一反而更罕见。"

卓根很震惊，尽管他压着声音，但嗓门还是有些大。"可达罗伯爵为何要找人袭击自家府邸？"

"当然是为嫁祸于人，也就是他盟友的哥哥。"弗洛亚抢先回答，"但是，陛下，我们并不知道实情，对吧？"

"不知道。不过正如有人所说：爬纳班五山时，绝对不要拿背叛当做赌注。这是我阿姨娜莎兰塔给我的教训，我永远不会忘记。"米蕊茉露出冷酷的微笑，"仁慈的上帝知道，她太了解这一点了，她是我这辈子遇到的最奸猾的老婊子。"她转向卓根爵士，"队长，他们是怎么进来的？有人知道吗？"

"有扇门开着，看守那里的伯爵卫兵被人打晕了。"

"那他们当中得有一两人先翻过墙，打晕卫兵，然后才能开门放其他人进来。"米蕊茉若有所思，"敢进来杀人流血之人，竟然没割断卫兵的喉咙，免得他们醒来发出警报，是不是有点奇怪？卓根，你们在后面追，为什么还能逃掉那么多人？伯爵的卫兵也帮了忙吧？你们追人时挺热闹的，达罗的手下肯定会来查看发生了什么事。"

骑士面露羞愧。"运气不好。那帮雇佣兵或什么人往大门口逃跑，正好有个贵族带着随从抵达，跟我们撞成一团，搞得人人叫嚷咒骂。等我们终于脱身，几个入侵者已经上马跑了。"

"马？"

"他们把马藏在远处山脚下，墙后面。"

"所以不是扰乱婚礼的醉酒闹事者。"弗洛亚说，"全是计划好的。"

"甚至比我们见到的还周全。"米蕊茉继续问，"迟到的贵族是谁？"

"那个岛上来的，您见过。"卓根显然很尴尬，因为他说不出那人的名字。

"玛楚乌子爵？"这可有点奇怪，"恰好在那个时候抵达，是不是太巧了？"

夏末

"陛下，"弗洛亚惊骇地说，"我向您保证，玛楚乌同我一样可靠！自从我认识他，这么多年来，他一直是至高王室的坚定支持者。事实上，不久前他刚在一次街道骚乱中救下坎希雅公爵夫人。"

"不管怎么说，陛下，"卓根爵士接过话头，"谁能料到那帮暴徒会遇上您，结果当场逃窜？"他脸红了，"恕我冒犯，我的王后陛下，不过我必须承认，当时您要我交出宝剑，我还以为您失去理智了。我以为您要跳下楼梯，扑向那群恶棍，就像古老传说里的英雄那样。"

米蕊茉哈哈大笑。此时她冷静下来，回想当时的情形也觉得后怕。"是虚张声势，队长。我从母亲那边学到的本事。绝不承认自己的软弱，永远不要露出恐惧，而且要坚持你的谎言，即使你觉得所有人都能一眼看穿。"她叹息一声，"弗洛亚，你对玛楚乌的看法也许是对的。自从我来到这里，就觉得到处都有阴谋。"她抬起头，目光在二人之间来回扫动，"即使现在，我也怀疑这花园里的每个人都在偷看我们，琢磨我们在说什么、猜什么、争论什么。"

"不幸的是，陛下，也许您才是对的。"弗洛亚回答。

"那我们先把这事放一放，回到塞斯兰·玛垂府再说。如果萨鲁瑟斯公爵得到消息时我能在场，那我对局势应该更有把握。"

"陛下，他没从阿迪瓦力返回应该就能听说了。"卓根指出，"您不会认为公爵跟这事有什么关系吧？"

"我的好队长啊，"米蕊茉的语气有些过于严厉，"你没用心听吗？如果你想对我更有用，就必须学会怀疑这里的所有人和所有事，否则有一天，你会被人从背后捅一刀，而我只能找个新护卫了。这里可是奥斯坦·亚德全境最阴险狡诈的地方，早在克莱西斯皇帝将救主倒吊在受难树上之前就是这样，直到如今一点没变。"

卓根爵士和弗洛亚伯爵都在胸前画个圣树标记。

愿他保佑我平安无事返回海霍特和孙子孙女身边，她心想，*真希望我不曾来过。*

Empire of Grass

巫木的味道

♛

亚拿夫等人终于回到山脚，下午的太阳已消失在黑云后。上山前，他们把坐骑留在山脚附近一个洞窟里，亚拿夫觉得这事就像发生在很久之前，甚至是在前世。

下山时他们多次遇到障碍，每次蛊罡嘎都要将雪橇和沉重的活龙往山上拖回才能绕路，所以就连力大无穷的巨人也累得筋疲力尽。他们走到洞窟旁的石壁前，怪物立刻扔下重担，呻吟一声——声音如此深沉，连亚拿夫的牙齿都感觉到震颤。然后巨人蜷成个毛团，睡了过去。

绍眉戟站在几步开外，手持逼迫蛊罡嘎听话的水晶杖，但亚拿夫仍绕了个大圈躲开巨人。数日来，巨型怪物一直处在疲倦与暴躁之中，虽然害怕受罚，但谁都没法阻止他突然冒火，伸手乱拍。万一被他巨掌扫中，怎么着也得断几根肋骨，甚至更糟。

亚拿夫跨过洞外一摊泥浆，走进洞里，看到所有马都活着，不由松了口气。肯貂永远骑不上马了，玛寇重上马鞍的机会不比他大，但回到这个洞窟，仍令亚拿夫生起一阵希望。他的白马"盐巴"瘦骨嶙峋，只剩骨头，洞里弥漫着马粪和尿液的臭味，可他和坐骑都熬过了这趟上山又下山的致命旅途。亚拿夫差点相信，自己的生活将回到正轨。然而那条正轨，他冷酷地提醒自己，必将通往死亡。上帝啊，请保佑我，直到我实现您的意愿。

夏末

在他身后,奈泽露也走进洞窟。他俩四目相对,亚拿夫随即移开目光。奈泽露走到自己的战马跟前,摸摸它的肋骨和肚皮,凑近它耳边,用贺革达亚语轻声嘀咕着什么。

为什么是我移开目光?亚拿夫心想,要说这里有邪恶之物,那就是贺革达亚,是他们将血亲从我身边一个个夺走,也是他们杀害了父亲的全家。而我对这不知羞耻的贺革达亚女子没做过任何错事,她自己送上门来,像凡人的妓女一样。

虽然他的理智认为自己问心无愧,情感上却不以为然。每次望向混血女子,他都心生愧疚,仿佛自己才是做错的一方。

他牵着"盐巴"走出洞窟,经过捆得结结实实的幼龙。此时它跟玛寇一样,活在半梦半醒之间。面对如此庞大的生灵,看着它那堪比渔船的胸膛起起伏伏,推动呼吸在被缚的颌间进进出出,真叫人胆战心惊。这是什么样的世界?如此畸形的怪物竟然每天都能见到!

奈泽露走到洞外,看到他盯着小龙一只眼皮低垂的大眼。"女王的猎人,你觉得它会做梦吗?"

他依然无法直视对方。"殉生武士奈泽露,它们做梦也是吃掉我们吧,将一切两脚或四脚走路的东西吞进肚子。"他难掩话中的讽刺,"不过这怪物会将你留到最后,因为你是最嫩的一个。"

他牵马走上斜坡,在一片棕色中找到少许还在生长的绿草让它啃食,自己在旁边坐下休息。绍眉戟拉出雪橇吊床里的玛寇,粗鲁地放到地上,抬起头。

"猎人,你在干吗?没看到天色吗?你必须在风暴袭来前找到食物。"

尽管亚拿夫鄙视歌者,但知道他说得对。今日的夜晚会提早到来,已经没剩多少时间了。不过他有更重要的事做。绍眉戟走开后,亚拿夫坐直身子,闭上双眼,开始冥想,直到再也听不见四周的杂音,甚至感受不到冷风的噬咬。

我的上帝，救主乌瑟斯·安东，请听我祈祷。

我满心困惑，但我只想遵从你的意愿。叫奈泽露的女子也必须死吗？她也是巫婆女王的奴隶，是他们的一员。但我相信，我已经打开她的双目。她与我刚认识时不一样了。她会提问，甚至开始思考。她不再字字句句赞颂她的长官和女王。

这种祷告真奇怪，他觉得像跟上帝讨价还价，肯定是因为自我膨胀而犯下的错误。

她父亲有权有势。我该不该放过她，让她带着心中的疑问回到父亲和族人身边？谁知道种子会在何时、以何种方式生根发芽？或者她必须死？上帝啊，我软弱又愚蠢，差点忘记了自己的誓言，幸而在最后一刻睁开双眼，望见光明。现在请帮帮我，给我个启示：她应该死还是应该活？原谅我，上帝，因为我软弱，我想放过她，但又担心她活着会威胁到您的大业。

祈祷完毕，他静静地坐着，任凭冷风吹刮脸颊，希望上帝给他指引。

"看啊，你这个懒惰的凡人，看！"绍眉戟的声音刺破宁静，"阴影已笼罩山脉。你现在就去给那大虫找吃的。如果你拖得太久，找不到路回来，我就派巨人去找你，卸掉你一条胳膊。"

亚拿夫睁开双眼，看到白色雪花旋舞着掠过脸庞，如同火中飘飞的灰烬。只是没人点燃火焰，雪花是从头顶那凝重的黑云中盘旋下来的。

"很好，"他平静地回答，"我去。殉生武士奈泽露，跟我一起去吧？两双眼睛打猎要快得多。"

后者看着他，脸庞异常僵硬，但目光炙热，仿佛要看穿亚拿夫的心思。

"只要绍眉戟愿意清理玛寇队长的伤口。"最后她说。

"可以，可以。"歌者回答，"去吧，记得尽快回来！"

夏末

奈泽露在琢磨,自己察觉到却理解不了的古怪,是仅仅亚拿夫一人所有,还是整个凡人种族都会有的现象?除了母亲,她很少与日暮之子①相处,但这漫长的旅途却让她经常与猎人相伴。

起初,他们经常在一起似乎是猎人有意为之;后来却变成了她自己的意愿,部分是因为他有点像个可靠的同伴,但这理由本身就是最奇怪的转折。然而她想不通,亚拿夫为何不愿与她交合。她既不畸形,也不丑陋——如果她长得丑,当初在总部的对手一定会嘲讽她的长相。凡人不可能不懂交合,不然他们不会像饥饿的昆虫一样繁衍众多,蔓延各地,见啥吃啥。他的拒绝毫无理由。

不论是什么障碍,眼前的凡人似乎不急着讨论。他俩安安静静地打猎,一个钟头就收获了几只兔子和一头野山羊。雪越下越大,亚拿夫回头望向刚才爬上来的山坡。

"殉生武士奈泽露,"他说,"你们的眼力比我好,能看到身后的马蹄印吗?"

好奇怪的问题。她回头看了眼。"有一些,多数被雪掩埋了。你担心找不到路回去?有我跟着,这个你不用担心。"

"啊,当然。"亚拿夫说,"你们在总部受过追踪训练,他们会教你如何杀死女王的敌人。"

"当然。"她回答,"不然他们教什么?你怎么这么古怪……亚拿夫?"这个名字从她嘴里说出,感觉真别扭,她不记得以前是否念过它。"是因为我邀请你与我交合吗?别想了。我已经当做没发生了。"

对方转身看她一眼,轻拍坐骑的脖子。雪花在四周盘旋。"你真的想听真相?"他过了一会儿才说,"我记得你并不喜欢真相。"

"那是你的真相,不是我的。不论你说什么,我都不会害怕。我

---

① 日暮之子:指凡人。

干吗要在意一个凡人的想法?"

"你们一族不都讨厌凡人。"他说,"你父亲就很喜欢一个凡人,甚至跟她生了孩子。"

奈泽露吃了一惊。曾经有一次,她因为母亲无可救药的多愁善感而生气,当时父亲对她坦白说,尽管难以启齿,但他对桃灼霞的关心超过其他仆人,也超过从奴隶圈随便抓来的普通床伴。但亚拿夫怎么知道的?难道只是乱猜的?

"那么,"最后她说,"亚拿夫,给我讲讲你的'真相'吧。很快就要回到我的族人当中,我将失去藐视族人律法的自由。所以,说吧。"

"那就听好了。"猎人说,"我以前告诉你的话,大多是真的。我在山侧白蜗堡的奴隶营房长大。我弟弟亚奎纳被活活冻死,母亲和妹妹被你的族人、我的主人抓走。我的剑术是跟伟大的蓑卡师父学的。他训练我的目的,跟贵族女子训练宠物貂用鼻子拱她下巴、在她手里吃食一样。"奈泽露觉得,眼前这人的面容如此冷酷、如此无情,真像一个誓死的殉生武士,跟她自己一样。"长到足够年纪,我逃走了,差点死在奈琦迦山外的荒野中,最终遇上司卡利帮,就是我们来这座山途中打败的瑞摩加强盗。他们的头领叫戴门德,就是被你看出认识我那人。他要我做他的仆人。"亚拿夫看到她的表情,歪嘴笑了笑,"殉生武士奈泽露,别以为我为了保密而杀害老朋友。戴门德是个残忍、嗜酒的禽兽。当年我还小,他用尽一切方法奴役我。不过那段时间也不是只有痛苦。他教会我连蓑卡都无法传授的战斗技巧,如何背叛与埋伏,如何在脱离同伴的情况下在荒野求生,因为那就是司卡利帮的生活方式——靠偷、靠抢。

"有一天,我又从他们手里逃走了,往东进入瑞摩加外围的平原,从凡人农夫那里偷东西,在森林和原野藏身。我这辈子度过太多瑟瑟发抖的冷夜,所以痛恨寒冷。我从一处游荡到另一处,一直往南走,寻找阳光照耀之地。"

说话间,风越来越猛,雪片近乎横飞。亚拿夫催马走到一块突出的岩石背风处,奈泽露也引着坐骑走到他旁边。

"等风停吧。"他翻身下马,"你可能不觉得难受,但我不行。太阳已经下山了,路被积雪覆盖,多等一会儿也没关系。"

奈泽露看不透他的情绪或目的,但也瞧不出有什么坏处,于是下马坐到他身边,背后贴着岩石,感觉世界成了她的座椅。她听得出,猎人的话还没说完,所以默默等待。两匹马用鼻子探索积雪覆盖的地面,寻找青草。

"终于,我走到霜冻边境南边,进入爱克兰。我的人生在那儿有了转折。我在一个相当大的镇子休息,那儿有个市场、几间教堂。其中一间教堂的看门人很好,分给我食物,这样我除了偷,还有别的办法找吃的。我的命运就在那里改变了,因为我遇到了父亲。"

奈泽露很惊讶。"你在爱克兰遇到了你父亲?"

他摇摇头,黝黑而瘦削的脸上带着若隐若现的微笑。"不,那只是我对他的敬称。他是个安东教牧师,我跟他学了很多教义。除了教堂看门人和少数几个镇民,他是第一个善待我的人。我成了他的同伴,跟随他从一个镇子漫游到另一个,吟诵《安东之书》里的段落,为父亲乞求面包。有时我们会布道,虽然他不太喜欢。遇到他之前,他遭遇过某种重大变故,有时会在夜间哭泣。后来我终于鼓起勇气问他,他告诉我,他全家都被杀害了,凶手是银面女王的士兵。"亚拿夫没有看她,"你的族人。"

"为什么告诉我这些?"

"因为这就是真相,殉生武士奈泽露。因为我说过,我会告诉你真相。我会的,就在今天。"他把一只手收在外套里取暖,举起另一只,像在发誓。"现在,听好了,殉生武士,因为我接下来的话与你密切相关。

Empire of Grass

"多年后,我失去了父亲,当时我发下誓言,要用余生报答他为我做过的一切,尤其是报答他赠与我最重要的礼物。你明白吗,通过父亲,我认识了在受难树上牺牲性命、拯救全体凡人免受上帝怒火的救主乌瑟斯·安东。"

"你是安东教徒?"奈泽露既迷惑不解又心烦意乱,不光因为他说的这些话,还因为他不顾一切吐露全情的急切,仿佛他觉得自己活不长了。"不可能。你是女王的猎人。"

"我从来不是女王的猎人。"他从外套里抽出手,突然捂住她的脸,随即压上全身体重,将她按在地上。奈泽露遭到背叛,想要愤怒地尖叫,但有股甜蜜又恶心的强烈味道充斥了她的鼻孔与嘴巴,类似某种已在紧锁的房间死去很久、化为尘土的东西的臭味。是神圣的巫木粉。甜味涌进她的鼻孔,令她窒息。无论她怎么挣扎,也呼不出那味道。她拼命想把亚拿夫的手扯离面庞,但对方整个身体骑在她身上,伸开两脚保持平衡,不让她挣脱。

她试着伸手抠他眼睛,但做不到,因为她几乎感觉不到自己的四肢。她的动作和思维越来越慢,挣扎失去了意义。远处有什么动静,好像是亚拿夫的声音在说话。

"你知道吗,我向上帝发誓,要毁灭我遇到的每一个贺革达亚,为父亲的家人和我自己的家人报仇雪恨。但后来,我从一个食腐巨人那里听说,已死的女王还活着……"

奈泽露听不到剩下的话了。身下的世界崩塌了,令她坠入虚空。

* * *

起初,她只觉自己与黑暗并非一体,这就够了。这种满足感持续了一阵子,然后记忆恢复,她开始挣扎,想要逃走。

她最先想到的不是自己的名字,而是誓言。名字终于也回到记忆中。慢慢地,犹如穿上一套破旧的熟悉衣物,奈泽露的神志回到躯壳,但思维仍断断续续,仿佛脑子里填满了糨糊。

夏末

是肯-未刹。她的口鼻仍然残留着黏稠的甜味。他从哪儿弄到这东西的？为何用在我身上？

她发现自己趴着，被什么东西紧紧捆绑，从脖子到膝盖都动弹不得。她突然意识到，自己的脸贴着某种粗糙的东西，从气味判断应该是亚拿夫坐骑的肩膀。她使劲扭过头，看到自己被银光闪闪的贺革达亚绳索牢牢绑在马鞍上，上半身弯腰向前，贴着马脖子。

"不知道绍眉戟会不会用歌者的花招跟踪奈琦迦的马，也就是你的马。"亚拿夫在她身后说道，声音在她耳中回荡，仿佛来自地底深洞。"所以，我能给你最大的礼物就是'盐巴'。它是我的忠实伙伴，曾驮着我走遍北方。"

她想说话，但舌头像皮套一样厚重无用。好不容易挤出几个字，连她自己听着都费劲。"为什么……你……"

"当做安东的仁慈吧。"奈泽露感觉他扯了一下自己后腰处的绳子，将末端绑成绳结，但只能看到他的手和脸庞边缘。

"你说……你不是女王的……"

"猎人。"他接过话头，"不是。不过，殉生武士奈泽露，我要告诉你最后一个真相。我认为你足够聪明，过段时间就能自己解开绳子，但那时我们已离开很久了。祝你好运，至少某个方面好运。"

她挣扎几下，但绳子缠了好多圈，绑得很紧，她挣不脱。"可，为什么？为什么？"

"深吸一口气，殉生武士。"亚拿夫已走出她的视野，"日后你会感谢我的。再见了，老朋友。"听到他喊自己"老朋友"，奈泽露气不打一处来。随即又听见他喊："Laup！'盐巴'！"接着肯定狠拍一掌马屁股，让它像落崖似的纵身一跃。她来不及深呼吸了，骏马撒蹄飞奔，每一步都把她往马背和马鞍上挤，挤光了她肺里的空气。

她使劲抬头，想看看身处何方、要去哪里，却觉头晕目眩，连思考都成问题。她的下巴被颠得不停撞上马背，活像锤子在敲打毛茸茸的温暖铁砧。她只好垂下头。马匹奔腾下山期间，光是呼吸就花掉了她所有力气。

这么多绳结……和绳网。她甚至不清楚这个念头意味着什么。她体内的肯－未刹尚未消解。马蹄声如雷鸣，一次又一次炸响，让她除了永不停息的雷声什么都听不见。过了一会儿，她的思绪分崩离析，再次沉入黑暗。

♛

亚拿夫的脸一阵阵疼痛，催促他尽快脱离黑暗。那不是单纯的疼痛，不是牙齿烂掉或伤口愈合时那种疼，而是同一种尖锐的痛楚反复发作，随着他奔向光明而越来越难受。

"你这凡人蠢材！告诉我，她在哪儿？"

先前吸入的肯－未刹把绍眉戟的白脸放大成月亮般的圆盘，悬挂在他头上。他不由自主盯着它看：这张脸真奇怪，里面的金色眼眸像两个小太阳，可太阳怎么能在月亮里面？想到这儿，他差点笑出声。笼罩脑海的阴影如轻烟般渐渐飘散。

脸上又是一疼。"说话！"

"停！"亚拿夫像孩子一样弱小无助，"怎么了？"

"装什么无辜。奈泽露干了什么？她去哪儿了？"

亚拿夫呻吟着侧着身子，阻挡下一记掌掴。"我不知道。不知道！"他试着手脚撑地爬起来，但身下的世界晃个不停。他笨手笨脚地试图爬开，却只能趴在地上。天上的星星说明天色已晚，也就是说，他昏过去至少两三个钟头了。

歌者手捏一颗霓由，它微弱地闪着光，透出绍眉戟发红的手掌下黑色的骨头影子。

绍眉戟突然怒吼一声，从亚拿夫刚才躺过的地上捡起块碎布，提到光球下仔细查看，又凑近鼻子谨慎地闻了闻。"肯－未刹，诅咒她！我就知道。我的存货少了些，但我以为是不小心洒了。狡猾的婊子，诅咒她在寒萧堂煎熬数百年。"

亚拿夫下意识地舔舔嘴唇,尝到嘴唇周围奇异的甜味,舌尖隐隐刺痛。他微微抬起头,将它吐到地上。"我当时跪着,给她的坐骑清理嵌进马蹄的石头。"他的话含含糊糊,仿佛喝了一晚上酒,"然后……然后就不知道了。"

绍眉戟精致的面庞气到煞白,衬得那对围着黑眼圈的金色眼眸更显异类。"她一定从我造出谓识后就开始计划了。"他说,"可是,为什么?"他久久地瞪着亚拿夫,"你们有什么协定吗?她背叛你了?"

亚拿夫的脑袋仍像一团糨糊,还是摇头更容易些。"我在清理石头……"

"对,对,我听见了。只有凡人才会毫无知觉地让危险靠那么近。"

亚拿夫坐起来。若说服绍眉戟相信他无辜,就必须像平时一样。"身为女王之爪,跑到伏砾犴①的巢穴上扎营,要我去救命,现在还说这种话,真是好笑。"他呻吟一声抱住头。肯-未刹仍令他十分难受,昏昏沉沉。现在回想起来,奈泽露恢复之快更让他佩服。"巨人呢?"

"你,安静。"绍眉戟站起来,喊着盅罡嘎的名字。山坡下传来回应的吼叫。

雪快停了,但地上和亚拿夫衣服上积雪很厚。他抖掉身上的雪,摇摇晃晃站起身,这才意识到自己有多幸运。他对肯-未刹的了解是许多年前蘘卡教的:它由巫木花粉制成,是种强力毒药。如果绍眉戟那些制剂的效力更强一些,或者亚拿夫送走奈泽露后吸入的剂量更多一些,他可能还未醒来就先冻死了。

巨人出现了,一边爬山一边推开拦路的小树。"大雪掩盖了一

---

① 伏砾犴:掘地怪的贺革达亚名字。

切。"他沉声道,"削弱了她和马匹的味道,剩下的勾不起老嘎的胃口,本来马肉是除人肉外最好吃的东西。"

绍眉戟厌恶地看着他。"把这傻瓜捡起来扔上马鞍。玛寇躺在洞窟里,我不想让他独自待太久。至于奈泽露,就算她现在逃脱,最终也会因背叛被判处死刑。很快凡人就会消失,全世界都是奈琦迦,到时她将无处可藏。"他转向亚拿夫,"你们有些人可以免死,总要留几个当奴隶的。但剩下那些愚蠢无用的,统统会被杀掉。如果我用不着你了,你也无法活着离开此地。"

"我也祝你平安。"亚拿夫阴沉地回答,然后摇晃着看看四周,做出惊讶的表情。"我的马呢?"

他没听见巨人的动静,直到一只大手握住他的腰,将他提到空中,放到奈泽露的灰马背上。

"被她偷了。"绍眉戟回答,"你说过,你在清理她坐骑马蹄里的石头。也许她不想冒险骑跛腿马,也可能是她觉得,凡人的马更不容易被我追踪。"他摇摇头,恢复了惯常面无表情的石头脸,"一个逃兵,还以为我会浪费时间追她。殉生会自然会追杀她,她的名字会成为所有族人的诅咒。我都要替她父亲难过了,可怜的大司匠维叶岐,他将颜面扫地。"

他们在积雪的山坡跋涉返回。

我冒着极大的风险将她送走,亚拿夫扪心自问,让她免受我为其他贺革达亚准备的复仇,值得吗?

骏马在岩石嶙峋的山坡上颠簸。他头疼欲裂,只想把胃里的东西全吐光。也许我永远不会知道答案,他心想,直到我死去那一刻,等我终于站在造物主面前,所有问题才能得到解答。

夏末

燃烧的心事

♛

"进王座厅前,"西蒙对提阿摩说,"我得先跟你说几句话。我脑袋里塞满了事,但头颅好像破了个洞,智慧都快漏光了。"

后者点点头。"正常,西蒙。"

两人没来得及多说,传令官便宣布帕萨瓦勒到了。西蒙不顾提阿摩脸上的忧虑,招手将总理大臣唤到休息室。"过来坐,帕萨瓦勒大人,我们等会儿要进去见其他人。喝点葡萄酒,估计今天的工作会让人口渴。"他朝一个仆人示意。

提阿摩冲他打眼色,但西蒙置之不理。他以为他是我唯一的顾问吗?西蒙对乌澜人隐瞒重要情报的做法依然不满,北鬼在制造祸端,我那可怜的孙子被草原人抓作人质,在这危机四伏的时刻,如果我的顾问还要像个孩子一样争抢我的注意力,那可太危险了。"提阿摩大人,我有几件事要问。"他说,"但今天接下来的时间恐怕会被莫根纳和色雷辛人占用。你和你朋友,那位船商,从刺杀艾欧莱尔伯爵的厨工口中问出什么没?"

提阿摩摇摇头,面露难色。"您说的是安格斯大人,他就来自赫尼斯第。他说那人嘀嘀咕咕的全是恶魔和陌厉伽的古老传说……"

"眼下这种疯狂行径在赫尼斯第似乎很常见。"西蒙打断他,"那家伙已经关起来了,不会再做什么坏事。我不想惩罚疯子,但也不能放走杀人未遂的凶手。"他望向帕萨瓦勒,"你有急事吗,大人,不然先等我跟提阿摩大人说完?"

帕萨瓦勒摇摇头。"陛下,等您方便时再跟我说好了。"他拿起杯子喝酒。

"很好。提阿摩,还有件事,我一直在考虑先前说过的话。"乌澜人哀求的表情开始惹他心烦了,"关于约翰·约书亚,你肯定记得,我们必须调查是否还有其他办法进入城堡地下隧道,不光是为查清我儿子的遭遇。"

响亮的哐当和哗啦声打断了他。帕萨瓦勒的杯子掉在地上,葡萄酒洒了一地。"请原谅,陛下!"他急忙双膝跪地去捡碎片,好像生怕自己会因这种干扰受到责骂。

"别担心,大人。"西蒙摆摆手,"摔了可以换。感谢上帝,我们还有好多酒。"他朝仆人招手,"拜托过来清理干净,再给帕萨瓦勒大人重新倒一杯。"他转向提阿摩,"我认为要搜索整个城堡,检查是否遗漏了某些通往希瑟古遗迹的入口。如果有,必须全部封锁。这工程帕萨瓦勒能帮忙。我们可以调动爱克兰卫兵,就是不用前往草原那些。"

"陛下,我想过后再讨论此事。"提阿摩听西蒙这番话后的表情,就像刚才帕萨瓦勒洒了葡萄酒一样难过。

"好吧。"国王说,"但不能等太久。万一北鬼大军南下呢?我打赌,白狐比我们更了解海霍特地底深处。"他喝完杯里的酒,站起身,"现在,先生们,去王座厅吧,恐怕我们不能再躲避那些盟友了。"

* * *

我从未如此想念米蕊茉。如果说有什么问题需要周密的思考,对权力及如何运用需要良好的认知,那莫根纳被抓就是其中一件。西蒙对自己的局限再了解不过。

她一眼就能看穿最关键的重点。他扫视一番围坐在佩拉里斯巨桌周围的内廷议会成员。荣娜伯爵夫人的经验与谨慎最接近他妻子,但她只是个理智的发言人。坐在旁边的博兹神父是位新面孔,性格安静,身材修长,虽然年轻,外貌却显得十分老成。歌威斯主教即将升任为神官,所以博兹接替他成为施赈大臣。在其他成员面前发言时,他总是小心谨慎。

同样的评论不能用在罗森侯爵身上。他勇于发言,但通常说不出什么有用的话。而罗森的盟友,包括伊弗里男爵,以及其他拥有领地的内廷议会贵族成员们,都跟罗森有着同样的信念:他们有权按自己的意愿将名下的农民奴役至死,且要保护自己的猎区免遭偷猎者打扰。

上帝保佑,虽然男爵不用靠打猎供养家族,但穷人千万别到伊弗里的私人园林去猎鹿给家人吃。不过我猜米蕊茉会说,不管什么罪行,我总是支持平民,无视贵族的权利。

真正让西蒙担心的还是欧力克公爵。多日来,他在城堡走廊徘徊,嘴里凄惨地念叨叨,活像从荒野跌跌撞撞跑来,宣布上帝的怒火愈发炽热的安东先知。现在公爵洗过澡、刮过胡子,多多少少显得清醒了些。但西蒙还是觉得他眼神恍惚,透出某种超越哀悼或愤怒的凶狠。但帕萨瓦勒说公爵已经恢复了神志,就连提阿摩也强烈建议欧力克必须出席内廷议会。

欧力克曾高调宣称,草原蛮子敢动他外孙莫根纳,就必须受到惩罚。西蒙并不担心这个,他自己也想为孙子采取些大胆的雷霆手段。可他不习惯劝导别人耐心,那通常是米蕊茉擅长的事,西蒙自己经验不多。他是害怕做出任何危及莫根纳性命的行动。

我也为艾欧莱尔担心。诸多问题如大山压顶,逼得他很想祈祷。救救我吧,上帝,救救我,救主乌瑟斯。请赐我智慧选择正确的路。如果需要谨慎,也请赐我谨慎行事的力量……

"除了欧力克公爵还能派谁?还应该派谁?"伊弗里男爵大声提问,将西蒙的注意力唤回到讨论中。男爵身材圆胖,留着胡子,鼻头

Empire of Grass

和脸颊上有块葡萄酒色的胎记,赋予他一副永远都像喝醉酒的相貌。"被抓的是他外孙,而且他是治安大臣。"

"治安大臣的职责是保卫海霍特和王室。"荣娜伯爵夫人指出。

"但野蛮人抓走了王位继承人!"伊弗里嚷嚷,"这难道不是对王室的攻击?"

换做别的日子,西蒙同意男爵的说法:这种行径简直闻所未闻。但他今天担心的不是欧力克宣誓承担的责任,而是欧力克的精神状态。不过他知道这话题无可避免。"公爵有话想说。"他说,"欧力克公爵,请跟我们说说你的想法。"

欧力克用手梳了梳胡子。不久前他刚洗过澡,胡子还是湿的,缠在一起。"陛下,发言之前,我欠您与至高王室一个道歉。"

西蒙挑起一边眉毛。"大人,这话从何说起?"

"您知道的,陛下。我失去了理智。我为女儿之死哀恸,现在莫根纳又出了……这种事……!"他蜷起手指,捏成拳头又缓缓松开,"我真是丢脸。妻子说我饮酒过度。"他惭愧地笑了笑,"我说了好多次,而且很大声。"等众人礼貌的笑声平息,他摇摇头,"陛下,不可否认,我辜负了王座,辜负了家人。首先我恳求您的原谅。"

西蒙不想当着整个内廷议会讨论这个。"我当然原谅你,公爵殿下。我们都很悲伤,你们夫妻俩的伤痛无疑最重。"

提阿摩朝国王赞赏地点点头。帕萨瓦勒继续仔细观察欧力克。

"陛下,既然您原谅了我,"公爵接着说,"那我请求,让我率领大军,前往草原拯救我们的孙辈。我保证绝不会辜负您。不辜负爱克兰。"

西蒙靠上椅背,不知该说些什么。巨桌周围,议会成员你看我、我看你。"大人们,夫人们,别不说话。"西蒙最后说,"你们是内廷议会。你们听到治安大臣的话了。跟我说说你们的看法。"

接下来一个钟头,内廷议会大部分成员迫于压力支持欧力克。这也难怪，毕竟欧力克就坐在旁边。西蒙下令休息一会儿，好让议员们放松一下，同时叫仆人收拾桌子，送上新鲜水果和甜品。提阿摩在西蒙耳边轻声道："您跟我一样看得清清楚楚，虽然欧力克洗过澡、理过胡子，但仍十分憔悴，不修边幅。"

西蒙心生反感。如果有谁该请求原谅，那也该是提阿摩，因为他最近才犯过错误。"莫根纳是欧力克的外孙。"他说，"若是可以，我自己也会去的。"

"质疑他的健康，不等于质疑他的权利。"提阿摩回答。

"请不要对我说教。我会尽力而为。"

大家回到座位后，帕萨瓦勒请求发言。"在决定派谁去跟色雷辛人谈判之前，"他问道，"是否该讨论一下，军队抵达后该做些什么？"

"保卫公爵殿下。"提阿摩回答，"明确表示我们对这事的重视程度。不然还怎么谈判？"

"我们干吗要向蛮子和强盗支付赎金？"罗森侯爵抱怨，"我们该向他们挥舞宝剑，能杀多少算多少。他们很快就会求和。陛下，如果欧力克的身体状况不允许他去，那我愿率爱克兰战士前往，这是我的光荣。请您放心，我会恰当而充分地惩罚那些野蛮人。"

一时间，西蒙担心自己压不住怒火，两手越过桌面掐住伯爵的喉咙，将他拽出座椅。"大人，万一野蛮人报复，杀了王子怎么办？"他质问，"万一他们杀害至高王座继承人，也就是我的孙子？那谁才是罪魁祸首？"

罗森嚅动嘴唇，好一会儿才明白自己踩的水远比想象更深。"哦，陛下，当然是先救王子。这点毋庸置疑。我说的是救出来之后。"

侯爵刚才显然没这么想，但西蒙知道，继续纠缠下去，他会大喊大叫，再也停不下来。"无论发生什么，在王子平安获救之前，不能袭击草原人。艾欧莱尔伯爵也一样。有谁没听明白，现在可以开口。"

他愤怒地扫视桌前的众人。"很好。"他望向帕萨瓦勒,"大人,你说完了吗?"

"事实上,陛下,我有个建议。是的,我跟在场多数人一样,认为该派欧力克去。但无论派谁,都必须多准备几个对策。如果草原人不愿谈判怎么办?如果没有酋长能管束囚禁莫根纳王子和艾欧莱尔伯爵的野蛮人呢?如果您孙子已被带到其他地方呢?"

"如果……如果……!"西蒙强迫自己深吸一口气,"大人,你到底有没有建议,还是只想让大伙绝望?"

帕萨瓦勒冷静又谨慎地点点头。"陛下,我大概有个计划。您知道,有两个爱克兰卫兵按我的命令一直在守护莫根纳,已经有段时间了。但他们这次并未随他一起去找希瑟,现在反而可以发挥作用。"

"作用?什么作用?你说的是谁?"西蒙追问。

"我说的是两位纳班骑士,波因斯的艾斯崔恩爵士,和他朋友欧维里斯爵士。"帕萨瓦勒回答,"第二次色雷辛战争后的许多年,南方边境小股冲突不断,他们二人在那边作战多年。艾斯崔恩的草原话说得还不错。"

"你到底什么意思?他俩一直在守护莫根纳?"西蒙又问,"在我看来,就是他俩把他带坏的!"

"表象是有欺骗性的,陛下。"帕萨瓦勒说,"会议结束后,我愿意向您解释一切。"

"但你的建议是什么?"提阿摩问,"不是把救援任务交给这两个人吧?"

"不,不是。"帕萨瓦勒用力摇头,"我们必须派支规模够大的军队前往草原,展示我们的决心:任何敢玩把戏的人都将被碾成齑粉。但军队不是唯一的工具。让那两位纳班骑士随军前往,他们可以用自己的方式潜入草原,冒充雇佣兵,也许还能找到机会,查出王子被囚禁的地方,甚至无需赎金将他救回。"

夏末

"我不在乎赎金。"西蒙说,"但你的主意也不错。"

接下来的讨论花费大半个钟头,国王对众人的发言越来越没兴趣,就连亲信顾问也不例外。这时他已经明白遵循常理的做法是什么,继续抗拒毫无意义。

"够了。"他终于开口,然后等桌前众人安静下来,"我们这么做:派支军队,由爱克兰卫兵和其他能召集的士兵组成,开往东部边境的末指河。至于人数,由欧力克公爵和扎奇尔队长提议。军队由欧力克统领。"他停顿片刻,等欧力克画完圣树标记并喃喃说完祝福西蒙的祷告。"公爵和军队在爱克兰这边河畔扎营,提出谈判要求,不管对象是那个红胡子,还是哪个能代表色雷辛人说话的家伙。至于帕萨瓦勒的建议,艾斯崔恩和他朋友要秘密过河,潜入草原,想办法查出王子的位置。"他顿了顿,用最强硬、最坚定的眼神先后看向帕萨瓦勒和欧力克,"莫根纳王子被囚期间,未经我允许,不得对色雷辛人做出任何可能引发战争的行动——哪怕有问题,也必须先给我写信并等我做出回应。听明白没,公爵殿下?"

欧力克公爵用力点头。"当然,陛下,感谢您的信任。我将严格执行您的命令。绝对不用担心,我不会拿外孙的性命冒险。"

"国王陛下,我愿为艾斯崔恩和欧维里斯说出一样的话。"帕萨瓦勒赞同,"您的命令是他们唯一的指令。"

"很好。"数日来头一次,西蒙不再觉得筋疲力尽,不再希望结束自己的职责。虽然莫根纳被抓是件可怕的事,但至少为他提供了一个做出重要决定并采取行动的机会。"欧力克,明天这个时间,告诉我人数建议。你也是,扎奇尔队长。公爵集结军队时需要你的帮助。"他停顿一下,脑中冒出个新的想法,"还有,我们得为这次行动筹集金钱。帕萨瓦勒,你必须帮欧力克和扎奇尔募集必要的资金,也许可以提高赋税。"他环顾巨桌周围,"你们是否愿意承担这个重担?"

贵族们一时沉默,各自掂量着需要多付多少税金。

"只管提出要求，西蒙国王。"荣娜夫人突然开口，"我们时刻做好准备。我们只想平安救回王子，只想守卫至高王权。"

"这位赫尼斯第夫人说出了我们所有人的信念。"罗森侯爵像往常一样试图爬回关注的焦点。

"很高兴听你这么说。"西蒙几乎对每个人都怀着一股怨气，只能竭力纾解。就因为米蕊茉不在，世界才变得这么七零八落。

天使的主宰啊，他祈祷，请让莫根纳平安无恙回到这里，迎接米蕊茉归来！求求您，圣母艾莱西亚，请宽恕我这可怜的罪人，将我们的孙子平安送回！我会为您再建一座教堂，或给饥饿的人施粥……或者两样都做！只要给我个征兆就行。

西蒙站起身，示意会议结束。佩拉里斯桌前，好些人面带忧虑，最为忧心的则是提阿摩。然而西蒙不能质疑自己的决定：他们总要采取行动，而拒绝让欧力克领军几乎不可行。只要公爵谨慎行事，接受管束，他就能做好。西蒙知道自己的选择是理智的——是国王该做的选择。

但离开王座厅时，他刻意避开了提阿摩。

* * *

"你该回去了。"安东妮塔说，"洛丝保姆说的。"

"我干吗听她的？"莉莉娅告诉她。安东妮塔是莉莉娅最好的伙伴，但有时好像她才是公主似的。

"你要听！她说你该马上回去。还说你没吃麦片粥。"

"当时我在想我妈妈。"莉莉娅回答，"你知道，她去世了，就在那儿。"

安东妮塔惊恐地抬头张望楼梯井，猛地画个圣树标记。"你不该在这儿，莉莉娅！荣娜夫人说你不该靠近楼梯。"

莉莉娅翻个白眼。"我每天都要走楼梯，傻瓜。别犯傻了。再说荣娜夫人今天不在。她整个上午都跟我爷爷在一起。"

夏末

"我会惹上麻烦的!"安东妮塔掩饰不住害怕的呜咽,"保姆要我带你回去。"

"完事我就回去。"莉莉娅说,"告诉她,我在为母亲的灵魂祷告。去吧。只要你跟她说,我在祈祷,你就不会有麻烦。"

安东妮塔显然不像莉莉娅这么有信心,但还是转过身,迈着沉重的脚步走下楼梯,返回囚困孩子们的寝宫。

除了我,莉莉娅心想,保姆叫一声而已,我干吗要乖乖听话?

她对朋友说的并非谎言,不全是。她来到这段楼梯前,就是因为这里是母亲出事的地方,至少每个人都这么告诉她。这里能吸引她,部分是因为每次靠近,她心中总会生出强烈的触动,或是想起母亲的遭遇。她又难过又害怕,但也想仔细思考一下,就像脑中有个地方痒痒的,必须挠挠才行。曾有几次,她很生妈妈的气,甚至希望艾黛拉能到别的地方去,可现在,母亲真的走了,难道是因为莉莉娅许过的愿吗?

但我也曾许愿她能对我好一些,希望她送我条红宝石项链。而这些并未发生。

她困惑不解,又心情沮丧。

* * *

莉莉娅回到三楼的卧室去找洋娃娃。那娃娃有点像她妈妈,只是头发颜色不对。她想试试让娃娃像妈妈那样滑下楼梯,但她知道,愚蠢的老洛丝,甚至荣娜尔阿姨①,都会说这种实验很邪恶。离开房间时,莉莉娅听到楼梯上传来脚步声,于是停下,从房门与门框间的缝隙往外看,担心是保姆来抓她。不过来的是帕萨瓦勒大人。他轻手轻脚走上楼,似乎不想让别人听见。莉莉娅留在门后,目送他经过王族卧室所在的楼层,走向全是空房的顶楼。

---

① 即荣娜伯爵夫人,莉莉娅喜欢叫她"荣娜尔阿姨"。

小公主知道，她跟帕萨瓦勒大人在一起，洛丝保姆就不敢责怪她。想到这儿，她放下娃娃，走出房间，在三楼走廊闲逛，打算等他下来一起走。如果她开口提问，也许总理大臣能告诉她更多关于母亲那场意外的情况，因为照顾她的侍女没一个愿意说。可她很快发现，帕萨瓦勒不会马上下楼，于是决定去顶楼找他。

她轻轻走上楼梯，不是因为想保持安静，而是记起母亲意外跌落，很想知道那是怎么发生的。她蹙紧眉头，想象从陡峭的楼梯滚落会是怎样的情形，一边往上走。等她的头露出四楼的地面，眼前那一幕让她停下了脚步：帕萨瓦勒大人跪在走廊尽头一扇敞开的房门前，手拿一根蜡烛，贴近地面盯着房间地板看。

莉莉娅猜想，他肯定掉了什么东西，可他的姿势不知为何让人十分不安。总之，那场景显得很……私密。她退下几级台阶，靠在墙上，一时觉得无法呼吸。

她听到上面走廊传来哼哧声，估计是帕萨瓦勒站起身。她不想被人误会偷窥——虽然刚才确实有一点点那个意思——于是转身蹑手蹑脚下楼，而且多下一层，来到二楼平台边缘。她看到楼下大堂聚着几个孩子。安东妮塔在组织游戏，但不成功，莉莉娅觉得自己能组织得更好。她把楼梯和帕萨瓦勒丢到了九霄云外，直到一只手按在她肩头，吓得她惊呼一声。

"你吓到我了！"

帕萨瓦勒大人露出微笑。"请原谅，莉莉娅公主。我刚才在楼上找女仆总管，听到楼梯上有脚步声，是你吗？"

"不是。"她不明白自己为什么要撒谎。她是这座城堡的公主，想去哪段楼梯都行。

"啊。"帕萨瓦勒点点头，"我还以为你把我想象成了邪恶怪物或强盗头子，所以暗中监视我，要查出我可怕的真相。"他轻松地开着玩笑，但莉莉娅仍觉得不太对劲儿。

夏末

"别傻了。"她说,"我在看下面大堂的孩子。我不想玩他们的蠢游戏。"

"你在这儿站了很久?"

他的表现相当可疑。莉莉娅开始怀疑:刚才他在寝宫顶楼做什么,是否跟妈妈的死有关?也许帕萨瓦勒大人想调查她妈妈是怎么摔下楼梯的,但不想被人知道。"没,我刚上来。"她回答。

帕萨瓦勒还在玩监视游戏,或者假装在玩。"好吧,如果我真是弗兰那样的强盗头子,或者是只可怕的大怪物,"他慢慢说道,"你知道我抓到奸细后会做什么吗?"

"做什么?"

"哦,做非常非常可怕的事。"他弯下腰,凑近她的脸,"但你不用知道是什么,对吧?因为你是个好孩子,不是奸细。对吧,公主?"

他再次微笑,鞠了一躬,不等回答便转身走下通往大堂的楼梯。

他有秘密,莉莉娅想道,心中不由一阵兴奋,同时生出一丝担忧。每当她知道别人不会认同自己的想法,心里都会生出类似的忧虑。我要知道那是什么秘密。没人能对整座城堡唯一的公主隐瞒秘密。

Empire of Grass

脚步声

♛

在阿德席特大森林迷失许多天后，莫根纳终于明白，为何希瑟称他们的林间村落为"小舟"，称弃置的城市为"树海之舟"，因为这大森林确实像片海洋。

他站在一棵白蜡树高高的枝头。它的树冠好似村庄上空的教堂尖顶，高踞在其他树冠之上，粗壮的树干在风中"吱呀"作响。莫根纳仿佛已接近某种伟大感悟的边缘。此时大部分森林似乎都被他踩在脚下，但他只能看到数百种绿色连成无边无际的大海，偶尔点缀着夏末提早枯萎的黄叶。

从地面上看，森林上层如同海面下的水体，是片未知的领域。可从上面、从他此刻站立的位置看来，地面及所有小径都被秘密地隐藏起来。

林间清风拂动他脚下的树冠，犹如轻抚猫毛的手。

我这辈子看到事物表面就以为看到了全部。我这辈子见过许多森林，却从未想过林中每时每刻在发生什么。每一个生灵，无论多么微小，都有自己的生活。每一棵树，每一株植物，都在努力追寻太阳。

他脑中思绪万千，却无人可以倾诉。独自生活的人怎样才能知道自己有没有发疯？莫根纳又开始觉得，自己可能失去了理智，不然他怎么会在梦中听见垂死的希瑟说话？另一些时候，他会琢磨，祖父母在风暴之王战争期间是否也有同样的感受，是否觉得有些宏大的计划在运行，而凡人过于渺小，没法理解那些？

他本来希望，爬上这棵高大的灰皮白蜡树，至少能了解一下森林边缘大致在哪儿。然而站在高处，目力所及，依然只有无边无际的树冠延伸至无穷远处，仿佛直到世界的尽头。

莫根纳明知这古老的森林并非没有边际，但此时此刻很难相信这点。对他来说，森林已然成了他的全部。

* * *

现如今，孤寂成了常驻在莫根纳心中的痛苦。日子一天天过去，除了哩哩一族的生活小细节，每天都是一样的。虽然喊嗑哩不是人，没法安抚他的孤独，但它们自有独特的个性与活力。

哩哩的前爪已经痊愈。她常跟其他小喊嗑哩一起，或是沿着树干爬上爬下，或是从一根树枝爬到另一根，精力十分旺盛，莫根纳看着都觉得累。现在他能认出最常跟她一起玩耍的伙伴，确信那只被他叫作"纹纹"的成年喊嗑哩就是她母亲。据他观察，纹纹是最忙碌的一只，常用食物把两个腮帮子塞得鼓鼓囊囊，分给哩哩和其他小喊嗑哩吃。一开始，纹纹极不信任莫根纳，每当哩哩靠近他会大叫着示警，但小喊嗑哩总是置之不理。最终，纹纹不情不愿地接受了他，有时候还在他面前放下坚果或其他食物，仿佛把他当成了极不靠谱、没法养活自己的幼崽。

家族中的雄性会爬到比其他成员更高、更远的地方，担任警戒任务。危险刚在地平线上露头，它们就会大声发出嘶哑的啾啾声和尖叫示警。山猫似乎是它们最忌惮的敌人。那种尖耳朵猫科动物爬树比喊嗑哩慢，但在地面则与它们速度相当，体型却要大得多。有一次，一只山猫将一个年轻成员逼进角落，莫根纳和其他成员只能焦急地干瞪眼。喊嗑哩尖叫着往下砸坚果壳和树枝，但那山猫将脑袋缩在肩膀之间，逼到足够近才扑上去，一掌拍中猎物的后背，一口就咬断了小喊嗑哩的脖子，然后将瘫软的尸体拖进灌木丛，那副漫不经心的派头，与他曾在祖父的马车窗口看到税收官收走穷人的货物时一模一样。

事后莫根纳才想起，自己不是喊嗑哩，个头比那山猫大几倍，身上还带着剑。虽说当时他离得太远,可能无论如何都救不了受害者,但自己居然眼睁睁旁观,没能采取任何措施,以致羞愧之心久久不能平复。

他将剑鞘移到背后,免得它妨碍爬树。他用腰带充当临时背带,虽然磨得不大舒服,但他不愿放弃父亲留下的宝剑。那是少数维系他与过去那段人生的纽带,要是没了,也许莫根纳就不再是迫于环境才栖身树上,而会变成真正的树上生灵吧。

在无聊、沮丧、除了坚果和树叶还想吃点其他食物的欲望驱使下,莫根纳时不时会爬下树,抓只兔子,像凡人一样生火烤熟了吃。每当这时,喊嗑哩会站在枝头围观。兔子与喊嗑哩区别不大,但它被宰杀、吃掉的结局没像莫根纳想象中那样,引起哩哩家族太多的警惕。它们睁着大眼睛好奇地观望,嗅着生起的炊烟,仿佛这只是"巨型喊嗑哩"做出的另一个古怪行为罢了,类似站在枝头撒尿,或者睡觉前把自己绑在树干上。可对莫根纳来说,这很重要,说明他仍是个凡人,虽然迷了路、没有朋友、只能与森林生灵作伴、几乎丧尽王子的风范,但他仍未变成动物。

* * *

他坐在低处枝头,离地有身高的两倍多。不过他在树上住了这么久,待在枝头的时间远比地上多,所以这点高度就跟没有一样。纹纹就在不远处,正给一只不听话的小家伙梳毛,叫它吃了不少"肘子"——这是祖父爱用的说法——以致莫根纳担心她会把那小可怜的胡须扯下来。哩哩在他下方地面一根原木里找蘑菇,正趴在那儿吃,用灵巧的小手拨弄白色的菌盖,小口小口地咬着。莫根纳也饿,饥饿如今是他的常态。但他吃过几次苦头,知道喊嗑哩能吃的东西并不都适合他。上次纹纹送来些蘑菇,他只尝了很小一口,结果对着树下的灌木丛吐了整整一晚。

一只雄性喊嗑哩高踞在上方远处的枝头,探身向前,迎着林风,

夏末

犹如桅杆上的水手。太阳即将隐没在树冠后,若是以前的世界,莫根纳会确凿无疑地认定那个方向是西边。余晖洒在守卫小小的身躯上,照得那身泛红的皮毛闪闪发亮,如同跃动的火焰。这一天,整个族群继续沿神秘的路线在森林中穿行,似乎是往北行进,走了不少路,吃得也很饱。很快就到睡觉时间了。莫根纳心中有种奇特的满足感,但不久便醒悟,自己并不想要这种感觉,即使片刻的简单快乐,也会让他满心不安。

我正变成它们的一员。

他低头看着哩哩,提醒自己,要重新做人,就必须离开她和她的族群。这时他留意到地面有动静。起初,不知是什么东西吸引了他的目光,再仔细看也看不出问题。他正准备移开目光,动静再次出现——哩哩坐的原木旁有条奇异的线形生物闪过。

是蛇,一条十字蝰蛇。比他在津林或爱克兰周边原野见过的都大,灰黑条纹的躯干有他前臂那么粗,长度与他身高相当。那蛇正以惊人的速度游向哩哩,犹如从衣物上扯下的松脱的缝线,流畅地滑过树叶覆盖的地面。莫根纳警告地喊了一声,哩哩吓了一跳,抬头看看他,又继续吃蘑菇。蝰蛇停了下来,抬起头往后缩,曲起身子,形如蜿蜒的山路,嘴里一下下吐着信子。哩哩终于发现它了,顿时呆若木鸡,剩下的蘑菇还举在嘴边。

莫根纳跳下枝头,落地的姿态很难看。他打了个滚,硬生生撞在原木上,但马上一跃而起,伸手摸向肩后的剑柄,好不容易拔剑出鞘。与此同时,蝰蛇的上半身往后收成可怕的弧线,张开刺眼的粉红蛇嘴准备噬咬。他来不及握紧剑柄,便使出全力砍向蝰蛇,结果砸在它身上的大多是扁平的剑身。哩哩惊恐地尖叫一声:"嘶叽!"拔腿逃向最近的树。但莫根纳的目光不敢离开蝰蛇。蛇身被他拍中的位置留下一道血红的伤口,此外没有别的伤痕。蛇头一次次朝他咬来。

他调整好剑柄,不停反手抽砍,挡住蝰蛇的进攻。蛇头起伏摇晃，寻找噬咬的角度，所以他也不停挥剑。终于，第四还是第五下抽砍正中蟆蛇，打得它斜飞出去，断成两截落在地上，残躯还在不停扭动。

他又恶心又害怕，但仍继续劈砍，直到蟆蛇被剁成小段、全都不再扭动为止。一时间，他心里闪过个念头，想能不能把它吃掉，但马上否决了，毕竟它体内可能全是毒液。他用剑扎起一段段蛇身，扔进灌木丛，然后扯了把白杨叶子，擦掉剑上的蛇血。他父亲低调而务实，所以没给这把仪式性质的宝剑起名字，但莫根纳觉得现在它有资格了。

"就叫斩蛇剑吧。"他惊讶地发现，自己的声音在自己耳中竟是如此古怪、刺耳和陌生。他收剑入鞘，爬回树上，这才感觉全身酸软，就连刚才那点高度都爬得十分费力。哩哩、纹纹和其他喊嗑哩看着他爬回，都敬畏地看着他，嘴里轻声叫唤。好像它们是群遭到巨龙袭击的普通村民，而莫根纳则是伟大的凯马瑞爵士。在这令人沉醉的一刻，他差点把这幻觉当成了现实。

* * *

日夜交替，又过几天，莫根纳早就分不清外面是什么月份了。是安涂月，还是瑟坦德月？就连月份名都快失去了意义，于是他改成用活动和睡觉来衡量时间。每一天在喊嗑哩轻声呢喃着沉入梦乡的夜晚结束，在第二天早上唤醒他的小喊嗑哩兴奋的尖叫声中开始。它们总爱爬到把自己捆在树上的莫根纳胸前，激动地尖叫着，宣布太阳的回归。对它们来说，显然那是个天大的好消息。

族群一直稳步往北迁移，有个让莫根纳开心的结果是，他们终于走出了困扰他的希瑟梦境。莫根纳又能信任影子并根据它们判断方向了，不过这森林简直比国家还大，他早就弄不清自己在森林哪个位置了，只能跟着喊嗑哩走，而后者则沿着莫根纳理解不了的方向前行。有几回他试图改变族群方向，或干脆自己走开，可没几个钟头，哩哩

夏末

就会找到他，满怀真诚与悲伤，对他"叽叽喳喳"叫个不停，直到他随自己返回族群为止。哩哩显然认为，他们在一起才比较安全。

他们经过的森林地形也在变化，与色雷辛接壤的和缓山坡变成陡峭的山峰，高处长满松树与冷杉，许多树上枝丫密集，让莫根纳很难攀爬。他想知道，这趟长途迁徙的终点会是哪里？如果跟这些小动物混得足够久，能否有一日抵达森林边缘？或者正如他一直以来的担忧，他们只是沿着悠长的环形路线转圈，最后会在明年同一个季节再次回到森林的南部边缘？他不必担心饿死，但食物也带不来饱足感，他可不想永远过这种日子。

我是人，他一次次提醒自己，免得连他自己都不相信了。不是松鼠，不是小鸟。我不能永远生活在树上。有人在挂念我。

想象中，头一个思念他的人便是妹妹莉莉娅。莉莉娅没机会认识父亲，而且跟莫根纳一样，母亲对他们的关怀远远达不到泛滥的程度。全因妹妹，他才这么想家。但要怎么回去呢？这个问题每天都在他脑海起起伏伏，哲学的味道越来越深，越来越像"星星由什么构成"那类问题，而不像如何喂饱自己、如何跟上喊嗑哩的脚步那么现实。

族群爬过的树并不都适合莫根纳，他常常要花费大半个上午或下午在地面上走动，才能回到树上的族群当中。不过他越来越习惯了树上的生活，与攀爬有关的部位越来越强壮，后背、肩膀、大腿，甚至双手都出现了突起的肌肉，之前他都没意识到，自己那些部位其实很虚弱。曾几何时，他两手没有茧子，年轻的手臂上锻炼出的肌肉也在酒馆和软床消磨殆尽，但如今，它们的坚韧堪比树皮。他能单臂悬在半空高处，直到另一只手找到合适的位置，然后再将整个身体拉上枝头。而数周以前，他每爬一寸都要使出吃奶的力气。现在虽还比不上喊嗑哩，但他能把绳子甩到高处，借着它垂直攀上树干，速度之快几乎没有停顿，动作就跟松鼠无异。刚开始，喊嗑哩会担忧地看着他努力攀爬，表情很像是同情。但现在，它们已经不用替他操心了，也许这才是莫根纳最自豪的一点。

然而，他扪心自问，一个王子，爬树比所有人都快又有何用？尤其被困在森林深处的王子就他一个。事实上，据他观察，被困在这里的凡人也只有他一个。

将来某天，他们会在树上发现我的遗骨，有时他告诉自己。我会成为贤哲的谜题，仅此而已。那将是我唯一的遗产。

这个想法叫人灰心丧气。所以有时，最好还是别想太多。

* * *

莫根纳再也没在梦中听到理津摩押的声音，但他时常会琢磨她的事。如果真是她，而非莫根纳想象出来的幻影，那他实在无法理解，沉睡的希瑟为何能跟他说话，为何在那么多人里偏偏选中了他。因为他触摸过那个希瑟？可别人肯定也碰过啊。因为他是王子？可希瑟已表达得十分清楚，他们并不在乎奥斯坦·亚德全境的凡人统治者，也就是他祖父母，他自己的头衔更是无足轻重。

有天晚上，他走了一天，疲倦地睡着了。半夜醒来时，他仍安全地绑在一棵椴树上，身下是篮子般交错的枝丫。在他睡着期间，满月已然升起，像个黄色的大鸡蛋停在树冠上。入睡前，周围枝头坐满了喊嗑哩，或梳毛，或吃食；可现在，枝头全空了，只剩他孤身一人。

他坐直了正在解绳子，忽听上方传来一阵深沉的嗡嗡声，仿佛有只野猪大小的黄蜂在不远处盘旋。月光照耀下，他看到树顶附近的枝头被重物压弯：几乎所有喊嗑哩都聚在那里，活像一颗颗丰收时圆满、长毛的果实。他能看到的喊嗑哩都一动不动，寂静无声，但低沉的嗡嗡声仍在持续。莫根纳猜想，它们可能发现了什么猎食者，所以跑到高处躲避。好奇与担忧压倒了疲倦，他懒得利用绳子，直接沿着树干朝它们爬去，反正这棵树的枝丫可以当做不错的台阶。

越往上爬，枝条越细，最后已无法支撑他的体重。他停了下来，

夏末

发现全族都趴在上方两根树枝上，另有一只喊嗑哩高踞在比它们更高的位置，活像祭奠仪式上的牧师。那只喊嗑哩大部分皮毛已然灰白，所以莫根纳叫他"灰灰"。他一举一动比多数同伴更显从容，年幼的喊嗑哩有时喜欢捉弄他，直到他生气地发出"喊嗑、喊嗑"声赶走它们。但此时，没有一只喊嗑哩在跟他玩。不论幼年还是成年喊嗑哩，都毕恭毕敬地仰望着灰灰，后者则不断发出莫根纳刚才听到的低沉的嗡嗡声，感觉就像猫咪在大声呜呜，但猫叫不会像他这样高低起伏。事实上，这嗡嗡声有种节奏，像一首歌，或者一种祈祷，再次让他联想到在集会上祈福的牧师。

灰灰停了下来。沉默许久之后，其他喊嗑哩冲他发出呜呜声，仿佛是在大合唱，差点惊得莫根纳松手掉下树去。他好像不小心撞破了深埋许久的秘密，好像喊嗑哩一直是在装傻，这时终于揭开面纱，露出了复杂的真面目。

灰灰又"嗡嗡"地呢喃起来，其他喊嗑哩不断给出回应。莫根纳观察着它们，听了好一会儿，最终断定永远也搞不懂它们在干吗、有什么目的。等他顺着原路往回爬，几只喊嗑哩看了看他，但也只是看了一眼而已。它们的全部注意力都在灰灰，以及它唱出的月光与森林之歌上。

莫根纳绑好自己，听着族群的呢喃从上方飘来，重新沉入梦乡。他梦到月亮上有个地方，只有喊嗑哩住在那里，吃着取之不尽的月亮苔藓和月亮浆果，从不担心遭到猎杀，而他也是其中幸福的一员。

* * *

林间雾气弥漫，仿佛是为提醒他，再异常的夏天也不会永远持续。每天早上醒来，树冠下都是朦胧的灰色世界。有时等太阳爬到中天，浓雾才会散去。小鹿等森林动物犹如响应魔法召唤，时而突然出现，时而迅速地彻底消失。有时他无法在树上跟着喊嗑哩，只好下到雾蒙蒙的地面，感觉就像潜入没有颜色的海洋。

天越来越冷，因为秋天快来了吗？他寻思着，还是因为我们在往北走？

旅途越久，喊嗑哩似乎越焦急。最近这些日子，族群停下的次数越来越少，很少同一个地方停留超过一晚，多数第二天就出发。有些夜晚，莫根纳能听到年轻成员轻声抱怨，因为白天行进时，寻找食物的时间越来越短，但好像没什么猎食者在追赶它们。随着它们往越来越高的山上移动，常绿树取代了其他树种，食物越来越稀少。似乎有种力量在驱赶喊嗑哩继续向前。

或者引领它们，莫根纳告诉自己。另一方面，他也在思考，现在是否到了各行其道的时候。他在这些小生灵身上学到了很多，可他们的目标若是瑞摩加的白色荒原，他是没法在那个地方生存了。他可不像喊嗑哩一样披着毛皮，身上只有破破烂烂的斗篷，以及从出事那晚一直穿到现在的衣物。至于他的靴子，绑冰爪的地方已经磨穿。一想到冷雨洒下时仍然迷失在森林里，他就满心忧惧，更别说冬天下雪了。

现在，喊嗑哩所在的森林里布满陡峭的岩石山峰，它们开始漫长的攀爬。莫根纳每天都遇到新的困难。路肯定是没有的，大部分地方连可供追寻的动物小径都没有，所以他必须下树时，只能竭尽全力自行开路。好多次他追上族群，明显感觉到他的灰灰和其他喊嗑哩越来越不耐烦。似乎只有哩哩坚持认为必须等他。每次他跌跄翻过拖慢他脚步的岩石障碍，疲倦地爬到树上停留过夜时，哩哩都会爬过来，一边为他梳理头发和眉毛，一边轻轻嘀咕，仿佛在埋怨笨拙但挚爱的亲人。

* * *

他们终于来到一个地方，莫根纳知道自己再也跟不上了。那是道狭窄的山谷，从南往北延伸，两边是高大的板岩崖壁。他不喜欢这山谷的架势：里面浓雾弥漫，仿佛通往阴间的大门，山谷西侧大部分是陡峭的石壁。他希望族群能找另一条路，但灰灰和其他成员笔直朝山谷进发。更糟糕的是，它们似乎没想简单地沿山谷前行，或从旁边找条更轻松的路北上，而是下定决心要爬上东侧的山崖，因为那边与对面不同，陡峭的崖壁树木丛生。莫根纳沮丧地看着小家伙们爬上近乎垂直的崖壁，在层层叠叠的常绿树间穿行，从一棵大树跃到另一棵。他很清楚，自己不可能爬过那紧密交织的松树枝丫，而且山谷崖壁间有些地方十分松脆，经过那儿的树木只能徒增风险。就算他能想办法在树与树之间移动，莫根纳也能料到，爬到那样的高度，只要脚滑一次，跌进迷雾谷底就足以致命。况且他不知道山谷有多长，他们可能要在崖壁间爬上好几天。

于是，当小动物们踩着陡峭悬崖的树木往上爬时，莫根纳转身离开了。他得自己找路穿过山谷，因为他相信，就算山谷里住满了饿熊，肯定也比直接攀岩安全得多。

令他惊讶的是，发现他退回森林地面，喊嗑哩开始嘀嘀咕咕，朝他发出"喊嗑"的警告声。他置之不理，爬下最后几码山坡，刚回到水平地面，就感觉有东西爬上后背，在斗篷里纠结一会儿，推得他脚下一绊，踉跄几步，摔在潮湿的地上。

是哩哩。他将小母兽从斗篷里解救出来，发现她奇特的小脸上有种以前没见过的表情，嘴唇翻开，两眼圆睁。

"喊嗑，喊嗑喊嗑！"她围着坐起身的莫根纳蹦蹦跳跳，每个动作都明确无误地表达出害怕和忧愁。

"别管我了。"他边说边站起身，"我爬不上那道悬崖。你去吧。我到另一边跟你们会合。"他指指山谷，但哩哩只是愈加严厉地责备他，他这才醒悟，自己竟在跟听不懂人话的小野兽争论。他弯腰安抚哩哩，但后者跳进他臂弯，一把抓住不放，小爪子隔着薄薄的衣物刮擦着他的皮肤。

"放手，哩哩！"但她不肯放开，反而更加用力。他把小家伙扯下来抛在地上，动作不禁粗鲁了些。可他很累，而且喊嗑哩明显要避开山谷，他却准备进去，所以心中充满忧虑，不愿带上哩哩。

"你回去。"莫根纳告诉她。小家伙蹲在地上，瞪圆眼睛望着他，那目光看得他满心愧疚，好像他在街上推倒了一个小孩子。"我答应你，哩哩，我到另一边跟你会合。你跟大家走吧。"他转过身，走进盘旋的雾气，最后听到的是一声哀怨悠长的尖叫："哩——！"他猜那是最后的警告，或者悲伤的呼唤。

* * *

时间才到下午不久，但走进山谷几百步，他便将太阳和喊嗑哩抛到了身后。黑暗仿佛突然降临，空气也失去夏末的暖意。伴着他朝峡谷走去的每一步，雾气愈发浓重，汇成奇异的鬼影在他周围翻腾。这还不是吓得他心跳加速，并将佩剑抽出来的唯一原因。山谷内静得诡异，没有鸟叫，没有虫鸣，甚至连林风摩挲树枝的声音都没有。谷底中央有条河，但连河水都像熔化的玻璃，没有"汨汨"或溅水声。流动的河水和舞动的雾气间偶尔有道黯淡的光芒闪过，除此之外，整个山谷就像盗空的陵墓，死寂而空无。

有一次，他听到身后有轻轻的声响，回头一看，半是希望、半是担心地以为是哩哩跟了上来。可他停下脚步，一动不动地站着，结果什么都看不见，也没听到任何声音，只有自己的心跳推动血液在血管间涌动，仿佛沉闷的鼓声。

两旁耸立的峭壁参差不齐，近乎垂直，一块块板岩犹如竖起来的羊皮卷。崖顶的石板裂成锯齿状，谷底到处堆着落下的岩石碎片。山谷十分狭窄，像是巨人之手插进大地，将它像窗帘一样分到两边似的。就连河边的树木也显得极不自然，树干角度奇特，像是饱受折磨。树根在潮湿黝黑的地面上交织成网状，相邻树木的枝丫纠缠不清，仿佛正以不可思议的慢动作在久远到不可想象的战役中打斗。谷里大部分植物在莫根纳看来都很古怪，灰色的柔荑花在黑草上轻轻点

夏末

头,树上悬着一块块浅黄色的苔藓,像是染病绵羊身上剪下的羊毛。有些树长着疤痕累累的银色树皮,和像焦油般黝黑闪亮的果实。莫根纳无法想象,若是饿得实在受不了,摘一颗闪光的果实吃会有什么后果。今早他曾吃过些坚果,但吃得不多,恐怕支撑不了多久。

前方不远处的河岸有动静,他慢下脚步,随即停下。看清动静的来源,他松了口气,因为那东西尺寸很小,然后却发现它长得有点恶心。那是一只类似火蜥蜴的东西,没有眼睛,却有蜈蚣那么多的脚。它在裸露的地面上慢慢爬过,每只脚都独立往前移,脚趾弯曲,最终消失在黑草丛中。

他正站在原地呆看它的背影,脚下大地突然轻微地一颤。他以为是错觉,但枝头的黑色果实也在摇晃。他再次迈开脚步,边走边观察上方的崖壁,以防落石。

雾气仍在加重,前路越来越昏暗。他偶尔能看见山谷上方露出一小片天空,天色渐渐由蔚蓝变成傍晚的紫色。他暗骂自己愚蠢:贸然走进山谷,完全不知要走多远。他仍带着燧石与火钢,可以生火,但他怀疑在潮湿的河岸和无边无际的雾气中,能不能找到干燥的木头做成火把。想到夜幕完全降临还要待在这里,他不由加快了脚步,希望离开这阴暗狭窄的山谷。他都好久没生出这么强烈的渴望了。

脚下大地再次震颤,比上次更猛。他打个趔趄,差点摔倒,赶忙扶住一块长满苔藓的滑溜岩石,稳住身子。苔藓里有东西扎他的手指,他正忙着擦拭,想把皮肤上黏滑的东西弄掉,大地毫无预警地颤了第三下。他被震离地面,跌坐在泥泞中。旁边的草丛突然滑出一条蛇,跟他的腿差不多长,若在明亮的阳光下,那花纹也许色彩缤纷,但在这里只能看出深浅不一的灰色和紫黑色。不等他捡起宝剑,蛇已经消失了。

他爬起身,确信峭壁上的岩石肯定会被震松、脱落,却只看到一些细小扁平的石块从山壁接连滚落,坠入雾中,激起阵阵波纹。

嘭！第四下颤动最为猛烈，还伴着一声雷鸣般的巨响。他再次爬起身，突然醒悟：每次颤动都跟上次一样，只是声音更响，就像脚步声——朝他走来的脚步声。

他身上粘着黏滑的泥巴，视野被浓密的雾气阻挡，几乎成了瞎子。他感觉有东西携着大黄蜂似的嗡鸣从耳旁掠过，随即看到前方河面上的柳树扎着一支还在抖动的箭，只差一掌就能射中他。他惊呆了，正盯着那支箭看，又有两支箭飞过，带起的风声如同赶畜人扬起的鞭子。后两支箭扎在第一支正上方，三支箭在光滑的灰色树干上连成一条近乎完美的垂线。

莫根纳朝迷雾深处奔去，逃离朝他射箭的人。手里的宝剑依然毫无用处。他的思绪疯狂乱转，满脑子只想着下一支箭很可能正中他的后背，就在这阴暗潮湿的山谷中，彻底终结他的一切。

第五下地震。如果这震颤是脚踩出来的，那只脚一定比房子还大。地面在莫根纳脚下隆起，推得他往前翻了个跟头。震动将河水扬出河道，浇在岸边的黑草上。莫根纳掉进水里，脏水溅入他眼中。他四脚着地，挣扎着往前爬，拼命想在泥泞的草丛中找到抓握点。这时他抬起头，看到不可思议的一幕。

一个大到难以置信的身影正沿山谷朝他缓缓走来。浓雾中，它就像从岩壁上剥离并获得生命的一块巨岩。骇人的巨影靠近时，莫根纳能听到树干折断的声音，就像家里那棵节庆橡树一样粗壮的大树被踩成碎片，发出响亮的爆裂声。昏暗间，他看到那影子有两条腿，支撑着如舰首般宽大的身躯。

莫根纳转身逃回原路，再也顾不上有人射箭了。骇人的巨影造成的恐惧压倒了一切，他没法考虑其他事情，只想着逃走，不要被那吞噬世界的庞然大物追上。

他不停地跑，直到山谷入口出现在前方，在珍珠色的雾气里现出一个明亮的三角形。但此时此刻，庞然大物的脚步声追得更近，让他

夏末

在颤抖的地面很难保持平衡。山谷尽头还差几肘尺,他却摔倒了,没法指挥沾满泥巴的四肢正常活动。生机近在眼前!他无暇多想,干脆四肢着地,像只跛脚野兽般朝前爬去,心中却明知没用,片刻间就会被那不可能存在的怪物踩成肉泥,就像凡人踩死蚂蚁一样。

然后,有东西从上方抓住他。他的肚子被紧紧捏住,像被可怕的巨蟒缠上,将他拉进上方盘旋的雾气,将他肺里的空气全都挤光。

第二部
秋涼

津林

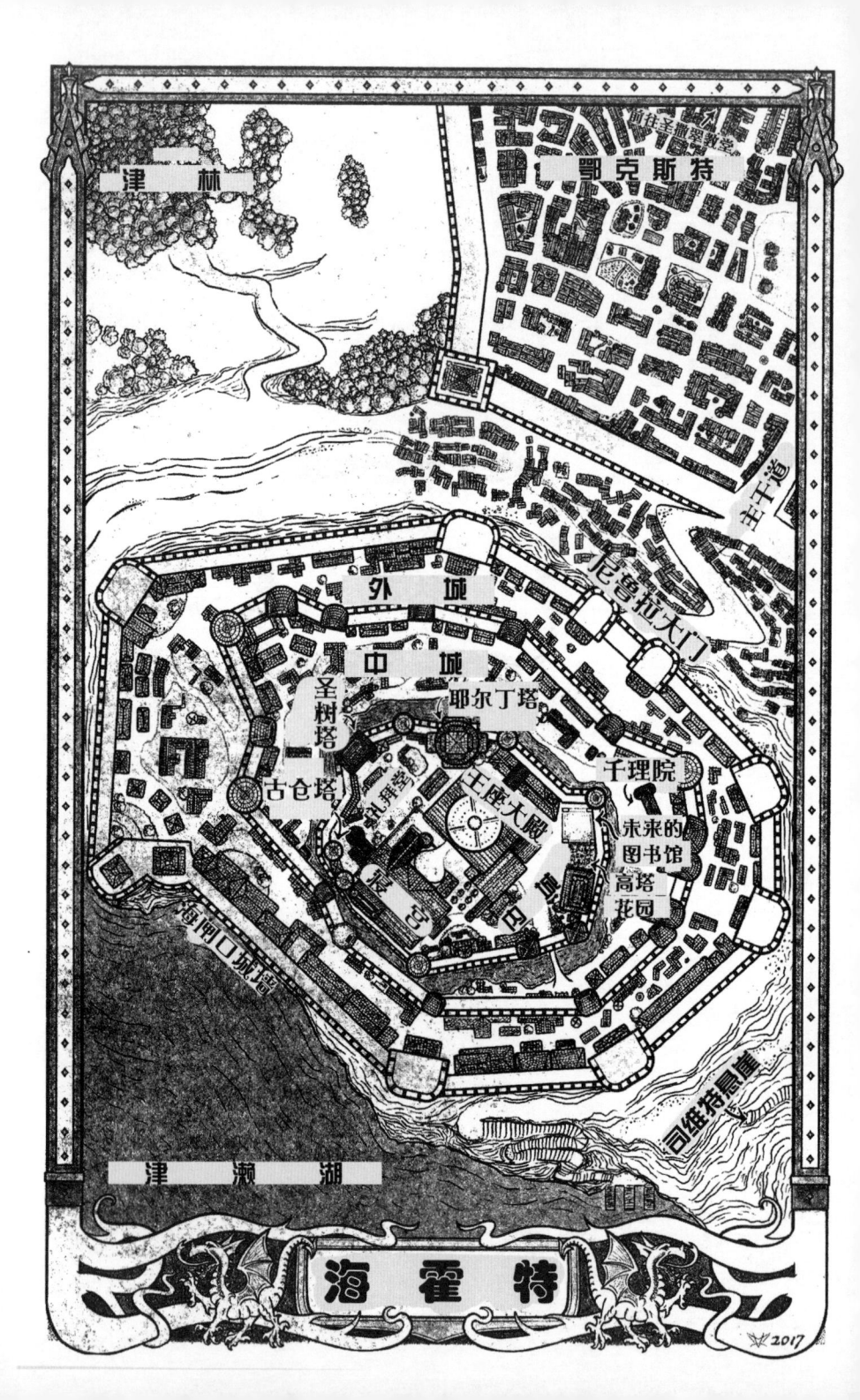

鄂克斯特

龙鸣拉大门

外城

中城

圣树塔

耶尔丁塔

古仓塔

千理院

礼拜堂

王座大殿

未来的图书馆
高塔
花园

海闸口城墙

司维特悬崖

津濑湖

海霍特

这是什么地方?
季节飞速变幻,
如学者翻动书页。
春变夏,夏转秋,冬日迅回春。
这里的一年,
如火焰燃烧、熄灭、再燃烧,
不停吞噬自己。

——刻蔓拓里的平纳雅

Empire of Grass

夏日玫瑰

♔

弗里墨耸耸肩。"你我怎么想无所谓。乌恩沃想做什么就做什么,不听任何人指挥。他一直没变过。"

海菈与同族男人生活了一辈子,对弗里墨的话早该有心理准备,但她仍怒火中烧。"你是他朋友!你不在乎吗?红胡子鲁德抓住乌恩沃会杀掉他的。"

弗里墨坐在海菈旁边,谨慎地摆出漠不关心的表情。海菈只跟他说过几句话,本以为这个年轻酋长与其他人不同,但看上去可能误解了他的意思。"朋友?"弗里墨说,"乌恩沃从来没有朋友。我跟他算比较亲近,但并不等于我就是他朋友。"他脸上终于露出点真情实感,既有一闪而过的愤怒,也有一丝微弱的忧虑,让海菈大大松了口气。"乌恩沃跟红胡子的区别是,乌恩沃的荣誉感高于一切,甚至高过友谊。"他望向海菈的目光近乎恳求,"你明白吧?"他说,"毕竟他是你姐姐的儿子。"

"是我姐姐的儿子,没错,但我只认识孩提时的他,后来就没见过。至于我姐姐渥莎娃,我对她的了解也没多少。她比我大好多岁。在我长大期间,她和约书亚王子就搬到城里住了。当年她离开父亲的帐篷时,我还以为她赢了——她找到了关心她的男人,对方更想要她,而不是一车吵闹的孩子。结果多年后,她回来了,脸色黑得像雷雨云,带着一对双胞胎。我父亲赶走了年幼的戴奥诺斯——那是乌恩沃当时的名字——并警告我们,谁敢提他就把谁打得浑身是血。"海

秋凉

菝依然记得,那天之后,渥莎娃几乎不再说话,像被魔法变成了石头。"我们的父亲,"她悲苦地说,"死了更好。"

"是啊。"弗里墨苦笑一声,"乌恩沃至少为你们做了件事,杀了老怪物费克迈。"

"别以为你懂得很多。"海菝环顾四周,但骏马部族的营地里没人留意他们,他们都忙着计划要在灵山脚下短暂而重要的节庆期间做些什么。对每个人来说,酋长大会有很多吸引人的地方,他们可以吹牛、买卖马匹、跟老朋友或老对手喝"叶乳"……喝到所有人都忘了自己是谁,然后跟跟跄跄走出商人的帐篷,找路各回各家。所以他们无暇关注其他人悄声聊天,但海菝仍压低了嗓门。"没错,乌恩沃杀了我丈夫古迪格。"她顿了顿,回想那个难以言喻的奇异日子,"可以肯定的是,有神灵在帮他。我亲眼看到了。"

"我知道乌恩沃和神灵有关。"弗里墨不带感情地表示赞同。

二人沉默下来。"所以你明白我的意思。"她终于续道,"但乌恩沃没杀我父亲,是我姐姐杀的。也是我亲眼看见的。"

弗里墨有些惊讶,甚至震惊。这种时候,海菝看出他还是太嫩,无论他多想成为刀一样坚韧冷酷的部族战士,但内心仍是有感情的。"真的吗?"

"她发过誓,总有一天要这么干。"

"那人们为什么说是乌恩沃干的?"

"因为他默认了。费克迈死了,没人会出声反对他,所以他揽下了我姐姐的罪行。再说了,所有人都讨厌我父亲,听说他终于死了,多数都很开心。唯一更让他们痛恨的是,女人竟敢动手弑父。要被骏马部族其他人知道,我姐姐会被绑到野外喂狼。"

弗里墨哈哈大笑,这回轮到海菝吃惊了。"哈哈哈!他们不会从我这里听说真相的。她怎么动手的?"

"喉咙上扎把煮肉叉,胸口再捅把餐刀。他死得不干脆,但我没动一根手指帮他。"她没法对一个近乎陌生的人诉说父亲做过的可怕的恶行,虽然傍晚很温暖,她还是裹紧披肩,掩饰愤怒的颤抖。"不过,弗里墨酋长,咱们跑题了。"

他又笑了,但这次的感觉有所不同。"酋长,我永远没法习惯这个头衔。事实上,大会结束后,我怀疑不会再有人这么叫我。我的部族对我和乌恩沃都没什么敬意。"

"但眼下他们还跟着你。无论是不是朋友,你必须阻止乌恩沃去鲁德的营地。大会上每个人都在讨论乌恩沃和他的事迹!红胡子鲁德不会放任这样的对手活着离开灵山。然后,我们这些剩下的人,所有跟随乌恩沃来的人都将被杀,或者沦为奴隶。"

弗里墨拉起海菈的手。后者吓了一跳,但也感激年轻人的触摸。她丈夫直到死前,多年来只把她当做生养的母马,甚至还是不受钟爱的一匹。"我拦不住他,海菈。"弗里墨缓缓说道,"神灵与他同在,任何人都拦不住他做任何事,尤其涉及他的荣誉时。"他摇摇头,"鲁德邀请了他。这次的酋长大会上,每个部族里的每个人都知道这件事。如果乌恩沃不去,即使那是个理智的决定,人们也会悄声议论,说他害怕鲁德。"

"谁在乎其他人的想法?"海菈嚷嚷起来,然后好不容易才控制住自己的音量,"宁愿光荣地死去也不要活着?"

"对某些人来说,是这样。"弗里墨再次捏捏她的手,起身离开两人坐的原木,"等到下一个黄月亏缺,我基本就不再是酋长了。但我现在还是,所以必须确保部族成员明天平安。"

"那你呢?"海菈追问,心里很在乎这个问题的答案,却又觉得很丢脸。她几乎不了解这个年轻人。对方无疑将她视为年长的寡妇。有需要就有弱点,正如草原上的动物一样,弱点会招来猎食者。这是她从禽兽父亲那里学来的教训,学得十分深刻。"你会平安吗?还是说你要学乌恩沃,为了维护荣誉而做些愚蠢、要命的事?"

秋凉

"他救过我。"弗里墨说,"你要知道,荣誉并非男人牺牲性命的唯一目的。在我看来,你姐姐杀死费克迈时,她也在遵循自己心中的荣誉感。我听说过那人的恶行。我们都要做自己必须做的事才能无愧于心。"

海菈不忍再看他,只得垂下双眼点点头。"那好吧,愿草上惊雷看顾你。"她想起对方与自己是不同部族,"也愿仙鹤部族的……"她开了个头,却记不起对方部族守护神的名字了。

"破空者。"他接过话头,露出微笑,"是啊,希望明天所有神灵都看顾我们。不要放弃所有希望,夫人。我见过群狼包围乌恩沃,见证头狼向他致敬。他跟其他人不一样。"

你也是,赫瓦特之子弗里墨,海菈目送他离开,心中想道,所以你死在红胡子手上,悼念你的人不会很多,恐怕只有我一个。

♛

数千马蹄踩得道路坑坑洼洼、尘土飞扬。路旁站满各个部族的成员,看着乌恩沃及其追随者走过,赶往湖岸那边的黑熊部族营地。弗里墨看到,人群中除了男人,还有妇女儿童,多数人脸上兴奋莫名,好像这是个喜庆的日子,但很难说是因为见到声名狼藉的"长腿"乌恩沃本人,还是期待红胡子鲁德杀死对手。他们经过时,很多人大声吆喝,多数是嘲讽。偶尔有人喊道:"告诉红胡子,我们要夺回自己的牧场!"或者"鲁德是贼!"仿佛乌恩沃带着十来人的队伍就能帮他们讨回公道似的。

弗里墨催马赶到乌恩沃旁边。后者漫不经心地骑着马,脸上冷酷而漠然,仿佛木雕。

"这样走进红胡子的营地很蠢。"弗里墨悄声告诉乌恩沃,"如果你心里有什么计划,至少告诉我吧。我是唯一一个打一开始就站在你这边的人。"

"我没叫你选边站。"

弗里墨暗骂一句。上个月发生的事，唯一的结果就是让乌恩沃变得更加沉默，而他本来就是个寡言少语之人。"红胡子鲁德可不会这么想。他会杀了我和我的手下，就跟他会杀了你一样。"

"他不会杀我。我们是他的客人。"乌恩沃的语气与其说是确信，不如说是漠不关心。弗里墨整个早上都觉得五脏六腑像被蟒蛇缠住，缓缓地越收越紧。乌恩沃的话对他没有任何安慰。

有个男人推开群众，挤到一行人跟前。他身材高大，喝得烂醉，但年纪很轻，胡子还只是绒毛。

"喂，长腿！"他吆喝道，"喂，乌恩沃！你叫这个名字，对吧？'无名氏'！你就是个无名氏！"

乌恩沃猛拨马头，年轻人只好跳到一旁躲避，然后他从马鞍上弯下腰，犹如鹰隼俯视在草丛间奔逃的血液丰盈的小兽。年轻的草原人没料到他会有这种反应，仰面呆看着他，僵硬得像块石头，双眼惺忪地圆睁着。

"没人能叫我'无名氏'，除非他有自己的名头。"乌恩沃说，"你有吗？"

年轻人答不上话。乌恩沃点点头，仿佛认可了对方的答案，拨马继续前往鲁德的营地。

他们来到黑熊部族为这次酋长大会竖起的大门前。弗里墨看看身后的众人。"秃头格兹丹在哪儿？"他问，"他说过他会来。"

仙鹤部族的众人耸耸肩。

乌恩沃翻身下马，把坐骑绑在篱笆上，横穿草地走向鲁德的巨帐。他的伙伴们绑好各自的马匹，紧随其后。弗里墨必须加快脚步才能与乌恩沃肩并肩，但他下定决心，万一动起手来，他绝不能被人视为懦夫，即使今天会成为他的忌日。当初乌恩沃可以放任他死去，却赶回来救他。救命之恩，只能以命相报。

鲁德的帐篷虽然豪华，但只占黑熊部族营地的一小部分。它位于

秋凉

营地中心,旁边架起一顶宽大的遮阳棚,边长约二十步,正面敞开,两边用鲁德的马车充当临时墙壁。一面绘有部族图腾"啸林者"的大旗悬挂在马车后部,画上的黑熊张开长满獠牙的血盆大口,正对着坐在高凳上等候的男人。他脚边还坐着六个男人,全是胡子拉碴的精壮战士,既是各自部族的酋长,也是鲁德的护卫。这几人,弗里墨即使没见过,至少也听说过名号。对他们刀剑相向无异于自杀。

高凳上的男人就是红胡子鲁德,手臂上粗厚的黄金臂环,还有颈间的黄金项圈,标志着他与普通部族战士的身份差异。除此以外,他与他的追随者既相似也有不同。他的身材不算特别高大,也不格外魁梧,但纹身手臂上的肌肉紧致而结实。他鼻梁很窄,两眼如刀疤般细长,不像身边酋长那样目光炯炯或怒目而视,而是半笑不笑地看着乌恩沃走近,犹如猎人般热切而专注。鲁德并不老迈,但也不算年轻,顶多比乌恩沃大十岁。他那著名的红胡子只有下巴两侧夹杂着几缕灰白。

弗里墨看到营地各处有男男女女在径自忙碌,但视野内没有黑熊部族的武装战士,也没有哪个族人像入营路旁的草原人一样站着围观。难道他们对长腿乌恩沃拜访鲁德营地漠不关心吗?还是说他们害怕暴力冲突?弗里墨的族人格兹丹也是因为同样的理由,所以说话不算数,没跟他们一起来吗?

"啊,他来了。"见他们走近,鲁德大声说道,腔调像个萨满,仿佛从他嘴里说出的每个字都比其他人说的意义重大。"骏马部族的乌恩沃来向我致敬。或者你叫桑维?你用过这个名字吧?听说你还有个石民的名字,但我想不起来叫什么了。还有,你是骏马部族还是仙鹤部族的?这里有很多人讨论你的事,提跟你有关的问题。也许你可以告诉我,你到底是谁?"

"我就是你眼前见到的人。"乌恩沃回答,"我来不是为了致敬,红胡子,但也不是招惹你。我来是因为你叫我来。"

"对，对！"鲁德似乎对这答案很满意，咧嘴笑了，但脸上其他部位依然冷冰冰的。"我心想：'这人的事我听说了太多，在酋长大会结束前，怎能不见上一面？'于是你就来了。"

"对。"乌恩沃同意，"我来了。"

两人互相打量，棚中一时安静下来。"跟我喝一杯吧。"鲁德终于说道。他拍拍手，巨帐中走出三个女子，每人手托一个银盘。看那盘子精美的花纹和细致的做工，应该是从哪个纳班贵族家里抢来的。不等女子上前服侍，鲁德便伸手拿起杯子和一把大口壶，自己倒了一杯，然后给乌恩沃和坐在脚边的每个酋长都倒了一杯。后者连一点欢迎或祝酒的表示都没有，直接把酒喝光。

"不用担心，"鲁德说，"没毒，只有南方山里产的上等红酒。"

乌恩沃拿起自己的杯子，看了会儿，喝了些，在嘴里漱了漱。"葡萄酒？"他问，"你放弃了父辈祖辈喝的叶乳？"

鲁德哈哈大笑。"因为我爱喝纳班人的饮料，你就要说我软弱吗？因为我将纳班贵妇变成床奴，就说我不是部族战士？"

"如果你爱上其中一个并背叛自己的民族，那么，对，你就不是部族战士。"

"哈！"鲁德喝光银杯里的酒，挥手要更多，一个女子快步上前为他倒酒。"乌恩沃朋友，你只能算作半个部族战士，却说出这样的笑话，真讽刺啊！"

乌恩沃耸耸肩。"我的血脉不是我的责任。我父亲在我年幼时决定回到石民当中，同样不是我的责任。我一辈子都过着部族战士的生活，骑马、劫掠……喝叶乳。"他将杯子交给最近的一个女仆。后者先看了看鲁德，得到批准后才接过杯子。"你这酒对我的胃口太淡了。我还是等更适合的口味吧。"

鲁德点点头，仿佛刚才看到的是精准的一箭。"那就别再浪费时间讨论礼节和其他琐事了。我听说，你自称新山王，就像依帝泽转世。"

弗里墨感觉族人个个绷紧了神经,犹如拉满的弓弦,其中一两人垂手按住刀柄。

"我只称自己为人。"乌恩沃回答,"其他人对我的议论不能怪我。正如我血脉中流淌的石民血液不能怪我一样。"

"所以,你不是重生的山王?你不要这个头衔?"

"我什么都不要。"

"那你必须像其他部族战士一样,回应对你的指控。"鲁德拍拍手,女仆们拿起盘子,快步回到营帐。鲁德又拍拍手,喊道:"沃弗拉格!"

帐篷里走出个男人,身穿萨满外袍,比鲁德更长的花白胡子垂至腰间,两边脸颊的太阳穴下方各纹一颗星星,额头上纹了只眼睛。

"有何吩咐,酋长之长?"萨满的嗓音低沉如雷,仿佛一头焦躁的公牛。

"带访客出来。"

沃弗拉格点点头,回到帐中,过了会儿,带着个手臂上纹有仙鹤部族图腾的男人出来。新来者望向乌恩沃和弗里墨等人,但躲闪着不敢迎接他们的目光。

弗里墨一跃而起。"秃头格兹丹!你干什么?背叛我们?"

弗里墨的动作引得鲁德周围的六个酋长全都站了起来。乌恩沃身后的人也一样。弯刀嗡鸣出鞘。刹那间,流血冲突眼看就无可避免。但鲁德站起身,对所有人怒目而视。

"你们干什么?忘了我们的正义审判吗?仙鹤部族的格兹丹要说话,你们要听着。在我的帐篷下,刀刃不可饮血。"说完,他嘟起嘴唇吹了个口哨,哨声尖厉刺耳,恍如画眉的叫声。突然间,四五十个黑熊部族战士从马车、营帐背后快步跑到遮阳棚下,显然一直藏着等待信号。弗里墨暗骂自己是个傻瓜,乌恩沃也是个傻瓜。战士们手里拿着弓，朝乌恩沃一行走了几步，搭箭上弦，瞄准他们。

"现在，"鲁德说，"我们安心听听这个叫格兹丹的家伙想说什么。"

"安心？诅咒你，鲁德！"弗里墨此时的愤怒多于恐惧，"我们是你帐篷下的客人！"

"只要你不动手伤人，就不会受伤。"鲁德回答，"任何人都有权在自己的营地保护自己。你们任何一个敢离开位置，我的人就会杀了你们。"

秃头格兹丹显然没想到要当着别人的面背叛他们，因此回答鲁德的提问时显得磕磕巴巴，以致鲁德手下一个傀儡酋长起身拿刀抵住他的胸膛，逼迫他说得更大声、更清楚些。

"我再问一次。"鲁德指着乌恩沃，"你认识这人吗？"

格兹丹点点头。"他是长腿乌恩沃。我们所有人在庆祝婚礼时，他杀了我们的酋长欧里格和新郎，自封为仙鹤部族酋长。"

"撒谎！"弗里墨喊道，"乌恩沃是出于自卫才战斗的，两场战斗都是公平决斗！"

"是乌鸦帮乌恩沃打赢的！"弗里墨方有一人补充，"神灵也在支持他，就像支持依帝泽山王一样。我们都看见了！"

"安静。"鲁德说，"在这里，我是维护正义的酋长。我宣布，这个乌恩沃是罪犯，并非真正的部族战士。他不配做客人，因为他来这里用的是假名字和假身份。绑起来。"

几个黑熊部族战士上前将乌恩沃的手腕扭到身后，用生牛皮绳绑紧。其他战士一直用箭对准弗里墨一行人。"现在，向鲁德行礼。"负责打结的人命令，"向酋长之长行礼。"

乌恩沃往地上啐了口唾沫。"我宁可向恶魔之王行礼。"

"你很快就有机会了。"鲁德点点头。绑乌恩沃的人举起刀。弗里墨绝望地往前扑去，压根没想过可能会同暴雨般落到自己身上的箭

秋凉

矢。但那人并未砍掉乌恩沃的头,而是调转刀身,用沉重的刀柄砸中他的头,打得他失去知觉,倒在草地上。

"你们管这背叛叫正义?"弗里墨喊道,"袭击请到家里做客之人?草原诸神会审判你们、谴责你们!"

鲁德挂着一丝笑意,检查过躺在地上的乌恩沃才回答。"这一切就是正义。弗里墨,又叫'兔子'对吧?你说到神灵,好啊,那就看看啸林者和其他神灵眼中的真相是什么吧。虽然这冒牌货的罪行理应受到惩罚,但砍头这么粗暴的事我是不会做的。我不会。神灵会亲自审判他。"

"你在胡说什么?"弗里墨质问,随即明白过来,本来已冷到纠结的肠胃收得更紧了。

"你们相信他是山王。"鲁德用所有人都能听见的音量说,"他也没阻止其他人这么叫他,虽然他的所作所为配不上这个头衔。依帝泽山王和以往许多自称受到天堂眷顾之人,都经历过夏日玫瑰与长夜的试炼。只有依帝泽活了下来。所以,我们要让长腿去接受同样的试炼,让天堂的神灵亲自裁定他的命运。"他转身对萨满说,"沃弗拉格,考验的时机到了吗?"

"很快会到,酋长之长。"胡子男人沉声回答。

"很好。"鲁德伸个懒腰,像个太久没做正事的人,然后低头看看躺在面前的男人。"给他泼点水,让他站起来,带到外面,让所有叫他名字的人亲眼见证他的命运。他们以为长腿乌恩沃是转世山王,对吧?那就让我们看看,他喜不喜欢夏日玫瑰的亲吻。"

* * *

两驾敞篷马车,两侧由鲁德的战士骑马押送,沿营地主路隆隆地绕湖前行,好让红胡子的囚犯游行示众。弗里墨和其他乌恩沃的追随者被塞进第二驾马车,坐在潮湿的木板上,绑在一起,随着车轮的翻滚而互相碰撞。乌恩沃在第一驾马车里,依然没有知觉,鲁德站在他旁边。由于酋长之长也在,民众对乌恩沃只是咒骂,但弗里墨等人就没那么好运了,身上沾满了污物和泥巴。

我们仙鹤部族的其他人去哪儿了?弗里墨琢磨着,他们都是叛徒吗?难道不止秃头格兹丹一个?乌恩沃自己的骏马部族呢?红胡子不怕激起内乱吗?等他抹去眼里的泥巴回头张望,发现鲁德的黑熊部族几乎倾巢而出,再加上数百个支持他的部族民众,六个一排列队走在马车后面,这才明白红胡子鲁德为何不担心如此招摇的后果。

示众队伍在炙热的下午阳光下走了几个钟头,等回到鲁德的营地,整个酋长大会的参与者似乎都跟来了。弗里墨等人躺在马车里,被污物砸得筋疲力尽,脏话都快把耳朵灌聋了。马车穿过黑熊部族的营地,朝最大、最神圣的山峰脚下走去。传说在时间诞生以前,一位不知名的神灵在这山顶创造了凡人,从此这山被称作缄默山,以向那位神灵致敬。

骏马喷着鼻息,马蹄下泥巴翻飞,拖着两驾马车爬上蜿蜒的山路。人群跟在后面,犹如原木倒下时涌出的蚂蚁,各尽所能找路上山,为自己获准爬上神山而欣喜若狂。车队在山顶附近一块天然草坪上停下。草坪中央伫立着一块巨石,据说是诸位神灵第一次会面的地点。缄默者创造了世界,而他们在这里获知了各自的职责。鲁德手下几人骑马往前走了一段,在圣石前把一根木柱钉进地面。看到这里,弗里墨的血都冷了。这是用部族敌人献祭的地方,这传统已持续了不知多少年,只是上次与石民的战争结束至今,就没人在这里立过行刑柱。鲁德似乎要向整个草原证明,他才是唯一的酋长之长。

另外几个鲁德的战士爬进马车,抬起乌恩沃朝柱子走去。他已经醒了,想要挣扎,可惜对手太多。他们扯掉他的衬衣,将他脸压向柱子,好几个人分别抓住他两条手臂,然后割断绳子,让他手臂往前绕过柱子再重新绑好。乌恩沃只能无助地站着,腹部贴着粗糙的木头,后背完全暴露。

秋凉

一群凶神恶煞的黑熊部族战士在草坪前方排成一行，拦住跟上山来的人群。前面的人停下脚步观看，后面的人继续往前挤，推推搡搡，吵吵闹闹，想看得更清楚些。鲁德查看过囚犯，走到人群跟前。

"古时候，"他朗声说道，"对于抢夺他人物品之人，不论是马匹还是山王的头衔，都有种治疗的手段，叫夏日玫瑰。"他转身挥挥手臂，"沃弗拉格，拿来给我。"

长须萨满走上前，怀里抱着一捆深绿色的细长枝条，颜色深到即使在明亮的迟午阳光下看上去也近乎黑色。枝条一端用绳子裹成手腕粗细，充当手柄。鲁德抓住手柄，将枝条举到空中。枝条鞭垂落下来，长度接近他的膝盖。"在缄默者的山峰上，生长着由他祝福过的野玫瑰。"他说，"对惹怒神灵的人来说，这是十分恰当的惩罚。"

弗里墨知道，那根野玫瑰枝条浸过盐水，像编织皮鞭一样柔软坚韧。但他父亲也说过，那种处理方式影响不到上面的尖刺，反而会让它们像鱼钩一样坚硬而锋利。

"没有部族的乌恩沃，胆敢以神灵的名义行骗之人，就该受到这样的惩罚。"鲁德宣布说，声音之洪亮，即使在人群后面的人也能听到。"这就是神灵之怒的滋味！"他扬起枝条往前抽下，横扫乌恩沃的后背。乌恩沃没有喊叫，但鞭子抽过之后，他的肌肉像拳头一样收缩，两脚一时无法支撑身体，全靠手腕上绑的绳子挂住。他背上有些部位开始滴血，被玫瑰扎得更深的位置则像小溪一样，鲜血顺着双脚流下。

"一百记夏日玫瑰！"鲁德宣判。人群报之以野兽般的嘈杂声。弗里墨似乎听到几句咒骂红胡子的声音，但在赞同的声浪中显得孤立无援。"这将验证你的资格。依帝泽山王能熬过去，野心勃勃的你肯定不比他差！"

"那只是个古老的传说！"弗里墨终于挣扎着起身，站在马车后部大声喊道。他的族人试图将他扯下去，但他不肯闭嘴。

"兔子弗里墨,你说我们的民族历史只是个传说?"鲁德摇摇头,继续甩动玫瑰枝条。"你如此妒忌这个叛徒,以致想加入他的行列?我们随时可以再竖起一根行刑柱。"

"红胡子,如果你喜欢故事,"弗里墨嚷道,"那就想想欺骗依帝泽的酋长的下场!"要不是族人都被绑住,他们早就用手捂住他的嘴巴让他安静下来了,但他们只能从下面推他,踢他的脚。他仍不断叫嚷。"想想神灵是如何惩罚那些叛徒的!"

鲁德冲弗里墨看不见的某人点点头。过了一会儿,一只大手掐住他的后颈,将他的头狠狠撞向马车围栏。他的神志在漆黑的漩涡中旋转,身体朝后倒下,仿佛有座山峰砸在他身上。

他无助地躺在马车里,听见鲁德说:"仙鹤部族的小子,再让我听到你的声音,你就跟这懦夫一起受罚。"

乌恩沃的鞭刑一直在继续。弗里墨听到鲁德叫他的心腹酋长轮流参与抽打,但他什么也看不见,因为双脚无法支撑身体。直到最后几鞭,他才好不容易再度爬起。乌恩沃一声都没哼过,此时也叫不出任何声音。他无力地坠在绑紧的手腕上,后背全是鲜红的深沟烂皮,惨不忍睹。就连围观的人群也沉默了。

"放他下来。"鲁德说,"沃弗拉格,他还活着吗?"

萨满弯下腰,用手里一个发亮的小物件照照乌恩沃的脸。"还有呼吸,酋长之长。"

鲁德哈哈大笑。"这么说,神灵认为他的惩罚还不够重。他们想要参与!把他背靠柱子绑起来。"

乌恩沃没有反抗,任凭稀烂的后背被按在柱子上,两手再次被绑。这时弗里墨听见,人群中有人在尖声咒骂鲁德。

"乌恩沃的女人不喜欢这种娱乐。"鲁德对其他酋长说,"或者她已经在找新男人了。"

"我要亲手宰了你,懦夫!"那个女声叫道。这回弗里墨能听见

秋凉

其他人在试图阻拦她。"你不是熊,红胡子,你是牛!好多年前就将卵蛋割给了城市人!"

鲁德显然被那女人惹恼了,但干扰源位于人群靠后的位置,他无法轻易堵住那人的嘴巴。"我实现了和平,臭婊子,所有部族的和平!我拯救了我们的土地!"

"石民每天都在夺走更多土地!"人群另一边传来新的声音,"纳班人将我们赶出了父辈驰骋的草原!"

"闭嘴!"鲁德怒吼,"你们这些哭哭啼啼的狗崽子什么都不懂。谁敢再吵一句,我就血洗神山,连你们的血也放光。"他对酋长们下达命令。几个酋长召集部下,挤进人群,推开甚至殴打没能及时让路之人。但围观者挤得太紧,鲁德的人走了几步就被迫停下。

红胡子鲁德似乎明白过来,这场演出的时间太久了。他大步走到草坪前方,怒视人群,直到最靠近他的民众不安地沉默下来。太阳已经落到缄默山浑圆的山顶背后,挤在他面前的大部分群众只剩幢幢黑影,就像神灵第一次试着造人时的作品。

"今夜,没有部族的乌恩沃将被绑在这里。"鲁德宣布,然后大步走到瘫软在行刑柱上的囚犯跟前,抓起他的头,面露微笑,似乎对乌恩沃的模样很是满意。

"看来血已经干了。"酋长之长说,"这可不行。我们要让神山上的野兽明白,这礼物是留给它们的祭品。"他从腰间抽出长刀,划破乌恩沃的面颊与额头,又在他胸膛平行划了三刀。虽然乌恩沃的后背受鞭打时流了好多血,新伤口依然流出更多。

鲁德站直身子。"神山今晚将由武装战士包围。"他的声音洪亮地掠过因不安沉默下来的人群。"任何人想给这叛徒带水或其他东西都格杀勿论。只有神灵才能决定他是死还是活。现在,散了!回你们的营地去!明日黎明就能看到结果了。"

过了会儿,载着弗里墨和他族人的马车往前晃了晃,缓缓调头驶

Empire of Grass

往山下。弗里墨最后看到，乌恩沃黑乎乎的身影倚在巨石下、瘫在柱子旁，除了胸口缓缓淌血，全身一动不动，像死掉甲虫的外壳般了无生气。

秋凉

百战伯劳

♛

奈泽露终于醒了。她被捆绑、被出卖，头晕眼花地待在马鞍上，脸贴着亚拿夫坐骑的脖子，马蹄的敲击颠得她无法思考。随着每分每秒过去，越来越深入未知的地域。

她在绑绳间挣扎，无法迅速挣脱，不由厌恶地心想：亚拿夫虽是女王和奈琦迦的叛徒，却很会绑绳结嘛。坐骑嘚嘚地往前飞奔，她在绳子间吭哧吭哧地伸展胳膊，不顾疼痛，开始漫长的自我松绑。

* * *

等她挣脱一只手，白马终于放缓速度，开始慢跑。她的脸仍贴着汗湿的马颈，用手抓住绳圈借力，前前后后活动剩余的手臂。她摸到绳结下有个突起，于是用力抠那儿的绳子下方，想从紧绷的绳结间解开自己的手。终于，她用指尖碰到一个硬物，花了不少时间把它扭松，再用手指牢牢抓住，发觉原来是自己还插在鞘中的匕首。亚拿夫特意把匕首留在她够得着的地方，知道她迟早能摸到，也就是给她留了条逃生之路。

他果然疯了。凡人的想法，至少他的想法，果然远远超出奈泽露的理解能力。

她割断将她与马背绑在一起的绳子，终于可以坐直身体。她不顾肌肉疼得厉害，抓住浅白的马鬃往后扯，扯得它停下脚步，人立起来嘶鸣。过了会儿，她终于从凌乱的绳子中彻底脱身。

她重重地落在地上，打了个滚，一时只能仰面躺在地上吸气，盯着周围的树木和暮色中的天空,心跳得飞快,嘴里直喘粗气。她听到那匹马在附近焦虑地跺脚,然后转身冲进树林。尽管背上的负担已经消失,它仍在执行主人交托的任务。躺了十来个心跳的时间,奈泽露试着起身,但两脚软得像柳枝,才走几步就踉跄跪倒在地。她任由前额贴在地上,直到眼前的漆黑散去。等她下一次抬头,已经听不到马蹄敲打森林地面的声音了。

她想起脸上还粘着亚拿夫偷袭她用的肯-未刹,于是抓起把泥土和树叶,揉搓嘴唇和下巴。她的头脑开始清醒,爬回刚才落马的地方,想把绳子捡起来,但很快发现另一样东西半掩在绳子之下——是把带鞘的剑。

她立刻认出了剑鞘。巫木剑刃上的符文确认了她已经知道的事实。是寒根,玛寇的传奇宝剑,她惊诧地想,这可是凤奴酷将军亲手挥舞过的宝剑!华庭之血在上,那个凡人连这都给我了!

她蹲在地上,呆若木鸡,不知自己身在何方,难以理解亚拿夫为何选中她来接受这毫无理由的馈赠。她突然生出一股冰冷而不祥的预感:从今往后,她生命中的一切都将发生天翻地覆的变化。

* * *

她在林中独行三天三夜,仍然想不通凡人亚拿夫绑架她的原因。但无所谓了,她只想找到路,返回队伍揭发他,亲眼看他得到应有的下场。她甚至希望亲手行刑,把亚拿夫那颗狡诈的头颅从脖子上砍下,那将是她离开奈琦迦后唯一满意的事。但她不知那匹马驮了她多远、走了哪条路。山坡上全是白色的花岗岩块,没留下任何痕迹,就连训练有素的女王之爪都看不出来。她只希望还在雾沙穆雪山山麓下的丘陵地带,离绍眉载和巨人不远,但太阳的位置和夜晚的星星表明,她其实比记忆中的任何位置都更往南,而且现在只能用双脚走路。她知道,想赶在队伍与阿肯比承诺从奈琦迦派出的援军会合之前赶回去,需要付出极大的努力,所以强迫满是瘀伤的身体急行军。她

秋凉

翻过倒下的树木,像雾沙穆雪山最陡斜坡上的野绵羊一样,从一块平地跃到另一块。她饿了,想起外套里还有点普焗面包,不过骑着亚拿夫的马跑来的路上将它压成了粉,她只好吞下干巴巴的粉末。那点面包还不够塞牙缝的,可她不敢花时间打猎,除非放弃赶上队伍并找凡人猎人算账的机会。

她一边快步跑下起伏的丘陵,一边努力回想亚拿夫背叛前发生的一切。她能记起来的每个谜团都包裹着另一堆问题,一层套一层,令人恼火。那个凡人常用没有正常答案的提问扰乱她的思绪。此时此刻,她发誓要用历史悠久的、真正的殉生武士的手段,拿剑抵着他的喉咙,从亚拿夫——他可能连名字都是假的——嘴里撬出所有答案,然后再结果他的性命。

* * *

睁开双眼,她首先看到紫色的黎明——苦涩的颜色,说明她又失去了更多时间。肯-未刹似乎还残留在她的血液中:每次停下来休息,她都会沉入比之前深沉许多的睡眠。现在情况很明显,她又浪费了几个钟头。

她挣扎着整理混沌的思绪,起身准备上路,突然有只手揪住她为作战而梳成的发辫,用某种尖锐的东西抵住她的喉咙。"别动,逃兵。"一个声音用贺革达亚语低声说道,"不然马上宰了你。"

奈泽露纹丝不动,但心脏却轻松地颤了颤:族人发现她了,甚至可能是奉命前来、与绍眉戟等人及捕获的活龙接头的士兵!"我不会抵抗。"她主动说,"我也不是逃兵。我是女王之爪,在为女王执行任务。让我坐起来,我会一直举着手,好让你看清我没拿武器。"

"你现在没拿武器,"声音在她耳边说,"但你有把剑。不过我认为,你没有足够的资格拥有它。我在你腰带上看到一把匕首。在我与侦察兵同伴会合之前,你不准动,否则我会给你放血。"抵住她喉咙的尖刃更加用力,仿佛马蝇在叮咬,"坐着,安静。"

没多久，另外两个身影悄无声息地飘出树林。他们身穿浅色服装，上面沾满泥巴和松针，几乎与森林融为一体。奈泽露庆幸自己被同胞发现，同时羞愧不已：她竟然睡得那么沉，被普通的殉生武士包围了都没醒。不过她所在的女王之爪小队已七零八落，此时见到其他队伍依然优雅而有效地履行职责，心中甚是安慰。

第一个侦察兵冲她点点头，示意她可以坐起来，但没放开她的发辫，也没挪走她喉间的匕首。

"我是女王之爪奈泽露，是名殉生武士，归玛寇队长指挥。"她说，"为何你们把我当敌人？"

"提问时才能说话。"侦察兵回答，"你在黑灯要塞附近偷偷摸摸想干吗？"

奈泽露没听说过这个名字。她慢慢转身，望向侦察兵。后者的皮肤像桦树皮般苍白，从左鬓角到右鬓角抹着黑色的条纹，像面具似的环绕着双眼。但从脸型判断，他跟奈泽露一样，可能是个混血儿。"殉生武士，你是谁？"

他轻蔑地迎向奈泽露的目光。"我叫凌德，是杉-灼克奇，也就是'百战伯劳'的侦察兵。"

"你们奉命来跟我们女王之爪会合？"

他摇摇头。"殉生武士，不许再提问题。我们的指挥官将决定你的命运。"他站起来，将细长的青铜色匕首滑入外套手臂上涂了泥巴的刀鞘。"现在，站起来，走在我们前面。我战友拿着弓。敢走太快，不等你逃走，他们就会往你后背扎上五六支箭。"

"我没兴趣逃走。"她放任对方拉扯自己站起来，跟他们一起走。凌德走在她旁边，紧贴她的手肘，另外两个殉生武士默默跟在身后，同她一起走下斜坡。

♛

桃灼葭藏在地下湖的日子很漫长，每天除了回忆没什么事做。她

秋凉

常常想起女儿奈泽露。但过去一年,她都不知道女儿身在世界哪个角落,所以思念更像悼念。她还想维叶岐。一开始,那个贺革达亚只是她的主人,可现在,他有了更多意义,几乎算是她丈夫了。虽然这说法会招来他同族的厌恶,但维叶岐与其他贺革达亚不一样,对此她心存感激。

第一次被维叶岐选中时,她和另外几个女子一起,被奴隶营的营长带去供他挑选。他花了几个钟头,向凡人女子提出各种奇怪的问题,比如她们会不会做梦,有没有去过瑞摩加以南的地方。他肯定最喜欢桃灼葭的答案:会,很生动的梦,她回答。去过,远至关途圙。做梦那部分不全是真的,自从被司卡利帮和贺革达亚先后抓住,桃灼葭会像跌落悬崖一般入睡,又像溺水之人朝光芒伸手一样醒来。她的睡梦被各种阴影、愤怒的声音,以及不管怎么走都没完的漫长阴冷的街景困扰,不过它们会在醒来后很快消散。不管怎么说,只要能逃离那凄惨的奴隶营,要她说什么、做什么都行,为一位古怪的精灵贵族编造梦境似乎只是很小的代价。

她的答案让维叶岐大人很满意。后者默默思索良久,最终选择桃灼葭,将其他女子遣回寒冷的营房。被拒绝的奴隶女子被人领出去时,甚至没敢抬头看一眼。

"那么,"维叶岐当时说,"你知道自己为什么在这里吗?你很年轻,但我想,也不至于年轻到什么都不懂吧。再说一遍你的名字。"

"戴菈。"

"听着真别扭,以后再考虑一下。现在请脱掉你的衣服,放在门边,有人会处理它们。隔壁房间有浴缸,你知道那是什么吧?"

她好不容易才克制住自己,矜持地点点头。她都不记得自己有多久没洗澡了,想到能有热水洗澡,就像再次见到阳光一样开心。

当然了,洗澡水并不热,甚至不暖。那是她学会的贺革达亚贵族第一课:尽管奈琦迦深山里有数不胜数的温泉,热气腾腾、泡沫翻涌，犹如血液般在山体间奔流，但贺革达亚宁愿将山峰上冰雪消融后顺着无数小溪流下来的雪水积蓄起来，用冰冷的雪水洗澡。虽然他们不屑用热水，但还会用肥皂，或者说是种奇怪的石头片，效果与肥皂一样。洗澡水冻得她瑟瑟发抖，没法泡太久，但起码将皮肤上所有污渍都搓干净了。

洗完后没衣服穿，她只好光着身子走进主卧室，发现维叶岐在等她。在她眼里，对方只是个不到三十岁、甚至更年轻的男子。但她对不朽者有些了解了，知道对方可能已有几百岁。这种感觉太奇怪了，且至今未变。但她决定置之不理，甚至不择手段，只要能在那温暖的地方尽量待久一些。

他俩第一次做爱，或者维叶岐所说的"交合"，并不像她担心的那么痛苦或屈辱。自从被俘以来，她上过好几个贺革达亚的床铺，可他们大多将她当做必需但无趣的工具，而非伙伴。他们的态度，最好的一个也只能说是敷衍。但维叶岐不一样。不论是第一次，还是后来的无数次，他并没把桃灼葭当成单纯的人偶。他对她很感兴趣，会停下来看她的脸、闻她的肌肤，甚至用脸颊温柔地摩挲她的脖子——这是桃灼葭沦为床奴后遇到的最近似亲吻的动作……

门口突然传来刮擦声，将她从回忆中惊醒。声音不大，刚好能让她听见。她减弱水晶球的光亮，摸索着爬进走廊。如果不是熟悉的声音，她会继续藏起来。但她知道，那是纳伢·喏丝用小手在敲门，也就是说，是隐人在门口。

但她依然先站起身，透过门上一个手指大小的孔洞朝外张望。洞窟里的虫光照出预料中的双头高大身影，小个子坐在魁梧的大傻怀里。她尽量轻声地打开门，招手让他们进来，但他们没动。

"抱歉，朋友。"纳伢·喏丝用古怪而难过的语气说完，双头身影往旁边一让，另一人走上前来，朝她的脸扔来一个长形物件。桃灼葭吃了一惊，没来得及退后，就感觉有东西扣住并锁上了脖子，然后

秋凉

被人顺手却无情地往前一拉,身子扑倒,四肢着地。

"没有言语能表达我的悲伤。"纳伢·喏丝喃喃说道,"他会杀死我的族人,杀死全部隐人。我们必须把你交给他。就连巫娃丝卡夫人也同意了。"

项圈紧得让她窒息,一开始连吞咽都困难。扣住她的东西叫奴隶捕棍,是根长杆,一端是颈夹。她试图转头,减轻喉咙间的抓握感,但一阵亮光晃花了她的眼,原来新来者也拿着霓由。恢复视力后,她发现,抓住自己的是个全身黑衣的高挑身影,就像贺革达亚一样消瘦,脸色铁青但肤色红润,竟是跟她一样的凡人。

那人用光球凑近她的脸,仔细查看。"你叫桃灼葭,是庵度琊家族的财产。"这不是一句提问。

"不是。"她好不容易挤出一句话,"我是从奴隶仓逃走的。"作为逃奴的惩罚,至少是干脆利落的死亡。

冷面男人懒得驳斥她在匆忙间编出的谎言,只是抬起奴隶捕棍,逼得她要么起身、要么被勒死,然后领着桃灼葭走向大门。屋外的黑暗中站着许多身影,是纳伢·喏丝和其他隐人。桃灼葭猜想,他们是来围观她如何换取他们的性命吧。

"懦夫!"她骂道。但捕获者扭了扭捕棍,无情地进一步捏紧她的喉咙,让她说不出话来。自从维叶岐第一次选中她在庵度琊家族宅邸过夜至今,她再没戴过奴隶项圈,早就忘了它有多么恐怖——不光难受,还因为它表明:你是有主人的物品,你的生命属于别人,将按他们的意愿处置。

她跟着冷面男人走上返回奈琦迦上层的陡峭台阶,边走边琢磨,怎样才能有效地转移对方的注意力,以便扯掉他手里的捕棍。此时她的选择不多了,跳下台阶自杀也许更好,至少那是她自己的选择。

"请原谅我说话,"她尽量卑微地说,"但我很好奇。反正我什么都没有,但你或许可以满足我一下。你是谁?"

"我是女王的猎人。"他扯得桃灼葭跌跌撞撞,离度假别墅越来越远,穿过洞窟,走上蜿蜒的隧道。她沮丧地发现,对方选了条铺设过的、给轿子和马车走的路,两边是岩壁,坡度和缓。

"女王的猎人?但你是凡人!"她说。

男人默默走了一段,让捕棍紧紧捏住她颈后的项圈。"无知。"他终于回答,"女王猎人多数是凡人。上民为何要屈尊去追捕逃走的奴隶?奴隶足以抓住其他奴隶。"

"所以你跟我一样是奴隶?"

"我现在是执法者,显然跟你不一样。"但她第一次听到,对方的语气流露出一丝活人的气息,一丝凡人感情的闪光,尽管只是为了表达轻蔑。"所以,女人,别想跟我玩什么同胞情谊的把戏。我有那种感情,就不会成为女王任命的地底区域猎人队长。现在,闭嘴吧,别想分散我的注意力。我们走的是车路,而不是楼梯,这样你就没办法逃走或自杀了。"他感觉桃灼葭踉跄几步,所以下一句话里透着恶毒的满足感。"你们这些傻瓜都一个样。"

* * *

桃灼葭在近乎全黑的环境中走了太久,以致刚走进灯光昏暗的奈琦迦街道时,感觉就像凡人的城市一样灯火辉煌。她被牵着穿过街道,路上的贺革达亚贵族和士兵连看都懒得看她,但奴隶们都在看:有的只敢悄悄瞄几眼,有的公开盯着她。桃灼葭悲怆地想,他们一定是在感谢自己的神祇,庆幸锁在捕棍另一头的不是自己。

猎奴手脸色铁青地扯着她走过丰饶区的外围地带,经过采菌人和掘根人居住的拥挤窄屋。每走一步,桃灼葭的畏惧便增加一分。终于,他们转入坠落大道,离庵度琊家族宅邸后门的卫兵室越来越近。桃灼葭的双脚一直在发抖,只能勉强支撑她不要倒下。

猎人将她带回维叶岐的家宅,但维叶岐不在那里,等候她的是主人的正妻棘梅步。那个美丽的怪物会愉快地折磨她,因为那个贺革达

秋凉

亚女人身为正室,却怎么也怀不上孩子,而桃灼葭竟敢为她丈夫怀孕生子。她想反抗,但捕棍只是扭了扭,动作轻微得令人吃惊,但足以让她失去平衡,脑袋狠狠地撞在院子的石头外墙上。她瘫倒在地,项圈再次扭动,勒得她赶紧起身,咳嗽着喘不过气来。

她的羞耻之心早该荡然无存,但她看见几个认识的庵度琊家族卫兵面无表情地瞪着自己,好像从没见过她时,只觉心脏被彻底掏空。猎人对那些卫兵说了几句话,她只能站在原地瑟瑟发抖,仿佛身陷噩梦。

一个卫兵消失在大屋里。没多久,女主人飘然而至,像从童话故事中走出,身上那件精致的浅绿色裙子同林间雾气般在周围翻滚,脸庞如艺术家的杰作般完美。棘梅步看到桃灼葭,两片无与伦比的嘴唇微微分开,嘴角上翘,露出轻微但心满意足的笑容。

"夫人,"女王的猎人说,"这就是从维叶岐大人家里逃走的奴隶桃灼葭吗?"

"啊,没错。没错,绝对是她。"棘梅步打量着桃灼葭,就像看着一道美味佳肴。"她是个极不听话的奴隶。但不用担心,我已经想好了很多适合她的惩罚。很多。"她伸出一只手,手指修长,动作雍容华贵,但明亮双眸中的闪光泄露了她的意图。"现在把她交给我吧,猎人,我等不及了。你需要报酬吗?我让书记官带你去我家大人的账房取……"

"不,夫人,她不能交给您。"猎人的回答出乎两个女子的意料,"我从您这儿已经得到需要的一切:您确认她是奴隶桃灼葭。她不会在这儿停留。她已经不是您的囚犯了。"

棘梅步的表情冷如冰块,嘴唇扭曲,像要一口咬断猎人的喉咙。"你也只是个凡人奴隶,在胡说些什么?我丈夫是大司匠,正离家执行乌荼库女王亲赐的任务。他不在期间,我的话就是家族的律法。"

猎人再次鞠躬。"是,夫人,我是个奴隶。但这逃犯现在是女王的囚犯,是我族之母亲自下令逮捕之人。您的权力高于女王吗?我想不会吧。"

他领着桃灼葭离开,留下疑惑不解的棘梅步站在原地说不出话来。

起初桃灼葭心里燃起一丝希望。虽然不太可能,但猎人也许撒了谎,也许想自己留着她。想到最糟糕的下场不过是先奸后杀,她不禁松了口气。那种遭遇虽然可怕,但比起棘梅步的折磨已经好太多了。两人沿着宽阔的台阶走向城市上层,离迷宫似的欧梅瑶王宫越来越近,然后走进高大的雕花宫门。桃灼葭这才意识到,猎人说要将她交给乌荼库女王是真的。她放弃了所有希望。

♛

奈泽露手腕被绑,坐在凌德身后的马背上。即使有马,他们仍花了近两天时间才到百战伯劳的营地,而这只是她第一个惊讶之处。

他们走上植被茂密的山坡,侦察兵凌德毫无预警地在一块林间空地停步,下马,嘟起嘴唇吹出个颤音。一块半埋在地里的石板应声翻开,原来下面有个殉生武士。奈泽露被迫四肢着地,爬进石板下隐秘的隧道。如此煞费苦心地隐藏,如果只是普通的殉生武士营地就显得太多余了,因此她猜测,也许这意味着他们距凡人的领地特别近。他们确实朝东走了很远,但她从未听说有贺革达亚在如此远离奈琦迦的地方扎营。

密门后面的隧道比她预料中宽阔许多,足够她站起身,甚至可以让两三个殉生武士并排通行。凌德等侦察兵押着她往前走。沿途隧道顶时不时开起天窗,放阳光进来。她抬起头,看到枝丫和树叶复杂地交错在一起,覆盖在洞口以作伪装,防止有人自上而下窥视。穿过隧道时,奈泽露还能看到其他同高、同宽的隧道与自己所在这条交错,以及很多正在进行中的挖掘与支撑工程。他们身旁有许多殉生武士来来往往,有几个好奇地看她几眼,但没人说话。在她前面的十字路

秋凉

口,两个殉生武士差点撞上,但随即分开,一言不发地各走各路。

她明白了。他们在执行静默戒律。

这绝非普通营地,而是个军事要塞,要在敌人的领地内长期驻守。她知道亚拿夫的马驮着她走了很远,但它有可能跑进凡人的地界吗?就算有可能,她也从未听说,在如此远离奈琦迦的地方竟有个精心建设的地下堡垒,更不明白建这东西的理由。

她被带到一扇门前——显然是在奈琦迦做好后运来的。凌德留她和另外两个侦察兵等在隧道里,自己走了进去。没多久,他出来了,示意奈泽露进门。里面是个在地下挖出的房间,大得惊人,墙壁都是木板,点着灯。一名殉生武士军官站在一张宽桌前——那又是一件做工精致,不可能在野外制作的木家具。女军官没抬眼,低头打量着一堆形状抽象的木雕。那些木雕一组组堆在一起,压在一张展开的织锦上。凌德和奈泽露进来后就在门边立正,默默地站着。

奈泽露看得出,眼前的贺革达亚并非普通军官,而是位军团长,地位仅次于将军。房间里点着好几盏小灯,桌子周围摆着凳子,说明刚开完军事会议。

军团长似乎不急于理会奈泽露,而是沿桌缓缓移动,从不同角度观察木雕的摆放。她苗条结实,只有细薄的皮肤泄露了年纪,左臂以奇怪的角度收在胸前,似乎受了伤。

终于,军团长抬起头,挺直腰,一双黑如煤炭的冷眼望向奈泽露。

"你自称女王之爪。"她开门见山。

"不仅如此。我是殉生武士奈泽露,是玛寇队长指挥的女王之爪成员。我遭到绑架……"她迟疑一下,不愿承认自己竟输给一介凡人,"如果您愿意协助我归队,您就是在执行女王的意愿。"

"我只按女王的意愿办事。"军官说,"用不着你指点,殉生武士。凌德?"

"在,君倪娅塔军团长有何吩咐?"

"这个殉生武士若要休息,就给她找个地方。但她无论如何都不许离开要塞,除非有我的命令。清楚了吗?"

"但我有任务!女王的任务,是她派给我们的!"奈泽露不敢相信,再怎么自信的军官,也不敢不问详情就触怒女王陛下吧。"您连什么任务都没问!"

君倪娅塔转过头,动作扯动肩膀处的斗篷,露出左边手套与袖子间一种奇特的皮肤退化的黄色。君倪娅塔发现她盯着看,耸耸肩,甩开斗篷,拉起袖子。起初奈泽露没明白自己看见了什么,随即明白过来,军官的前臂并非血肉,而是类似海象牙的东西。

"巨人毁了我的手臂。"君倪娅塔说,但目光不再望向奈泽露,注意力重新回到桌面那堆木雕。"肩膀以下全咬掉了。不过我杀他之后,用他一根腿骨雕成这条新手臂。"军团长摇摇头,像是不太满意,希望能用更巧妙的方式再做一次。"侦察兵凌德,把这囚犯带走,我还有事。"

"遵命,长官。"

"囚犯?"奈泽露再难保持尊敬而平静的语气,"我在执行女王陛下亲派的任务!你怎能横加干涉?"

君倪娅塔军团长看她一眼,像破碎的水壶般面无表情。"这话谁都能说,我们会调查是否真实。殉生武士,如果你说的是真话,将会获准回到你的女王之爪。如果是谎话,你将面对背誓的所有惩罚。"她轻轻做个手势,凌德抓住奈泽露的手臂,将她带到外面。

"我们长官虽然严厉,但很公正。"侦察兵轻声说,"但你敢对她撒谎,就让华庭保佑你吧。"

她没答话。根据经验,奈泽露知道,无论自己说过什么、做过什么,殉生会的冷酷戒律总能获胜。

秋凉

迷雾溪谷

♛

有东西将莫根纳扯上半空，挤掉他胸间所有气息，把他紧紧捏住，吓得他心慌意乱，很想尖叫，却吸不进足够的空气，只能大声哼哼。

又一个急刹，他停下了，依然无助地在半空晃荡。迷雾包围了他，遮挡了脚下的地面和头上的树冠，他仿佛飘在转动的白色阴间。最初的震惊消退之后，他才发现抓住自己的并非巨型手指，而是套在胸前的绳子。如果他扭动挣扎、试图挣脱，绳子套住的位置会越滑越高，而它是唯一能阻止自己掉落的东西。他感觉从这高度摔下，自己必死无疑。

于是他不再挣扎。他的手臂也被绳子紧紧勒住，就在手肘往下一些的位置。他脑中突然闪过噩梦般的场景，担心绳圈会一直滑到他的脖子。一时间，他想起了以前在鄂克斯特惩戒广场见过的吊在公开绞刑架上的窃贼。当时的行刑人不够专业，让那窃贼像鱼一样痛苦地挣扎很久才死去。当时莫根纳还小，老师和几个护卫正带着他逛市场，见到此情此景急忙把他拉走，然而那窃贼在空中乱踢双脚的场面一直深深烙印在他心中。

他抬头往树枝间张望，但枝叶挡住了抓他的人或物。

就在这时，树枝乱摇，整棵树都在颤抖，仿佛有个月亮大的锤子砸落在地面。莫根纳剧烈摇荡，这才想起，被绳子绑住、像个铅锤似的吊在半空，根本不是眼前最重要的问题。

Empire of Grass

那怪物才是……那个巨人……！

那个被迷雾和光线角度模糊得无法看清的影子，还在往莫根纳的方向走来。它太大了，简直像是幻象，却的确是实物。它确实存在，且越逼越近。然后，它停下了。在那静止的一刻，莫根纳隐约看出，至少它下半部分体形宽大、毛发浓密，但其他部分都被盘卷的白雾挡住。它的脚投下大如谷仓的影子。

他屏住呼吸，放松四肢，但心脏狂跳，默默地向上帝、乌瑟斯和圣母艾莱西亚祈祷，求他们保佑那巨人看不到他像吊在农户门前的肥鹌鹑一样挂在半空。那痛苦的一刻仿佛被刻意拖长，除了莫根纳轻轻摆动，山谷间没有任何动静。然后，巨影转过身，迈开沉重的脚步，返回峡谷深处，每一步都伴随着小树被踩断的噼里啪啦声。

套在他胸前的绳子收紧，莫根纳又往上升，哗啦作响地从树枝间穿过，看到绳子的另一端绕过一根粗壮的树枝，抓在一个身披斗篷、头戴兜帽的人手中。那人将他拽到更高的位置，一边拽一边把他轻轻往旁边推，直到他蹲到结实的东西——一根宽大的树枝。那人把他放下，让他坐到树枝上，再度伸手，动作一闪而过，快到莫根纳根本看不清，只觉捆住他的绳子解开了。绳子盘卷落下，兜帽人麻利地将它卷起、收回。失去绳子的固定，莫根纳一下子失去平衡，急忙抬起疼痛的手臂抓住树枝。

那人跳到他下方，动作轻盈如燕，树枝连晃都没晃。如此敏捷的身手，不禁让莫根纳联想到希瑟，刚刚有些安心，立刻又想到另一种可能：*也许是白狐。*

他还来不及用缺血刺疼的手指抓住匕首柄，斗篷人便用冰凉的手捂住他的嘴。虽然那人身材苗条，力气却出奇地大，捂得很紧。莫根纳挣扎着，对方一只手继续捂住他的嘴，另一只手伸过来——这意味着对方正毫无支撑地蹲在树枝上——沉默但凶狠地拧了他耳朵一下，活像七窍生烟的老师教训不听话的学生，然后指指树下的迷雾。

秋凉

他最后试了一下张嘴,但那只手紧紧捂住他的嘴唇。莫根纳终于明白过来,停止挣扎,竭力平缓而安静地呼吸。显然还有其他东西靠近。有东西在找他,或者在找将他拉到树上的家伙,或者他俩都是目标。

这样过了许久,以致莫根纳开始琢磨:兜帽陌生人是不是搞错了?他正想冒险悄声提问,就看到下方的迷雾中有影子,距他和救命恩人蹲伏的树只有几十码。那些影子好似幽灵或鬼魂,移动起来无声无息,但绝不是幻觉。莫根纳屏住呼吸,憋得胸膛内有如火烧。

虽然他没见过活的北鬼,但他知道,地面上的三个身影不可能是其他东西。他们的头发、脸色和双手如此苍白,在渐弱的日光下几乎在发亮,身上的盔甲像用上漆的木板制成,手持黑色长弓,在这荒郊野外像在家里一样地自在,脚步悄无声息,动作优雅精准。莫根纳呆呆地看着他们。其中一个停下脚步,脑袋歪向一侧,像在聆听。莫根纳顿时觉得,呼吸在肺里化成滚烫的蒸汽,心脏在胸中跳了十几二十来次!他快憋不住了,但仍不敢呼吸。另外两个北鬼如雕塑般一动不动地等待着。然后,停步的北鬼终于迈开脚步。片刻后,北鬼全都飘入迷雾,消失在峡谷口外。

莫根纳全身剧烈颤抖,感觉快要掉下树去。他呼出一直憋到现在的一口气,再深深吸入清爽无比的新鲜空气。救命恩人揭开斗篷兜帽,轻声说:"走了。我们很幸运。你很幸运。"

莫根纳呆呆地看着对方。果然是个希瑟,金色眸子、金色肌肤,一头白色长发在脑后编成简单的辫子。起初他无法判断恩人是男是女,但那精致的五官最终说服他,蹲伏在身旁的是个希瑟女子。"你是哪位?"他问。

女子好奇地看着他。"你不认得我?你和你的伙伴们抬着我,长途跋涉将我送回家。"

"你是那个病人?我是说,中毒那个?"

"是。母亲给我起名叫坦娜哈雅。你是莫根纳,持箭者的孙子。终于跟你见面,我很高兴。"

莫根纳只见过坦娜哈雅失去知觉的苍白模样。当时她奄奄一息,看得他十分难受,因为他想起了父亲临终前的日子。事实上,上次见到这个女子,是她被抬进希瑟营地的时候,当时她已濒临死亡,所以莫根纳不敢相信眼前的精灵就是她。更让他困惑的是,对方竟然单枪匹马将他整个人拽到了树上。

"坦娜哈雅。"他试着念道,但从他嘴里说出显得平淡而笨重。他突然想到,此情此景在别人眼里将是多么疯狂:刚刚遇到一只不可名状的庞然大物,接下来是几只试图杀死他的恶魔,然后现在,他又坐在枝头跟一个精灵开玩笑。"那个大怪物是什么?"他突然问,"巨人?"

"不是你们知道的那种,不是凡人所说的'宏瘟'。住在迷雾溪谷的是另一种生灵,领地意识极强,闯入者格杀勿论。只有凡人才会跑进那个溪谷,我们族人都知道,那地方是禁地。"

"谁设的禁地?"

她摇摇头。"又有什么关系呢?那地方从舰船降生阿茉那苏的时代就是禁地。不过,阻止我们的不光是尊长的命令,误入溪谷后被踩烂折断的残躯也是严厉的警告。"

莫根纳肯定不会再靠近这里,事实上,他想离这儿越远越好。他说出了自己的想法。

"暂时不行。"坦娜哈雅说,"那几个贺革达亚侦察兵还在附近。我们要等到天黑。"

"贺革达亚就是'北鬼',对吧?那些是北鬼。"

"对,你们凡人叫北鬼,正如你们叫我们'希瑟'。但我不知他们在这里干什么。这里离他们的领地很远。我认为,他们跟踪你有一两天了。"

秋凉

莫根纳的血顿时变得冰冷。"跟踪我?为什么?"

"我怎么知道呢?我连他们为何来这儿都不清楚。还好我先发现了他们,跟着他们又发现了你,所以我确定他们是在找你。"她终于一改蹲伏的姿势,舒展身子,在莫根纳旁边的枝头坐下。"你不知道,我能抢在他们抓住你之前找到你是多么幸运。我觉得,可能是你的气味迷惑了他们。如今你的气味跟凡人完全不同,更像先前跟你一起的那群庭叩达亚。"

一连串新词听得他蒙了好一阵子。"贺革达……贺革亚,庭叩达亚……这么多'达亚'!我一个都没听懂。那个庭叩——你最后说的那个,是什么?"他突然想到了,"你是说喊嗑哩?跟我一起的那些小动物?"

坦娜哈雅用力摇头。"他们不是动物,是庭叩达亚。"

"你总说这个词。"他隐约记得以前听过这个词,可能是在祖父的某个故事里,"你说的是住在树上的那些生灵吧?我觉得他们像某种松鼠。"

"我从未见过如此原始、近似动物的庭叩达亚形态,但我可以保证,他们是换生灵的一个分支。"她摸摸莫根纳的脚,"雾把你打湿了。时间够久了,我想可以下树了。我知道一个地方,可以安全度过今晚。"

精灵之手的触摸,令他生出好久没体验过的感觉。"湿?"

"你们凡人太湿就会死掉,对吧?你们会发烧,然后死去。"

"湿一点点死不了的。"

"一样。"转眼间,她重新站上枝头,脚步像小鸟般稳定而自信。莫根纳看到她在树上如此灵活,不禁屏住呼吸。相比之下,他好不容易才练成的爬树技巧真不算什么。"你们救了我一命。我不能眼看你死掉而袖手旁观。"

坦娜哈雅率先下树。离地还有十腕尺时,她一跃而下,落地姿势堪称完美。而莫根纳虽在树上住了几个星期，但绝不敢跟她比，只能尽量比普通而笨拙的凡人灵巧一些。

"你脚上戴了什么？"等他落地，坦娜哈雅问道。

莫根纳抬脚给她看。"是一个叫史那那克的矮怪做的，本来是为在冰上行走方便，我用来爬树。"他颇为自豪地介绍说。

"真奇怪。"她只说这么一句，然后续道，"跟我来。"

要跟上精灵，他必须竭尽全力。

* * *

希瑟领着他来到迷雾溪谷入口对面，那边的岩石间有个洞窟。"我们不能生火。"她招呼莫根纳进去，"如果贺革达亚还在附近，他们会闻到的。"

莫根纳环顾洞窟。它顶多算是乱石间一个空洞，入口被一丛金雀花挡住。他想起哩哩和她的族群，心里一阵失落。

"换生灵，"他想起坦娜哈雅对喊嗑哩的称呼，"是什么意思？"

"你知道南方的呢斯淇吧？号称观海者？"

"知道。我见过。"

"还有住在深山里的戴沃人？"

这名字只是听着耳熟。"好像听过。"

"所以你知道庭叩达亚。他们又称换生灵，因为他们能改变自己的形态，以适应不同的居住地和生活方式。"

"但跟我在树上生活的小东西是动物啊！"

"的确，我从没见过庭叩达亚长成那样，他们与我认识的几种形态相差甚远。但我用自己的学者声名发誓，我不可能看错他们的眼睛、听错他们的声音。"

莫根纳想起那天晚上，他看到所有喊嗑哩聆听族中最年迈的长老对月吟唱，他们的声音和全神贯注的神态令他生出奇异的战栗感。动物？精灵？对他来说，这一切太难理解。他意识到自己已筋疲力尽，

秋凉

连思考都费劲儿,便从腰间解下佩剑,用剑鞘充当枕头,用斗篷裹紧自己。

"我得睡一会儿。"他说,"就一会儿。"

"那就睡吧,凡人。"他觉得,坦娜哈雅的语气有种近乎宠爱的味道。除了美丽的亚纪都,他没在任何希瑟嘴里听过这种语调。"我会守护你。"

* * *

梦中,他栖息在一棵树上,周围全是天使,身材纤细却看不清模样。他们在唱歌,轻柔、无词的歌声在枝叶间飘荡。他什么都不想做,只想聆听。但树下的黑暗中,有东西在移动,寻找唱歌者。然而,似乎只有他发现了危险。他想喊叫,警告那些天使,但他的喉咙被紧紧钳住,无论如何努力都发不出声音。

"安静。"耳边有个声音对他说。他这才发现,有只手捂住了自己的嘴巴。他停止挣扎,睁开双眼。眼前是昏暗的洞窟,柔和的晨光隔着遮掩洞口的灌木枝叶透进洞里,在碎石上照出各种颜色。他想起自己在哪儿了。

坦娜哈雅放开捂住他嘴巴的手。"你在梦里喊叫。贺革达亚可能还在附近,喊叫不是好事。"

"对不起。"残存的梦境如奇异山谷里的雾气一般消散,"是……那庞然大物。"

"迷雾溪谷的巨怪。"她点点头,"不奇怪。我估计,你我是少数见过它后还能活着的幸存者。"

"你看到了什么?那是什么东西?"

她做了个像是蛇蜕皮的动作。莫根纳猜是类似耸耸肩的意思。"只看到影子。"她回答,"雾太浓。"

"那它到底是什么?"

"你最好把心思转回接下来要做的事上。除了巨怪,大森林里还有其他危险。"

莫根纳觉得这话带着责备,不禁心生怒意。难道他没靠着自己在森林里活这么长时间吗?他又想起吉吕岐跟他说话时那种高高在上的态度,好像他是个傻孩子。还有刀疤脸堪冬甲奥,那家伙蔑视所有凡人,即使国王与王后的孙子也不放在眼里。

对,她救了我,他心想,但不等于我必须喜欢希瑟。

可随着梦境渐渐淡忘,恼怒的心情也慢慢退去。许久以来第一次,他又想起了葡萄酒。能喝一杯该多好。不,不止一杯,他心想,而是一整桶,让我一个人喝完,慢悠悠品着喝。可惜,不管有没有希瑟作伴,他仍然迷失在森林中,胃还是疼。

"有吃的吗?"

坦娜哈雅似乎觉得好笑。"你身边的叶子里裹着面包和少许蜂蜜,但我想,你们凡人可能不爱吃。"

才没有。莫根纳狼吞虎咽把食物吞下肚,甚至没尝出蜂蜜的醇厚香甜,就把它咽下了喉咙。吃完他开始后悔,很想重新再吃一遍。"我们凡人也吃蜂蜜和面包。"他舔掉嘴唇上剩下的一点点蜂蜜,在胡子里寻找面包屑,"很好吃。还有吗?"

"我把我那份给你了。"坦娜哈雅回答,语气中并没有埋怨的意思,"我没想过会有客人。"

"我也没想到会成为别人的客人。"这种对话让他不知所措,但能跟人有来有往、真真正正地聊天,他觉得很开心。"为什么要救我?"

"为什么?好奇怪的问题。你们凡人救了我,不是吗?"

"是吧。"

"我从胡兰古角出发时,在森林边缘见到你的痕迹,但它的方向,和我听说吉吕岐带你走的方向刚好相反。我不知道你们为什么调头,到现在也不明白,但看到草原上有火,大概猜到了一些。你们救了我

秋凉

的命,我若放任你一个人死在森林里,就是忘恩负义。"

"我不会死的。我能找到吃的。我跟喊嗑哩在一起。"

"你说的是那些庭叩达亚吗,我见过证据,所以我相信你。也许吉吕岐和亚纪都对你们的评价也是对的,他们说,你们凡人在某些方面比我们支达亚想象的更有能力。"

他突然想起曾在脑海中听到理津摩押的声音,但他不想说。尽管坦娜哈雅救了他,但他并不了解或信任希瑟,无论祖父母多么喜欢他们。

无论如何,那事解释不通,他心想,为什么是我?身为希瑟的统治者,为什么要对我一个凡人说话?而且是在梦里跟我说话?

先藏在心里吧,他决定,至少目前这样。我毕竟是个王子。我可以自己拿主意。

"你还饿吗?"坦娜哈雅问,"现在是鸽子下蛋的季节。我可以帮你掏几个。"

"你们吃鸟蛋吗?"

希瑟微微一笑,似乎想起了什么。"有时候,只要它们还没成型。"她看到莫根纳的表情,补充道,"就是它们没孵化成幼鸟之前。"

"可是,不敲开蛋壳怎么知道?"

"当然用闻的。"坦娜哈雅奇怪地看他一眼,"也许你闻不到,因为你自己的气味就很重,很……刺鼻。"

莫根纳往后靠去,脑袋里依然想着蜂蜜和面包,而鸟蛋也出现在他的想象中,想得他口水直流。"你说我的气味是北鬼找不到我的原因,所以是好事,对吧?"

"也许吧。但我们一起走,我就只能闻到你的气味,别的都闻不到了。我得权衡一下,到底是你对敌人的隐身状态更有优势,还是我发现敌人靠近的能力更重要。"

"这么说,我们要一起走?"

"除非你知道怎么找路回家,不然只能一起走,爱克兰的莫根纳,我是这么认为的。我要返回你祖父母的住处,完成多月前朋友交托我的任务。你跟我一起是明智的选择。"

渗入洞中的阳光突然温暖起来。它照在石碓上,将彩色的光辉洒满凹凸不平的石洞,预示着振奋人心的一天。"上帝的诸位天使啊,我确实很想回家。好,我跟你走。"他突然想起一件事,"对了,谢谢你,坦娜哈雅,谢谢你救了我。"

后者点点头。

"现在是什么月份?"他知道自己有点话多,但好不容易有人陪他聊天,让他兴奋不已,尽管他觉得希瑟喜欢安静,也不愿保持沉默,"什么日子?"

坦娜哈雅微微蹙眉。"现在是天歌月,第九个月份,但我不记得用你们的语言怎么说了。是'瑟坦德月'吗?今天应该是 11 日。"

"瑟坦德月?"他和艾欧莱尔离开爱克兰卫兵、跟随希瑟走进森林是提亚加月上旬,"仁慈的艾莱西亚,我真在森林里待了这么久?两个月?"

"你能在没有帮助的情况下一个人过这么久,是件值得称赞的事。自豪吧,你的族人肯定会为你骄傲。"

"对,也许吧。"可他没那么肯定。他能想象,当祖父母听说艾欧莱尔伯爵和整支爱克兰军队都牺牲了、只有他一人逃得性命、任务彻底失败时会是什么感想。"也许吧。"

"别浪费白天时间闲聊了。"她说,"我觉得你更喜欢白天赶路吧,而且白天更利于躲避贺革达亚的侦察。出发吧。"

* * *

上午气温渐渐升高。他俩凭力气爬上迷雾溪谷北边的岩石峭壁,经常需要手脚并用。中午前没多久,他俩便登上山顶,然后稍停片

秋凉

刻,等莫根纳摘掉脚上的冰爪,一直赤脚爬山的坦娜哈雅则从腰间取下柔软的靴子穿上。尽管日上三竿,下方的迷雾溪谷内仍是一片翻腾的白汽,反而让莫根纳松了口气:还是什么都看不见为好。他站起身,猜测喊嗡哩会身处那片阴森危险区域的哪个位置,不禁为小哩哩担忧起来。

最艰难的攀爬已经过去,已经无需担心坠落,所以他俩走在树木之间,他开始一遍遍回想昨天发生的事。尽管坦娜哈雅显然喜欢安静赶路,他却忍不住提出更多问题。

"这里为什么会有北鬼?我祖父母率使团从艾弗沙回来途中也遇到北鬼袭击。这地方距他们住的山和城那么远,白狐到这儿来干什么?他们为什么要跟我们打仗?"

"他们出现是不祥之兆。"坦娜哈雅同意,"听吉吕岐和亚纪都说完你祖父母车队的遭遇之后,更坚定了我返回海霍特的决心。异常和可怕的事正在发生。在我看来,黎明之子和日暮之子必须通力合作,才能保护我们自己。"

"黎明之子是指……?"

"我的族人支达亚,即你们所说的希瑟。你们被称为苏霍达亚,日暮之子。"

"为什么是'日暮'?"

他看不到对方的脸,但她的语气像是厌烦了不停回答问题。"因为这世界更适合你们生存,而不是我们。"她只说了这么一句。

一个钟头后,他们走下一个和缓的斜坡,山坡上凌乱散落着树枝、落叶。莫根纳听到激流的声音。"那是什么?"

"我们又经过了德枯绍河的河道,它从迷雾溪谷流出,你们叫它'乌狭河'。去那儿洗掉你身上的臭味正合适。"

"我还以为你说我的气味有用。"

"我说的是:我必须权衡一下——现在我考虑好了,你必须洗澡。"这时她的语气活像荣娜伯爵夫人,或是家里那些严肃的女性长辈。莫根纳忍不住缩缩脖子,因为这语气从没给过他好果子吃。"没错,"她严厉地说,"它能保护你不被贺革达亚侦察兵闻到,但也妨碍我辨别其他气味,更重要的是,我刚刚意识到,如果你身上散发着如此浓烈的……你管那些爬树的庭叩达亚叫什么来着?"

"喊嗑哩。"

"对,喊嗑哩。我刚刚想起,以那种树上居民为食的捕猎者,比如狼和熊,肯定也能闻到你的气味,不管你跑到哪里都一样。我可不想跟熊打架。"

"我打过!我跟熊打过架!"他本来想讲个夸张版的故事,强调自己如何英勇无畏和足智多谋,但不知为何,他还是老老实实讲了实情。"它差点杀了我。就因为它,因为它和哩哩,我才跑到树上住。"

"哩哩?"她重复着这个名字。他俩穿过一棵枯萎的山杨树,走到河边。莫根纳终于看到了河,河面比"乌狭河"这个名字暗示的更宽,有些地方是闪亮的翠绿色,但深水处黑如焦油。"哩哩是什么?"

于是他把小喊嗑哩如何来到他身边,他后来如何跟她的族群一起生活的经过讲了一遍。"真稀奇。"坦娜哈雅领他走下山坡,前往宽阔的沙砾河岸,"所有事都很稀奇。但你做得很好。"

"我能告诉你所有安全的食物。"

"稍后再吃吧。现在,我觉得这地方不错,河水宁静和缓。你可以洗掉皮肤上的臭味。"

"你确定?"

"确定。"她坚决地回答。

莫根纳坐下来,解下腰带和佩剑,脱掉斗篷,扯掉衬衣,突然发现坦娜哈雅还站在原地看着自己。他也不算特别害羞之人,无数卫兵、仆人和酒馆女孩都见过他的裸体,但这希瑟有种令他窘迫的

秋凉

气势。

"你要看吗?我自己可以洗的。"

坦娜哈雅看了他一会儿,似乎没听明白,然后才漫不经心地点点头,沿河岸往下游走了一段,一直到他看不见为止。

这条河宽阔而湍急,但坦娜哈雅挑了个弯道,水流被岩石阻慢,内弯变成相对平静的浅水池塘。他脱掉剩下的衣物,走下河岸。河水冰凉,冻得他立刻咒骂着退回浅水边。随即他鼓足劲儿,果断地调头涉向深处,直至水深及腰,浸在水面下的每个部位都像裹在雪里。

最开始的刺激过去,他发现自己还很享受这种感受:清水触摸肌肤,洗去数周的尘垢。事实上,遗忘已久的干净感令人如此满足,他甚至哼起了祖父爱唱的杰克·穆德沃德小曲。可惜这感觉只持续了短暂的一小会儿。他刚唱几句熟悉的歌词,马上想起耐心过人、肤色死白的北鬼曾从他们脚下走过,仿如潜行的猫科动物,于是赶紧闭了嘴。

坦娜哈雅不知去哪儿了。他爬上河岸,捡起衣服,拿回水里洗。他尽力了,虽说没一件衣服真正变干净,但大部分跳蚤、蜘蛛和粘在上面的叶子都被洗去,至少也能令人愉快。洗完后,他找地方晾晒,但太阳已移到树后,河岸笼罩在厚重的树影下。他涉水到河边,踩着岩石走到河水转弯处,那儿的阳光毫无阻隔地从河对岸投来。他找了两块平坦宽阔的石头,将马裤摊在上面。这时,他听到有人唱歌。

那是他从未听过的优美颤音,虽能听出流动的歌声中有歌词,但一个字都听不懂。听了会儿他才反应过来,一定是坦娜哈雅。他踩着水走过浅滩,来到两块像是有意摆在水中的巨石前,看到希瑟也在前面的河水里洗澡。河水深及她的大腿,露出上半截金色皮肤的修长身躯。

他很想提醒对方,说他碰巧来到她洗澡的地方了,但被这意料之外的发现迷住。而且,一口气看到她的全部身材,感觉也很奇异。他

Empire of Grass

从没把希瑟当做女性想过,直到这一刻,突然看到她隐藏在衣服下的裸体,不由触动了他的心弦。坦娜哈雅并没有他最喜欢的女性身材,没有优美的曲线和浑圆的臀部。除了那头湿透的白色长发,莫根纳觉得她更像个男孩,柔韧的后背全是光滑的肌肉,窄小的臀部下有双长腿。但她举手投足是那么优雅,充满仙气。河水从她肌肤流过,仿佛能捕获并反射每一寸阳光,将她笼罩在闪闪发亮的光晕中,透着彩虹色的光泽。

莫根纳觉得自己没弄出任何声响,但希瑟不知怎么却听见他在身后,转过身来。她既没有遮挡身体,也没露出惊讶的表情,甚至没有害羞,只用满不在乎的眼神看着他,类似独自洗澡的人发现有鹿或松鼠在看自己的反应。过了会儿,她转过身,不是为了躲藏,而是继续洗澡。莫根纳也回过头,涉水走进缓慢的水流,心想就算不为希瑟,也要为自己找个不要引起误会的地方晾衣服。

* * *

当晚,他们的晚餐是煮熟的橡子和蒲公英叶,很素,而且不太饱。"去海霍特要多久?"他边吃边问。

"我不知道,莫根纳。事实上,我要先带你去另一个地方。"

这话他听着一点都不高兴。"什么意思?去哪儿?"

希瑟吃完自己的食物,用平稳锐利的目光盯着他。虽说她没提到莫根纳跑去她洗澡地点的事,后者也不愿主动提起,但那似乎成了他俩的心结,至少莫根纳有这感觉。"光是我找到你这件事,已经引起了许多变化。我估计你祖父母他们肯定认为你失踪了。"

"我确实失踪了,直到我们走出森林为止。"他提醒对方,语气里带了些怒意。

"我把大部分蒲公英叶都给你了。"坦娜哈雅回答,"如果你的喊嗑哩朋友没给你摘够榛子,你也会埋怨他们吗?"

"不会。对不起。"但莫根纳并未真心感到愧疚——这种连农夫

秋凉

都会弃掉的杂草，他还能坚持吃多久而不饿疯？

"不管怎么说，"她续道，"我要把我和你在一起的情况通知给我的朋友。吉吕岐和亚纪都也许能想办法给你家人送信，就算没办法，他们知道你平安无事也会放心。还有，我在迷雾溪谷这么近的地方发现了殉生武士侦察兵，这件事也要报告，这很重要。"

并非所有希瑟都希望他死，莫根纳很高兴，但从上午听说坦娜哈雅的计划以来，他一直心情舒畅，此时却听到他不能直接回家，还是有些影响心情。"上帝保佑，你不是想把我带回希瑟村子吧？它肯定在千百里格之外，而且方向是反的。"

坦娜哈雅又露出像是微笑的表情。"我追踪过你的痕迹，依我看，你并不擅长判断方向。森立家族的帷幕陷阱困住了你，不肯放你自由。"

如果她指的是太阳和星星疯狂的移动轨迹，莫根纳可不想讨论。"我又没想迷路。"

"确实。但我没打算带你回胡兰古角。我们会去你家，只是稍微调整下路线就能经过花山。我导师希马努住在那里，我都好久没见过他了。"

"所以我们要绕路去拜访你的老朋友？"

这回希瑟看他的眼神只能解释为恼火。莫根纳略微得意地心想，很明显，希瑟并不像他们表现的那么冷漠无情。"你没听懂我的话吗？"她小心翼翼地说，仿佛面对的是个坏脾气小孩，"我想告诉需要知情的支达亚，说我找到你了，说有贺革达亚殉生武士出现，他们游荡到从未深入的大森林深处。我的导师希马努有个谓识。你知道那是什么吗？"

他本来想回答知道。他确实听说过，祖父给他详细讲过那东西。但他马上意识到，西蒙国王说过的一切，自己连一个细节都想不起来。他只好老实回答："知道一点点。是某种魔法镜子？"

Empire of Grass

坦娜哈雅做了个他没看过的手势,双手指尖飞快地碰了一下,像是双手合十祷告。"我一直无法理解你们凡人说的'魔法'是什么。你们好像不止用它形容孩童故事里不可能发生的事,还用来形容我们支达亚的日常琐事,甚至用来形容一些无需学习的天生能力。对,谓识,尤其是小型谓识,通常会以镜子的形态出现,但它们的大小和形状可以千差万别,比如石头、鳞片、池塘、火堆,都可以。"

"我从没听说过这些。"

"因为……你还年轻。"她迟疑了一下才选中最后那个形容词,"谓识能让距离遥远的两地相互通话,让声音无需通过裸露的空间来传达。重要的是,我可以用希马努的谓识跟吉吕岐和亚纪都说话,告诉他们我的发现。"

坦娜哈雅又严厉地瞪他一眼,金色的眸子如鹰隼般锐利。一时间,莫根纳不由心生畏惧。

"明白了吗?还要继续争论吗?"

"明、明白了,很好。"他决定大大方方认输,毕竟对方是自己的救命恩人,"你说得很有道理。"

"是啊,所以我们明天就去那儿,虽然我怀疑天黑前可能赶不到。"她顿了顿,"还有,你不想吃叶子就给我吧。"

秋凉

地窖

♛

米蕊茉走向塞斯兰·玛垂府深处的房间。那里被府中许多人称为"地窖",但它有一百多年没承担那么普通的使命了。一路上,她和卫兵吸引了一大群忧心忡忡的官员,个个想说服王后不该去那儿,但那房间恰恰是她的目的地。房间大门十分沉重,用门闩阻挡,两边站着一对身穿翠鸟制服的哨兵。他们看到王后走来,竟然压低长矛拦住去路。

卓根爵士护在王后身前。"收起来,你们两个傻瓜!胆敢威胁至高王后?"

"但公爵说,不准放任何人进去。"一位比较大胆的哨兵回答。

"我是'任何人'吗?"米蕊茉好不容易才压住脾气,"你觉得我是谁?想清楚再回答。我身边这些爱克兰卫兵是至高王室的忠实仆人,他们会根据你们的答案做出判断。"

两个哨兵对视一眼,再看看米蕊茉的卫兵,知道他们轻而易举就能除掉两个微不足道的障碍。终于,一个哨兵抬起戴手套的拳头,用力敲敲门,然后退开,打开门闩。卓根走到两个哨兵中间,推开门。米蕊茉紧随其后。

里面的情形跟她想象的差不多:屋顶低矮,中间立根柱子,用锁链绑个男人。那人身子瘫软,头垂在胸前,两边各站一名头戴兜帽的狱卒。旁边有个火盆,炭火烧得通红,但那火焰显然不止为照明。火盆边缘搁着三个金属器具,正在加热备用。

萨鲁瑟斯公爵坐在地窖另一头的凳子上,见状站起身,面露由衷的惊讶。"陛下!您来这里做什么?"

她环顾四周，石墙上挂满锁链和专门用于制造痛苦、毁坏凡人身体的刑具。"这话该我问你，公爵殿下。"她又看看囚犯那伤痕累累的头颅和沾满干涸血迹的脸庞，"尤其是你做的一切都以我和我丈夫的名义。看来你还没对这人造成无法治愈的伤害，感谢上帝，把他解下来吧。"

萨鲁瑟斯摇摇头，半是气愤、半是担忧，不知如何回应。"陛下，我明白您很生气，但这事跟您无关啊。"

她怒视公爵。"萨鲁瑟斯，你竟敢这么对我说话？"她勉强维持镇静，"是谁把你扶上公爵宝座的？这些年来，是谁让班尼杜威家族住在塞斯兰·玛垂府？当初我祖父约翰国王打败阿卓威斯，本可以将你们全家流放，但他将权力的缰绳重新交到你们手中。而且你错了，这事绝对跟我有关。"她上前一步。阴影里站着几个公爵的卫兵，米蕊茉带来的卫兵也跟在她身后挤进房间，双方旗鼓相当。此时她火冒三丈，想看看哪个纳班士兵敢站出来反抗。

她弯腰检查囚犯。"你，是谁？"

"他是犯人，陛下，"公爵说，"所以才会在这儿，因为他不肯供出同伙的名字。"

米蕊茉瞪他一眼，继续跟满身是血的男人说话。"说吧，我只听实话。你的名字是？"

"夫人，我叫尤维斯。"他有气无力地回答，嘴角溢出几个红色血泡，"是裁缝的儿子。"

"这人认识受雇袭击婚礼、嫁祸班尼杜威家族的暴徒。"萨鲁瑟斯愤怒地说，"他掩护那些人，因为其中有他亲戚。陛下，求您不要干涉。"

"公爵殿下，我在婚礼上就出手干涉了，正因如此，你的妻儿子女才能活到现在。"她竭尽全力才忍住没发作，"记住，那次有预谋的袭击未能发生。如果你知道真正该为它负责之人，就去逮捕他们，

秋凉

从他们嘴里撬出信息,而不是审他。因为已有数十人向我发誓,这人唯一的罪行是有个犯过罪的侄子。他妻子和五个孩子此刻就在塞斯兰·玛垂府的台阶上向天堂哭诉,求上帝从可怕的公爵手里拯救他们的父亲。"

"可是,陛下……"萨鲁瑟斯想方设法拦在她和囚犯中间,仿佛遮挡那人的惨状就能让他遭遇的酷刑消失。"我知道,有时为寻求正义,就必须做些丑恶的事,女人和心软之人无法承认……"

米蕊茉猛抬手阻止他,用力咬牙阻止自己大喊大叫,咬得脸颊都疼了。"到外面说话,大人,就我们俩。"说完她恢复镇静,不等对方同意便大步走向房门,一把推开,撞到了在外偷听的一个哨兵,把他的汤盘状头盔砸落在地。

偷听者赶忙弯腰去追,想捡起在地上翻滚的头盔。"你跟他进去。"米蕊茉吩咐另一个哨兵。

"对。"萨鲁瑟斯也许是为夺回少许掌控权,"你们俩,进去。"

房门关上,走廊里只剩他们二人。米蕊茉再次抬手。公爵鼓了鼓鼻翼,但没说话。"你对这人严刑拷打,从他嘴里问出什么了?除了告密者跟你说的那些。"

"你什么意思?"萨鲁瑟斯差点忘记敬称,急忙补上,"陛下。"

"我是说,在你去这人店里将他抓来之前,只要花点心思调查一下周围人就会知道,尤维斯在邻居当中颇有威望,受到每个人的尊敬。弗洛亚只提了几个问题就得知,裁缝之子尤维斯是你的公爵权力和至高王权的忠实支持者。他侄子,就是你折磨他、想了解的那个侄子,是他家的耻辱。你该抓来审讯的人有那么多,却偏偏选了一个曾在自家亲人和朋友面前维护你的人。"

"可线人……"

"——可能会撒谎,也可能是误会,或仅仅是害怕遭到相同的待遇,就像你折磨尤维斯一样,所以把脑子里想到的第一个人说了出来。"

"我别无选择,陛下,英盖达林家族做出那样的事,往婚礼派出刺客和杀手,将我家人至于危险的境地,我不能放任……"

"萨鲁瑟斯,你这是死要面子,而不是尊重事实。"她压低声音,但确保对方能听清每一个字,"如果你不能容忍别人可能对你撒谎的想法,今天就把公爵桂冠交出来。应对谎言,是身为统治者不可缺少的能力。"

"但达罗·英盖达林想……"

"别再逼我打断你的话,大人。我发抖不是因为'女人见血就害怕'那么简单、愚蠢的原因,而是因为,你的所作所为,正是英盖达林想让你做的。如果你用蛮横、无理的暴力处理每一桩挑衅,那不用等到圣格冉尼日,纳班的街道就要燃起烽火。你明白吗?达罗伯爵就希望你这么做事,直到无辜的人都害怕你,直到以血还血,直到人民不再相信你能保护他们的安全。在这期间,他一个字都不用说,只要把你弟弟推到众人面前。你看不出来吗?就算你能把这些事都查到达罗身上,也没法证明它们跟德鲁西斯有任何关系。你和英盖达林家族鹬蚌相争,最后得利的却是你弟弟。"

一口气说完这些,她差点喘不过气。看看我吧,她心想,哦,西蒙,我们老了,可他们还什么都没学会。我们要怎样防止他们毁坏我俩留下的那点遗产?

萨鲁瑟斯咽了咽口水。他不想跟米蕊茉比谁嗓门大,不然会被其他人听见。最后他说:"那么,陛下,您希望我怎么做?"

"我希望,以后再做出类似行动之前,你要先跟我商量。"

"可婚礼已经结束,您不会在纳班停留太久。"听他的语气,似乎对这前景并不太遗憾。

"用来帮你足够了,萨鲁瑟斯公爵,不管你有没有意识到,这正是我一直努力的方向。"她顿了顿,"你必须放走这人。必须向他

秋凉

道歉。"

"道歉?"公爵瞪圆了眼睛,仿佛她在建议他邀请那个男人跳舞。

"对。而且你要派出行事最谨慎的仆人,散布消息,说这人被达罗诬陷。说裁缝之子不支持英盖达林家族,所以整件事都是达罗伯爵对他的报复。"

萨鲁瑟斯愣了愣,这时才第一次除了沮丧之外开始思考。"您觉得,人们会信吗?"

"至少会成为另一个故事版本。而且有些人知道,裁缝之子一直支持你,他们会觉得更合理。就让他们替你宣传吧。给他洗个澡,让他休息一天,然后给他一袋黄金,送他回家。除了我看到的外伤,你没有对他造成其他伤害吧?"

公爵摇摇头,活像个闷闷不乐的孩子。"没有。我几乎没碰他,只是戴上手铐、打了几下。"

"他很幸运,我们也很幸运。我恳求你,记得跟他道歉。"她考虑一下,"等他神志清醒后,告诉他,你不知道在布纺区还有像他这么忠诚的支持者,说你发现弄错后心都要碎了,说这次是风暴鸟敌人针对他的可怕陷阱。"

"如果您所言不虚,那么这是最好的做法。"

"查清情况之前,我才不会轻易行动。"米蕊茉竭力掩饰对公爵的不满,"这比你现在做的事更实用。跟达罗伯爵和你弟弟打交道时,也许你该学学我的做法。"

♛

自从见到王后吓跑十几个武装男人,杰莎便对她充满敬畏。在这异族国家,女人躲在面纱后面,假装无法理解与暴力或情爱有关的一切——至少在公众场合必须如此。而王后的表现让她想起了自己在乌澜的成长经历。她曾亲眼看到自己的母亲,一个身材矮小丰满的女人,手里除了把木勺再没别的武器,却将一个大块头渔夫赶跑——那人嫉妒她父亲，因而喝醉酒后跑到她家码头闹事。

"我男人不在家，算你走运！"母亲冲那醉鬼的背影大喊，附近其他女人站在各自门前哈哈大笑，"他招呼你的，可不光是往眼睛上戳一下！"

倒不是说，米蕊茉王后做的事跟她母亲一样。因为王后面对的情况要危险得多，所以她的处理方式也勇敢得多。只是杰莎好久没见识那种风采了。她意识到，自己已将太多怪异之处当成了理所当然。

不过敬畏也让她变得害羞。所以王后和大使弗洛亚伯爵来看望坎希雅公爵夫人时，杰莎抱着莎拉辛娜躲进了旁边的房间，但又敞开房门。小宝宝正在长牙，睡不着，杰莎一边想方设法哄她，一边听着隔壁房间的对话，还好大部分都能听到。王后说着说着，声音变得严肃起来，杰莎忍不住抱起宝宝走到门边。

"坎希雅，我觉得你该启程去多莫斯·班尼杜檐了。"王后说，"带上孩子，留在那里。"

"陛下，我不明白。"公爵夫人声音虽小，却很固执。她想把小布拉西斯抱在腿上，但男孩不断扭动挣扎，想要下地。"这是我们的城市，市民是我们的臣民。我们为他们做的都是好事。为什么我要害怕他们？"

"首先，别因为没人当面说你们不好，就错误地以为没人说你们坏话。"

杰莎看到，弗洛亚伯爵对王后默默示意想要发言，但王后不理他。"此时此刻，"米蕊茉续道，"达罗·英盖达林和你丈夫的弟弟就在到处说你们的坏话，不仅在大伙都能听到的纳班议会上，还派人去纳班各地的市场、公会，说公爵对遭受色雷辛人抢劫和杀害的臣民不闻不问。"

"但那些不是事实！"公爵夫人抗议。

"坎希雅，我一直在告诉你：事实并不重要。你丈夫已经犯错了。

秋凉

"抱歉,弗洛亚,不要冲我摆手,"她严厉地告诉大使,"这些话非说不可。坎希雅,你丈夫已被达罗的欺骗和背叛激怒。想象一下,如果一群所谓的暴徒袭击了你和孩子会发生什么?公爵会失去理智,不假思索地出手反击,然后城市就会陷入战火。塞斯兰·玛垂府本身也不安全。"

听到这里,杰莎倒吸一口气,皮肤上突然冷得起了层鸡皮疙瘩。她抱紧小莎拉辛娜,为她担忧,为所有人担忧。因为这正是市场里那个老妇人对她说过的话!"大房子会从里面烧起来……"

坎希雅想从椅子上站起来,仿佛此刻就有武装强盗站在休息室门口。"陛下,您吓到我了。"

"很好,这是理智决策的第一步。"

依然无法挣脱的布拉西斯开始哭闹,圆脸涨得通红。挣扎中,他踢到母亲的膝盖。"别动!"坎希雅拍了他前臂一巴掌,"你踢疼我了!布拉西斯,你怎么回事?"

"孩子虽不能完全听懂大人的话,"王后猜想,"却能感受到害怕或愤怒的情绪。"她走到坎希雅跟前,"让我抱抱他?"

公爵夫人有些惊讶,但举起男孩让王后抱过去。

"知道吗,布拉西斯,"米蕊茉王后坐下,用双手温柔地环住男孩,"我也曾有个跟你一模一样的男孩?"后者怀疑地看着她,"我有时会给他唱歌。你知道什么是许愿鱼吗?"

男孩别过脸,摇摇头,皱起眉头。

"不知道?"王后的声音刚才那么冷酷,现在却变得甜美而轻松,"真的?那是种魔力十足的鱼哦。"

"鱼会游泳。"布拉西斯说得好像有人非说鱼不会游泳似的。

"当然。人也会抓鱼。如果你抓到一条许愿鱼,然后放走它,它就会答应你一个愿望。你知道愿望是什么吗?"

布拉西斯不情不愿地听着,但不再挣扎。"不知道。"

Empire of Grass

"意思是,你可以要求一样东西,就像求助,然后有人会把那样东西给你。"

"蜂蜜蛋糕行吗?"

"可以。你想吃蜂蜜蛋糕,那就许愿吧。或者你可以要弓和箭。"

"那就要一把弓,还有箭。"

"你是个幸运儿,对吧?我儿子小时候,我会给他唱保姆教我的歌,讲的就是许愿鱼。你想听吗?"米蕊茉王后不等男孩回答就凑近他,用悦耳的嗓音轻轻唱了起来。

"哦,小鱼啊,小魔法鱼,
你能给我什么?用一个愿望换你的生命?"

她换上尖利滑稽的嗓音模仿小鱼,就连布拉西斯都露出了微笑。

"求求你,将我扔回溪里。
我将实现你心中能想到的所有愿望。

"哦,我从水里捞起的小鱼啊,
如果我想要一儿一女呢?
我会给你一儿一女,那么漂亮,
所有人都会赶来看望他们。"

布拉西斯不再扭动,虽然还是皱着眉头扯米蕊茉的袖子,却在认真聆听。王后一边唱,一边将他抱紧些。

"哦,我从河里捞起的小鱼啊,
如果我想要一把银币呢?

秋凉

我会给你巨额的财富,当你走进城中,
所有人都会围上来求你救济。

"哦,被我抓进船里的小鱼啊,
如果我想要一座有护城河的城堡呢?
我会给你一座城堡,高大而坚固,
你能在里面平平安安度过一生。

"哦,被我捞到岸上的小鱼啊,
如果我想再要一千样东西呢?
你想要的一切都将由你支配,
只要你放我重回水中……"

接下来还有很多歌词,描写许愿鱼如何逃离汤锅,最终被渔夫带到河边放生,而渔夫只要求一个祝福作为回报。等王后唱完歌,布拉西斯已平静下来,昏昏欲睡。米蕊茉将他还给公爵夫人。男孩蜷起身子,紧紧贴着母亲,用一只小拳头捏着坎希雅一缕散落的长发,闭上双眼。

王后宠爱地看着他,杰莎看出,米蕊茉眼中泛着闪亮的泪光,觉得不明所以。"坎希雅,你必须带着心爱的宝贝离开。"王后轻声说,"去个安全的地方。我太明白了,孩子比一切都重要,你要听我的话。"

"陛下,"弗洛亚一直耐心地听王后唱歌,竭尽全力掩饰脸上的焦躁,但他实在忍不住了,"我能否跟您私下说几句?"

"伯爵,你是个好人。"王后的声音依然很轻,却透出钢铁般的力量,"我重视你的智慧和判断力,远超你自己所知。但这是我们女人间的谈话。我们在讨论坎希雅公爵夫人和一双儿女的安全问题。这次我不想听男人的意见。过后再跟你见面,你可以退下了。"

伯爵对公爵夫人和王后分别深鞠躬行礼,离开。他走之后,房间里沉默许久。

"您真认为我们的处境如此险恶?"公爵夫人终于打破沉默。

"希望没有,但我祖父常说,"王后回答,"希望这件盔甲很脆弱。他说得对。每一次暴行、每一句谣言、街上每一场骚乱和冲突都对达罗有利,因为它们预示着动荡。而对大多数人来说,动荡的唯一良方是新的统治者,还得是个铁腕统治者。你丈夫处事公正,但在民众印象中并非铁腕。而他弟弟德鲁西斯就不同了。"

"但我无法相信这地方会有危险,这里是塞斯兰,是我们的家。"

杰莎震惊地看到,米蕊茉在公爵夫人身边蹲跪下来,拉起她的手。"慈爱的救主在上,我不想吓唬你,夫人,而是想提醒你。我见过这种事,尤其是在我父亲统治期间,愿上帝宽恕他的罪行。城市会变成冒泡的水锅,渴望混乱的人在下面不断添柴加火,最终水会沸腾,漫出锅边。到那时才因烫伤而后悔就太迟了。"

杰莎低头凑近莎拉辛娜的小圆脸,轻声哼些没有意义的声音,心里从未如此担忧小婴儿的安危。万一那个乌澜老妇说对了呢?要是她哀求公爵夫人听从王后的建议,会不会有些作用?坎希雅会听她的劝告,还是会因她身为仆人却敢说朋友才能说的话而将她赶走?万一是后者,谁来保护莎拉辛娜?

我爱这小女孩,她心想,心思突然前所未有地清明,完全想通了自己与公爵夫人一家紧密相连的复杂关系。我必须照顾她。万一有坏事发生,她需要我。我不能冒险插嘴。

米蕊茉站了起来。杰莎觉得,王后身上那僵硬的金灰两色裙子,把她衬托得像个用芦苇编成的结实的洋娃娃。

沙行者啊,她祈祷,请保佑公爵夫人像我一样信任王后吧!

"我最担心的是你的孩子,坎希雅。"王后说,"你有对儿漂亮而

秋凉

强壮的儿女，他们是纳班和公爵家族的未来。无论发生什么，你丈夫将留下主持大局，至少要朝这方向努力。但我希望你能考虑前往安提金峰的家族庄园，彻底离开这城市。"

王后离开了，她的卫兵随之而去，盔甲碰撞声渐渐消失在走廊远处。这时，杰莎惊讶地听见，公爵夫人在悄声哭泣。

♛

在维丽雅花园与达罗伯爵见面，让米蕊茉浑身不自在，但她没多少选择。她倒不是担心自己的安危，因为这里是塞斯兰·玛垂府的核心，她的十来个卫兵散布在树下和穿过茂密树篱的小径上，另外还有上百个公爵卫兵就在喊声能及的范围内。她不喜欢这里，原因是没法确定有没有人偷听。这花园为历史上的阿吉尼亚皇帝之妻维丽雅·荷米斯而建，是古代皇宫遗迹的一部分，占地广阔，但花园小径两旁树木种得太密，无论往哪个方向都看不到几步远。

若是其他情景，米蕊茉也许觉得，有机会在花园度过宁静的时光会很惬意。这花园是个杰作，有数十个隐匿的角落，有用柑橘和其他果树遮荫的悠长走道，甚至还用某种机械抽出地底清甜的泉水，汇成潺潺小溪，穿过花园，营造出亲近自然的景观。然而现在，米蕊茉将丈夫寄来的最新一封信折起来，贴在裙子胸前，像把尖刀似的紧紧压在胸膛，只觉得极度虚弱，胆战心惊。

西蒙措辞很小心，比他惯常的写法更谨慎，但事实简单明了：护送艾欧莱尔和王孙莫根纳的爱克兰卫队遭到色雷辛强盗袭击，只有几个幸存者，而最大的希望是莫根纳仅被劫持以索要赎金。米蕊茉只能祈祷：无论草原人中哪个大胡子酋长得到大奖，那人都能理解莫根纳有多重要。她知道，能换孙子平安回家，要西蒙支付多少赎金都行，但她此时远离海霍特，还是觉得太过揪心。

她顺着手指上下滑动黄金婚戒，真希望它是儿时听过的童话戒指，拥有魔法，能在一瞬间送她回到爱人身边。但她知道，无论那两条交缠的金龙里蕴含着什么魔法——也许是更微妙的爱情与婚姻魔法吧——也无法让她在此时坐的长凳上挪动一寸。她只能等待更多吓人的来信、可怕的消息,如同噩兆的雀鸟,一只接一只降落在枝头。

先是艾黛拉,然后是莫根纳,她想道,心中原本隐约的忧虑突然清晰起来,只有我的家族连遭厄运吗?这些只是纯粹的悲惨意外,还是有人故意打击我们家族?会是谁呢?

她在长凳上坐好,急需在这炎热的日子里找到一丝荫凉。刚才的新念头令人不安,但不可忽视,尤其某个乐于看到她家族倒台之人正在前来觐见的路上。

我今天就该动身返回爱克兰,自从弗洛亚将西蒙的来信交给她,几个钟头以来,这是头一个让她感觉稍微有用的想法。我该立刻召来马车,前往港口。若是顺风,不用两个星期就能到家。

但她不能,至少眼下不行。这里还有重要的事等着她,西蒙也已独自做出决定。现在,她必须像个王后,力挽狂澜的王后。无论心有多疼,无论未来的日子有多可怕,她必须为人民的利益继续冲锋陷阵。

"陛下!我真是太荣幸了。我知道您有许多国家大事要忙。"达罗伯爵转过小径的一个弯,出现在米蕊茉面前。他出现得太过突然,不可能是碰巧,一定早就等在那里。

她等伯爵走上前来行吻手礼。后者一如既往地穿着精致讲究的服装,却与他那青蛙似的身材并不相称。米蕊茉勉强挤出微笑。"伯爵,我永远有时间给我忠实的臣民,尤其他们还是我的家人。"

"啊,那我更是倍感光荣!全纳班的英盖达林,都因为我们有个家人坐在至高王座而满怀骄傲。"他微笑着,享受着夸张的谄媚之词。

米蕊茉也觉得好笑——他俩都知道这些是废话——但她今天没心情跳这彬彬有礼的两步舞。"表弟,我能为你做些什么?难道这次见面纯粹是社交娱乐?"

秋凉

"哦，不是！"他假装惊骇，"不，陛下，您日理万机，我不会单单为了享受跟您愉快地聊天就占用您的时间。刚才我提到光荣，是光荣要求我提出这次会面。"

"光荣？"米蕊茉心想，你要假装我或萨鲁瑟斯冒犯你了？他们间的争斗肯定早就超出了那些肤浅的争论范畴。

"当然！不久前，我侄女刚刚嫁给公爵的弟弟。然而那天，就在我自己家里差点发生暴力冲突。陛下，若不是您令人惊叹的勇敢，只有上帝知道我的客人会遭遇何种罪行。我的荣誉感要求我亲自感谢您，王后陛下，您拯救了我的尊严，或许还拯救了许多生命。"

米蕊茉有些意外。"臣民受到威胁，我只是做了王后的分内之事。"

"啊，我认为您低估了那次行动的影响力。现在全纳班都在讨论，根本停不下来！您就像古老传说里的战士王后夏欣娜！整个纳班都沸腾了。"

这些奉承话开始叫她恶心。"据我所知，夏欣娜是皇帝之妻，更准确地说，是皇帝的遗孀。不过我明白你的意思，谢谢。"她感觉很累，只想带着丈夫的来信回到私人房间反复阅读，期望能从西蒙费心写下的字里行间找到一丝可能看漏的希望。

达罗快速地鞠了一躬，仿佛有人不小心松了松扯动他的木偶线。"陛下，我看出来了，您有其他心事，请原谅我最后一次滥用您的仁慈，我的侄女正在等候，想当面感谢您。"

米蕊茉考虑一下，想要拒绝，但就在那一瞬间，一只鸽子拍打翅膀，从附近的树上飞下，上下点着头穿过小径。

神圣的艾莱西亚之鸟，她心想，代表原谅，与……和平。

"当然可以。"她说。

达罗挥挥手，一道树篱后走出个仆人，米蕊茉刚才根本没看见他。"告诉我侄女，她可以过来了。"达罗吩咐道。仆人沿小径悄声离去。米蕊茉不禁琢磨,伯爵及仆人进了这花园,她自己的卫兵似乎毫无察觉,他们是怎么办到的?

她看到一抹亮色闪过,两个高大的卫兵,一左一右护送图丽雅走进阳光。后者身穿棕色天鹅绒裙子,胸前戴着珠宝。

达罗像对待珍宝一样保护着这个女孩,米蕊茉心想。她自己带来的一个爱克兰卫兵走上小径,询问地看着王后,好像刚刚留意到达罗的卫兵。米蕊茉朝他点点头,示意一切正常。后者退了回去。

图丽雅静静地等待米蕊茉望向她,然后才深深地屈个膝行礼。"谢谢您,陛下。"她说,"您保护了我的婚礼。感谢您所做的一切。"但她的语气并不诚恳,活像被拉出来向长辈展示才艺的孩子。从某个角度讲,这正是她的角色。米蕊茉简直要为她难过,但新娘子望向她的目光里有种冷淡的态度,比可怜的境况更让她困扰。她只能猜想,女孩在英盖达林家族长大,承受着达罗那种人的父权统治,一定特别难受。

"不用客气,夫人。"米蕊茉回答,"我觉得自己的角色并没有大家传扬得那么重大。"

既然开了个头,米蕊茉就必须完成仪式的剩余部分。她邀请图丽雅坐在长凳上。达罗和卫兵们站在旁边。王后引导小新娘开始了一场别扭的闲聊。

"我很高兴一切顺利,图丽雅夫人。"米蕊茉最后说道,示意这场双方都不太享受的聊天即将结束。"当然了,祝你婚姻幸福。"

"不好意思,陛下,"女孩回答,"但我现在是图丽雅侯爵夫人了。"

米蕊茉愣了愣。"当然。"她终于反应过来,"无意冒犯。祝愿你和你的侯爵丈夫婚姻幸福。"

图丽雅两手保护似的叠放在腹部。一时间,米蕊茉猜想她是不是已经怀孕了。

秋凉

"陛下,您还会跟我们待多久?"图丽雅问道。米蕊茉不禁觉得,这问题是她伯父要她问的。

"是啊,"达罗附和,"我们很高兴有您的陪伴,但我们知道,您家里还有许多事需要您回去处理。"

他知道了,米蕊茉心想。莫根纳的遭遇想必已传遍纳班,而我本人才刚刚听说。从北方来的水手太多了,秘密无法保存太久。

她换上最平静的面容。"不用担心,大人,我会陪你们足够久的时间,直到签署完教宗的协议。"她和西蒙以换取至高王后出席婚礼为条件,迫使韦迪安教宗答应的协议,正是她不顾家里发生任何可怕的意外,仍要留在这里的原因。她明白,无论谁签署了那份协议,一纸文书终究无法阻止权力斗争,但那是种重要的公开表态,至少能帮至高王室阐明对翠鸟和风暴鸟间争斗的态度。

"啊,那是当然,我们都松了口气。"达罗说,"因为您,这座城市的动荡平静了许多。"

你在撒谎,大人,她暗想。

"陛下,我能再提个问题吗?"图丽雅仰起心形小脸望向米蕊茉,活像个讨要糖果的可爱小孩。

"当然可以,侯爵夫人。"

"遇到那些人时,您站在他们面前……害怕吗?"

图丽雅对她说过那么多话,这时才第一次流露出真正的兴趣,长睫毛下的大眼睛好奇地盯着米蕊茉。"我害怕吗?"米蕊茉衡量着几个可用的答案,但不知为何,她感觉这一刻事关重大,于是决定说实话。"当然害怕,是啊,上次我愤怒挥剑已经是很久很久以前了。虽然我的卫兵训练有素、英勇善战,但当时,暴徒的人数比我们多得多。所以,对,我很害怕。不过你会发现,勇气这东西,与其说是无所畏惧,不如说是,无论内心如何颤抖,也要完成必须要做的事。"

"王后真是睿智。"达罗附和,"这可是大智慧啊。"

"谢谢您，陛下。"图丽雅又行了个屈膝礼，"我是真的很想知道。"

达罗终于带着侄女、仆人和卫兵离开了。原来他带了好多仆人，都在花园各处待命。

米蕊茉转动手指上的结婚戒指，又开始思念丈夫——那个勇敢的厨房小厮，她最亲密的朋友。纳班，她家族血脉的主要源泉，这里的一切都更喧闹、更明亮，通常也更危险，现如今却活像一所监狱。

秋凉

榻毙坑

♛

在黑灯要塞待的日子越多,奈泽露便越是疑惑不解。地底隧道如此广阔,光从她睡觉的营区到中心大堂,去拿每日分配的普焗面包和鱼干就要走很久。她知道,奈琦迦有种多足钻洞兽生活在地底深处。身为匠工会大司匠的女儿,她看得越多便越相信,这地方一定是从奈琦迦山长水远运来钻洞兽挖成的。

但这解释不了更大的疑问:为什么建在这里?为什么建这么大?据她所知,这间要塞位于凡人领地外缘两片大森林之间,距贺革达亚家园将近一百里格。君倪娅塔麾下的士兵同样神秘。奈泽露学过殉生会历史,但从没听说过百战伯劳,而她此时正置身于他们之中。

以前她听过传言,说有些学员经过精挑细选后会另外训练,没跟奈泽露等人一起宣誓。她当时认为,就算那些人真的存在,也只不过是群人数比普通小组多一些的殉生武士,在训练早期就被其他幕会、甚至王宫挑走。她知道,咒歌会、祭礼会,甚至某些位高权重的大贵族,常在殉生武士学徒尚在夜挞敌箱的试炼中颤抖、流汗之际前来挑人。然而百战伯劳并非小型队伍,而是个军团,显然是支训练有素的军事力量,驻扎在她闻所未闻的巨型要塞……置身于荒野之中。从她无意听到的只言片语判断,杉-灼克奇显然是支更大型军队的一部分,听说叫什么"东北兵屯",这对她又是个全新的词汇。

她问过凌德,后者只是说:"我们为女王陛下执行最重要的任务。"

"我也为女王陛下效力。"奈泽露不愿被人当成无知的新丁,"我和另外几个女王之爪去过比这儿更远的地方,无数次为我族之母冒下生命危险,并成功完成了她交给我们的任务。我不喜欢被人隐瞒。"

凌德差点笑了,但还是摇摇头。"我佩服你的勇气,殉生武士。但是,相信我——他们不想发现你到处提问。在黑灯要塞更是不行。"

这话已是足够严厉的警告。君倪娅塔军团长虽未正式指控她是奸细,但奈泽露十分清楚,自己受到严密的监视。

很快绍眉戟会跟族人会合,她自我安慰道,如果派去见他的是殉生武士小队,其中就会有回音师。那么君倪娅塔就能得知真相:女王陛下亲自派遣我们前往雾沙穆雪山,伟大的阿肯比大人感谢我们取回了哈卡崔的遗骨。这一来,也许他们会对我放尊重些。

但她忍不住琢磨:亚拿夫后来怎么样了?万一他刺杀了其他女王之爪怎么办?没有绍眉戟和被捕的活龙证明她的故事,君倪娅塔也许会断定她就是个逃兵。而逃避任务的殉生武士下场会特别凄惨。

* * *

接下来的日子,她获准跟侦察兵一起外出巡逻,但从未得到任何指令,也不准离开凌德身边。奈泽露有些沮丧,因为她用不上学过的追踪技巧,但她尽量保持平静,做好一个优秀的殉生武士该做的一切。凌德是侦察队长,倒也没刻意为难她。奈泽露欣赏凌德的领导能力,却没法视他为盟友。她明白,自己再也没有盟友了,即使在自己的幕会里也一样。

为何她无法与同胞齐心协力了呢?因为受到亚拿夫那些问题的蛊惑?她知道那个凡人是叛徒,为何还会怀疑除了女王本人外几乎每个贺革达亚长官的可信度?不论是因为亚拿夫的言论,还是某种更深层次的原因,她对殉生会坚定不移的信念已经动摇。她担心自己再也找不回那种信念了。

大部分日子里,奈泽露和侦察兵只在黑灯要塞外沿游荡,穿过数里格树木杂乱的起伏山坡。少数几次,他们甚至遇上同一地区其他要

秋凉

塞的殉生武士侦察队，相互交换情报。比如附近就有个深沟要塞，那儿的侦察兵只用手语交流，但凌德这边都会说话。两队分开后，奈泽露开始寻思：深沟要塞的侦察兵到底会不会说话？如果不会，召集一支哑巴军队又有什么优势？凌德告诉她："他们不说话是因为受过这样的训练。执勤期间，他们不带兽也不说话。"

"兽？"

"他们在深沟要塞蓄养的啃石兽体形庞大，能咬碎石头，十分危险，容易受到噪声惊吓。"

奈泽露以前听过"啃石兽"这个词，证实了她对隧道挖掘的猜想：那正是奈琦迦地底深处出没的巨型钻洞兽的古称。

* * *

一天傍晚，侦察队遇上一群凡人，之后的举动更让奈泽露心神不宁。那群凡人大概有三四个家庭，有男有女有小孩，正在一处山林采摘坚果、挖掘树根。奈泽露的队伍藏在灌木丛后，没被对方发现。她本以为殉生武士会撤退，然而队长悄声下令，侦察兵立刻取下肩上的弓，搭箭拉弦，并在凌德的示意下松手放箭，每支箭都命中目标。凡人受到惊吓，害怕地四散逃窜，有几个直奔放箭者而来，根本没看到他们。

第二波箭雨放倒更多凡人，然后殉生武士冲上山，在幸存者眼中，速度一定快得可怕。转眼间，贺革达亚就冲进人群，割断他们的喉咙。那场小战斗从开始到结束，只花了二十来下心跳的时间。

宁静再度降临，侦察队站在尸体间寻找动静。一个老人试图爬走，但被凌德的剑迅速钉在地上。奈泽露无法理解自己纠结的心情：这些凡人虽是敌人，但并非战士，况且还有女人和孩子，死在眼前不由让她心烦意乱。这时，另一个侦察兵低声吹个口哨。

山坡远处还站个孩子，像在袭击开始之前正准备回到人群当中。奈泽露觉得应该是个女孩，但那张受惊的小脸太脏，头发蓬松凌乱，很难确定。小孩张大嘴巴呆站一会儿,转身就跑。

凌德举弓瞄准。一瞬间,奈泽露冒出了上前阻止的疯狂念头,但最终选择了沉默。另一个侦察兵嘀咕一句,其他同伴笑了起来。然后,队长弓弦响起,孩子四肢乱舞着倒下,幼小的身躯往山坡下滚了几步才停住。过了会儿,被尸体压倒的夏草重新抬起头。

凌德放箭时,为何不像我上次一样迟疑?奈泽露心里既震惊,又羞耻,我的心到底被什么东西撕烂或打碎了,导致我做不出同样的事?如果有机会再来一次,我会成功还是失败?任何一个年轻的凡人,都有可能长成屠戮我族的杀手啊。

然而,无论如何,射杀一个幼小的孩子……!她无法理解自己的感受,因而对自己十分生气,为何憎恨敌人变得如此困难?

♛

亚拿夫、绍眉戟和无知无觉的玛寇花了大半天时间才走下一条长板岩。数亿年的碎石和冰霜早将它打磨平整,但是它的坡度不够陡,没法减轻蛊罡嘎的负担,所以巨人一整天除了呻吟和抱怨几乎没做别的。他们终于抵达长板岩末端,巨人发现没路可以轻松地从板岩落到下面的斜坡,立刻沉重地哀叹一声,亚拿夫的胸腔都随之震动。然后蛊罡嘎放开雪橇,瘫倒在地,好像再也迈不动脚步了。

"起来,野兽!"绍眉戟命令道,"再走一点就到了,非要我惩罚你吗?"

"你说过,今天就能见到你们那些臭气熏天的贺革达伽,"巨人喘着粗气朝他嘶吼,"他们能把那怪物从这里搬下山。我拖不动了。惩罚我吧。杀了我。我不拖了。"

绍眉戟像往常一样面无表情,但亚拿夫知道他已火冒三丈。他举起红色水晶杖。巨人开始抽搐,疼得张开大嘴,耷拉着灰色的大舌头。

"总有一天,老嘎要扯掉你脖子上的脑袋,吞进肚子。"巨人喘

秋凉

息道。

绍眉戟一次又一次用疼痛冲击野兽,亚拿夫觉得他真要完蛋了。正当蛊罡嘎翻滚、惨叫时,绍眉戟眯起古怪的金色眼睛,望向山坡下方。板岩下方的树林里走出了贺革达亚士兵,一开始只有几个,然后是数十个,像猫科动物一样悄无声息。一位戴首领头盔的女武士喊道:"我们按约定前来,歌者。"

"很高兴见到你们,军团长。"绍眉戟喊着回答。

"等会儿再惩罚那个巨人。"她说,"我们帮你把东西搬到下面的营地。"

绍眉戟将水晶杖收回袍子,丢下巨人在地上喘息。肤色苍白的殉生武士蜂拥过来,像白蚁般静默无声,爬上山坡开始工作。亚拿夫紧跟着歌者,因为已有很多殉生武士留意到他,虽说除了轻蔑的目光,他们并没有什么冒犯的举动,但亚拿夫不想单独站着,以免被某个殉生武士当成需要惩罚的奴隶。

在大量士兵、马匹和绳索的帮助下,硕大的幼龙很快被搬到下方斜坡,继续下山。等他们走到长板岩底下,亚拿夫清楚地看到,有个贺革达亚营地巧妙地隐藏在林间空地,那边还等着数十名殉生武士。营地中间孤零零停着一辆六轮大车,因体积太大而无法掩藏,车身刷成近似黑色的暗红色,装饰着花式符号,但在渐暗的天色下看不分明,至少亚拿夫的凡人眼睛看不清。八只黑色大山羊正在旁边冷漠地嚼着干草,一只只狭缝眼眸短暂地看看新来者,并不吃惊,甚至连绑住的小龙被拖到空地边缘时,它们也无动于衷。

车门打开,一个高挑的身影走进暮色。亚拿夫立刻知道那是谁了,顿时心跳加速,皮肤发冷,全身直冒冷汗。那个身影戴着黑色兜帽,围住一张皱巴巴的干皮面具,对绍眉戟发话。"你终于回来了,侍童。"

"是,尊敬的咒歌大师阿肯比阁下。"

"但跟你回来的女王之爪,人数比在苦月堡更少。"

"主人,我们的任务很危险。"混血歌者的回答里有股奇怪的情绪,像种怨气,就连亚拿夫都觉得,贺革达亚这么跟上级说话有点出格。"但我们成功了。"

"是吗?那待会儿可以庆祝一下喽。你带来了什么?"阿肯比迈下车阶,走向捕获的小龙,"这野兽看着快死了。死虫对我没用,侍童。"

"它不会死,主人。尽管经历许多艰难险阻,但我一直保着它的命。"绍眉戟的语气近乎悲痛,"我们在很高的山上抓到它,一路抬着它走了这么远。"蜷在地上的巨人蛊罡嘎听到这里,哼了一声。绍眉戟瞪他一眼,目光冷如冰霜。

阿肯比做个手势,数个头戴兜帽的歌者纵身上前。"照顾这只野兽。"他吩咐,"确保它活着,否则你们都别想活。"他看看一动不动躺在雪橇上的玛寇,面具眼洞里的双眼眯缝起来,"这是什么情况?"

"是玛寇,女王之爪的队长。他被龙血灼伤了。"

这似乎引起了阿肯比的兴趣。他走近观察玛寇被烧毁的脸。"你为何冒着任务失败的风险抬他回来?"他突然发现跟在绍眉戟背后的亚拿夫,"这又是谁?"他的眼睛眯成两条黑缝,"为何收留凡人奴隶?在哪儿捡的?"

"他不是普通奴隶,是女王的猎人。"绍眉戟回答,"我们与您分别后不久,在苦月堡不远处遇上一大群伏砾犽。它们杀了女王之爪的回音师艾璧-凯,所以我们抓了这凡人做向导,领我们前往巨龙居住的东方山脉。"

阿肯比久久地盯着亚拿夫,然后示意他上前。亚拿夫只能从命。他仿佛被困在噩梦中,心知自己无法抗拒咒歌大师,所有秘密在片刻间就会被全部揭穿。

我的死亡将难以忍受地缓慢、难以言说地痛苦……

秋凉

"主人，"绍眉戟说道，"我恳求您耐心听我说，我还有件事要向您报告，而且时间不多了。玛寇队长快死了。"

阿肯比显然对他的打扰很不耐烦，但注意力还是从亚拿夫身上分散片刻。"这跟我有什么关系？"

"我带他回来，因为我觉得他对我们应该有用。对您、对女王有用。"

"有用？"阿肯比的笑声犹如树枝在栅栏上刮过，"这残破之躯对我族之母能有何用？"

"玛寇队长被龙血浇灌，您也看出情况有多严重，但他依然活着。他本是著名的女王之敌的毁灭者。"

"那又如何？"

"我觉得……"说到这儿，绍眉戟迟疑起来，"我觉得……也许……作为女王复仇的另一件武器……"

"快点说。"阿肯比厉声催促。

绍眉戟深吸一口气。"也许……榻毙坑？"

面具里的眼睛毫无波澜地盯着他，过了好一会儿，咒歌大师才缓缓点头。"榻毙坑……！"他的声音带着刺耳的"呲呲"声，"失落的华庭在上，是个主意。但这位殉生武士队长还没死。"

"活物会妨碍复活咒文起作用？"绍眉戟比刚才更有自信了，"还是会让咒语的效力更加强大？"

亚拿夫不知道他们在说什么，但他感谢能把阿肯比的注意力引开的一切事。趁阿肯比走到玛寇身前查看，他小心翼翼地朝绍眉戟挪了几步。"在活物身上使用复活咒文？他将承受巨大的痛苦，相比之下，龙血灼烧就像节日庆典。"

"是啊，主人，"绍眉戟回答，"我也相信。但玛寇最大的愿望便是侍奉女王陛下。我们可以把他变成针对女王敌人的强大武器。"

阿肯比又点点头。"榻毙坑。是个好主意，做得不错，侍童绍眉戟，我对你很满意。"他叫来几个歌者，命令他们将玛寇的担架抬进他的大车。"挖个坑，"他说，"宽度与队长身高相同，深度也是。"

阿肯比的注意力已转移到别处，亚拿夫放下心头大石，差点喘不过气，同时不禁为玛寇感到一丝遗憾。他很乐意亲手杀死队长，多少次都行。但他亲眼见过龙血导致的痛苦，如果那个所谓的榻毙坑更加恐怖，那么，即使是敌人，亚拿夫也不确定自己希望他进去。

* * *

一整晚，他都听见阿肯比的大车里传出乱人心神的噪声：喘息、呜咽，还有类似巨型青蛙发出的低沉"呱呱"声。有一次，他好像听到山间狂风的尖利呼啸，但那时根本没有风。后来他又听见，头顶的黑夜有皮革翅膀的拍打声。

即使我能从这次恐怖的遭遇中幸存，也是为了迎接最终的死亡，他心想。这一刻，一切都如远方的星光般冰冷而无益。可在上帝的帮助下，我的牺牲至少能有些意义。他开始祈祷，求求您，我的上帝，请让我的死亡为族人带来好处，请让我的死亡获得人生从未有过的意义。

既然睡不着也不敢睡，亚拿夫干脆往巨人那边凑了凑。阿肯比的奴才给怪物戴了镣铐，他眼里闪着亮光，所以亚拿夫知道他也没睡着。

"你不会要从贺革达亚手下逃走吧，嗯？"巨人用低沉的嗓音对他说，"记住，你欠我两次人情，一次是掩饰你不在场的事实，另一次是我们被凡人围在山上，我帮你打过掩护。"

"我没想逃跑。"亚拿夫轻声说，"我也没忘。我说到做到。"

"不像那个叫绍眉戟的歌者。"盅罡嘎低吼。这时，一个瘆人的怪声传遍营地。"他说他会保住玛寇队长的性命，可你听……！"

"我认为，他并没有违背誓言。"亚拿夫回答，"只是有些下场比死更惨，估计玛寇已经有切身体会了。"

秋凉

又一声嘶哑的惨叫划破夜空。如果那是队长的惨叫,那他就像复活后又彻底发了疯。

"而他们却说我的同类是野兽。"巨人说。

* * *

在午夜到黎明间某个阴冷的时刻,一阵脚步声将浅睡的亚拿夫吵醒。这种声音在贺革达亚营地很少出现,以致传入他不安的梦境,把他吓醒了。

"他们出来了。"巨人说,"安静。"

亚拿夫翻个身,望向营地另一头阿肯比大车的长方形黑影。一小群长袍歌者抬着盖布的东西走下车阶,穿过营地,走到已经挖好的深坑前。一时间,睡意朦胧的亚拿夫忍不住想起当年在奴隶仓睡觉时,贺革达亚主子半夜进来,将死掉的奴隶拖走时的情景。

阿肯比和绍眉戟走在队伍后面,年轻的歌者转身朝旁观的亚拿夫和巨人走来。"我们成功了。"绍眉戟走到他俩跟前说,语气心满意足得甚至有些幼稚,"我的主人和我,将玛寇变成了更厉害的东西,变成了能让女王的敌人在恐惧中退缩的武器。"

蛊罡嘎望着歌者们在阿肯比的默默监视下跪倒,对着被包裹的躯体轻声吟唱。"看样子,你们把他彻底杀死了。"巨人嘟囔。

绍眉戟哈哈大笑。他筋疲力尽,但沉醉于胜利当中,说起话来像喝醉了酒。"玛寇还活着,但在改变。在地里埋三天会进一步改变他。"

"三天……?"亚拿夫觉得恶心。

"或者说,这是一般情况下,榻毙坑发挥作用需要的最少时间。这个坑和复活咒文能让生命重回死亡的躯壳,起码能维持一小段时间。但这种咒语从未在活人身上用过。"亚拿夫听得出绍眉戟的得意,"我甚至无法想象,那位高贵的队长将承受怎样的痛苦……!"

裹在布里的玛寇正被放进坑里,身体突然剧烈扭动,大喊大叫。

队长的声音很奇怪，窒闷而扭曲，即使几步外的亚拿夫也只能勉强听见。"他怎么是那种声音？"

"因为他嘴里塞满了紫杉浆果、干百合花和其他强力药草，嘴唇被紧紧缝在一起。"绍眉戟用工匠人描述技艺精湛之作的愉悦解释给他们听，"他的身体涂满燃油，经过煅烧，增加硬度，就像锡能为铜增加硬度、变成神圣的青铜一样。现在只剩最后一步，由大地的幽暗子宫完成再造重生的任务。然后，玛寇将以其他生灵从未有过的方式侍奉我们的女王陛下。"

阿肯比的仆从一边继续低唱无法辨识的咒歌，一边用泥土填坑，将玛寇活埋，全然不顾他在泥土下苦苦挣扎。亚拿夫好不容易才忍住没作呕。蛊罡嘎厌恶地啷囔着，背过身去伸个懒腰，像是准备继续睡觉。

亚拿夫强迫自己想起更重要的任务。假如成功，这一切和未来更多恐怖的经历都是值得的。"绍眉戟，你说起女王陛下。"他问，"我们什么时候能见她？我们什么时候回奈琦迦？"

歌者转过脸看他。即使在黑暗中，亚拿夫也能感觉到对方怀疑的目光。"你为什么想知道？"

"当然是为收取我的报酬。"他立刻回答，"记住，在你们这场重要的任务中，我在很多方面都帮了大忙。我希望得到报酬，得到女王陛下本人的认可。那是所有猎人都羡慕的荣耀。"

"凡人傻瓜。"但绍眉戟似乎打消了怀疑，"但我们不会去奈琦迦。"

歌者正在夯实榻毙坑最后一点泥土，坑里再没有任何动静。突然的寂静中，亚拿夫竭力掩饰自己的震惊和沮丧。"不去奈琦迦……？"

"不去，猎人。"绍眉戟哈哈大笑。自从亚拿夫认识他以来，他还是头一次这么高兴。"因为女王陛下——我们神圣的统治者，存活的华庭本身，一族之母——会来见我们。"

秋凉

奈泽露发现，能享受奢侈的休息，感觉真是奇怪。她不知该拿这么多时间做什么，于是在巡逻间那段漫长而空闲的时间里，她要么昏睡，要么自我怀疑。

我真像表面上那么软弱吗？我的血脉当真受到母亲那边的严重拖累？或者——最后这个可能性切切实实令她害怕——那个凡人说的某些话真能触动我，因为我觉得他说的是事实？

她想的当然不是安东教的胡说八道，也不是其他凡人的狂热想法，而是他提出的关于奈泽露自己的问题：为何她会被选来参加这个任务？她知道，还有其他经验更丰富的殉生武士可选。当初她被选为女王之爪，就曾在殉生武士间引起许多愤恨。后来她又被选去，跟随战功显赫、备受敬重的玛寇队长出征，执行乌荼库女王亲赐的任务，更是搞得怨声四起。奈泽露是武艺高强的战士，是同期与同龄学员中最优秀的一个，但在内心最深处，她一直知道，有资格占据她这位子的殉生武士候选人多达数十。她家只是中等贵族，她父亲是大司匠，但很多殉生武士的背景比她更强，更应得到殉生会的眷顾。

她心事重重地躺在床上，忽然听见一个声音，睁眼发现凌德站在床边，专注地看着她。一开始她觉得莫名其妙，以为凌德想跟她交合，却不知自己该如何反应：侦察队长也是混血儿，无权强迫她，但她不确定自己能否拒绝。

但凌德只是说："有任务，殉生武士奈泽露。我需要你。跟我来。"

"现在是什么时间？"

"不久前，值夜最后一盏灯刚刚点亮。"

她跟着队长，默默沿通道往下，走向要塞前门。通道是从岩石间挖出来的，压实的泥土用蛛丝编成的网固定。到了守卫室，他们与凌德两个最可靠的手下佤阿尼和津德炬会合。奈泽露暗自自豪：无论是什么任务，凌德竟将她选为第四个成员。他们装备整齐，走出要塞，从入口隧道爬进外面的夜色，踩在挂着露珠的长草上，沿侦察兵熟知的无形路线悄悄向前。奈泽露像其他同伴一样安静而轻松地移动。他们随凌德走了好一阵子，来到一处长满古老椴树的林子，树叶干枯，在渐亮的黎明中像是没有颜色。这里紧邻黑灯要塞与南边距离最近的要塞的边界。

"停一下。"凌德说，"先等等。"

奈泽露环顾四周，只看到普通的树林，林外也没什么特别之处。一时间，她担心凌德要她跟他们三个交合，而这要求似乎有些出格。过了会儿，没什么异常发生，她又猜测，他们要跟邻近要塞的侦察队或信使见面。她尽情感受早晨初始的声音和气息：旁边的灌木丛有兔子活动，远处的树上有八哥嗍啾鸣叫，成千上万树叶被爬上开阔天空的太阳晒热，散出一阵阵味道。

"给我看看你的剑。"凌德说。

这要求很突兀，吓了她一跳，但她还是抽剑出鞘，用手掌托着递给他。凌德接过剑，掂量一下，手握剑柄，银灰色剑尖朝上，测试它的重量。"好一件精致的作品，是古老的巫木剑之一，而非我们侦察兵用的粗糙铜器。"

他的语气有点怪，让奈泽露很不自在。"这是我们队长玛寇的武器。"她说，"非常古老。他说是凤奴酷将军曾经的佩剑。"

"寒根。"凌德仍在查看剑刃，"是啊，我听说过。谁没听说过呢？但是，殉生武士奈泽露，它为什么在你手里？"

"我们为女王陛下执行任务途中，玛寇受了重伤，不能带剑。那个凡人将我骗出营地，把寒根留在我手里，我也不知道是为什么。这些情况我向君倪娅塔军团长汇报过。等你问过我的队友，就知道我说的是实话。可以把剑还给我了吗？"

凌德摇摇头。正是这个动作让她看出了不祥之兆。"不行，殉生

秋凉

武士。我们的回音师联络过你的女王之爪。你的同伴说你撒谎。他们说你偷了宝剑,当了逃兵。"

她的愤怒一闪而过,恐惧随即淹没一切。"没有,我没撒谎!他们肯定听信了亚拿夫的话。那个凡人,阴险狡诈的凡人!他撒谎!他企图引诱我背弃对女王陛下的忠诚,没成功就把我绑走。这些我都解释过了!"

她上前想夺回宝剑。不论寒根如何落到她手中,如今都是她的剑,是她经历所有磨难的唯一回报。然而与此同时,凌德的两个手下从两边抓住她的手臂,扭到背后,强迫她双膝跪地。

"我想信任你,殉生武士奈泽露。"凌德脸色一沉,仿佛戴上冷酷的面具。这样的面具,她在父亲和殉生会长官脸上见过太多次。"我本以为,你可能受到那个凡人的诱骗。他承诺了你自由?爱情?但你们女王之爪的领队说你是罪犯。阿肯比大人跟他们在一起,要求遣送你回去。感激吧,我只是碰巧听到了命令,而且命令不是派给我的。"

"感激?"她的挣扎毫无效果,两边胳膊反而被扭得更紧,快要断掉了。"感激什么?"她心里升起个疯狂的希望:莫非凌德想放她逃走?

"感激我没把你交给咒歌会那些卑鄙的虐待狂。"他说,"他们会把你的痛苦拉长到几年,而我会叫你死得干净利落。然后我会告诉他们,你在巡逻中违背我的命令,我只好处死你。现在,低头。"

伍阿尼和津德炬又把她的手臂往后拉,强迫她的头垂向地面。

"因为寒根比我那把破剑锋利得多,"凌德继续道,"我会让你荣幸地死在圣者凤奴酷的剑下。"

奈泽露脑中有千万个念头横冲直撞,纷乱如麻。她拼命回忆受过的训练,可肩头疼痛难忍,脸紧紧压在依然沾着露水的湿草上。她感觉两个侦察兵的抓握突然收紧,猜想凌德已举起玛宽的宝剑,准备砍下。她不顾疼痛,身子突然朝右边的津德炬怀里钻去,撞得他失去平衡。另一边的佤阿尼吃了一惊,没能及时调整抓握动作。奈泽露往津德炬怀里撞去的同时,将全身体重压在右膝上,使出所有力气扫出左腿。这下能否踢中全凭运气,一旦落空便没有第二次机会了。

她的靴尖扫中了佤阿尼的腘窝。后者没发出痛呼,因为他是个侦察兵,受过沉默训练,但仍吸了口气,脚一歪,摔倒在地。接着,她再次撞向津德炬,既为阻止他恢复平衡,同时免得凌德一剑砍下。趁玛寇的剑暂时被挡,她用双臂抱住津德炬,拉得他倒在自己身上。

侦察兵都是能打的战士,但奈泽露在血庭经历过无数训练,早就超过了普通的殉生武士。与津德炬纠缠时,她摸到对方腰间的匕首,拔出来直捅他的脖子。这时她半个身子藏在津德炬身下,抬脚将他流血的身子踢向凌德,后者只好往后一跳,免得被撞上。她用眼角瞥见佤阿尼摇摇晃晃爬起身,想抽剑出鞘。她眼疾手快,一脚踹中佤阿尼尚未受伤的膝盖,顺势跳到对方身上,压得他滚翻在地,疼得闷声轻哼。然后她用尽全力,猛踢侦察兵的脑袋,并从他松开的手中抢走剑。

她喘着气站起,将青铜短剑举在身前,面对凌德。

"你这傻瓜。"她惊讶地发现自己声音粗哑,充满恐惧和愤怒,完全走了调,"我是女王之爪。就算你指控我的罪行都是真的,也别想随随便便杀了我。"不过这话是虚张声势。她喘得厉害,两脚软如稻草,而凌德的剑更长也更强。

"如果你是无辜的,就跟我来,面对族人的正义。"凌德缓缓逼近,"你必须为可怜的津德炬负责。我会向他们解释发生了什么。"

"族人的正义?"她差点笑出声,"很明显,阿肯比大人不知为何想要我的头。他才不在乎什么正义。他只关心咒歌会和他自己的权力。"这句话说出口的同时,她就知道自己说的是实情。她不信任自称侍奉女王陛下的任何贺革达亚,不论是咒歌会的大司乐还是别人。

秋凉

她亲耳听父亲讲过阿肯比的许多恶行，尽管不愿相信，但就算以前不谙世事时，她也知道父亲不会撒谎。

"我试着公平待你……"凌德开口。

"坏人做坏事前总说这话。"她厉声驳斥，仍在喘气，"我不会站在这里，等你的同伴来找我们。自卫吧。"她纵身上前，剑刃游走，跳起殉生之舞。

凌德用寒根挡住她第一下致命进攻。奈泽露的剑刃发出异样的嗡鸣，说明剑刃交击次数太多，佤阿尼的青铜剑就会废掉，她将陷入手无寸铁的境地。她再次攻击，速度更快，想用尽剩余的所有力气刺穿凌德的防御。她挥砍、戳刺、后退、挡开对方的反击，但知道自己没法抵御太久。侦察队长手持宝剑，剑术比普通剑士更强，剑身长度也占了优势。

奈泽露往侧面滑步，挡开对方的剑刃，但自己的剑差点被寒根的回击缠住。她感觉脚下踢到什么东西，往下瞥了一眼，是津德炬那把染血的匕首，而他的尸体就在几步外。凌德想把她赶到尸体那边，好搅乱她的步法。

她还有最后的赌注可以一试，干脆不假思索地执行——她用脚趾勾住匕首，踢起来，用空手接住，趁凌德来不及反应，用剑刺其面庞。后者举起寒根格挡，她举起另一只手，将匕首狠狠扎进对方的大腿。

她往后一跃，准备再次防御，但刚才那下已扎中要害，凌德的腿血流如注。她再次猛攻。对手的动作越来越别扭，速度渐渐放缓。她趁机欺身近前，用剑身狠拍他的头，打得他倒在地上，失去知觉。

她喘着粗气，从凌德手里抽出寒根，却不忍心丢下他流血致死。她一边暗骂自己，一边迅速检查另外两个倒地的百战伯劳。佤阿尼失去意识，但还活着。津德炬死了。

是你逼我的，但我仍然敬重你，她心想。你做了自认为正确的事，遵行了所谓的女王意愿。

她扯下津德炬挂剑的腰带，紧紧绑在凌德的大腿上，直到血流速度慢了下来。

"也许你能活下来。"她说，"如果你能听见我的话，记住，我已经手下留情了，比你刚才的'情分'更重。"然后她转身离开，沿着两座要塞间的边界，往南方没有隐藏殉生武士要塞的地方奔去。

现在我成了所有人的敌人，她心想。无论凡人还是贺革达亚。这块大陆的每个人都想要我的命。

秋凉

狼王

♛

矛柄狠狠戳中弗里墨的肚子，将他弄醒了。这里是红胡子鲁德的围场，他躺在烂泥干草堆上，疼得直吸气，结果再次挨戳。"站起来，小崽子，不然我用另一头把你肠子抠出来。"持矛的部族战士说道。

弗里墨躲开矛柄坐起身，记忆涌回脑海：乌恩沃被抓，自己身处险境。但他发现自己已经不在乎了。追随高个子的决定不是对、就是错，但无论如何，他都不会屈膝投降。

他又挨一下。"拿开，不然我叫你吃了它。"弗里墨说。

黑熊部族战士愤怒地龇牙咧嘴，调转长矛，用金属矛头对准弗里墨的肚子。"那我让你看看你的肚肠长什么样，小胡子酋长。"

"等等，"另一个声音说，"男人有点火气没啥不对。"新来者走上前。他刚才一直在监督叫醒囚犯的全过程，此时轻蔑但饶有兴致地上下打量着弗里墨。"不过苇伯德说得对，正经酋长该有把大胡子。"

"我没空在酋长大会找新娘。"弗里墨告诉他，"鲁德的邀请……来得太过突然。"

男人哈哈大笑。他比那位属下更魁梧，肌肉健壮，大部分脸上留着仪式疤痕和纹身，嘴里的牙只剩一半，所以半边脸颊略有塌陷。"仙鹤部族，嗯？"他说，"你们这些湖鸟，我知道你们是优秀的侦察兵，但一打架就飞走了。"

"解开我的手，给我把刀，我叫你看看什么是勇猛。"但看对方的身量和许多战斗留下的疤痕，弗里墨就知道自己在吹牛。

男人并不生气，反而觉得好笑。"那就起来吧，小胡子酋长。我是欧多柏格，獾鼬部族酋长，鲁德的护卫队长。小崽子，你嘴巴挺能说,但我不杀被人揍完扔进泥巴的家伙。起来。"

"那鲁德就能杀我了?我宁可现在死,也不想看他趾高气扬的熊样。"

"你根本不懂鲁德的想法和计划。"欧多柏格既好气又好笑,"他的手段,你们这些湖地人看不懂。他说你们是客人,要让你们活。丢到屋外的只有那个自以为了不起的半石民。如果你现在起身,带着你的部族向红胡子低头,我可能用得上你这么伶牙俐齿又有胆量的帮手。"

弗里墨爬起来,站直,两手仍然绑在背后,身体僵硬又酸痛,晃得像匹新生的马驹。"等乌恩沃干掉红胡子,欧多柏格酋长,我也可能用得上你。"

听到这话,最先戳他的战士气得面容扭曲,但欧多柏格似乎是个心胸宽阔之人,只是扬起脖子哈哈大笑。"很好!说得好。那好吧,小湖鸟。我跟你赌一把。今天结束之前,谁支持的酋长死了,谁就向对方低头,还要伸长脖子挨刀或戴项圈。"

对方如此轻视乌恩沃,令弗里墨难忍心头怒火,但这些人没见过他目睹的场面。"好啊。"他说,任由别人推着他前往围场门口,"打赌。"

"啊,小胡子酋长,"欧多柏格露出仅剩的四颗牙,"我很乐意让你往我的银杯里倒叶乳。我会好好调教你,让你学会服从和恭敬,就像我的新儿子一样。"

* * *

今天聚集的人群比昨天傍晚还多,大部分人似乎从太阳初升就等在鲁德营地周围。乌恩沃的骏马部族战士、弗里墨及仙鹤部族战士都被押出营地,在潮湿的清晨等候,直到鲁德大驾光临。

"时候到了?"他大声问道,好像起床后头一回想到似的。"那我们必须出发了,看看神灵怎么处置那个无名氏山王。"

秋凉

人群响起一片笑声,尤其是鲁德自己的部族。但弗里墨也看到一些不满的表情,还有不加掩饰的愤怒。红胡子向来不受欢迎,但他跟石民达成协议,阻止了城市人对色雷辛的入侵,维持了数年和平,不过情况最近有所改变。所有草原人唯一的共同点,就是对拥有城市、城墙和武器的城堡居民的憎恨。弗里墨猜想,有些观众已经听说乌恩沃与许多古老的预言吻合,所以不满鲁德企图杀害带来希望之人。

可是,尽管弗里墨努力从经过的人脸上寻找红胡子不受欢迎的证据,他也明白,一旦乌恩沃死了,这一切都将失去意义。乌恩沃也许会成为未来传说里的人物,成为草原人历史上众多破灭的希望之一,但对将身家性命交托给他的人来说,那样的未来没有意义。

就算我活过今天,也会沦为给黑熊部族转动烤肉叉的奴隶,无法压抑的怒火在他体内燃烧,可怜的海葭会被送给鲁德手下的某个首长,比死在乌恩沃手里的那个残忍的前夫好不了多少。

鲁德和萨满沃弗拉格领头,绕过营地边缘,朝灵山进发,身后队伍越聚越多。很快,他们来到灵山最高峰的山脚。鲁德的卫兵正在等候。

"你们整晚都在守山吗?"鲁德大声询问,"是否让那自称神选之人的长腿乌恩沃独自过夜?"

"但你早用夏日玫瑰打得他快没命了!"弗里墨喊道。鲁德不理他。卫兵们全都发誓,从黄昏到黎明,没有任何比老鼠大的动物通过他们的防线。

"好吧,诸位神灵以他们的方式找过他了,要么在他脚前下拜,要么给他点颜色瞧瞧。"鲁德被自己的玩笑逗得哈哈大笑。

弗里墨知道,乌恩沃挨了残忍的鞭打,浑身是血绑在山上,毫无保护,能活过昨夜的机会十分渺茫。他死定了。灵山禁止打猎,所以到了晚上,狼、熊,有时还有山猫,都在树木繁茂的山坡自由游荡。

鲁德率众人走上蜿蜒的山路。有些人脸色阴沉,跟弗里墨一样闷闷不乐；但有些人显然觉得这是一次快乐的户外活动，是件趣事。不过众人靠近巨石和木柱、头一眼看到瘫在柱子下一动不动的身影时，就连最吵闹的家伙也安静下来。弗里墨看到，囚犯周围的地面被鲜血浸透，心里涌起绝望。乌恩沃的下巴垂在胸口，两脚伸在身前，身上处处覆盖着干涸的棕色血迹。

然后，乌恩沃抬起头，望向鲁德。在眉毛和被血粘成一团的头发下，那双眼睛精光闪烁。

他的动作并不突然，更像陷入沉思之人听到有人跟他说话。然而，正在靠近的众人却像听到一声炸雷，弗里墨更是被一阵近乎痛苦的狂喜刺穿。乌恩沃活着！在场的许多部族民众都呆在原地，大声惊呼，陷入迷信的惊恐之中。就连红胡子鲁德也大吃一惊。弗里墨看到，酋长之长差点打个趔趄，急忙稳住。鲁德并不傻，此时心中一定在暗骂，为何当时没直接取下乌恩沃的人头，为何要拿他做个典型。

人群的情绪无疑已发生突变。无论鲁德是什么样的人，但他绝不是笨蛋，所以弗里墨相信他也察觉到了。尽管处境凄惨，但乌恩沃仍熬过了昨晚。可对鲁德来说，接受事实并释放乌恩沃，只能进一步地放大他的传说、削弱红胡子自己的声誉。

鲁德招手示意沃弗拉格跟上。草原民众一边窃窃私语，一边好奇地跟在后面。弗里墨和其他囚犯如风中谷壳般被裹挟着往前挪。不过出于对鲁德或神灵的敬畏，人群提前停下脚步，与神石和囚犯的染血木柱保持着尊敬的距离。

"看来你比我预想的强壮。"鲁德说，"只可惜你发了疯，不然肯定是个出色的酋长。来吧，过了漫长的一夜，你肯定渴了，而我不是冷血之人。"他做个手势。沃弗拉格打开一个雕花盒子。那是他一路带上山的东西，里面装着一只金色大口水壶和两个金色大杯。

"萨满，给他倒杯葡萄酒。"鲁德的音量足能让人群都听见，"别让人说，我鲁德是个不公平的主人。"

秋凉

沃弗拉格留着络腮胡子，面无表情，从壶里倒出一杯酒，递给鲁德。乌恩沃仍然没有说话，只是抬眼怒视酋长之长，脸上仿佛戴着一张鲜血面具。

"喝吧。"鲁德垂手将杯子送到乌恩沃嘴边，"这个世界的仁慈并不太多。"

"别喝！"一个女人尖叫，"别碰！有毒！"

弗里墨看到，乌恩沃的母亲渥莎娃从人群中挤出，挣脱试图拉住她的手，冲过开阔地，朝木柱扑去，但目标并非儿子，而是鲁德，十指曲如鹰爪。好几个卫兵截住她，她差点儿连他们也挣脱了，两手在空中乱抓，距红胡子的脸只有几寸。

"夜吼者在上，"鲁德喊道，"你们是不是男人？连个娘们都拦不住。"

"懦夫！骗子！"渥莎娃怒容满面，像个疯子一样，挣扎着要扑向红胡子。她的裙子肩头被撕烂，一根袖子被扯掉。"现在你还想当着所有部族的面毒死他！"

鲁德大手一挥，狠狠扇了渥莎娃一耳光，打得她倒退几步，跌进拉扯她的男人怀里。"别让那臭婊子靠近我！"他转身面对观众，"仙鹤和骏马部族的谎言没完没了啊，你们都听见了，这婊子说我要毒死他。"他举起杯子，长饮一口，用刚才打得渥莎娃说不出话的手抹抹嘴唇，再次垂手将杯子递到乌恩沃嘴边。"我不会给你第三次。"他警告道。

乌恩沃发力抬起一条腿，踢掉了鲁德手里的杯子。经历了所有折磨，他竟然还有这种力气，真让弗里墨震惊。金杯落在石头地面，发出一声闷响，翻滚着将葡萄酒洒出一个宽阔的半圆才停下。

"我受够你了，长腿。"鲁德的声音仍然洪亮，但浸透了弗里墨先前没听到的情绪：冰冷的恨意。他正面临当众出丑的危机，他不喜欢这种感觉。"我听腻了你那些主张。你竟要靠你的娼妓老妈来帮你战斗。那个嫁给石民当老婆的女人,对,我知道她是谁。"他朝沃弗拉格做个手势,"萨满,再给我倒杯酒。"他从沃弗拉格手里接过新的酒杯,举起,"毕竟,只有这样才公平。长腿乌恩沃可以在这儿休息,而我还得走回山下。"几个手下听到这句嘲讽,笑了。鲁德猛灌一大口,咂咂嘴巴。"上等的珀都因红酒啊,浪费在一个叛徒身上,我真是个傻瓜。"他宣布说。

"他没浪费。乌恩沃把酒献给了神灵!"观众中有人大喊。

鲁德转过身,怒目扫视人群,想要找出讽刺他的人。"那就让神灵照顾他吧。把他留在这里,绑在柱上,到死为止。我相信,这地方的野兽都被昨晚践踏灵山的人吓跑了。这一次,乌恩沃要待足三天。任何人敢来帮他,就准备好迎接我的愤怒吧。他自称超越凡人,那就让他证明一下。"

鲁德抬手招呼自己的属下,转身要走。仍被好几个黑熊部族战士抓住的渥莎娃突然大喊大叫,朝地面点头。"神灵确实来过!"她叫道,"看呀,我的族人!看看地上!你们自己看!"

红胡子一个手下伸手捂住她的嘴,但惊讶的人群已经往前涌去,想看鲁德、乌恩沃和木柱周围的地面。起初场面混乱,因为只有少数靠得够近的人才能看到那边的地面。然后,就连弗里墨也看到了渥莎娃指的东西,顿时心脏狂跳。他双手被缚,无法指点,但迈开脚步与人群拉开距离,扯起嗓子喊道:"她说得对!说得对!看看地上!看看那些脚印!夜里有狼来过!"

人们更加热情地往前凑,有些人甚至四肢着地爬行。最前面的人在一圈泥泞爪印前停下。那些爪印在石头平台上围成一个大致的半圆,环绕绑着乌恩沃的木柱呈新月状。

"狼来过!跟我在湖地见过的一模一样!"弗里墨喊道。尽管他知道,随时会有剑或斧头封住他的嘴,但他不肯沉默。"嗥月者奉神灵旨意在夜里来过!乌恩沃是狼王!"

秋凉

"是真的!"另一人大声附和,"看呀,狼来看过他了!就像伟大的依帝泽山王一样!"甚至有人走到瘫软的乌恩沃跟前,想给他松绑。

鲁德冲手下吆喝,叫他们将各部族的民众往回赶。好几个黑熊部族战士闯进人群,不仅推搡,还舞刀弄斧,想把大伙赶走。人群跟跟跄跄往后退,但这时多数人已义愤填膺,至少被亲眼看到的情形打动。与此同时,后面没看到、没听见的人还继续往前挤。再过片刻,鲁德及其手下将被迫大开杀戒。红胡子背靠神圣的缄默石,他的手下举着武器紧紧围在周围。

"谁敢冲我抬手,我就要他的命。"他怒视人群喊道,两眼鼓起,红胡子条条炸开,整个下巴仿佛着了火。"我保证,红胡子鲁德向来说到做到……向来都是……"

他的声音刚才还是洪亮的吼叫,此刻突然弱了下去。

"向来……"说着说着,他停下来大口吸气,"我……会……"他左右看看,像是忘了自己在哪儿。他眨了两次眼睛,又举了一下刀,张开嘴想说些什么,结果冲地面弯下腰,像掉在地上的鞍囊一样瘪了下去,瘫在地上直喘气。他抖了几下,最后不动了。

"葡萄酒有毒!"有人喊道,"他想给山王喝的毒酒,结果自己喝了!"

一时间,人群鸦雀无声,对鲁德的猝死既惊讶又不知所措。就连他的护卫,也活像被突如其来的雷暴吓蒙的牲畜般呆立不动。萨满沃弗拉格走到红胡子身旁跪下,检查他那对仍然大睁的眼睛,再摸摸他的颈动脉,然后转头对鲁德的护卫说话。

"他死了。"沃弗拉格深沉的嗓音传遍人群。萨满猛然起身,张开双臂,身上的袍子随着微风拂动,用更响亮的嗓音宣布。"红胡子鲁德死了!神灵已经宣判!所有针对骏马部族的乌恩沃的指控都不成立!"

一片哗然,有人大声嚷嚷,有人在迷信的恐惧中尖叫,有人开心地狂吼。到处都有人在打架。鲁德的几个助手崩溃逃走,其他部族战士紧追不放,想抓住他们加以惩戒。山上每个地方的每个人都陷入疯狂。

"割断我的绳子。"弗里墨喊道,"我去见乌恩沃!来人啊,割开我的绳子!我必须见他!"

一个不认识的男人走上前,用一把阔刀锯断弗里墨的绑绳。弗里墨顾不上等待伙伴,撒腿就朝木柱奔去。乌恩沃已被许多睁大眼睛的男男女女围在中间。

"让开,"弗里墨边喊边往里挤,"让我见他!"

他喊着要来刀子,砍向将乌恩沃绑在木柱上的粗厚绳结。好不容易割开所有绳结,他和另外几人扶起高个子。后者在行刑柱的木头上留下许多干涸的血迹和撕烂的皮肤,但却一声不吭。等弗里墨几人想把他抬起时,乌恩沃嘶吼一声,用一条被绑得乌黑瘀青的手臂将他们赶开。

尽管他几乎喘不上气,却说:"我自己走。"他的后背已经烂成碎片,脸上、胸前的刀伤再度裂开,流着血。乌恩沃摇摇晃晃站了好一阵子,直到迈出第一步。有人转过身往前跑,大声向那些还没看到发生什么事的人宣布。

"他活着!鲁德被自己的阴谋害死了!山王活着!他回到我们中间了!"

乌恩沃晃悠悠走了几步。弗里墨试图说服他:就算不愿被人抬着,也可以靠在别人肩头。但乌恩沃看都不看他一眼,布满血丝的眼珠紧盯着远方,牙关紧咬,嘴唇扭曲成痛苦的怪笑。弗里墨自己也很虚弱,浑身疼痛,终于被其他想接触乌恩沃的人挤开。他环顾四周,想找渥莎娃、海菈或自己仙鹤部族的人。重获自由的乌恩沃被来自色雷辛各地的陌生人簇拥在中间,有的唱起古老的歌谣,有的大喊预言的日子已经降临。

秋凉

弗里墨走在欢庆鼓舞的人群后，一个大胡子部族战士朝他走来，脸上挂着奇怪的坚决表情。他太累了，没力气打架，只能做好心理准备，不论这陌生人想报什么仇都行，无所谓了。山王重生了，所有人都看到了证据，不管发生什么都不能阻止他。

可大胡子并没出手袭击，反而在弗里墨面前跪下。这时他才认出，来人是獾鼬部族的欧多柏格。

"你要干吗？"弗里墨问。

欧多柏格从鞘中拔出弯刀，举起来给他。"男人没有荣誉，就什么都不是。我开了个愚蠢的赌局，结果输了，但神灵只在乎一个人是否说到做到，所以我会垂下脖子，让你砍下我的脑袋。"

弗里墨低头盯着他和闪亮的刀刃看了一会儿，然后拍拍男人的手臂。"收起你的刀。你是个言而有信的男人。你我的部族已经合而为一了，我们都属于乌恩沃山王。"

欧多柏格抬头望着他，坚定的表情变得更加犹疑而忧虑。"今天到底发生了什么？"他的语调简直有点哀怨，"我们被卷进了什么疯狂之事？"

"不是疯狂，是命运。"这仿佛是弗里墨这辈子说过最真实的话。在这一刻，他觉得自己像个萨满，在传达神灵的旨意。"世界将再次属于我们，正如过去一样。我们将率领勇敢的骑手，冲出这草原帝国，征战四方，直到整个世界都向重生的山王屈膝。你我已身处这一切的核心。"

♛

疯狂的气氛弥漫了整个酋长大会。这个时候，阿瓦特那伙强盗除了布置岗哨，并且待在湖水尽头的营地篝火附近，基本没别的事可做。艾欧莱尔伯爵仍是他们的囚犯，更加无事可做。缄默山上发生的事，如同毁灭古代格米亚的浪潮，席卷了所有营地。

几个钟头后，太阳沉下地平线，群星照亮广阔的天穹，艾欧莱尔仍能听到各处混乱的喧嚣。人群来回奔跑，大声叫嚷各种自相矛盾的故事，或是快乐地尖叫，或是痛苦地哀号。他们欢呼、大叫、争论，还有一次，离他不远的一驾马车轰然侧翻。艾欧莱尔还看到，在囚禁他的强盗们躲藏的树林外，好几个地方都有火舌蹿动。这是他第一次觉得，做一个有价值的囚犯比做自由人更好，因为此时此刻，他们的营地外乱得像打仗一样。

"他们不知受到什么人的煽动，在找外来人的麻烦。"贺特墨阴沉着脸，专心打磨自己的刀刃，"叫他们发现会被撕碎的。"

"别傻了。"阿瓦特说，"这种疯狂我不是第一次见了。记住我的话，这事跟那个红胡子、跟他统治色雷辛全族的饥渴有关。可能他处死了那个冒牌货，所以人人都在庆祝。"

一阵嘶哑拖长的尖叫声划破夜空，好像来自那辆仍在傍晚的紫色天空下熊熊燃烧的马车。叫声响了一次又一次，最后戛然而止。

"看来不管发生什么，也不是人人都有心情庆祝。"艾欧莱尔说。

"呸。"阿瓦特往营火里吐了口唾沫，"你是国王的人，根本不了解草原。这就是自由骑手庆祝的方式，杀人、强奸，是他们最喜欢的消遣。"

你自己就是个强盗和部族战士，说这话有点得意过头了吧？艾欧莱尔心想，但他只是沉默地凝视着摇曳的火焰。我从不认为能在临死前过上平静的日子。我觉得那不可能，或者说，我不希望那样。可布雷赫与诸神在上，我也不想在一群谋杀犯和疯子中间度过那段时光。我不想死在这湖边，死在一群空虚的草原人中间，最后喂了苍蝇。

"我该查查外面发生了什么。"他突然说，"对我的国王有用。"

阿瓦特看看他，又往营火里吐了口唾沫。口水砸在石头上，发出"滋滋"的响声。

"我只请求，你们下次走到他们中间时带上我。"艾欧莱尔说，"绑住我的手和脚，我不在乎。你说过，你们要拿我换赎金，而我要履行对至高王与王后的职责。这里发生的事,他们会感兴趣的。"

阿瓦特假笑一声。"吃兔子的家伙,我哪儿都不会带你去的,别玩什么狐狸把戏。你的喉咙要被割断,对我们就没用了。"

"你说过会拿我换赎金……"

"再不闭嘴,我把你卸成一块一块地换。"强盗头子目露凶光,但艾欧莱尔觉得,他只是在掩饰对周围疯狂的畏惧。"最后将你的头送去之前,他不会知道你死了。"

艾欧莱尔不再说话。他的目的已经达到:他将一个想法的种子种进了阿瓦特的头脑。运气好的话,种子会在日后生根发芽,到时才有希望加以利用。

没多久,另一个强盗回到营火旁,不理会其他同伙的提问,径直走到阿瓦特身边坐下。

"看到什么了?"强盗头子问。

"看到什么?"男人摇摇头,过了好一会儿才想到词,"应该问我没看到什么。外面那帮人都疯了,就像着火的马一样癫狂。兄弟、同族都在打架。我至少见到三次,两人拿着刀斧斗殴,直到死掉为止。旁边那些人连看都不看,只忙着做自己的坏事。"

"该死,这都是怎么回事?"阿瓦特问。

"那个叫红胡子的已经挂了。不知道怎么死的,我问的人也不知道。不过跟一个叫乌恩沃的人有关,他们管那人叫山王。"

"他们全都中邪了吧。"阿瓦特说,"如果鲁德死了,那是他活该,那混蛋一边向纳班人谄媚,一边想把所有部族拉到自己旗下。那些住马车的家伙以为情况能好转,结果从来没有改变。"

"可他们为什么都在打架?"艾欧莱尔问。

阿瓦特冷笑一声。"不是都在打架。乌恩沃的部族和朋友肯定在庆祝,而他们最新的盟友则忙着证明自己一直支持他。"年轻的强盗头子又吐一口唾沫,"你听到外面那些声响,是改变造成的疯狂。这种时候，可以用古老的方式解决旧有的恩怨，不用苦等部族长老冷静的裁决。我猜，他们觉得这就是自由吧。"他皱起眉头，"每次有新的自大狂宣称自己是山王，那些马车客都会陷入疯狂，把草原变成对诚实的罪犯都很危险的地方。所以我要抛弃这一切，去过更好的日子，这点好理解吧。"他的表情又开朗起来，"话说回来，只要我们不去招惹他们，他们也不大可能来找我们。今晚他们对杀掉讨厌的连襟、偷走邻居的老婆和马匹更感兴趣，不会跑来跟陌生人过不去。"

艾欧莱尔只能佩服阿瓦特对危险与利益的透彻领悟，但仍无法安心。愤怒的人群很容易转变成暴徒，而暴徒会变成没有理智的千爪野兽，粉碎并烧毁触手可及的一切。那样的事他见得太多。醉酒的部族民众也许不会故意找陌生人的麻烦，但遇上阿瓦特这帮人，也许会记起某些值得憎恨他们的理由。

"真扭曲。"他轻声说。

"是啊，但这就是我们所有人面对的情况。"阿瓦特回答，"不过今晚的结局不光只有死亡。下一个绿季会有很多新生婴儿，他们不一定都是违背妈妈的意愿而诞生的。石民伯爵，我刚才提过自由，现在你听到的就是它们的声音。你们大多自称热爱自由，所以，仔细听吧，记住它。"

后来，强盗们灭了营火。他们宁可躲在黑暗里，也不想被人发现。然后他们轮流放哨。这一晚过得格外缓慢，艾欧莱尔只能尽量忽略那些哭喊声、尖叫声、犹如恶魔作乐的狂笑声、马匹嘶鸣声、孩童啜泣声……

若我相信安东教的地狱，他仰望遥远冰冷的星星，心想，我会发誓，我已经在那地方了。

♛

波尔图试图出去调查发生了什么事，但没能走出太远，因为他发现，周围的情景太过吓人、太过危险。等他回到营地，莱维斯正为保

秋凉

命而战。

两个部族战士将他逼得背靠大树。其中一人手里拿着缰绳，似乎是想偷马，但被莱维斯发现。两个大胡子男人都醉醺醺的，说话也不利索。但他们年轻力壮，身材高大，显然想在杀害莱维斯之前先戏弄他一番。

"你这模样，看着就是个奸细。"其中一人结结巴巴地说着通用语，"来自纳班，嗯？那个石民公爵叫你来的？"

莱维斯懒得跟他争辩，只在身前举着剑，时不时挡开对方漫不经心的进攻。

"这样不对，"另一个部族战士听起来更醉，"不对，纳班渣滓。"他朝莱维斯扑去。后者已经贴在树干上，退无可退，勉强用剑刃拨开对方的戳刺。弯刀划过卫兵队长胸前，血染红了他的衬衣，在昏暗的火光下呈现黑色。

波尔图咒骂着提起剑，用最快的速度冲过去，边跑边估算何时挥剑更合适。

两个牧民中较清醒的一个在最后一刻听见他的响动，但转身太慢，只来得及瞪大眼睛看了看，就被波尔图用剑砍中皮革盔甲领口上方一两指的位置。先前许多个傍晚，波尔图闲来无事，不止一次靠磨剑打发时间，所以剑刃只一挥，就砍下了那人的脑袋。草原人往旁边踉跄一步，倒在地上。

另一个牧民看到同伴倒下，勉力转身挡住波尔图下一次进攻。他喝得酒气熏天，波尔图都能闻到他衣服上呕吐物的臭味，然而他的动作仍比老骑士快。波尔图只能祈祷莱维斯能搭把手，好靠人数取胜。可莱维斯并未上前应战，波尔图全力以赴，只能护住要害别被草原人的弯刀砍中。对手意识到自己更年轻，于是加紧攻击。波尔图在一次后退时，因无法放低手里的剑而失去平衡，打个趔趄，摔倒在地。莱维斯仍未上前帮忙。波尔图一边慌忙坐着往后缩，躲避对手的攻击，

Empire of Grass

一边瞥了一眼,发现莱维斯倚在树上,胸前一大片暗色血迹,一动不动。

波尔图绝望地抓起一把泥土,站起来撒向袭击者的眼睛。那人扒拉着脸,跌跌撞撞往后退,猛地转身狂奔,逃进了树林。

波尔图两脚发颤,在莱维斯身旁跪下。"你还活着吗?"他声音沙哑地问道,"哦,仁慈的上帝啊,他们杀了你吗?"

"还没。"莱维斯有气无力地回答,"但快了。"

波尔图嘴里咒骂,心知暂时无法处理朋友的伤口,至少在这地方不行。他看看周围,寻找坐骑,可它们在刚才的打斗中跑掉了。"勇敢些,"他对莱维斯说,"我必须搬动你,用手捂紧伤口。"

他尽量小心地将莱维斯的身体推成侧躺姿势,抓住他盔甲的肩部,将他拖离营地。逃跑的色雷辛人很可能带着帮手回来,所以,尽管全身肌肉疼如火烧、骨头像被钳子夹,波尔图还是将呻吟着大口吸气的莱维斯拖过几丛树木、穿过几条水沟,直到发现一个深坑,才将重伤的队长放进去。他用最快的速度砍来许多树枝,遮住坑顶,让人不仔细看就发现不了。

"怎么样?能听见我说话吗?"波尔图脱下衬衣,用最干净的部位蘸上水,好不容易才找到伤口。伤口很长,流了好多血,但很整齐,内脏也还在肚子里。不管怎么说,这点值得庆幸。

"上帝要带我走了吗?"莱维斯的目光没看自己的伤口,而是盯着头上黑漆漆的枝叶,"我累了,太累了。我准备好了。"

"救主在上,还没到时候。没到。"波尔图将衬衣撕成条,绑在一起,想接成一根足够长的布带,好包住同伴的肥胖的腰部。但他想起该用苔藓敷住伤口,然后才能包扎,于是停了下来。群星在看不见的夜空间移动,波尔图只能用手将朋友的伤口合在一起,并一次次对莱维斯发誓:轮到他的时候,上帝确实会带他走,但现在还没到时候。最后,他的话听在自己耳里,都失去了意义。

秋凉

乌恩沃的后背惨不忍睹,海菈简直不敢看,但姐姐渥莎娃的呵斥如弓弦拉断般干脆,迫使她留在原地。"别像个孩子。这儿,往碗里多加些蜂蜜和啤酒,调成膏状。我差不多清洗完他的伤口了。"

乌恩沃脸朝下趴在毛毯上。仅仅几个钟头前,他们所处的大帐还属于鲁德,如今却成了打败红胡子的战利品,连同整个营地都被弗里墨带人占领。黑熊部族仅存的支持者并不足以守卫营地,早就跑光了,只剩下女人、孩子和奴隶。营地栅栏外一片混乱,各种年纪的草原人都在拼命号叫,如被困在着火谷仓里的野兽。但渥莎娃的注意力丝毫不受外界干扰,专注于照顾儿子。"来,把那东西递给我。多做些绷带。不,先做药垫,敷上药膏,然后绑在伤口上。"

弗里墨走了进来,仍然蓬头垢面,满身血痕。

"外面情况怎么样?"渥莎娃头也不抬地问。

"你自己也听见了。"他回答,"很多人相信乌恩沃就是山王,但也有不相信的。有人在为这事打架,另一些人趁机打劫、报仇。"

"男人都是傻瓜。"渥莎娃说。

"没错。"他说,"但也有些女人拿着刀子在外面乱晃,从死掉的男人手上割戒指。"

海菈觉得,弗里墨的眼神有些空洞。这样的一日一夜足能改变任何人。她不禁琢磨,以后还能不能从这男人眼中看到她欣赏的慈悲。在她认识的男人中间,那种风度太过稀奇。难道连这也要消逝了吗,就像所有活不过这幽冥之夜的草原人一样?

Empire of Grass

拙劣的玩笑

♛

默多侯爵在坎·因巴的城堡建在一座花岗岩山顶上，居高临下，俯瞰河谷。霭林站在中心要塞的城墙上，不论往哪个方向都能看到数里开外，视野异常清晰。弯弯曲曲的河岸边建了许多房子，规模可与城镇相比。森林覆盖山谷，在他眼前铺成由橡树、枫树和山毛榉织成的起伏地毯，其间一丛丛松树比其他树木更加高大，像插在箭囊里的箭一样突出。白日最后一缕阳光为万物镶上金边，仿佛一切都被锋利的锥子刻出精致的细节。每一片树叶，尽管只是无数叶子中的一片，却自有其风采。霭林眺望着树木繁茂的山谷，心想，不朽的诸神垂目凝望广阔的大地，将美景尽收眼底时，想必同他现在是一样的感受吧。

但他却无比渴望离开这里。

"年轻的爵士，不想回来再跟我喝一杯吗？"默多侯爵站在门口，双手抱胸，抵挡掉过城堡高处的冰冷微风。霭林一直想象，泰斯丹大帝大概就很像默多：体格健壮，秃顶，浓密的棕胡子夹杂着白丝，仿佛从下巴往各个方向蔓生。伯爵的眉毛同样旺盛，一对幽黑的眼眸目光凌厉，虽然早过了壮年，霭林仍然相信跟他斗剑不会轻松。不过默多是个好人，在如今连赫尼斯第王室也很难信任的形势下，这一点尤为重要。如果说，霭林和他舅公艾欧莱尔伯爵在这世上只剩下一个盟友，那么他很庆幸，该人便是坎·因巴的伯爵。打一开始他就相信

秋凉

这点。

"当然想,大人。"他转回身,走出落日金色的余晖。

* * *

"所以我没法说服你了?我已派出最可靠的信使去找格涞泽地的奈尔伯爵,他在这件事上跟我们一致。他和他妻子荣娜伯爵夫人,是你舅舅艾欧莱尔伯爵及至高王室最坚定的支持者。"

"其实,艾欧莱尔是我舅公,不过很多方面都比家父更像我父亲,愿诸神保佑我可怜的老父安息。"霭林摇摇头,"大人,我也希望你能说服我别去。我虽然信任你,敢毫不犹豫地将我自己和手下的性命交付于你,但仍不敢相信一个信使就能成功。这消息太重大、太突然了。"

"我自己都没法相信。我们的国王休……老王路萨的孙子,竟跟白狐做交易……"默多难以置信地摇摇头,双手握拳。

"大人,我没有责怪你远离朝政的意思,不过,如果你在朝中多花些时间,"霭林告诉他,"就会知道,令人震惊的并非这愚蠢且邪恶的事实,而是它的规模。休国王喜怒无常,上一刻还兴高采烈,下一刻就暴跳如雷。可最近,他在其他方面也变得十分古怪。而那受诅咒的女人、格兰·欧加的寡妇泰勒丝,还在他耳边推波助澜。"

"我听过许多传言。"默多在椅子里往前探身,双手靠近火炉,"但我还以为,那不过因为她是个有过去的普通女人,突然变成国王的未婚妻,所以引起许多闲言碎语罢了。"

"你说得没错。当年很多人跟你和我舅公一样,支持茵娜温继承路萨继续统治,他们都很明白,任何敢走入权力殿堂的女人都会招惹许多恶毒的流言。但这一次,流言是真的。我相信泰勒丝是个邪恶的女人,无论有意还是无意,她都将休引上了邪路。"

"但是,崇拜鸦母……!"默多苦恼万分,"怎会有人忘记她的仆从曾经犯下的恶行?赫尼斯第的贵族怎能袖手旁观,任凭历史重演?

国王结交北鬼，肯定是受到那个污秽恐怖的古老邪教的教唆！"

"大人，这点我也同意，你说得没错。我上次见到艾欧莱尔伯爵时，他非常非常担忧在神堂见到和听到的一切。事实上我去见他，是替王太后茵娜温送信。茵娜温把信里的内容告诉我了，转告你也不会违背我的誓言：她在信里陈述了赫尼赛哈病态的现状。我给舅公送信途中，在爱克兰北部边界差点被巨人杀死，说不定也跟那封信有些关系。"

默多哀叹一声。"布雷赫保佑我们，在那么往南的地方遇上巨人？那种日子又要重来一次吗？冬天又要把我们全部埋葬吗？"

"我不知道我们是否会再度面临风暴之王战争期间那种恐怖的天气，但我知道，北鬼仍能随心所欲地召唤风暴。我在杜纳斯塔前方平原亲身经历过黑魔法召唤的风暴。"霭林从杯子里喝了一口。他的双脚烤着炉火，手里拿着侯爵的上等红酒，想找理由留下真是世上最简单的事。为了尽快来找默多，揭露休国王与北鬼交易的叛国行径，他和手下摆脱囚禁，长途跋涉赶来坎·因巴，已是筋疲力尽。他们的坐骑连日奔跑，更是疲惫不堪，必须换新的了。

"最最起码，"侯爵对他说，"你也得让我装备你的手下，准备补给品，这是你舅舅在信里要求的。至于他为你计划的其他事，也交给我吧。我会转达他对国王的忧虑，将你的经历加进艾欧莱尔要说的事情里，并用我的名誉作保。我从你小时就认识你了，霭林，一直知道你是个诚实的人。"

"可我讲述真相的技巧比不上舅公。"霭林笑了笑，"所以我从小就知道，我永远成为不了他那样的大臣或大使，必须找个不会因性格直率而闯祸的合适位置。"

默多拍拍他的肩膀，表情哀伤。"我喜欢直率的人，这样就不用费劲去揣测他的所思所想了。霭林爵士，好好照顾你自己和手下，赫尼斯第需要更多像你这样的人，尤其是在这种昏暗的日子。"他叹息

秋凉

一声,"我本以为,至少我这辈子,加上我的儿子们,都不会再遇上这样的日子了。"

"我原本也这么希望。可现在,看来不成了。"

"那么,年轻人,带上诸神的祝福去吧。打算什么时候动身?"

"恐怕天一亮就要走了。现在我必须去通知属下。他们吃了那么多苦,大吃大喝的时间这么快就要结束,还真是个坏消息。"

"所有人享受的时间都结束了。"默多盯着自己的酒杯说。

♚

最后一个黄月早已消逝,第一个红月正在膨胀,酋长大会即将结束。囚禁艾欧莱尔的强盗带着他,沿湖边路绕过血湖,走向广阔的扎营区。一路上,他看到许多牧民已然离开,也许是因为鲁德死后的混乱吧,但也有很多人留下。统治者常常忽略普通民众的情感,但艾欧莱尔却在这方面钻研多年。此时此刻,眼前的情景令他不安:留在血湖边的草原人看上去情绪更激动、战意更高昂,如随水涨高的船只。他忍不住担心,将来决裂时,战火与死亡将肆虐至高王权辖下的所有土地。

不过,另一种可能依然存在。被他们称为山王的新领袖可能跟鲁德一样,愿意听从劝说,相信与石民和平相处比发动战争更容易。艾欧莱尔还记得上一次色雷辛战争期间的黑暗日子,当时只有西边的六个部族参与,在爱克兰边境烧杀抢掠,就已经逼得西蒙国王率领骑士与军队浴血奋战,才将混乱平息下来。色雷辛人打仗与其他军队不同,没有整齐划一的冲锋,也不会以步兵的不平等牺牲来为骑兵打头阵。毕竟他们都是骑兵,是骑着快马的坚韧战士,骑上马背能拉弓射箭,短兵交接能夺人性命。艾欧莱尔祈祷至高王室不再需要与他们开战,而这一切都取决于一个问题:乌恩沃山王是个怎样的人?

不管是好是坏,我很快就能知道了。此时距红胡子鲁德倒台还不到一周,新领袖要召见阿瓦特和他的强盗团伙,以及囚犯艾欧莱尔伯爵。

艾欧莱尔有很多理由担心这次见面。这个乌恩沃也许痛恨赫尼斯第人，也许痛恨至高王与至高王后。他可能只想找个石民来折磨，以取悦他新收的军队。而艾欧莱尔没有任何办法阻止，因为他双手被绑，坐在贺特墨马鞍后，像个年老无用的新娘。就算没被绑着也没什么区别，阿瓦特的强盗团伙还想从他身上赚点好处，不会放他自由的。另外，这里聚集的成千上万愤怒的草原人也不会放过他。无论接下来发生什么，他知道自己都逃不掉。

* * *

鲁德以前的营地如今已属于乌恩沃。守营的部族战士布满疤痕与纹身，他们让到一旁，放阿瓦特的人进门。几个哨兵领着他们走向原本属于红胡子的条纹大帐，进入帐前开阔的围场。

艾欧莱尔和强盗们等了好久，终于，大帐里走出一人，身材瘦削，戴着仙鹤部族的纹章，年轻得让人吃惊。

"我是赫瓦特之子弗里墨，"他说，"仙鹤部族的酋长。乌恩沃山王被红胡子鲁德打伤，还在治疗，换成别人早就没命了，但乌恩沃非常强壮。不过他尚未痊愈，所以山王将他的想法都告诉了我，命令我来接待你们。你们谁是阿瓦特？"

强盗头子的年纪比这个弗里墨大不了多少，他怀疑地打量着对方，也许在琢磨：这小伙子干过什么，不但能当上酋长，还能代表山王发言？艾欧莱尔理解阿瓦特的疑虑：看这个弗里墨的模样，应该不是凭武力得到地位的，而且他下巴没留胡子，说明还没结婚。"我是阿瓦特，"强盗终于回答，"恭喜你的山王战胜鲁德。"

弗里墨冷冷地看他一眼。"挑起纷争的人不是乌恩沃，他并不觉得自己是胜利者。真正的山王一向如此。再说了，你也不是自愿来见山王的，我们就别在这些小事上浪费口舌了，直接说我们在这儿的原因吧。"他挥挥手。围场远处的篱笆外，一辆马车打开车门，走出两个魁梧的战士,半推半拉地押着第三个人。那人跟艾欧莱尔一样,双手被绑。三个人走到等在围场里的众人跟前,两个看守将新来的囚犯按得跪在地上。

"认识这人吗?"弗里墨问。

阿瓦特愣住了。"我承认,不认识。他说他认识我?"

弗里墨不理会他的提问。这人也许很年轻,也许刚开始表现得并不明显,但艾欧莱尔一开始看出,他有种坚定与决断的气质,有种在最虔诚的人身上最常见的自信。"这是雉鸡部族的酋长'叉胡子'欧格达。艾欧莱尔大人,袭击你们军队的是他的手下。"

"我们不是军队。"艾欧莱尔好不容易才稳住自己的声音,用聊天的语气回答,"是爱克兰至高王室派出的使团,为国王和王后执行任务。我们从未进入色雷辛领地,而是沿着你们称为乌舍罕的河岸走。那场偷袭是简单而纯粹的谋杀。"

"乌恩沃山王同意你的意见。"弗里墨回答,"无论新山王对至高王室有什么不满,想到欧格达的雉鸡战士竟然跨出边界去袭击国王的军队,他都很生气,就像纳班人闯入我们的土地袭击我们的人民一样生气。"弗里墨看他一眼,眼神中饱含着数代人的仇恨。艾欧莱尔再一次想起,自己被无数苦大仇深的潜在敌人包围,若有机会谈判,他必须像在宫廷一样小心谨慎。"纳班人甚至不知道打完后应该撤退。"弗里墨续道,语气变得冷酷,"反而留下来,在我们祖先传给我们的土地建造村庄。"

"请转告山王,如果至高王和至高王后在此,他们也会赞同。山王的不满有理有据,他们会以同情之心聆听他的抱怨。"

艾欧莱尔能感觉到,身边的阿瓦特因被排斥在对话之外而焦躁不安,希望强盗头子的常识能堵住他的嘴巴足够长的时间,以便他问清楚山王的目的。到目前为止,他们还算幸运,艾欧莱尔希望这状况能持续下去。

Empire of Grass

"你要用这个欧格达换国王之手艾欧莱尔伯爵吗?"阿瓦特大声问道,轻蔑地指指跪在众人面前的黑胡子男人,"我根本不在乎这人。别忘了,我的人不是袭击者。我们是后来才经过的,从空荡荡的战场上捡到艾欧莱尔伯爵作为战利品。"

"啊,"弗里墨冷笑着说,"我忘记你们不是部族战士了。你们不在乎荣誉,只想要钱。"他又挥挥手,大帐里走出一个高大的长须男子,身穿宽大长袍。他走得很慢,并且跟弗里墨一样,对自己的地位和权力充满自信。等他终于走到众人等候的地方,艾欧莱尔才看到,他戴着色雷辛萨满的项链和骨头饰品。

"沃弗拉格,你是否带来了山王的礼物?"弗里墨问。

"萨满!"因犯欧格达突然焦急地喊道,"告诉他们,我是按鲁德的吩咐袭击他们的。他的命令是你传达给我的!"

"闭嘴,叉胡子。"弗里墨一脚踢中欧格达的肋骨,然后再补一脚。因犯倒在地上呻吟。

萨满没说话,仿佛雉鸡酋长欧格达不值得他理会,只将一个皮袋递给弗里墨。后者接过,转交给阿瓦特。"二十个金皇帝。"他说,"这是山王开的价,很慷慨。我建议你接受。"

阿瓦特身后的强盗们轻声议论起来。二十个金皇帝,确实是相当大的一笔钱。阿瓦特上前接过袋子,打开,仔细看了看,下半边脸映出少许黄灿灿的光芒。他收紧袋口,面无表情。"山王想用这笔钱换什么?"

"换这个石民贵族。他对山王的用处比你大。"

艾欧莱尔心跳加速。这话的意思是,乌恩沃想用他向至高王室索取赎金?这不仅能保证他活着回到爱克兰,甚至有机会跟新的草原战争领袖达成其他协议。他的外交思维像花丛中的蜜蜂般忙碌起来,想象着如何应对新状况。当然了,他提醒自己,乌恩沃也有可能想给国王和王后送去一具尸体,警告他们远离色雷辛。

秋凉

然而阿瓦特不是轻易放弃之人,哪怕对方给出相当高的价码。"我认为,我能从至高王座得到更多好处,为何要放弃我的奖品?对了,地上那个卑鄙的人渣不用给我。我跟你说过,是他攻击石民的,不是我。我才不在乎他的死活。"

"你能这么说,很好。"弗里墨说,"因为'叉胡子'欧格达不是给你的礼物。山王希望主持正义。而正义,是真正的山王能带给我们的东西。"瘦削的色雷辛人突然弯腰抓住囚犯的头发,往后扯得他仰起头,露出带须的喉咙,"艾欧莱尔伯爵,如果你愿意,就拿这人报仇吧。"

艾欧莱尔摇摇头。"我代表国王和王后,不会如此行事。将这人同我一起送回爱克兰……"

弗里墨露出微笑,好像觉得他说了个巧妙的笑话。"我们部族战士不是冷血懦夫。无论他们犯下什么罪行,我们都不会将自己的族人送出接受石民的审判。'叉胡子'欧格达已由真正的山王做出裁决。"他拔出自己的弯刀,二话不说,用力一划,割下那人的脑袋。鲜血从囚犯脖子喷出,随着心跳涌动几下,身体才缓缓往前扑倒,脑袋滚到一步外的草丛停下,面朝天空,眼睛惊恐地圆睁,仰望着太阳。

阿瓦特扯着胡子,上上下下打量尸体,活像远离避雨处的人查看迅速暗下来的天空。

"我们接受山王的提议。"他说。

♛

霭林爵士和疲惫的手下顶着恶劣天气走了好几天,才穿过广阔的茵尼斯葵平原,进入爱克兰北部,然后沿纳萨河前进。纳萨河曾是条奔涌的大河,现在只比中等大小的溪流大一点,在巍轮山群峰脚下蜿蜒流淌。

出发后第十三天下午,太阳炙烤着他们的后背,霭林终于看到,奈格利蒙笔直的城墙高耸在石灰岩山峰之下,如同王冠上镶嵌的珠宝。尽管约书亚王子已离开数十年，不再统治那里，但他的天鹅旗仍飘扬在高塔上，挂在至高王室的双龙旗之下。旗子的出现让人兴奋也让人安心，因为霭林一路都担忧，他可能看到城堡被白狐围攻。

"我们跑赢了北鬼。"他大声说，"不然就是他们去了别处。"

"任何一支远离大本营的军队，都不会蠢到让背后有座敌人驻守的要塞。"侍从雅乐斯言之凿凿，听得霭林汗毛倒竖。

"我听艾欧莱尔伯爵讲过太多风暴之王战争期间的事，对白皮恶魔不抱任何信心。"他说。

"但您也说过，我们要记住，他们所谓的不朽只是长寿罢了。他们跟凡人一样，也会被杀。"

霭林暗叹一声。"雅乐斯，我的意思是，你们不用害怕与他们作战。但我现在说的不是这个，而是他们的思维方式，以及他们玩弄的把戏。"他转头打量其他手下，心不在焉地数数人数，直到发现少了一人，才集中注意力问道，"伊万去哪儿了？"

"他在后面，霭林爵士。"后面有个人喊道，"在最后那条小溪旁停下饮马。"

自从逃出杜纳斯塔的禁锢，霭林就很担心失去任何一个部下。他正打算派骑手回头去找伊万，就看见年轻士兵骑马沿小路而来。"别再落下。"他对走到近前的伊万喊道，"我们的任务太重要了。"

"抱歉，霭林爵士。我好像听到一点声音，所以在后面等了一下，想听清楚些。"

"你听到了什么？"

"说真的，我不确定。"小伙子回答，"我好像听到，后面树林里有很多生物活动，应该不是松鼠之类的小动物。"

"光天化日，在树林里听见动物的声响很奇怪吗？"

"数目那么多、体形那么大，是很奇怪。"

一时间，霭林琢磨自己是不是太粗心大意了。"你觉得，有没有

秋凉

可能是北鬼的侦察兵或奸细？"

"除非他们教獾学会了爬树，因为那声响与北鬼或凡人大小的生灵比较，又显得太小了。"

霭林摇摇头。"北鬼精于潜行。不过河这边都是荒野，少有人住。谁知道会发现些什么？来吧，动作快些，日落之前就能赶到山谷那边，到时还能看看北鬼獾跑这么远来做什么。"伊万听到他的笑话，微微一笑，但并不信服。霭林提高嗓音，好让其他士兵听见。"热饭和床铺在等着我们！别再磨蹭，加快速度，今晚才能享受到！"

* * *

等他们走到靠近城堡的纳萨河岸，下午已快过去，镇民都回家吃晚饭了，街道几乎全空。不过霭林一行人骑马穿过镇子往木桥走去时，还是有很多人在门前张望。

奈格利蒙的护墙高耸在山坡上，不过离近来看，城堡并非远看时呈现的那种闪亮的象牙色。从山下望去，墙上留有很多风暴之王战争期间受到破坏的痕迹，修补用的石灰岩颜色比原来的略深。霭林忍不住觉得，那看上去就像老旧的伤疤。护墙后是更高的内墙，再往里是城堡本身高大方正的塔楼，虽然巍峨，但朴实无华，充满凡人特色，让霭林倍感安心。

伊万敬畏地仰望城堡。"这么大！我见到神堂时，还以为那是世上最大的房子，而这城堡比它高一倍！"

"如果这事完结之前，我们还必须赶往鄂克斯特，你能看到比奈格利蒙还要大很多的房子。"霭林告诉他。

"可是，为什么要堆这么多石头？"侍从雅乐斯皱眉看着城堡的城墙，那高度比十个人叠起来还高。"要保护什么？这条河连小溪都算不上，镇子也就比村庄大一点，只有河里的船夫、少许牧羊人和农夫住那儿。"

"这一带的河面曾经十分宽阔。"霭林解释道，众人的马蹄踩在

Empire of Grass

木桥上嘚嘚作响。"在泰斯丹国王及更早时,这里是个港口,镇子的规模大得多,很多货物在河里来往运送。当年旁边有个古老的要塞废墟,奈格利蒙就在废墟上建起,用来保护港口及其财富。那是个战争堡垒,为打仗而建。"他用手指点,"看到外墙底部往外倾斜没?那是为了抵御石弩和投石车。近百年来,我们的老神堂从未经历过围攻,但奈格利蒙已抵抗过很多次。"

"并且,"伊万严肃地补充,"它被白狐占领过。"

"是啊,所以驻守这城堡之人,不管是谁,都该知道北鬼南下的消息。"霭林用脚跟轻踢坐骑,"来吧。"他的坐骑小跑着经过木桥,走上通往城堡的路,"雅乐斯,穿过镇子时,展开并举起我的旗帜。城墙守军肯定看到我们了,正在琢磨我们是谁呢。"

* * *

城堡大门敞开,里面有大队待命的爱克兰士兵,他们放霭林一行人穿过内外墙之间的院子。到了内墙门前,一个头盔上有爱克兰军官纹章的士兵迎上来。他摘下头盔,露出一张留胡子的脸,面容被风吹日晒打磨得很难看出年纪。

"我是法恩队长,此地驻军的指挥官。"他告诉霭林,"大人,你为何跑到如此遥远的东边来?"他虽是闲聊语调,但显然是有目的的提问。

"我有消息带给你们领主。你看到我的旗帜了,我是穆拉泽地的霭林爵士。至高王座之手艾欧莱尔伯爵是我舅公。无论统治这里的领主是谁,我希望他仍是国王和王后的朋友,希望他欢迎我们的到来。"

"你这话说得真奇怪。"法恩皱起眉头,"你也看到了,我们城垛和高塔上飘扬着代表国王与王后的双龙旗。我们忠于领主和至高王室。你为何会有疑虑?"

"你的领主是哪位?"

"此地领主是兀特塞尔男爵雷诺德,奉鄂克斯特城中国王与王后

秋凉

之命,统领这座要塞。我已冒昧做出安排,趁天色未黑,你今日就可以同他见面。"

"很高兴听你这么说,我有重要军情。"

法恩沧桑面容的眼角略略一沉。"希望不是太过重要,因为今晚是圣格冉尼日宴会,整座城堡都在庆祝,包括雷诺德男爵本人。不过,来吧,我看出你们的坐骑已经很累了,你的手下也不太开心。进来,感受一下爱克兰人的热情吧。"

* * *

雷诺德男爵年纪虽大,身体却很硬朗,显得瘦削而活跃。但这天晚上,他喝了很多酒,对霭林私下谈话的要求并不在意。

"好啦,有军队杀到我的城门外吗?"雷诺德摇摇头,"没有吧。今天是圣徒的节日,我们都将阴郁的事务留到明天。过来,跟我们一起坐到桌前,我的好客人!"

"我带来了艾欧莱尔伯爵和默多侯爵的口信。"霭林抗议,"而且我亲眼见过消息里要说的事。我们必须谈谈。"

"我准许你在桌前谈论。来!"

伯爵属下小衙门的所有官员都出席了宴会。他们宰了头肥猪,食物非常丰盛。霭林的属下们坐在坚固的堡垒屋檐下,享受着丰富的娱乐活动,显然十分开心。但他们的领袖却想先把情报说完,否则无法安心享受美食。

也许等男爵吃点东西,人会冷静一些,霭林寻思,我可不敢当着所有人的面说北鬼的事,或许可以找机会逮到雷诺德一个人的时候。找法恩帮帮我吧。

可那头猪同它的烤苹果仪仗队还没被大伙吃几口,门厅处便起了阵骚动,门旁卫兵朝法恩队长打手势。一直埋藏在心中的恐惧促使霭林站起身,尽量低调地跟在队长身后。

"行了,卡夫,你吵什么?"法恩对一个男人说道。那人腿短、肩宽、手长，活像个傻子，被两个卫兵挟制着，但看上去并无伤人的企图。法恩见霭林站在旁边，便介绍说："这人是'爬高的'卡夫，负责在塔顶升旗降旗。他没法数到三，但爬高本事跟圆脑袋猿猴一样厉害。说吧，伙计，你遇到什么麻烦了？"

卡夫非常努力地跟他们述说，但他的话很难听懂。"队长，他说云有问题。"一个卫兵解释说，"我小时候就认识他了，比多数人更懂他。"

"云？"雷诺德男爵也来到门边，像鹳一样伸着脖子，"我们有客人，这里在胡说些什么？"

男爵出现的唯一结果，就是吓得罗圈腿男子更加结巴。雷诺德正想转身回到餐桌前，能听懂卡夫说话的卫兵再次开口。"他说，云在地上。他说云贴着地面，很不对劲儿。"

男爵满不在乎地挥挥修长的手臂。"山上有雾气，没什么新鲜的。老实说，我早就厌烦这个磨人精了。他的行动太过自由，总有一天会发疯伤到自己或别人。来吧，霭林爵士。我要继续听你讲赫尼赛哈的新闻，但你刚才说的故事有点无聊，我觉得该灌你多喝几杯。"

雷诺德走回自己座位，但霭林一把抓住法恩的手臂。"我要看看这个尖塔旗手说他见到的东西。"他悄声告诉队长，"带我去好吗？我还想单独跟你谈谈，因为看这情形，短时间内我没法引起男爵的注意。"

法恩迷惑地看他一眼，点点头。"爬高的"卡夫被放开后，领着大家向他看见怪云的高塔走去。能有机会带人去看令他生疑的异象，让这人如释重负，以致他像一整天头一次被放出门的小狗，在众人前面欢蹦乱跳。

霭林在马背上骑了好多天，此时最不喜欢的事，就是爬好几百级弯弯绕绕的小台阶上塔顶，然而爬楼并不是他心脏狂跳的唯一原因。他们走上城垛，卡夫将宽阔的上半身挤出一道垛口，探出身去。下面就是致命的悬崖,他仅靠一条强壮的手臂稳住身子,另一只手指向山谷对面。

"云!"他的声音含糊不清,像个醉汉,"看得清。卡夫看得清。"

"我什么都看不见。"法恩焦躁地回答。但霭林眼力更好,而且知道自己该找什么。在河对岸,银色月光照耀下的夜色中,镇子稀疏的灯光之外,他看到了"爬高的"卡夫发现的云,顿时血液发稠、变冷,如同垂死之人仅剩的生命精华。

雷诺德说得没错,那是雾。但雾气即使在边缘处也丝毫不散,且离他们越来越近,漫过山谷,直奔奈格利蒙而来,如有生命一般。霭林起了一身鸡皮疙瘩,呼吸急促。他太清楚雾里藏着什么了。

"快!"他对法恩说,"我要单独跟男爵谈话。没时间浪费了。"

法恩仍然盯着昏暗的山谷对面。"我还是看不到。你看见什么了?"

"死亡——不光是我们的死亡。队长,恐怕又要打仗了,跟上次同样可怕的战争。"

"上次……?"霭林不等法恩说完,就拉起他的手臂,回头往楼梯走。"爬高的"卡夫依然蹲在城垛边,不确定他们是在生他的气,还是为他发现的云着急。

"我说的是上一场战争,队长。"霭林说,"风暴之王战争。那团雾里藏着白狐。我赶来这里,就是想警告这个。但我做梦也没想到,他们会紧跟我们的脚步来到这儿。曾经占领此地、杀光守军的夺命北鬼,此时就在你们的城墙外。"

"北鬼?"法恩队长一边划着圣树标记,一边领着众人冲下楼梯,差点摔倒。下一次开口时,他连语气都变了,像个半梦半醒之人。"哦,我祈祷你只是开了个拙劣的玩笑。告诉我,霭林爵士,你是在开玩笑吧?仁慈的安东啊,神圣的救主。你要不是开玩笑,那只能祈祷上帝保佑了。愿上帝保佑我们所有人。"

Empire of Grass

花
山

♛

坦娜哈雅走得很快。按莫根纳估算，从鸟鸣报晓时起，他们穿过一丛丛矮壮的橡树、颤巍巍的桦树、树皮光滑的山毛榉，经过一片片树影和明亮的夏日阳光，已经走了很远的路。他在树上住了很长时间，重新走路很不习惯，经常担心遭到野兽袭击。不过随着白天过去，他找回了行军的节奏，虽然腹中饥饿且时常想家——现在他愿意承认，那种难受的感觉就是想家了——但他开始享受行走的感觉。与此同时，迷雾溪谷的记忆依然困扰着他。昨天夜里，他一直努力不要想起那个地方，但现在，他已经足够坚强，可以面对它了。

"你认为那庞然大物是什么？"他打破许久的沉默问道，"你说是巨怪，是指故事里吃孩童的巨怪吗？"坦娜哈雅放慢脚步听他说话，他也加快脚步跟上，"是不是跟我祖父打过的巨人一样，只是身材更高大？"

她思考片刻才回答。"我只听说，要不惜一切代价避开迷雾溪谷，那地方有古老而危险的东西出没。类似的地方，世上还有好几个，比如乌荼库女王的山中城市奈琦迦。但我亲眼见过只有那溪谷，现在我知道，乌峦貌是真实存在的了。"

"那个……"他顿了顿，竭力模仿坦娜哈雅变化莫测的发音，"乌峦貌是什么东西？有谁见过吗？"

"就是巨怪。巨人虽然也能长得很大，但达不到那种程度。至于龙，最小的龙也不会直立行走。我不知道那还能是什么东西。希马努导师说，巨怪是遥远过去鲁莽行为的结果，舰船降生阿茉那苏曾亲自下令，那整一片溪谷都是我们族人的禁地。"

秋凉

莫根纳瞥了瞥她的脸。那张脸上的表情僵硬而冷酷。一时间，王子担心自己说错了什么，惹她生气了。

"原谅我心情不好。"她说，"我们支达亚永远无法原谅乌茶库女王杀害阿茉那苏的懦夫行径。"她继续道，"我们仍在悼念她。阿茉那苏对你祖父的喜爱非常罕见，相信这会让你十分自豪。"

莫根纳确实自豪，但也觉得恼怒：无论他去哪里，祖父母的名字总会高悬在他头顶，如参天大树般遮天蔽日，让它们脚下的矮小植物难见阳光。

当天边落日红得像大黄茎秆时，他俩终于停下脚步。坦娜哈雅选了个洞当营地。一棵倒下的松树充当防风墙，为他们遮挡随着傍晚猛烈起来的冷风。

这一夜，不论梦里梦外，没有任何东西来骚扰莫根纳。没有敌人，没有梦境，也没有希瑟的声音。他躺在坦娜哈雅身边，听着夜间的声响入眠。醒来时，希瑟仍坐在原地，似乎整晚在他身边没睡过。他的早餐又是吃不饱的树叶和花瓣，还有坦娜哈雅为他挖来的一种特别没味、格外难嚼的树根。到中午，莫根纳已走了几个钟头，开始饥肠辘辘地琢磨，那位希马努大人的餐桌上会不会有什么好吃的？有没有蜂蜜、奶酪，或其他让人心心念念的美食？希瑟吃肉吗？他美美地做了阵白日梦，想象希马努就是他金皮肤版的祖父，送上一大块鹿腰肉，说："我知道你们凡人爱吃这个，拿去吃！好好享受！"

可坦娜哈雅一句话就把他的憧憬打得粉碎。"不知老导师的身手是否敏捷，能不能去摘野苹果。希望能吧。我可不想再空着肚子过一晚。"

如果那位导师只吃野苹果，那他用葡萄酒招待客人的概率有多高？莫根纳的心情一下子跌进深谷，差点没发现坦娜哈雅停下脚步，打量他俩所爬山路旁的一棵小树。不过，听到她突然开口唱起一首低沉但跳跃的歌曲，他惊讶地停了下来。

Empire of Grass

"Ya no‐i mamo, ya Mezumiiru shu,
So'e no shunya dao, dao
Isiki sen' sa kahiya yin‐te.
Kahiya yin‐te!"

"我们找到花山外围了。"她看到莫根纳的表情，微笑着解释。
"这首歌是？"

"哦，这是支达亚一个古老的传说，唱的是月亮女神麻津美麓和她丈夫，以及她的嫁妆——月亮。过来看，你就明白为什么了。这是希马努的第一棵月亮树！"

莫根纳细看眼前的树，没发现它跟其他树木有何不同——银灰色的树皮，弯曲的树枝，稀疏的树叶。"什么月亮树？"

"我们继续爬山，你就能发现答案。走快点，我们能在天黑前抵达他家。"

想到今天的跋涉即将结束，莫根纳精神一振。可再爬高一些，他惊讶地发现山路旁出现一棵同样的树，就连伸展的树枝排列都跟刚才那棵一模一样。他迷惑地站住，一时间觉得自己在绕圈。但坦娜哈雅哈哈大笑着说："不是同一棵树，只是乍一看一样而已。每一棵树都是不同的镜像，类似我们每天在镜子里看到的自己的脸，虽然几乎一致，但总有些差异。"

莫根纳想必是用完全没听懂的眼神看着她，于是她换上更严肃的表情。"稍后我再解释吧。现在我觉得，你需要吃饭、休息。不过，一路上你仔细观察经过的树，就能明白我的意思。每棵树都略有不同，但无疑是同一棵树，正如月亮本身，一直在变，但一直是同一个月亮。"

至少坦娜哈雅说对了一点，莫根纳现在只想停下。他们经过第三

秋凉

棵表面完全相同的树时，他睁大眼睛寻找差异，但仍觉得跟先前的月亮树一模一样，就像两只没有区别的苍蝇。

"真可惜我们在这个季节来到这里。"坦娜哈雅虔诚地说，"这里非常美丽，但在春天，花山会披上色彩缤纷的花衣，甚至有些叫不出名字的花，因为它们在别处没出现过。花朵争奇斗艳，每一朵都竭尽所能炫耀自己的色彩：'蓝，奈琦迦冰雪般的蓝！红，星星消亡时的红！黄，像蜜蜂腿上花粉筐一样的黄……！'"

她突然停步。莫根纳以为她又要亮开嗓门唱歌，但她的表情不像要演唱。她又迈开大步，迅速而决然地往山上赶，莫根纳必须加快脚步，才能勉强跟上她修长的身影。

刚才她怎么了？想起悲伤的回忆了？但她先前还那么急切想来这个地方。

等他追上坦娜哈雅，后者正默默站在一个树桩旁，面露忧虑。树桩上露出的断口还很新鲜，颜色苍白。树枝散落在周围，但被折下的树干不知所终。

"怎么了？"他的心跳突然加快，"出什么事了？"

"我不知道。什么事都有可能。希马努师父绝不会砍月亮树取木材，若有别的生灵砍了，他会补种。"

"我还是不明白。"

"我也不明白，但我感觉有些地方不对劲儿。你留在这里，不要动，不要发出任何声音，直到我回来。"坦娜哈雅转身离开山路，悄无声息地没入灌木丛，如影子般静悄悄滑上山坡，转眼消失在视野之外，只留下他一个孤零零地站在天色渐黑的小径。绿树林荫的傍晚山坡顿时变了模样，仿佛周围埋伏着数十个敌人在等待他、监视他。一只画眉叫了一声，声音如此绝望，吓得莫根纳不顾希瑟的警告，拔腿就沿小路往山坡上跑。

这次他能透过林间树木的空隙，清楚地看出山顶的异常。楔形的

Empire of Grass

纯石灰岩山顶朝天空凸起,犹如船首般险峻。但那白色岩石上有道垂直粗壮的黑色条纹,是某种入口吗?也许希马努的家就是莫根纳与小哩哩曾经缩在里面避难的岩缝的加大版,是建在洞里的豪华居所。从他上山途中见到的各种标志看,这位希马努的花园与森林的各种元素交织在一起,因此,无论他对自己的花园多么自豪,也肯定不会让人随便瞧见,除非走到近前。

等他转过最后一道弯,所有类似的想法都像日落时的蝙蝠般飞到九霄云外。坦娜哈雅跪在山顶下方不远处的小径旁边,看起来是那么瘫软而绝望,莫根纳不禁猜测希瑟是不是受伤了。他急忙顺着小路赶去,发现她正垂头看着一堆被风吹散的脏兮兮的破布。

"是伽亚力。"她说话时没抬头,"我离开前没多久,他来拜希马努为师。"

莫根纳好一会儿没明白她的意思,然后,他看到破布下露出一只手,胃里顿时一阵抽搐。"发……发生了什么?"

"坏事。"她缓缓拨开破布,露出下面曾经鲜活的脸庞,"在这儿,你看,他们割了他的喉咙。"

失去眼睛的可怕面容吓得莫根纳往后一缩。"我不明白,谁干的?北鬼吗?"

"对,贺革达亚,该死的贺革达亚。"坦娜哈雅站起来,举止间再无平时的优雅,"看,"她指向山顶,"你看!"

山峰之下,小径终结在两棵低矮的柏树间,前方是一道门和一扇窗,直接从裸露的石灰岩里挖出,装上木质门板与窗帘。然而,门是敞开的,歪曲变形,只剩底下的铰链还连着门框,而且烧得焦黑。门上有道宽阔的黑色条纹,正是他从山下看见的那一道,原来是洞内燃烧的火舌舔舐后留下的焦黑,几乎一直延伸到山峰的尖顶。

坦娜哈雅从他身旁走过,弯腰查看门里的情况。当她回过身来,莫根纳觉得,她那高颧骨脸庞上的杀意是如此冰冷,比周围的情景更

秋凉

让人害怕。

"他们将他的书本卷轴堆在洞窟中间烧掉了。"她的语气冷酷而阴沉,"全毁了。一百个大年的智慧,不,两百个大年!不到一个钟头,灰飞烟灭。"

"那……你师父……?"莫根纳不敢继续想下去。

"我没看见他在屋里。但这里许多东西被烧,天亮前很难看清,所以说不准。也许他逃走了。"然而,她的姿势和语调都说明,连她自己都不相信这话。莫根纳猜测,现在他看到的就是希瑟盛怒时的模样,胃里不禁又抽搐起来。

"为什么?"她突然问道,"为什么要做这种事?除了发泄对知识的憎恨,这么做有何意义?难道奈琦迦的贺革达亚不再珍惜最纯粹的智慧了?即使我们在华庭学会的知识也不例外?"她再没说话,又一次离开小径,绕着山峰走,在树木、灌木和一排排石头间强行开出一条路。那些石头看上去十分天然,不像装饰;同时又太像装饰,不像天然形成。此时的莫根纳更不愿被丢下,急忙跟在她身后。

但跟上她并不容易。坦娜哈雅仿佛听到凡人听不见的召唤,加快脚步,犹如飘忽的幽灵在密集的植被间掠过。莫根纳技不如她,运气也不够好,仿佛每根树枝和荆棘都想勾住他,每条树根都像饥饿的猫咪一样纠缠他的脚踝。终于,离开被烧毁的希马努的住处几百步,他冲出一块小空地,看到坦娜哈雅又跪在地上,面前有团落满灰尘的黑布。这回,莫根纳知道布里裹着什么了。他走上前,看到一支黑箭扎在烧焦的破布上。

"是他。"坦娜哈雅的语气如封在漆黑深水上的冰,"他们杀害了我的导师,将他丢在这里羞辱。贺革达亚杀害了希马努尊长。"

* * *

坦娜哈雅一直跪了大半个钟头,也许是在默默祈祷,也许是在检查导师身上有何遗物。莫根纳不知自己该做些什么,也担心杀害两位希瑟的凶手还在附近,所以一直陪在她身边,心里默默地与恐惧和无聊作斗争,还要压住因没有晚餐可吃而失望的自私念头。但他也明白,这些人的死亡,不仅对坦娜哈雅,对他俩的安全也都重要得多。

"我们必须安葬他。"她终于开口,"还要安葬伽亚力,他是个好学生。虽然我跟他相处不长,但我看得出他敬爱希马努。莫根纳,给他挖个坟吧。我会在旁边为我师父挖一个。地面很软。"她弯下腰,徒手挖掘干燥的土壤。

"可是,犯下罪行的北鬼凶手该怎么对付?你觉得,他们跟我们在迷雾溪谷遇到的是同一批吗?他们会不会回来?"

"我认为,这里的罪犯不止三个巡逻兵。"她回答,"无论如何,杀害希马努的凶手早就走了。脚印都是几天前的。他们完成来这儿的任务就离开了。"

等莫根纳挖出深度及膝的坑,坦娜哈雅叫他停下。如果说,先前她流露的情绪是愤怒,那它们已被近一个钟头的沉默哀悼掩藏起来,此时她的语气像没事一样。"我去带伽亚力过来,你继续把坟挖完。按理说,他俩应该火葬,我师父宁愿骨灰随风而去。可凶手虽已离开,我还不想点火暴露目标。"

她很快带着伽亚力的遗体回来,小心翼翼安放在莫根纳挖的坑里,然后再去收希马努的遗体。翻动那具残破的身躯时,有东西掉了出来。

"这是什么?"她捡起一卷被压平的羊皮纸,上面粘着泥土和干涸的血迹。"一本书?他想带它走吗?"

莫根纳默默地站着,等坦娜哈雅看完那卷轴,放到一旁,再温柔地将希马努背到坟里。他看着希瑟先用泥土、再用石头埋好两位逝者,担心余生的噩梦里都会看到那扭曲的嘴巴和空洞的眼眶。

坦娜哈雅站在两堆坟前。"南林的伽亚力,我对你了解不多,"她轻声说,"但我知道你敬爱希马努尊长,也知道你热爱学习。曾有

秋凉

一次，我听到你的笑声，令我想起孩童时忘却的许多欢乐。那是份赠礼，因为那样的愉快实属难得。我将在岁舞时节讲述你的故事，其他同胞也会。你会被大家铭记。"

轮到下一堆石冢时，她声音发颤。"花山的希马努尊长，您的美德，用尽这个世界剩余的日子也说不完，而且我太年轻，我知晓的连一半都不到。您给予我太多恩情，我永远不会忘记，哪怕到合上双眼死亡的那天。虽然您与我并无血缘关系，但您是我的家人。虽然您拒绝任何头衔，但您是我的师父。您教导我，说话前要先观察、聆听和思考，即使只是为提一个问题。您教导我，如何在貌似无可藏匿之处隐藏信息。您教导我，匆忙的思考只会误解本该最直白的真相。

"我不知道您为何遭遇如此可怕的毒手，但我发誓会查明真相。我不知道凶手是谁，但我发誓要追踪并抓住他们。有些正义必须履行，尽管那样做也无法将您生前的智慧还给我族同胞。世界在此失去了一颗伟大的心灵。

"我将在岁舞时节讲述您的故事，其他同胞也会。您会被大家铭记。"

她的最后一句话，仿佛被某种听不见的回音赋予了生命，在空中久久不散。她转过身，在傍晚的暮色中大步走下山坡。莫根纳跟在她身后。事后回想起来，当时她的身影活像一个休止符。

Empire of Grass

荣娜夫人的眼泪

♛

建元1201年，安涂月3日
亲爱的提阿摩大人：

　　仆人厄坦向您问安。我向上帝祈祷，您、您的夫人和我们的国王、王后身体健康。

　　在此，我想跟您讲讲我离开关途圄后的几次冒险经历及发现。我知道您非常忙碌，所以就直截了当地说吧：寻找约书亚王子的任务没有显著进展。但我这趟旅程有无收获，还是交由您判断吧。

　　从乌澜外缘前往纳班的航程发生几次令人不快的意外。淇尔巴十分狂躁，所有航船都紧贴海岸而行，因此走得极慢。

　　希望您收到了我上一封信。我在信里跟您说过，我第一次见到了淇尔巴，觉得它们十分讨厌。后来，我有机会更近距离观察它们，但我的意见没有改变。水手经常警告我，说它们今年格外活跃。但我觉得，在我接下来将要描述的遭遇发生时，就连水手也开始厌倦，懒得吓唬头一次出海的修士了。

　　向导梅迪给我找的第一艘船是渔船，船主是个渔民，很穷，所以船上没请呢斯淇。有一晚，船在德利·莱塔附近下锚过夜，船长在甲

秋凉

板上给我们搭了帐篷,结果半夜竟有只恐怖的海怪爬到船上。梅迪、他的孩子们和我在帐篷里睡觉,被喊叫声和人们在甲板上拿着火把来回跑动的脚步声吵醒。

一开始,我不知发生了什么,不敢冲出去。但喊声突然停了,我听到水手们恢复正常的语调说话,于是叫梅迪去看看。可他拒绝了,声称他的职责是留在孩子身边,虽然那"职责"并未妨碍他夜里跑去港口旁边的酒馆喝酒,直到天亮才回来。于是我决定自己出去看看。

几个船员聚在船尾,围着地上的什么东西。起初我以为是个死人,但很快发现根本不是。那是只淇尔巴,顺着锚绳悄悄爬上甲板。幸运的是,大副发现怪物,拿来斧头,默不作声地走到怪物身后,一斧子砍在它头上,劈死了它。斧头卡得很深,好不容易才拔出来。

他们举着火把站在旁边,画着圣树标记,往手里吐唾沫——听说那是水手的风俗。我趁机仔细检查那东西。我先狠狠戳它几下,确保它真死了。在昏暗的火光中,我只看清它有些部位是灰色,皮肤光滑,另一些部位长着许多青蛙似的疙瘩。但它整体形状太像凡人,任何虔诚的上帝信徒都会觉得不安。它散发着大海和腐朽的味道,眼睛是黑色的,有光泽,嘴巴像个洞,近乎正圆,好像那怪物受到突如其来的死亡的惊吓。有个水手凑上前,用钩子打开它的嘴,里面是与鸟喙十分相似的上下颌,但布满了许多向内弯曲的锋利牙齿。

"被这些牙齿咬住,永远也别想挣脱。"水手告诉我。这话不难相信。我到现在也忘不了那残忍怪物的模样,它与凡人的相似度令人毛骨悚然,尤其是头部的形状和松弛、摊开的手指,跟我们实在太像了。

当晚我们还听到,周围水里游着更多怪物。它们鬼哭狼嚎,拍打海水,所以大副整晚没睡,站在甲板上,拿着提灯和那把趁手的斧头守夜。感谢仁慈的上帝,后来再没有不速之客。大人,不知您是否听

Empire of Grass

过淇尔巴的声音，但我希望您永远不要在那样的情形下听到。我觉得，它们发出的噪声，就像鹅含着满口水发出的呜呜声。大人，我无意冒犯，也不想用这些描写过度搅扰您，但我知道您对哲学的热爱十分广泛，也热爱植物和药草，所以我觉得，对上帝创造的莫测高深的大自然，您对其不完美的一面或许也会产生兴趣。

前往纳班城的剩余航程没遇上太多麻烦，最终我们绕过纳班角，平安抵达那座城市的大港口，至少再没遇见淇尔巴。

在纳班，我的线索只有约书亚许久前的经历，比如他在乌瑟林兄弟会学习的那几年，以及后来，他在害其失去手臂的那场战争期间居住于这座城市的日子。想找还能记得王子的人十分困难。如果去找与他地位相近的贵族朋友，也许我的收获会更大，但这城市此时危机重重，许多有钱有权之人都逃去他们的郊外庄园了。运气最好的一次，我找到了他在乌瑟林兄弟会期间的同伴，他们很多人如今在教堂身居要职。其中几位好心地接见了我，但他们对约书亚的情况了解不多，至少，能引起我们兴趣的不多。最有用的情报来自小塞拉利斯——他父亲在教会也德高望重——他与约书亚王子保持多年书信来往，即使风暴之王战争结束、王子举家搬到关途圕后也未中断。可自从约书亚离家踏上那次命运之旅，塞拉利斯再没收到他的消息。而那次旅途的结局，我们依然无从猜测。

不过，塞拉利斯确实有许多约书亚王子写给他的信件，并亲切地容许我抄写下来。我一口气抄了三天三夜，手臂和手掌疼得发颤，像是瘫痪了一样。恐怕我永远成不了抄写牧师，但我还是抄完了。若其他任务时间许可，我也愿意为您抄一份。

我查访过的人，在约书亚王子彻底沉默后，都没听说过他的消息。如果我能找到真正有用的情报，恐怕只能在珀都因了，因为那是我们所知他最后一个目的地。可是，大人，我必须承认，已经过去二十多年，我很怀疑那里还有没有他的痕迹。不论如何，希望上帝总能

秋凉

创造奇迹！

提阿摩大人，愿上帝祝福并庇护您，还有我们尊贵的国王与王后陛下。

您谦卑的仆人

厄坦·鄂克奇思

♛

门上响起响亮而持续的敲门声，就连国王的仆人都听迷糊了。好几个仆人从连接国王卧室的侧房走出，全都衣衫不整。西蒙自己也头昏眼花，但没一个仆人知道有用的信息，所以他推开那些人，自己穿着睡袍走到门前。

"谁啊？现在几点了？"他质问。

"陛下，我是荣娜伯爵夫人。我必须跟您谈谈！"

她的语气有些异样，以致西蒙顾不上先问问她带没带卫兵就拉开房门。他知道这是个愚蠢的错误：再怎么受人爱戴的君主，也不该拿自己的安全当儿戏。但他过于忧虑，害怕所爱之人——米蕊茉、莫根纳和小莉莉娅——再有什么坏消息传来。

荣娜被一群卫兵簇拥着，身穿白色睡袍，像是刚从床上爬起来，只在肩上搭了条毛毯抵御城堡夜晚的寒风。一个侍女站在她旁边，穿着类似的衣服，但没有毛毯，年轻的脸上满是恐惧。"哦，陛下，我十分抱歉。"荣娜说完，泪水夺眶而出。

伯爵夫人竭力恢复镇静时，西蒙却觉得一股寒意爬上脊梁，但当着卫兵的面实在不好流露。"仁慈的上帝啊，夫人，抱歉什么？告诉我！你把所有人都吓坏了。我孙女出事了？"虽然荣娜的头衔赋予她远远高于保姆的任务与职责，但她慈爱的天性让她成为了莉莉娅最无微不至的守护者之一。

"不，没有。"荣娜终于说出话来，"据我所知，莉莉娅很好，愿诸神保佑她。不是她。是我丈夫,他刚刚带着消息骑马赶到……"她突然意识到士兵们都在看,脸色在灯火昏暗的走廊里仿佛苍白的鬼魂,于是停了停,振作一下精神。"他的消息让我大为震撼。我很抱歉哭成这样,像个傻瓜。但他正在赶来,准备直接向您汇报。我很抱歉,都这么晚了。"

西蒙听到走廊另一头传来一阵"哗啦"声,荣娜的丈夫奈尔伯爵随即出现,身上还穿着赶路时的斗篷和长筒靴,显然很多天没刮胡子了,但脸上一道血痕仍清晰可见。

"你受伤了?"西蒙问。

"没有,感谢天堂,只是我骑马太快刮到了树枝。"奈尔抬手摸摸血痕,拿到近前眯眼看了会儿。"陛下,我必须请求觐见。很抱歉在这么难受的时间打扰您。"

"好了,别道歉了,大人。"西蒙稍微松了口气,因为奈尔的消息不大可能与王后有关,也就是说,荣娜流泪既不是因为米蕊茉,也不是因为莉莉娅。"看得出你很匆忙。到我房间里说。我叫仆人给你拿点吃的喝的,然后听你报告。"

卫兵们明白,时机已过,他们得像其他人一样,过后才能知道发生什么事了,于是各自回到卧室外的岗位。西蒙招呼荣娜和她丈夫进门,但那侍女站在门口不知所措。

"荣娜?"他朝那焦躁的侍女示意。

伯爵夫人点点头。"陛下,她很可靠,是我从赫尼斯第带来的亲戚。况且我夫君叫醒我时,她已经知道消息了。"

西蒙决定,让侍女进屋好过让她留在外面跟士兵聊天,于是将女孩也叫进房间,然后派仆人去给伯爵拿食物。

无论奈尔想说什么,无疑都是个坏消息。他急不可待地等待食物,用脚磕打地板。西蒙却不着急。他已经很久没做梦了,以致开始觉得,那些消失的梦境都涌进了清醒的世界,且都是疯狂的噩梦,比

秋凉

如孙子失踪、儿媳暴亡等等。所以他并不急着听到下一个噩耗。

我从来都不愿意当国王，他一边想，一边看着仆人走进来倒葡萄酒，然后拿起自己的杯子举到唇边。连想都没想过。我甚至没想过做骑士。这一切是怎么落到我头上的？还有，我统治期间全是灾难，为什么要我做国王啊？

一时间，他想起米蕊茉的父亲统治早期，那颗暗红色的征服者之星，拖着燃烧的彗尾，怒气冲冲地悬在海霍特上空。那是个警告，预示着可怕的时代即将来临，可惜埃利加国王并不在意。可我的警告在哪儿呢？西蒙心想。

他端起第二杯葡萄酒往唇边送，这才发现奈尔和荣娜都在等他指示。他停下，半举着杯子。"伯爵，你吃好了就告诉我吧。"他勉力挤出微笑，"我做好心理准备了。"

"陛下，恐怕我们需要另一种准备。"旅途的风尘之下，奈尔的面容苦恼万分，显然心烦意乱，"我们长久以来的忧虑成真了，有批北鬼离开他们的大山，侵入了爱克兰。"

"什么？"西蒙震惊得差点从椅子里跳起。他交叠长腿，坐在椅子边上，发现自己两手发颤，连忙握在一起。"告诉我全部。"

报告时间不长。奈尔说，他在赫尼赛哈收到坎·因巴的默多侯爵的私信，对方表达了对霭林和奈格利蒙的担忧。由于内容过于震撼和危险，私信没写在纸上，而是通过可靠的第三方背诵下来，然后当面传达。西蒙震惊地听着，脑中弥漫着更新、更浓的虚幻感，仿佛梦境逃进清醒世界折磨他的幻想都是真的。

西蒙竭力消化刚才听到的一切。"我知道霭林爵士。"他最后说，"知道他很可靠，不仅因为他是艾欧莱尔的亲人。"他胸中燃起久违的炙热怒火，"上帝的宝血圣树啊，休国王到底在玩什么把戏？他彻底疯掉了吗？还有，那些白色怪物这次又想干吗？如果霭林是对的，那么他看到的那支穿过赫尼斯第的军队并不大，就算加上北鬼最强力的魔法,也不够袭击我们的城市啊。"

"陛下,这个问题我很难回答。"奈尔的表情活像刚刚失去挚友,"假如霭林报告属实,那么诸神在上,它不仅意味着极大的危机,还意味着我的国家荣誉已被踩在泥里践踏!我从不觉得身为赫尼斯第人是种耻辱,直到今天!"

"大人,休国王的行径不能怪你。"然而,只有天堂里的上帝才知道,西蒙真想找个人来痛骂一顿。从米蕊茉离开那一刻起,整个世界仿佛天翻地覆。他深吸一口气。"上次我们见到休国王时,艾欧莱尔就对他有所忧虑,然后,茵娜温王太后写信诉说的情况甚至比艾欧莱尔想的更糟。但我从没想过,休能做出这种事。受祝福的圣瑞普啊,他到底中了什么邪?"

"是愚蠢。致命的愚蠢。"荣娜夫人的泪水已经干了,却没留下泪痕,愤怒和厌恶不但扭曲了她的五官,似乎连泪珠也烧干了。"谣言竟然是真的。茵娜温说,休和那个巫婆泰勒丝夫人复兴了对鸦母陌厉伽的崇拜。我估计,就是那个邪神勾引他们跟北鬼交易的。"

"要是早知道就好了。"奈尔伯爵阴沉着脸,"也许我还能做点什么。谣言我也听说了,可谣言就像苍蝇,很常见啊。"

"你本来也做不了什么。"西蒙告诉他,"国王要发疯,没人能把他拉回来。我亲眼见过这种事,米蕊茉的父亲……"他停下来思索片刻,"他发疯也是因为北鬼,至少是因为那个风暴之王。"

"难道不是他们的女王吗?"荣娜问,"那个戴面具的邪恶巫婆?"

"可能是,我不知道。一切都乱套了。"他久久地盯着酒杯,只觉得难以言喻地疲倦和担忧。

"陛下?"奈尔终于打破沉默。

"我只是在想年轻时的事。你们知道,我以前住在这城堡,是个仆人,一个厨房小厮。你们肯定知道吧,所以他们才叫我平民国王。"

"陛下,这正是人民爱戴您、信任您的原因之一。"荣娜回答。

秋凉

"但这不够啊，永远都不够。"他望着伯爵夫妇，试图挤出笑容，但没能成功。"年轻时，我听过北鬼和希瑟的故事，觉得他们像龙和巫师一样遥不可及，从没想过自己能亲眼见识整个世界。如果有人告诉我，日后会发生那一切，说我和米蕊茉将见证许多奇事，我会觉得自己运气爆棚。想象一下吧，一个普通的厨房小厮，跟龙战斗，还活了下来！我遇到希瑟，跟他们生活了一段日子。然而，一切并不像故事里写的那样。你们明白吗，故事里从来不提糟糕的部分，比如你会害怕，会尿裤子。故事里从来不说，北鬼和那些老怪物长生不老，你永远都甩不掉他们。那个怪物女王，盘踞在那座山里已有数百年，活像一只巨型蜘蛛，满脑子只想着毁灭我们。唯一能帮助我们、唯一能真正理解他们的那一族却远远躲开。这次希瑟不会帮忙了，这一点再清楚不过。不论休给我们放出来了什么怪物，我们都必须独自应对。"他想起自己曾经学习和信任的那些人，莫吉纳、葛萝伊、艾奎纳和约书亚，他们全都不在了。"我就像个孤独的孩子，你们明白吗？"他说。

"陛下，您这是什么意思？"奈尔伯爵问。

"当年，我在海霍特没几个朋友，就连杂货店学徒杰瑞米也是后来交上的。小时候，我几乎没机会跟别的孩子交往，就连其他仆人的孩子都不多见。我跟厨房帮工住在一起，他们多是成年人，女仆们多多少少就算我的父母了。但我总是沉迷在自己的思绪中。其他孩子试过找我玩游戏，但我总是走神，等我清醒过来，可能已经追着小鸟或别的东西走远了。所以过了一段时间，他们就不来找我玩了。他们叫我'蠢驴'，也许我还真是。"

沉默良久，他终于抬起头，发现荣娜和她丈夫忧心忡忡地望着自己。我刚才又胡思乱想了多久？说了些什么？

"伯爵，我知道你需要休息。"他突兀地说。

"可是陛下，我带来的消息怎么处理？北鬼怎么对付？"

Empire of Grass

"就算白狐已在鄂克斯特城外扎营,擂响战鼓,今晚也做不了什么。明早我会召见帕萨瓦勒和提阿摩等人。"他看出二人依然关切地盯着自己,"我很好,荣娜伯爵夫人,拜托你别这么看着我。现在是深更半夜,你丈夫带来的消息又太过震撼,我只是有点混乱罢了。让我们一起祷告吧,感谢霭林和默多侯爵,还有你,奈尔伯爵。你们冒着如此巨大的风险带给我们消息,可谓真正的赫尼斯第好汉、勇敢的朋友。当然,还要感谢你的好夫人。"西蒙站起来。在酒精作用下,他的动作有点摇晃,如风中的大树,树根开始在泥土中松动。"现在,大家去睡吧。等上帝的太阳回到天空,等阴影不再浓厚,我们再想办法应付这可怕的消息。"

伯爵携夫人离开时,不忘轻声交头接耳,也许是在说他,但西蒙不在乎。他这辈子从未如此萎靡不振、无能为力过。这一次,那无梦的床铺成了他的避难所。

♛

赫尼斯第国王休的事,一大早就传到了帕萨瓦勒耳中。随后,国王召集最重要的大臣中午开会,决定如何应对。这一来,他只剩下很少时间处理自己的事,但他无法安心,等不下去了。

他再次上上下下打量四楼走廊,然后静下来聆听。什么都听不见。他从带来的托盘里取出一支蜡烛,在走廊的火把上点燃,然后进屋。

地面上落了层薄灰,没有脚印,让他如释重负。先前听提阿摩说起隧道和秘密入口时,他只觉汗毛倒竖,以为自己的私人密室已被发现。但此时此刻,提阿摩和西蒙国王跟城堡里所有人一样,都忙着琢磨赫尼斯第的事,也就是说,城堡下的隐藏密道可能会被遗忘,至少被暂时搁置了。

帕萨瓦勒是在检查约翰·约书亚的古仓塔工作室时发现那扇秘门的。他还发现,迷宫隧道不仅通往地下的所有秘密,还通往四楼这个

秋凉

极少使用的房间。古仓塔入口在寝宫外，紧贴城堡内庭城墙。想悄悄前往那座塔本来十分困难，所以他很高兴能找到通往隐秘地底的新入口，于是赶紧将那房间据为己有，作为秘密的藏身处。

确认最近没人到过这里，也没有证据显示有人发现秘门或秘道，他松了口气。他再次聆听是否有脚步声靠近，然后把一盏壁灯往下拉。秘门绕着中间的转轴翻开，入口足够宽阔。他滑进去，从里面闩上门，确保无人打扰。这是整座城堡中少数里外都能闩上的入口之一。帕萨瓦勒怀疑，秘道建于篡位者泰斯丹的时代，目的是让安东教牧师瞒过泰斯丹的士兵，进出城堡。

沿着隐藏楼梯，从寝宫顶楼走下地底是段很长的路，但这只是旅途的开端而已。他一只手高举蜡烛，另一只手托着盘子，走过弯弯曲曲的走廊和路口。这段路他走过好多次了，如孩提时的家园查苏·墨特萨的走廊一样熟悉，只是墨特萨的走廊不像这里布满死亡陷阱。

帕萨瓦勒走得很慢，两眼圆睁，盯着阴影幢幢的深处。他走进最后一条通道。这是直接从天然岩石里挖出来的低矮隧道，尽头是个垂直的竖井，向上通往一个他无从猜测的地方。他停下脚步，按照以往每次的做法，将蜡烛插进通道尽头的一个凹槽，因为住在城堡地底的神秘生物不喜欢光。然后他往前走，直到头上除了一片漆黑和微弱的空气流动感外，什么都没有。

"我来了。"他喊道。声音不大，在竖井间回荡着向上传去。他没再叫喊，只是静等。这是个深刻的教训。那位神秘的恩主曾因他太过吵闹，足足大半月不再理他。无论生活在这幽暗之地的生物是什么人或什么东西，它讨厌声音，就像讨厌光一样。帕萨瓦勒不愿意再次失去它的恩宠。

终于，不知为何，他感觉自己不再孤身一人。从上方的未知之地飘下来一个字，一个耳语般的音节，如风般无影无形，飘入他耳中。

"说。"

Empire of Grass

"我要用谓识。我带了盘贡品。"他把托盘放到凹凸不平的石头地面上,动作很小心,以免打翻任何东西,或激起太多尘土。

声音没再说话,但他听到身后的石头摩擦声,知道那扇门开了。至于开门用的是机械还是魔法,他不清楚。他只知道,自己用手摸出,那是扇巨大而沉重的石门。他把蜡烛留在凹槽里,沿着走廊往后退,一路用手指在墙壁摸索,找到打开的石门,走进去。这舞蹈他跳过无数次,每一步都了然于胸。在他身后,石门滑动,重新关上。另一扇大石门往上升起,泄出谓识的光辉。他的身后,石门已经关好。

他站了很久,只顾欣赏那闪亮的宝物。这也难怪。帕萨瓦勒从未见过其他类似的物件,而且相信以后也不会见到。他曾无数次在梦里见到它。小房间里只有谓识和它的岩石底座。第一次见到谓识时,他以为那是块没有形状的石头。不过现在,比较熟悉之后,他能看出那是块紫灰色的水晶,形状犹如天上飘过的云朵,底部平坦,上面有旋涡、有尖顶,类似面包师用面粉、白糖和鸡蛋搅拌成的模样。谓识中间有团黄白色球形冷光,将紫灰色水晶里的纹路映成暗色线条,仿佛在流动、在飘舞。但他多次仔细观察,从没见它们当真动过。

但它仍是件美丽而奇妙的造物,拥有惊人的力量。帕萨瓦勒走近些,伸出双手摸在上面,一如既往地惊叹童年的信念竟然成真:他果然与众不同,超越世人,也超越平凡的命运。在他手指下,原本冰冷的谓识迅速温暖起来,以致难以分辨血肉与它的边界。不知怎么,帕萨瓦勒似乎流进了自己的手臂,再从手臂流进闪光的石头。小房间的阴影消失了,他在另一种截然不同的影子里游弋。那些影子有长度,也有宽度,仿佛伸手就能摸到。但帕萨瓦勒知道,那很蠢,不可尝试。正如他很清楚,在黑暗的地底必须谨慎行事,不能冒犯那个准许他触碰这件奇异宝贝并加以利用的生物、或人、或幽灵。

至于那神秘的守护者用没用过谓识?他怀疑自己永远也不会知道。

秋凉

帕萨瓦勒漂浮了很久,除了身处的异界和周围的危险,对其他一切都毫无知觉。他对那些危险一无所知,只知道,若想按自己的愿望使用谓识,就必须避开它们。然后,他感觉有东西从四周的黑暗中靠近他、包裹他、托住他,毫不费力,如同凡人握起拳头困住一只小飞虫。

向咒歌大师致敬,帕萨瓦勒说道,或是想道。使用谓识时,言语和思想总是不可思议地融汇在一起。

对方也许觉得好玩,也许觉得厌烦。它的力量远远超过帕萨瓦勒,是他永远无法彻底理解的存在。有时,即使是他自认为最靠谱的猜想,也被证明是错误的。凡人,这次你想要什么?它问。

无意冒犯,但我想知道,为什么我不知道休国王也参与其中。他的士兵与贺革达亚见面,却被其他人发现。那些人将消息传给了西蒙国王及其盟友。这一来,我的事就难办多了。他竭力用谨慎而平静的态度提问。

你觉得我们欠你吗?包裹他的存在此时不再觉得有趣,你以为,我们所有想法都该告诉你?

不,不,当然不是。可是,如果您觉得我有价值,为何让我难做?那个休,即使以凡人的标准看,也是个任性妄为的家伙。您不该信任他。他犯了个傲慢的错误,暴露了我们的游戏。

从谓识另一边传来的不满如拳头般捏紧他的心脏,一时间,他疼得差点晕死过去。他一边挣扎着保持清醒,一边琢磨:在他们眼里,自己不过是个宠物吗?用来放纵,用来踢踹,可以随心所欲地奖励或惩罚?

你对我们有价值,谓识对面的声音告诉他,但别以为,这种价值允许你向我族之母及她最心腹的仆人提出质疑。

不,他说,我绝没有那个意思。但现在,海霍特已经知道贺革达亚进了凡人的领土,他们在做防御准备。原本您可以发动突袭,现在却必须正面对抗。

这次他感觉到的,是以往对话中常有的冷酷的笑意,拥有绝对权力的优越感。如果此时他能感觉到自己的皮肤,肯定会发现上面起满了鸡皮疙瘩。

你有没有想过,我们是故意让他们看见的?我们经历多年苦难,渴望复仇,自然不想要兵不血刃的胜利。声音沉默片刻。或者说,在这无法感知时间的异域,类似片刻的时间过去,却长得足以让帕萨瓦勒感受到对方的思绪:一片模糊的红色火光、一场大规模的杀戮——如被闪电瞬间照亮般一闪而过。凡人,现在才担心以后的事,未免太迟了。

可是,您会遵守与我的协议吗?您曾以那些神圣的名字——华庭、桃灼、罕满寇——发誓遵守的那些?

笑意瞬间蒸发,寒意回流,淹没了他的思绪。我们不会违约。答应给你的东西,我们自然会给。你将站在你们凡人同胞的尸体上接收,但我们会给的。至于其他凡人的准备,都将徒劳无功。现在,你还有事要浪费我们的时间吗?

帕萨瓦勒筋疲力竭,如被强风裹挟的小鸟,光是近距离与奈琦迦女王的心腹对话,就让他备受打击、晕头转向。他只能给出否定的答案。没有。

那黑暗冰冷的存在随即消失,帕萨瓦勒回到小房间,双手放开谓识,呼吸急促,膝盖发软,花了点时间才平复下来。

第一次获准使用谓识时,感受是那么震撼人心,他无法想象就这么放任一件惊世宝物埋在地底深处。他甚至不顾它的沉重,试图把它搬起来,搬到自己在海霍特的藏身处。可没走几步,谓识房间的地板突然敞开个大口,下面是口竖井,差点让他掉下去摔死。

吸取教训后,帕萨瓦勒明白,自己必须按那神秘的谓识守护者的规则玩游戏,否则别想再品尝这力量的滋味。

秋凉

从那以后，每次离开他都两手空空。这次也一样。石门静悄悄向上升起，放他进入走廊。他从凹槽里取回蜡烛，看到托盘仍在原地没动。他转过身，返回地面，返回阳光、空气与凡人的世界。

Empire of Grass

尸岸

♛

桃灼葭与艾斯塔兰姊妹一起生活时，有位信奉旧宗教的瑞摩加老妇人跟她讲过死后的离别之旅。逝者先要长途跋涉走过寒冰与岩石，爬下泪山。接下来，新亡者必须从那儿经过蛇原、名为"饥饿"的巨犬和咆哮河——河里布满利刃，只能从诺啃班桥过去，桥用白骨搭成，无法承受活人男女的体重——最后抵达尸岸。从那里开始便是地府女王魔夕姬的领地。

这些记忆仿佛不安生的幽灵，纠缠着桃灼葭。她跟随两个沉默的卫兵，走在王室迷宫近乎全黑的走廊里，渐渐深入奈琦迦。王宫本身就是个完整的世界，错综复杂，结构混乱，至少在惊慌失措的桃灼葭看来便是如此：没完没了的楼梯，如掘地昆虫的巢穴般绕来绕去、混乱无序。她能听到些声音，但太微弱，没法判断是说话声，还是深处通道里的气流声。

这里就是死域，我就是亡者，她心想，黑暗女王还活着，她在等我，我回不去了。

恐惧愈发强烈，如致命的高温，在她身上来回激荡，以致走路都有些困难。有那么一两次，她几乎觉得心跳都要被强烈的恐惧吓停。她祈祷心脏真能停下，因为死亡也比等待她的下场强。

她想起爱人维叶岐，他是这黑暗大山里唯一一个善待她的贺革达亚。不知维叶岐是否会知道她的遭遇。他妻子棘梅步会不会为了享受憎恨的快意而告诉他？或者棘梅步会保密，只说他的凡人小妾逃走了？

奈泽露怎么办？想到女儿，桃灼葭肝肠寸断。事实上，她唯一的

秋凉

孩子与她根本不亲。奈泽露还年幼时，就被偷偷带离她的怀抱，交给那该死的什么箱子接受评判，然后被送去殉生会，培养成无情的杀手。奈泽露会知道母亲的结局吗？她会难过，还是觉得羞耻？

穿过死域的旅途仿佛要走一辈子，也许更久。

* * *

在奈琦迦的深山里，火把和提灯都很少，桃灼葭的视力向来难以看清东西，可她的其他感官并未削弱。她再次被押过一条毫无特色的空寂走廊，只听见石头的回响，但她开始感觉到某种变化：再也听不到偶然传来的窒闷的说话声，也闻不到偶然飘来的食物或许多贺革达亚贵族爱用的香油味道。她的卫兵默不作声，但现在，他们也有些不同了——脚步放慢，近乎无声的呼吸渐渐加速。

她意识到卫兵的不安。押送她的卫兵是精选的女王之牙，他们竟也害怕这里。

终于，前方升起更深厚的阴影。随后桃灼葭才反应过来，那是一道门。卫兵抓住她的手臂，依然一言不发，将她推了进去。她踉跄几步，差点摔倒。恢复平衡后，她站在一个伸手不见五指的地方，差点以为自己飘浮在虚空里。不过脚下的石头是真实的，她还能闻到寒冷、干燥的气息，并能隐约感觉到周围广阔的空间。然后，那扇门在她身后关闭，轻轻的撞击声回荡几次后消逝，将她留在山脉的黑暗核心。不过很快，她就不是独自一人了。

她看到远处隐约有个浅色的影子，椭圆形，飘浮着，像沼泽地里的鬼火微微闪亮。她往后退，直到后背抵住沉重的大门。她摸索着想找门闩，但找不到。椭圆形朝她飘来，后面还跟着更多，两个、三个，一共六个闪着微光的影子，在半空起伏飘荡，沿着蜿蜒的路线朝她靠近。她终于看清，那些闪亮的形状是面具。

她能看到最近的面具上有张开的嘴巴、圆睁的双眼，犹如受到折磨时哀号的表情，不过，那只是雕刻出来的眼睛。无论面前是什么东西，它们并没有眼睛。

冰冷的手抓住她的手臂。她哭了，流着泪却说不出话。沉默的身影将她提起，让她双脚几乎触不到石头地面。它们拎着桃灼葭往前飘。她完全看不到闪光面具下的身体，只有若隐若现的袍子，如同翻滚的黑烟。一股陈腐烂布的味道飘上来，充斥她的鼻孔。虽然她听不到这些生物的呼吸声，却能感觉到它们在她脑海里唱歌，一首缓慢、哀怨的歌，歌词听不懂，音调也从未听过，但她却觉得很熟悉。

阴影笼罩了她，她的思绪碎得七零八落。

* * *

清醒过来时，她躺在坚硬的地上，周围一片漆黑。好一会儿，除了呼吸，她什么都没做。呼吸表示活着。而她发现自己还活着，确实无比震惊。歌声再度响起，但这次是在她周围、甚至头上唱，歌声奇异，几乎没有音调变化，但音量渐渐提高，且有一道光随之闪现。最初，那光很微弱，与紧闭的眼睑后晃动的亮点差不多，但它缓缓增强，最后现出一个有棱有角的浅蓝色冷光团。桃灼葭觉得那像个盒子。

不是盒子。她惊恐地反应过来：面前摆放的是个大石棺，里面有团越来越亮的光。她渐渐明白了周围的状况。这是个宽阔、高大的空间，大部分仍笼罩在浓厚的影子里。这时，石箱里的光变得够亮，她能看清里面的东西了。

她首先看到女王陛下微微发亮的银面具，然后是乌荼库戴着白手套的双手，伸出来握住石棺两边，犹如雪鸮的爪子。桃灼葭只想站起来逃走，逃到天涯海角，可她的双脚不听使唤。她想呼唤上帝，呼唤所有神祇，呼唤任何可能在聆听的生灵，但她仿佛被重如山的沉默压制住，无论如何也无法挣脱。

北鬼女王从椭圆形石棺里坐起，银面具上两个无光的黑洞缓缓转向桃灼葭，盯住她。

秋凉

你住在维叶岐·杉-庵度琊家。这不是提问,也不是说出的话,而像冰霜在水坑凝结一般,直接在她脑中成形。你生下了殉生武士,混血儿奈泽露。

桃灼葭说不出话,甚至没想过要说话,只能祈祷自己死得痛快些。北鬼女王侵入她的思绪,开始翻找她的记忆,拿起来又扔到一旁,仿佛它们是一网扭动的活鱼。而她无力反抗,只能无助地忍受这诡异的侵害。女王的搜索迅速而蛮横,要不是声线被女王掐住,她早因这粗暴和残忍惨叫起来。

脑海里的入侵者离开后,女王纹丝不动地坐了好一阵儿,眼洞里的双眼仍然盯着桃灼葭。后者失神地坐着,如面对摇晃毒蛇的毛茸小兽。闪亮的面具再次从房间周围的黑影中飘出,靠近大石棺。

它们如飘舞的鹅绒,安静而优雅地将女王从石棺中扶起,为她纤细的身躯披上斗篷。斗篷的形状和摩挲声活像数千浅色飞蛾的翅膀。黑暗中飘出更多面具身影,围住桃灼葭,将她提起来,拎了出去。

她被带出房间,回到轻声呢喃的无光隧道里,双脚几乎碰不到地面,宛如被寒冷的强风扯下、吹飞的树叶,无助地任凭它们抓着自己前行。

♛

打败殉生武士侦察兵后,奈泽露徒步逃往东南方,决意用最快的速度脱离贺革达亚要塞的地界。她知道,就算没有绍眉戟的叛逃指控,杀害凌德的卫兵也足以判她死刑。

这就是亚拿夫的计划吗?意图摧毁我?她暗骂自己放任思绪跳到这种没有答案的问题。若被抓住,我的下场将是耻辱的死亡,远比他对我队友可能做出的任何事情都残酷。

此时此刻,唯一光荣的做法也许是自首、受死,按那凡人的计划沉默而羞耻地死去。否则,对折磨的恐惧将妨碍我完成我族之母赋予的职责,而折磨不过是身体上的痛苦而已。

然而她已失宠，正在逃亡。自己的职责是什么？她全无头绪。这才是最糟糕的事。

奈泽露来到一片丘陵起伏的草地，爬上一块凸出地面的花岗岩，趴在一丛枯草上，遥望南方的地平线，希望弄清所处的位置。她受到的殉生武士训练很少涉及这片土地，因为它离贺革达亚的领地太过遥远。但她知道，在可恨的凡人携铁器入侵之前，所有地方都属于巫木树之子，属于支达亚与贺革达亚的联合家族。

起伏的草原在她前方铺开，但并非没有边界。左边东南方不到数里格外，是无边无际的心林①边缘，支达亚依然生活在那片森林里。沿着东方边界，她能看到最近的起伏山峦，往南方延伸得越远，山就越高大、越朦胧。那是被她族人称为 Seku iye – Sama'an 的山脉，意思是"地龙之脊"，凡人叫它做巍轮山。它是条分界线，一侧是古老的森林，另一侧是凡人王国爱克兰。无论她选择山的哪一侧，都将陷入致命的敌人的包围圈。

在她身后一棵树上，一只轻声咕噜的鸽子沉默了。片刻的寂静中，她听到下方有轻微的石子散落声，立刻提高警惕，爬到岩石边缘，屏息静气地望着刚才爬上来时经过的小径。除了在风中摇摆的野草，还有别的东西在动。

不是鹿，也不是其他草原动物。她的心一沉。那是个贺革达亚殉生武士，跟踪她的痕迹走上高起的岩石，身后不远处还有第二个。奈泽露心中暗骂，像螃蟹般急挪几步，以便看清整条小路。没有更多敌人了，岩石小山脚下只有两匹马在等候。

但两个追兵手里有弓，她也不想等对方先找到自己，于是从鞘中抽出闪亮的寒根，沿山坡尽量悄无声息地爬行，移动到第一个追兵将会经过的小径上方大概二十腕尺处，蹲伏在那里等候。终于，一个矮

---

① 心林：阿德席特大森林的另一个名字。

秋凉

小安静、身穿盔甲的身影进入视野。她屏住呼吸,等到角度合适才一跃而起,扑到对方身上。

她本想一剑杀死第一个追兵,砍断他的脖子或后背,然后就能抢在箭矢飞来前将注意力转到第二个追兵身上。可惜她没那么走运,只扑中殉生武士的侧面,因此落地时失去平衡,身子一歪,跌出小径,差点滚下陡峭的斜坡。她抓住一条牢固的树根稳住自己,爬回小径。第一个殉生武士被奈泽露的突然袭击撞翻在地,此时正忙着起身。她刚才踢到对方肩膀,已经废了他一条手臂。奈泽露趁他还没转向自己,双手高举寒根,一剑令其身首异处。

第二个殉生武士是女的,出现时已搭弓上箭。虽然第一支箭擦伤了奈泽露的大腿,但她没机会射出第二支了。奈泽露捡起块大石,朝斜坡下的追兵砸去,逼迫她跳到一旁躲避。等她拉开架势想射第二箭时,奈泽露已扑到她面前。尽管追兵并不软弱,但奈泽露历经过残酷的训练,才从普通殉生武士晋升为备受尊崇的精英杀手"女王之爪"。

第二个敌人倒在她的脚下死去后,奈泽露才仔细打量对方。尸体戴着百战伯劳的纹章。没想到他们竟在荒野中追了这么远,直至进入凡人的领地,真叫她心灰意冷。她用最快的速度走下花岗岩石山,一路提防着可能还有其他敌人。不过山下只有一匹马,另一匹受了惊,脱缰逃走了。她有些惋惜,本来可以从那匹马上收获更多补给的,没准儿够吃一个月或者更久。不过现在,至少她有坐骑了。

她爬上剩下那匹马的马鞍,望向犹如高墙的山脉和仿佛无尽的森林。从地面上看,心林更让她心生畏惧,如果进去,她有可能遇上本族最狡诈的敌人——血脉亲族支达亚。可在地龙之脊另一边等她的,却是数目多出上千倍的凡人。她不能迟疑,因为同族的追兵不会松懈,就在此时此刻,她身后肯定还有其他殉生武士,距刚才被她杀死的两个不会太远。

Empire of Grass

她选择了森林。

♛

桃灼葭在彻底的黑暗中醒来,料想自己正走在亡者之路的半途,差点伸手下去摸索,看脚上是不是穿着悲惨传说中描述的桦树皮鞋子。但她随即发现,自己仍躺在冰冷的石头地上,身上盖的毛毯散发出浓烈的活人气息。而且她能感觉到,胸中心脏仍在跳动。

她坐起来,正寻思着要是王宫卫兵没收她那少得可怜的财物时,没把发光的霓由收走就好了。开门声响起,随之而来的昏暗光线几乎照不亮任何东西,但能看出她被关在一个小房间里。桃灼葭想爬到角落,但立刻被一条手臂抓住,扯得她站起身来。

他们要杀我了,她心想,或者更糟。她的双脚仿佛变成黄油,差点摔回地上。但此时,小房间里多了两个戴头盔的高大身影,站在她两边,分别抓住她一条胳膊,让她站在那里。

女儿奈泽露啊,我只能为你做到这些了。我给了你生命。其他的一点点,我也全都给你了。

她被押到外面的走廊。桃灼葭处在极度的恐慌中,突然发现内心某处发生了意料之外的变化:恐惧消失了,开始接纳现状。维叶岐,我已经尽力爱你了。有时我担心,我在你心里只比宠物强一点点,但我把一切都给你了。即使他们杀了我,也夺不走我们在一起的经历。他们抹不掉曾经发生的一切。

这次的卫兵身穿全无花饰的女王之牙盔甲,上面只有代表女王陛下欧梅瑶王宫的迷宫纹章。从头盔缝隙里露出的尖角脸庞没流露任何表情,但他们对待桃灼葭的方式也不算过分粗暴:本来将她拖去受死还更轻松,他们却让她自己走路。

他们对凡人会有怜悯之心吗?还是说,他们根本不在乎?

他们带着桃灼葭,在古老的光滑石地上走了很远。走廊里的光,完全来自天花板上小碟子里放的水晶球,也许跟她失去的霓由是同一

秋凉

类。墙壁上什么都没有,只在偶尔出现的通道交汇处刻有贺革达亚符文。目力所及,没有任何东西能缓解身陷困境时冰冷又沉重的恐惧。

终于,他们来到一个楼梯井,每一级台阶都经历数千年来、数千双脚上上下下的踩踏,中间已磨得很薄。楼梯顶上有个平台和一扇黑色大门,门外有更多卫兵等候,全都穿着女王之牙的白色微光盔甲。

押送她的两个卫兵朝门前守卫做个手势,然后领她进门。与昏暗的走廊相比,门里的光芒晃得她眼花缭乱。没等她适应新的亮光,卫兵就放开她,转身离去。她听见大门在他们身后关上,发出坚实的声响。

房间里点满摇曳的蜡烛,足有数十,甚至上百,立在壁龛里和架子上。桃灼葭的眼眶噙满害怕的泪水,将烛焰糊成数百晃动的污点。她瘫倒在地,筋疲力尽,完全放弃了希望。刚才的平静和勇敢已经消失。她只能蹲伏在地,等待死亡。

"面向大司疗阁下。"房间后面有个女声下令,"听见了吗?抬起头,凡人。女主人要看你的脸。"

桃灼葭用破烂的衣袖擦擦眼睛。她从地下湖藏身处被拖回城里,一直没换过衣服。蜡烛摆成一条通道,通往房间另一头。那边有张高背椅,上面坐着个人影。一时间,她惊慌地以为那是来看她受死的女王本人,差点惊叫起来。但那女性身影比女王壮阔一些,身穿珠子装饰的灰袍,头戴一顶高耸的头饰,像用有角巨蟒的颅骨制成。她的面具也与女王不同,反而与将女王从石棺扶起的盲仆的面具有些相似。不过那些面具没有眼洞,而这张面具的眼洞深处有眼睛的闪光,正在细细打量桃灼葭,但头部与高耸的头饰纹丝不动。

"向大司疗庵杞诺阁下行礼。"说话人站在高背椅后面,脸藏在兜帽黑影里。桃灼葭垂下头,直到前额碰上冰冷的石头。

"你可以抬头,凡人。"新的嗓音深沉而缓慢,充满掌权者的自信。桃灼葭遵命。"你就是住在维叶岐家里的凡人奴隶。"大司疗说,

"在那之前,你住在北方,和一群自称艾斯塔兰姊妹的凡人一起生活。"

听到自己的过去,那些私人的、无关紧要的过去,被对方当做常识一样地宣读出来,感觉真是古怪到极点。她吃惊得忘记马上回答。"是。"最后她终于说出话来。

"大点儿声。"大司疗命令。

"是,我是。"

"那你该感谢你们信奉的神明。因你被选中,接受至高的荣誉。"

在贺革达亚中间,任何凡人之死,只要不是变成残破的尸体扔进无名苑,都被视为凡人没有资格享受的赠礼。所以桃灼葭没说话,只是感受着心脏将血液推进血管,琢磨着这简单而稳定的感觉还能享受多久。

面具身影没有动,但语气略显恼怒。"你没有感激的话要说吗?"

"谢谢您。"如果真能毫无痛苦地死去,那她的感激是真心诚意的,"谢谢您,夫人。"

"过来。"

桃灼葭想站起来,但双脚发软,只好爬过光滑的石板地面,直至大司疗所坐的高台几步外,重新跪好。

"这里说的每个字,都不能告诉任何人,除非有权位高于你的人提问。明白吗?"

"明白。"

"要说'明白,大司疗阁下'。"椅子旁的身影不耐烦地提示。

"明白,大司疗阁下。"

"别忘了。无论是谁,胆敢散播我族女王的传言,都将送去寒萧堂,最后的时刻将被……无限拉长。明白吗?"

"明白,大司疗阁下。"一时间,桃灼葭心生荒唐的希望:难道他们没打算立刻杀了她?

秋凉

"仔细听好，因为我只对你说一遍。女王陛下很快会离开奈琦迦，去完成恢弘而神圣的使命。这是许多个大年来的第一次。在她离开大山、进入外面世界期间，我族之母希望，至少有个受过凡人医术训练之人同行。女王陛下知道，你的祖先偷走我们的土地后，我们已经太久没有回去过。外面有不同的植物和草药，因此她下达的治疗指令将很难理解。你和艾斯塔兰姊妹一起生活时，学过医术，是不是？"

桃灼葭惊得猛吸一口气。女王要离开她的大山，已经足够令人惊讶。而不老不死的乌茶库竟还需要凡人的帮助，就更让人震惊了。就算女王是通过翻找桃灼葭的记忆查出艾斯塔兰姊妹及她受过的训练，可在那之前，她怎么知道要到桃灼葭脑中翻找呢？

她惊恐地意识到自己沉默了太久。"是，大司疗。"她急忙回答，"是，我学过医术——药草和草药、身体的符咒、体液的调理，如何识别心、肺、肠胃受到的恶疾影响。她们教我学会许多有用的东西。"眼看能有活下去的机会，在迫切的渴望中，言辞接连不断涌出她的嘴巴。

"那你将被收入医士会，按我族之母的需要照顾她。"

"夫人，要我做什么都行，我会全心全意遵从命令。"她忍不住担心，大司疗及其仆从一定能听到她心脏狂跳，响如色雷辛的葬鼓。她能活下去！至少再活一段时间。她能活下去。

"对，你会的。从未有凡人得到过这等荣耀、这般信任。"但大司疗庵杞诺的语气不太认可，"你若失败，或敢背叛，你的死亡之苦将超出你的理解，听到了吗？"

"听到了，大司疗阁下。"

"你可以走了，去等候召唤。所有贴身侍候女王陛下者，须在黑暗中尽职，这是我族之母的安排。谁也不能看到她的身体，所以明天你会失明。现在，去享受这份荣耀吧，凡人，时刻记住交托你的责任。"

"失明？"就在桃灼葭震惊地说出这个词的同时，她听到身后的门开了，私语般的脚步声靠近，卫兵要来带走她了。

秋凉

星轮

"米蕊茉王后,您愿意接见我真是平易近人,您的亲善令我自惭形秽。"占星师身穿镶嵌银星的深蓝华袍,深深鞠了一躬,腰弯得那么低,让米蕊茉联想到扔在脚凳上的昂贵挂毯。"我们这行的重要性,很少得到深入的理解。"

"平身吧。"王后说,"欢迎你,欧皮丹尼。事实上,坎希雅夫人对你评价甚高,是她推荐你的。"

占星师连忙点头。"公爵和公爵夫人,事实上,整个班尼杜威家族,长久以来都是占星术的坚定支持者。"

除了有一次,班尼杜威家将你们其中一位扔下阳台,因为他说了不中听的话,米蕊茉心想,嘴上当然没说。"我能为你做什么,先生?"

"陛下,我在勾画一张图表,根据星星占卜您家人及王室的命运。只需您在图上各处稍加指点,便可帮我。我已为坎希雅公爵夫人画过一张。您看过班尼杜威家的星轮吗?"

"不好意思,班尼杜威家的什么……?"

"星轮。请原谅,我跟人聊天时,总忘记不是人人都整天研究古老的历史。星星沿圆形轨道绕世界运行,它们的影响既恒定,也可预料,我们称之为'轮'。"

"啊……没有,不好意思,我没看过,相信一定画得很好。"

"谦逊的美德不允许我同意您的话,但我可以说,那是我最出色的成果。陛下,我能问您几个问题吗?"他将旁边一个大袋子提到膝头,从里面掏出一卷卷羊皮纸。"王后陛下,我对您的家族历史颇有

Empire of Grass

了解，因为您母亲出生在这里。"他展开第一卷羊皮纸，再展开第二卷，皱着眉头仔细查看。"众所周知，您丈夫是著名的渔人王鄂斯坦·费科恩的后裔，但我必须说明，除了知道他来自古老的爱克兰王族血脉，我在纳班找不到多少那个家族及其历史的资料。"

米蕊茉摇摇头。"先生，恐怕你挖的井里也没水啊。我对夫君出生前的情况也知道不多，因为他是个孤儿。他父亲是个渔民，名叫鄂弗兰德；母亲是宫里的女仆，名叫苏珊娜，生西蒙时难产而死。"

"您丈夫的本名是塞奥蒙，对吗？"

"对，但多数人叫他西蒙，是那名字的瓦伦屯通用语发音。"

"当然，当然。"欧皮丹尼拿起一支铅笔，在羊皮纸页边空白处忙碌地做笔记。显然他经常这么做，连手指都染成了灰色。"可是，渔人王鄂斯坦本人的历史呢？有个著名的故事，说他娶了位水女巫。您知道实情吗？"

"水女巫！"米蕊茉忍不住哈哈大笑，"我从没听说过这种事！你从哪儿听来的？"

"很多旧历史书里都有。"占星师有点僵硬地回答，"陛下，我们不编造故事，时刻追求准确。事实上，这个故事很有名。您没听过，我反而很惊讶。据说鄂斯坦在湖里遇到一位正在沐浴的美丽女子，爱上了她，后来才发现她是河神的女儿。"

"拜托，欧皮丹尼，我看你颈上戴着镶嵌珠宝的圣树，你是安东教徒。你跟你们的古老祖先一样？也相信河神？"

"即使最古老、最荒唐的故事中，也能找到真相的种子。"占星师活像个受伤的孩子，随时会抱起那堆图表、笔记，流着眼泪飞奔而去。

米蕊茉提醒自己，她答应坎希雅给这人一个钟头。"至少，没人能说那故事是假的。"她让步了，"海霍特在鄂斯坦时期就已存在，但当时，爱克兰境内除了些村庄，再没有更大的定居点。至少我了解

秋凉

的情况是这样。你真正该找的是我们的王室顾问提阿摩大人。他在撰写一本海霍特历史书,他对古代爱克兰的了解比我多得多。"

"谢谢您,陛下。提阿摩大人的名声我早有耳闻,还给他写过封信,但他没回复。也许您能帮我说几句好话……?"

"我很乐意。"但他可能还是不会回信。提阿摩有时间理会各种学者,唯独占星师,恐怕不太招他喜欢。

她给了欧皮丹尼足足一个钟头,尽量回答各种五花八门的问题,不过她看得出,占星师对她提供的一点点资料很失望。比起爱克兰人,纳班人还是对自己的先祖更感兴趣,这一点在纳班任意一个大家族的家里都体现得淋漓尽致,杰出先祖的面具、雕像挂满墙壁和走廊。当然了,西蒙的祖先虽是王族血脉,却是未开化的民族,靠狩猎、打渔为生,通过松散的部族会议推选领袖,而纳班人当时已精通权谋。西蒙的族人该将逝者的面具挂在哪儿呢?树上?在教会将爱克兰异教徒归化为安东教徒之前,谁会保留婚姻和出生的记录呢?

不论如何,时间到了之后,欧皮丹尼还是显得心满意足。坎希雅已经回来,礼貌地在自家休息室门前转悠。占星师对王后和恩主公爵夫人说了许多感激的话,深鞠一躬,随后离开。

"您觉得怎么样?"占星师走后,坎希雅问米蕊茉,"他是不是学识渊博、讨人喜欢?"

"是啊,当然是。希望我能帮到他。"

"啊,可我希望他也能帮到你!"

米蕊茉糊涂了。"怎么帮?"

"当然是告诉您,星星对您和您的家人有何预示。在我宝贝莎拉辛娜出生前,甚至在我怀上孩子之前,欧皮丹尼就告诉我:'很快有件大喜事降在你身上。'"

这也说得太模糊了吧,米蕊茉心想。"他可真聪明。今天我还有什么必须要做的事吗?奇怪,我觉得很累。亲爱的坎希雅,我要承认,我恨不能马上回到爱克兰、回到我夫君身边,所以,在这里等待跟教宗韦迪安及所有掌权家族订立契约,感觉就像扛着重担。你和公爵是亲切慷慨的主人,但我想回家了。"

"您当然想,毕竟出了那么多事。"坎希雅巧妙地避开艾黛拉之死和莫根纳令人心惊的失踪,但尴尬的沉默仍然弥漫在空气中。

"那就这样吧。"米蕊茉终于打破沉默,"今天真暖和!要是没别的事,我想休息了,直到晚餐时间。"

看到坎希雅局促不安的表情,米蕊茉猜得出,下一站不可能是一两个钟头的舒适睡眠了。"哦,请原谅,恐怕还有一件事。"

"哦,坎希雅,不是真的吧?还有?我很热、很累,我的脾气像个火药桶。"

"呃,要是换了其他人,我肯定会拒绝⋯⋯"

"哦,乌瑟斯赐我力量,是教宗吗?要我静静坐着听他反复念叨他的痛风,或者鄂克斯特的萨莱斯邪说如何失控,我不知能不能办到啊。"

"不是,不是。"但坎希雅仍然逃避米蕊茉的目光,"不是的,想见您的人,是我夫君的弟弟。"

她愣了愣。"德鲁西斯?德鲁西斯侯爵要见我?我以为他婚后回东边去了。"

"他在查苏·欧丽府和达罗的府邸间来来往往,就像圣特纳图一样从不停歇。"公爵夫人皱起眉头,"但追寻者特纳图是执行上帝的使命,真希望德鲁西斯也是。"

米蕊茉重重地叹了口气。她的女伴们都跑到外面的花园树荫下乘凉,就连坎希雅的宝宝也跟着安静的乌澜小保姆不知躲哪儿去了,所以她没必要掩饰自己的沮丧。"我就没办法摆脱这种命运吗?"

这时坎希雅的模样,更像米蕊茉自己的宫廷女伴试图恫吓她做某事时的样子,愧疚但坚定。"希望您可以,陛下,但我必须承认,我

秋凉

不知怎样拒绝才能不让他视为侮辱。德鲁西斯侯爵已经等了很长时间，虽然他把自己的命运跟英盖达林家绑在了一起，可他毕竟还是公爵的弟弟。"

"好吧。不过，我要找个女性气息比这儿淡些的地方见他。"她看到坎希雅的表情，解释道，"没有冒犯的意思，只是经验之谈。德鲁西斯那种男人通常会低估女性，觉得我们只适合照顾宝宝、缝补衣服。我不想毫无必要地强化那种低估。"

"萨鲁瑟斯今天不在，您可以在议事厅或公爵的书房见他。"

"你丈夫的书房听着不错。侯爵嗓门很大，那房间的回音不会太响。不过首先，我真的需要洗洗脸，整整衣服。今天热得难受啊。"

♛

杰莎看了看走廊两边，然后才带着小莎拉辛娜走进自己的房间，把她放在床上。宝宝正在熟睡，所以杰莎在她两边放了枕头，以防她滚动。

杰莎从来没习惯自己的独立卧室。作为一个在红猪礁湖的拥挤家庭长大的女孩，夜里不能跟兄弟姐妹们挤在小屋里，听不到在茅草屋顶安家、时刻窸窸窣窣到处乱爬的蛇虫鼠蚁，只有她一个人，有时反而很难睡着。不过另一些时候，比如现在，她很庆幸自己能有私密空间。

她最后检查一下莎拉辛娜。炎热的夏日里，那张小脸蛋更显粉嫩，且没有不舒服的表情。杰莎取出先前在厨房悄悄多拿的面包，用油布包好，拿出藏在衣柜里衣服下的袋子。

祖母说，这叫逃难袋。乌澜每一代人都经历过大台风。它们在南边海上生成，吹向陆地，带来大量雨水，有时像把整片大海都吹到岸上似的。狂风呼号着，将最粗、最老的大树吹倒，就连红猪礁湖周围那些盘根错节的红树林也很难幸免。所有乌澜人都知道，留在台风路线上的任何地方都很危险。房屋挡不住 bunukta——就是乌澜语"怒风"的意思——留下的人要么被倒塌的房子压死，要么被冲得无影无踪。乌澜人会逃往内陆地势较高处，等待天气恢复平静温和。祖母教导全家，要时刻准备个逃难袋，装好耐放的食物和净水，平常放在椰子壳里，用蜂蜡封好。一起保存的还有些珍贵的家族财物，比如个头虽小但很重要的用于纪念挚爱祖先的葬礼石，或者珠宝等做工精致、无法轻易取代的物件。

但杰莎对珠宝没兴趣，甚至不关心葬礼石。她只需要食物和水。她总想起市场里那个叫拉丽芭的女人，以及她说过的吓人话。

"不听拉丽芭的话，你会倒霉的！"老妇人警告她，"大房子会从里面烧起来。我看到了！很多人会死。"

杰莎知道，世界上有很多东西对凡人有害。从小她就听说过沺蟹、水獾、河怪，也曾亲眼见到它们——虽然隔着很远的距离。此外还有很多肉眼难见的恶灵和鬼怪，它们对凡人的危险与憎恨众所周知。拉丽芭那种 katulo，也就是"通灵者"，能感受到那类危险，一旦发现有不满的鬼魂纠缠村庄，或有精神错乱的恶灵在沼泽游荡，寻找敢独自外出的蠢蛋，他们会告诉邻居。那些时候，确实曾有人失踪，再没消息，或是遗体被人发现，死状可怖，事后被人悄声讨论好几年、甚至好几代。

杰莎知道，不能质疑 katulo 的话，不管她的警告多么匪夷所思。她自己也能看出周围的各种迹象，看出很多人心怀愤怒与恐惧。甚至她在市场见过有人被突然的大喊吓得跳起来，如被树枝吓到的小鹿。纳班是座石头城，但城里的人不是石头，他们很害怕。杰莎虽然岁数不大，但已经学会：害怕的人就是危险的同义词。而此时此刻，这座庞大的旱地人城市，就要被害怕的人挤爆了。

她将偷来的最后一件补给塞进逃难袋时，莎拉辛娜醒了，在床上发出咯咯声，想翻身却被枕头挡住，于是沮丧地轻喊一声。杰莎的心像试图逆流而上的鱼一样猛跳一下：孩子怎么办？过去一年，她花了

秋凉

那么多时间关爱、照顾这个小宝宝。小莎拉辛娜那奇异却美丽的脸庞，与杰莎自己相差那么多，可每次看到她，或让她的小手充满信任与满足地握住自己的手，杰莎的心仍会像节庆鼓声般欢快地敲响。

她放好面包，将逃难袋绑好。它现在装得更满，也更难藏进小衣柜了。杰莎花了不少时间重新摆放衣服盖好它。她当然也担心小布拉西斯，以及她那美丽大方的朋友坎希雅，但真正占据她心灵的，是这个小女娃。她无法想象自己能丢下她。

现在先别想了，她告诉自己，除非没有其他选择，否则我绝不会离开莎拉辛娜和她母亲。但愤怒的恶灵煽动旱地人终于开战时，我也不想困在这里，远离家人和家乡。

我不想死在这陌生而冷酷的国家。

♛

德鲁西斯侯爵摆出只有塞斯兰·玛垂府长大的人才有的轻松姿态，走进公爵的书房，而他确实是在这儿长大的。他穿着盔甲，但很明显是仪式性盔甲，闪亮的胸甲上连道划痕都看不见，连同护胫和打磨光亮的金属部件在一起，更适合阅兵时的皇帝穿，而不是真正想保护自己的人。不论如何，盔甲和夹在手臂下的头盔炫耀的是他的帅气面孔和健美身材。这一点，德鲁西斯无疑清楚得很。他的皮肤晒成古铜色，整个人就像某人将他哥哥萨鲁瑟斯夸张地做成古铜色的战争英雄雕像。

他的鞠躬又短又快，很有军人风范，可米蕊茉既好笑又觉得厌烦。"陛下，"他说，"感谢您挤出时间接见我。"

"大人，我还有别的选择吗？"

"我来是因为，我还没有机会感谢您在婚礼上的英勇壮举。直到您返回塞斯兰这里，我才听说发生的事，然后我又出城处理事务去了。但我对您的感激永远不变。"

米蕊茉微笑着点点头，可面对如此英俊却僵硬的目标，她忍不住想戳戳他。"你查出是谁干的吗？是谁，胆敢派武装暴徒扰乱在达罗自家府邸举办的婚礼？"

德鲁西斯名不虚传，脸上没有一丝惭愧或内疚。假如米蕊茉猜得不错，整件事就是达罗一手策划的，那么侯爵这一无所知的表情可装得真像。"没有。不过我向您保证，查出来后，有人会非常地不快。"

两人闲聊几句，讨论这间书房曾经的主人，也就是德鲁西斯和萨鲁瑟斯的父亲，老公爵瓦尔兰。瓦尔兰没什么作为，之所以能得到宝座，是因为他哥哥班尼伽利杀害了他们的父亲，篡夺了公爵爵位，随后因此而死。所以关于他，其实没什么好说的，聊天渐渐陷入沉默。

"大人，我觉得你还有别的话。"米蕊茉主动提出，"请随便讲。今天这房间是我的，不是你哥哥的。一切只会进入我的耳朵，再无别人。"

德鲁西斯点点头。"那好吧，陛下。是，有些事，但我必须说明，我只想做您的忠诚仆人，别无他意。"

"说吧。"

他皱起眉头。但米蕊茉知道，这不是针对她，只是沮丧时的皱眉而已，是他的习惯表情，仿佛言辞才是可怜的替代品。"很简单，陛下，您必须离开纳班。"

"什么？"

他摇摇头。"我向您保证，这不是威胁。您在血缘上是我们的同胞，但您很久以前就离开了这里，前往更温柔和蔼的北方生活。您不了解这个地方。"

听到他用温柔和蔼形容北方，尤其是冰雪肆虐的瑞摩加，米蕊茉忍不住微微一笑。"大人，我不了解会导致什么后果？"

"没有。没有后果。同样，将英盖达林、班尼杜威及所有家族召集到一起，在教宗韦迪安的祝福下签署协议，这样也不会有什么效果。除了争论更加激烈、解决时间更长，不会有任何改变。"

秋凉

米蕊茉严厉地看他一眼。"在我看来,这样的协议是否有效,取决于签署各方,包括你,德鲁西斯侯爵在内。你的意思是,你已经决定不遵守它了?"

"这个协议,这种……盟约……很天真。"他的脸颊泛起血色,将古铜色皮肤染成砖红,"是外来人的干涉,只会让事情变得更糟。"

"请解释一下。"

"您和您丈夫……"他一开始嗓门很大,随即控制住自己,"至高王室相信,能靠言语改变人的天性。这很傻,也很危险。在纳班,数个世纪以来,我们都用自己的方式解决自己的问题。有时换个统治者,问题就能解决,另一些时候,把更多权力赋予议会的成员家族,或减少某些成员家族——两者取其优——也能解决,因为那地方挤满了不愿冒风险就想成功之人。我的祖先在纳班战场上挥洒热血,而纳班城父们①的祖先却把次品卖给皇帝,无法提供他们承诺的物资,连累战场上的军队挨饿。"

"但我们的协议不仅与纳班议会签署,"她不喜欢被当成不懂历史的傻瓜看待,但语气仍然平静,"我们召集的是所有家族,包括你们、达罗,还有珂莱瓦、萨莱斯、窦尔林及荷米斯。"

"谈判从来谈不出好结果。"德鲁西斯坚决地说,"只有打完仗后的协议才有签署的价值,因为胜负已分。最重要的是,您在非常糟糕的时机支持我哥哥,而他的怯懦是对这个国家——对您整个至高王国——最大的危险。"

"估计你指的是色雷辛吧。但我觉得,差点儿在自己婚礼上遭到其他纳班人袭击的人,没资格说这种话。"

德鲁西斯摇着头沉默许久,竭力压制沮丧的心情。看着他的身材和明显的怒火,米蕊茉不禁琢磨,私下见他是不是个馊主意?她并不

---

① 纳班城父们:指各大家族的族长。

害怕，但也不再安稳。

"您还记得上次的色雷辛战争吗？"他质问。

米蕊茉淡淡地看着他，心里虽然冒火，嘴里还在寻找温和的言辞。"是啊，德鲁西斯侯爵，我记得。或许你也记得，我夫君率领我们的军队参战了。"

她的不快并未引起对方的注意。"正是。色雷辛人闯入你们边境，正如他们现在闯入我们边境，袭击、掠夺、谋杀您的臣民。您丈夫率领爱克兰军队……"

"不光爱克兰，赫尼斯第和瑞摩加与我们并肩作战。"

"对，对。"德鲁西斯显然对她插话很不耐烦，"但是，等他们击溃草原人的抵抗，却没继续解决问题，而是转身回家了。您丈夫从来不愿跟我们联手，当时纳班人很愿意在南方展开第二轮攻击。我们若能合作，早就碾碎了那帮骑手。但你们却放虎归山，几乎没给他们任何惩罚。正因如此，今天他们才能杀到纳班国门前，力量前所未有地强大。"

当年那场漫长而痛苦的战争，在对方嘴里竟如此轻描淡写，米蕊茉感觉自己的脸也开始涨红。她抿了口酒，然后才说话。"大人，首先，你没查清事实。当年闯入我们边境的色雷辛人，是正跟上色雷辛的老费克迈交战的部族，他们袭击我们的国民、屠杀牲畜、烧毁村庄。但在纳班这里，是你们将臣民迁移到他们的土地——一直属于色雷辛人的土地。两者根本不是一回事。"

"咳，不过是文字游戏罢了。"

"我还没说完，大人。你说，纳班军队和我们该一起碾碎草原骑手。你觉得，在这'碾碎'行动期间，其他色雷辛人会在哪儿？战争会不会蔓延到四面八方，造成的毁灭比少数暴徒大得多？还有，草原人的女人、孩子，以及没参加战斗的色雷辛男人会怎样？"

"您说得好像他们是文明人。"德鲁西斯阴沉着脸，"但他们不

秋凉

是。他们是害虫,不停繁殖,到处都是,然后开始偷别人的东西养自己的崽子。"他明显费了点劲儿才恢复平静。"陛下,不论您对我有何看法,我们是同一阵营。您的责任是将至高王的庇护、律法和利益带给所有人,那为何不把色雷辛人也包括在内?您是担心他们吗?虽然我觉得很傻,但这证明您的女性心肠比我仁慈。既然这样,何不将他们纳入至高王国统治之下,就像您不管我们是否愿意,对我们其他国家所做的一样?"

米蕊茉站起身。"大人,你一直在说些我了然于胸的事,好像我是个无知的农场女孩,而非王后。我祖父的至高王座,是他征服了每个企图征服他的王国后得来的。他没有奴役那些国家,而将它们纳入自己的版图。打败纳班后,他解散议会了吗?打赢尼鲁拉战役后,他毁灭了末代皇帝的家族吗?没有,他没有——而那正是你的家族。

"阿卓威斯投降后,我祖父圣王约翰将纳班统治权交给你曾祖父班尼杜威,接受我们至高王室的庇护。你们没有沦为奴隶。我敢说,农夫、牧羊人、商人等普通民众,除了日子变好,可能根本没感觉到什么变化。"

她走向德鲁西斯。"如果将来有一天,我们需要选择自己或色雷辛人的自由……到时你我再谈,也许我会同意你的说法。但今天不行,德鲁西斯侯爵。"

他全无退让之意,不但义愤填膺,甚至没有半点愧色,让米蕊茉暗自心惊。"陛下,"他出人意料地单膝跪下,"我们不要因这些条条框框翻脸吧。我们争论的这些内容,日后也许会写在历史书上,而我真正关心的只有眼前发生的事。您留下来强迫我们签订愚蠢的协议,但这些条款和约定没法制约这里真正发生的一切。您这么做,不但纳班有危险,您自己也会有危险。这里暗流涌动,您甚至看不到它们,更别提引导它们了。在这地方,我们向来是自己解决自己的问题。有句最古老的的俗话:'家族有时必须流血求生。'我恳求您,即使对我说的一切都不在乎，也请相信，我的担忧并非出于自私。"

"我从未这么想过。"她回答，却发现没什么说服力。

"每个王国都有兴旺和消亡之时，至高王国也不例外。就在此刻，我们的舰队已开始探索通过南方海峡的航线。那地方几个世纪来都无法通过。我们也许能在另一边发现新大陆，或者那里的人或生灵先找到我们。无论如何，世情不可能恒久不变，和平也不可能永远持续。"

"说什么和平不能永远持续，或者帝国必有兴旺消亡，就好比探讨生与死。"她回答，"然而大部分人是在两者之间，为了活下去而付出努力。我认为在这个问题上，女人比男人的理解要更加透彻。"她朝德鲁西斯伸出手，示意他平身。"德鲁西斯大人，记住这一点：你有从你的角度看到的责任，我也有我的。我胸中跳动着女性的心脏，不等于我的勇敢和信仰比你软弱。我会做我认为对至高王室和纳班最有利的事，仅此而已。"

他起身，飞快地吻了她的手，再鞠一躬，动作仍像战场指挥官与上级匆忙对话后行礼一样轻快。"陛下，希望我永远没有机会说'我警告过您'这句话。祝您安好。请替我向兄嫂转达我的美好祝愿。"

德鲁西斯离开后，米蕊茉在公爵的书房逗留许久，凝望挂在墙上的绘画，那是过往军事胜利与辉煌的纪念。太少了，她心想，当男人聚在一起，为他们的崇高目标战斗时，无论战况多么惨烈，却很少有绘画记录无辜平民洒下的鲜血。